Die Begegnung mit Arie, einem alten Freund ihres Vaters, wirft das Leben der Ich-Erzählerin Ja'ara aus der Bahn. Vom ersten Moment an verfällt sie der erotischen Anziehungskraft des ebenso rätselhaften wie tyrannischen Egozentrikers. Ja'ara erlebt eine bedingungslose, obsessive und demütigende Liebesbeziehung, die sie dazu bringt, auf alles zu verzichten, was ihr Leben bisher ausgemacht hat: ihre Ehe, ihre Karriere, ihre Vorstellungen von Treue und Anstand.

Zeruya Shalev wurde im Kibbuz Kinneret geboren, studierte Bibelwissenschaften und arbeitet als Lektorin. Mit »Liebesleben«, das bisher in neun Sprachen übersetzt wurde, gelang ihr der internationale Durchbruch. Das Buch wurde mit dem Golden-Book-Preis des israelischen Verlegerverbands ausgezeichnet. Im Frühjahr 2001 erschien im Berlin Verlag ihr neuer Roman »Mann und Frau«.

Zeruya Shalev
Liebesleben

Roman

Aus dem Hebräischen
von Mirjam Pressler

Berliner Taschenbuch Verlag

November 2001
2. Auflage November 2001
Berliner Taschenbuch Verlags GmbH, Berlin,
ein Unternehmen der Verlagsgruppe Random House GmbH
Die Originalausgabe erschien 1997 unter dem Titel
chajej ahawa
bei Keter Verlag, Jerusalem
© 1997 Zeruya Shalev
Für die deutsche Ausgabe
© 2000 Berlin Verlag, Berlin
Umschlaggestaltung: Nina Rothfos und Patrick Gabler, Hamburg,
unter Verwendung einer Photographie von © Sam Haskins
(www.haskins.com)
Gesetzt aus der Stempel Garamond durch psb, Berlin
Druck & Bindung: Elsnerdruck, Berlin
Printed in Germany · ISBN 3-442-76000-3

FÜR MARVA

1 Er war nicht mein Vater und nicht meine Mutter, weshalb öffnete er mir dann ihre Haustür, erfüllte mit seinem Körper den schmalen Eingang, die Hand auf der Türklinke, ich begann zurückzuweichen, schaute nach, ob ich mich vielleicht im Stockwerk geirrt hatte, aber das Namensschild beharrte hartnäckig darauf, daß dies ihre Wohnung war, wenigstens war es ihre Wohnung gewesen, und mit leiser Stimme fragte ich, was ist mit meinen Eltern passiert, und er öffnete weit seinen großen Mund, nichts ist ihnen passiert, Ja'ara, mein Name rutschte aus seinem Mund wie ein Fisch aus dem Netz, und ich stürzte in die Wohnung, mein Arm streifte seinen kühlen glatten Arm, ich ging an dem leeren Wohnzimmer vorbei, öffnete die verschlossene Tür ihres Schlafzimmers.

Wie auf frischer Tat ertappt, drehten sie mir die Gesichter zu, und ich sah, daß sie im Bett lag, ein geblümtes Küchenhandtuch um den Kopf gewickelt, eine Hand an der Stirn, als fürchte sie, das Tuch könne runterfallen, und mein Vater saß auf dem Bettrand, ein Glas Wasser in der Hand, das Glas bewegte sich im gleichen Rhythmus wie er hin und her, und auf dem Fußboden, zwischen seinen Füßen, hatte sich schon eine kleine zitternde Pfütze gebildet. Was ist passiert? fragte ich, und sie sagte, ich fühle mich nicht wohl, und mein Vater sagte, noch vor zwei Minuten hat sie sich prima gefühlt, und sie maulte, siehst du, er glaubt mir wieder mal nicht. Was hat der Arzt gesagt, fragte ich, und mein Vater sagte, was für ein Arzt, sie ist gesund wie ein Ochse, ich wünschte, ich wäre so gesund wie sie, und ich blieb hartnäckig, aber ihr habt einen Arzt gerufen, oder? Er hat mir doch die Tür aufgemacht, oder?

Wieso Arzt, mein Vater lachte, das ist mein Freund Arie Even, erinnerst du dich nicht an Arie? Und meine Mutter sagte, warum sollte sie sich an ihn erinnern, sie war noch nicht geboren, als er das Land verlassen hat, und mein Vater stand auf und sagte, ich gehe zu ihm, es gehört sich nicht, ihn allein zu lassen. Eigentlich sah es aus, als käme er ganz gut allein zurecht, sagte ich, er benahm sich wie der Herr des Hauses, und meine Mutter begann zu husten, ihre Augen wurden rot, und mein Vater hielt ihr ungeduldig das Glas hin, das inzwischen schon fast leer war, und sie schnaubte, bleib bei mir, Schlomo, ich fühle mich nicht wohl, aber er war schon an der Tür, Ja'ara bleibt bei dir, sagte er, wofür hat man denn Kinder.

Sie trank den Rest Wasser und nahm sich das nasse Handtuch vom Kopf, ihre dünnen Haare standen hoch wie die Stacheln eines Igels, mitleiderweckend, und als sie versuchte, sie an ihrem Schädel glattzustreichen, dachte ich an den Zopf, den sie einmal hatte, diesen hinreißenden Zopf, der sie überallhin begleitete, lebendig wie eine kleine Katze, und ich sagte, warum hast du ihn abgeschnitten, das war, wie wenn man ein Bein amputiert, hättest du dir mit derselben Leichtigkeit ein Bein abnehmen lassen? Sie sagte, der Zopf hat schon nicht mehr zu mir gepaßt, nachdem sich alles verändert hatte, und richtete sich im Bett auf, schaute nervös auf die Uhr, wie lange will er noch hier sitzen, mir stinkt es, den hellichten Tag im Bett zu verbringen.

Du bist wirklich nicht krank, stellte ich fest, und sie kicherte, natürlich nicht, ich kann diesen Kerl einfach nicht ausstehen, und ich sagte sofort, ich auch nicht, denn die Stelle, wo unsere Arme sich berührt hatten, brannte, als hätte mich etwas gestochen, und dann fragte ich, warum.

Das ist eine lange Geschichte, sagte sie, dein Vater schätzt ihn, sie haben zusammen studiert, vor dreißig Jahren, er war sein bester Freund, aber ich habe immer gedacht, daß Arie nur mit ihm spielt, ihn sogar ausnützt, ich glaube nicht, daß er überhaupt in der Lage ist, etwas zu fühlen. Schau doch, jahrelang haben wir nichts von ihm gehört, und plötzlich taucht er hier auf, weil Papa etwas für ihn arrangieren soll.

Aber du hast gesagt, daß er nicht hier gelebt hat, sagte ich und fand mich plötzlich in der Situation, daß ich ihn verteidigte, aber sie sagte, stimmt, sie haben in Frankreich gelebt, erst jetzt sind sie nach Israel gekommen, aber wenn man will, kann man auch von dort aus Kontakt halten, und ihr Gesicht reduzierte sich auf eine konzentrierte Bosheit, auf ein Dreieck voller Falten und Altersflecken, das trotzdem kindlich wirkte, mit den mißtrauisch zusammengekniffenen Augen, staubig wie Fenster, die man seit Jahren nicht geputzt hat, und der geraden schönen Nase, die sie mir vererbt hat, darunter spannten sich bitter die blassen Lippen, die allmählich immer leerer wurden, als würden sie von innen aufgesaugt.

Was hat er in Frankreich gemacht, fragte ich, und sie sagte, was er überall macht, eigentlich gar nichts. Papa ist überzeugt, daß er im Auftrag des Geheimdienstes dort war, aber meiner Meinung nach hat er auf Kosten seiner reichen Frau gelebt, einfach ein Habenichts, der Geld geheiratet hat, und jetzt kommt er her und gibt mit den europäischen Manieren an, die er sich angeeignet hat, und ich sah, daß ihre Augen am Spiegel an der Wand gegenüber hingen und zusahen, wie die Worte aus ihrem Mund kamen, schmutzig, vergiftet, und wieder dachte ich, wer weiß, was sie nicht alles über mich sagen würde, ein Gefühl der Erstickung überfiel mich, und ich sagte, ich muß gehen, und sie stieß aus, noch nicht, versuchte mich festzuhalten, so, wie sie es bei ihm versucht hatte, bleib bei mir, bis er geht, und ich fragte, warum, und sie sagte achselzuckend, wie ein verstocktes Kind, ich weiß nicht.

Der scharfe Geruch französischer Zigaretten drang aus dem Wohnzimmer, und mein Vater, der niemals erlaubt hatte, daß jemand in seiner Gegenwart rauchte, hockte, in Rauchschwaden gehüllt, auf dem Sofa, und auf seinem weichen Sessel räkelte sich sein Gast, gelassen und selbstzufrieden, und sah zu, wie ich näher kam. Erinnerst du dich an Ja'ara, sagte mein Vater fast flehend, und der Gast sagte, ich erinnere mich an sie als Baby, ich hätte sie nicht wiedererkannt, und erhob sich mit erstaunlicher Geschmeidigkeit und streckte mir eine schöne Hand entgegen, mit dunklen Fingern, lächelte spöttisch und sagte zu mir, erwartest du immer das Schlimmste? Er erklärte meinem Vater, als sie mich an der Tür gesehen hat, hat sie mich angesehen, als hätte ich euch beide umgebracht und sie wäre als nächste an der Reihe, und ich sagte, stimmt, und meine Hand fiel herab, schwer und überrascht, wie die Hand eines Menschen, der gerade ohnmächtig wird, denn er ließ sie ganz plötzlich los, bevor ich damit gerechnet hatte, und setzte sich wieder in den Sessel, seine dunkelgrauen Augen musterten mein Gesicht, ich versuchte, mich hinter meinen Haaren zu verstecken, setzte mich ihm gegenüber und sagte zu meinem Vater, ich habe es eilig, Joni wartet zu Hause auf mich. Wie geht es deiner Mutter, fragte der Gast, seine Stimme war tief, und ich sagte, nicht so gut, ein schiefes Lächeln entschlüpfte mir, wie immer, wenn ich log, und mein Vater sah mich mit glänzenden Augen an, du weißt, daß wir zusammen studiert haben, als wir jung waren, sagte er, jünger als du, wir haben sogar eine Zeitlang zusammen gewohnt, aber die Augen des Gastes glänzten nicht, als seien seine Erinnerungen längst nicht so begeisternd, und mein Vater ließ nicht locker, warte einen Moment, er erhob sich vom Sofa, ich muß dir ein Bild von uns zeigen, wie immer weckte die Vergangenheit eine ungeheure Erregung in ihm.

Man hörte ihn im Nebenzimmer suchen, Schubladen wurden aufgerissen, Bücher auf den Boden gelegt, die Geräusche überdeckten unser unangenehmes, erstickendes Schweigen, und der Gast steckte sich wieder eine Zigarette an, unternahm nicht einmal den Versuch einer Unterhaltung, betrachtete mich mit seinem Blick, der Hochmut, Herausforderung und zugleich Gleichgültigkeit ausdrückte, seine Anwesenheit füllte das Zimmer aus, und ich versuchte, ihm mit einem strahlenden Blick zu antworten, aber meine Augen blieben gesenkt, wagten es nicht, an den geöffneten Knöpfen seines kurzen Hemdes hochzuklettern, eines Hemdes, das eine braune glatte Brust freilegte, sie senkten sich tiefer, zu seinen fast lächerlich glänzenden spitzen Schuhen, dazwischen eine große schwarze Tüte, auf der mit Goldbuchstaben stand: Das linke Ufer, Pariser Moden, ich unterdrückte ein Grinsen, die Koketterie, die darin lag, verwirrte mich, sie paßte nicht zu seinem konventionellen Gesichtsausdruck, und das Grinsen blieb mir im Hals stecken, ich hustete verlegen, suchte nach etwas, was ich sagen könnte, und am Schluß sagte ich, er findet es bestimmt nicht, er findet nie etwas.

Er wird es nicht finden, weil das Foto bei mir ist, bestätigte der Gast flüsternd, und genau in dem Moment war ein Krachen zu hören, dann ein Fluch, und mein Vater kam hinkend ins Zimmer zurück, mit der Schublade, die ihm auf den Fuß gefallen war, wo kann es nur sein, dieses Foto, und der Gast blickte ihn spöttisch an, laß gut sein, Schlomo, was spielt das für eine Rolle, und ich wurde ganz nervös, warum sagte er ihm nicht, daß das Foto bei ihm war, und woher wußte er, daß ich es nicht sagen würde, wie zwei Betrüger beobachteten wir die geschäftige Sucherei, bis ich es nicht mehr aushielt und aufstand, Joni wartet zu Hause auf mich, sagte ich noch einmal, als wäre das die Losung, das rettende Wort, das mich befreien würde. Schade, sagte mein Vater bedauernd, ich wollte dir zeigen, wie wir damals aussahen, und der Gast sagte, sie braucht das nicht, auch du brauchst das nicht, und ich sagte, stimmt, obwohl ich gern gewußt hätte, wie sein dunkles, scharfes Gesicht früher ausgesehen hatte, und mein Vater begleitete mich hinkend zur Tür und flüsterte, na, sie ist nicht wirklich krank, stimmt's, sie verstellt sich nur, nicht wahr? Und ich sagte, wieso denn, sie ist wirklich krank, du mußt den Arzt rufen.

Die Treppe vor dem Haus war mit glatten Blättern bedeckt, die schon anfingen zu faulen, ich trat vorsichtig auf das langsam gärende Zeug, wobei ich mich am kalten Geländer festhielt, noch gestern hatte es unter meinen Händen gebrannt, aber heute hatte der Chamsin aufgehört, und vom Himmel tröpfelte es, ein unverbindliches, herbstliches Tröpfeln, und ich lief hinunter zur Hauptstraße, um diese Uhrzeit schalteten die Autofahrer die Lichter ein, und alle Autos sahen gleich aus, auch die Fußgänger waren einander ähnlich, ich mischte mich unter sie, schließlich waren wir alle grau in diesem Dämmerlicht, meine Mutter, die sich in ihrem Schlafzimmer eingeschlossen hatte, mein Vater, der sich in die Rauchschwaden seines Jugendfreundes hüllte, und Joni, der zu Hause auf mich wartete, gähnend vor Müdigkeit am Computer sitzend, und Schira, die nicht weit von hier wohnte, gleich hier in der Seitenstraße, ich stand schon fast vor ihrem Haus und hatte Lust nachzusehen, ob sie daheim war. Mir schien, als hätte ich ihr viel zu erzählen, obwohl wir erst heute mittag miteinander gesprochen hatten, in der Universität, und ich klingelte, aber es kam keine Antwort, doch ich gab nicht auf, vielleicht war sie unter der

Dusche oder auf dem Klo, ich versuchte es hinten, vom Hof aus, klopfte an die Scheiben, bis ich ein Maunzen hörte und Tulja durch das angelehnte Küchenfenster zu mir herauskam, Schiras Kater, er hatte wohl die Nase voll davon, den ganzen Tag allein zu sein, und ich streichelte ihn, bis er schnurrte, seinen grauen Schwanz in die Höhe streckte, das Streicheln beruhigte mich ein bißchen, ihn auch, er legte sich neben meine Füße und schien einzuschlafen, aber nein, sein gereckter Schwanz begleitete mich, als ich den Hof verließ und durch die dämmrige Gasse ging, die einzige Straßenlaterne, die sie beleuchtete, flackerte einen Moment und ging dann aus.

Tulja, geh weg, sagte ich zu ihm, Schira kommt bald nach Hause, aber er beharrte darauf, mich zu begleiten, wie ein übertrieben höflicher Gastgeber, und ich dachte daran, wie mein Vater jetzt seinen Gast begleitete, sich an ihn klammernd wie an eine süße Erinnerung, und mir schien, als würden sie vor mir die Straße überqueren, mein Vater mit kurzen, schnellen Schritten, seine dünnen Glieder wurden von der Dunkelheit verschluckt, und neben ihm, mit wilden Schritten, der Gast, sein bronzefarbenes Gesicht hart und aggressiv, die silbergrauen Haare aufleuchtend, und ich rannte ihnen nach, hinter mir das Maunzen des Katers, ich trat nach ihm, hau ab, Tulja, geh schon nach Hause, und überquerte die Straße, plötzlich quietschende Bremsen, ein leichter Schlag, eine sich öffnende Autotür, und jemand schrie, wem gehört diese Katze? Wem gehört diese Katze, und eine andere Stimme sagte, das ist schon egal, was spielt das für eine Rolle?

Ich rannte weg, wagte nicht, mich umzudrehen, sah vor mir meinen Vater und seinen Gast gehen, dicht nebeneinander, Arm in Arm, der Kopf meines Vaters rieb sich an der breiten Schulter, aber nein, sie waren es nicht, als ich sie einholte, sah ich, daß es ein Paar war, ein Mann und eine Frau, nicht mehr jung, aber ihre Liebe war vermutlich jung, und ich stolperte die lärmende Straße hinunter zu unserer Siedlung, der Schweiß rann an mir herunter wie das Blut von dem Kater, das in einem kräftigen Strahl hinter mir die Straße herunterlief, und ich wußte, daß es immer weiter fließen und erst vor unserer Haustür zum Stehen kommen würde.

Was ist passiert, Wühlmäuschen, fragte er, das Gesicht erhitzt, den weichen Bauch mit einer Schürze bedeckt, und ich sah den zum Abendessen gedeckten Tisch, Messer und Gabel ordentlich auf roten Servietten, und statt mich zu freuen, antwortete ich gereizt, nenne mich nicht so, wie oft habe ich dir schon gesagt, daß es mich nervt, wenn du mich so nennst, und seine Augen wurden groß vor Kränkung, und er sagte, aber du warst es doch, die mit diesen Namen angefangen hat, und ich sagte, na und, ich habe aber damit aufgehört und du nicht, erst gestern hast du mich vor anderen Leuten so genannt, und alle haben uns für bescheuert gehalten. Was kümmert es mich, was die anderen denken, murmelte er, mir ist es wichtig, was wir denken, und ich sagte, wann kapierst du endlich, daß es kein wir gibt, es gibt ein ich und ein du, und jeder hat das Recht auf seine eigenen Gedanken, und er redete hartnäckig weiter, früher hast du es gemocht, wenn ich dich so genannt habe, und ich zischte, in Ordnung, dann habe ich mich eben geändert, warum kannst du dich nicht auch ändern, und er sagte, ich werde mich in meinem eigenen Rhythmus ändern, du kannst mir keine Vorschriften machen, schnappte seinen Teller und setzte sich vor den Fernseher, und ich betrachtete den Tisch, der sekundenschnell sein Aussehen geändert hatte, plötzlich zu einem Einpersonentisch geworden war, und überlegte, wie traurig es ist, allein zu leben, wie schafft Schira das, und dann fiel mir Tulja ein, ihr dicker, verwöhnter Kater, weich und pelzig wie ein Kopfkissen, und ich sagte, ich habe keinen Hunger, und ging ins Schlafzimmer, legte mich aufs Bett und dachte, was werden wir jetzt tun, ohne all die kleinen zärtlichen Namen, er wird mich nicht mehr Wühlmäuschen nennen und ich ihn nicht mehr Biber, wie können wir dann überhaupt miteinander sprechen?

Ich hörte das Telefon klingeln und seine weiche Stimme, als er antwortete, und dann kam er ins Zimmer und sagte, Schira ist am Telefon, sag ihr, daß ich schlafe, sagte ich, und er sagte, aber sie braucht dich, und hielt mir den heulenden Hörer hin. Tulja ist verschwunden, jammerte sie, und die Nachbarn sagen, hier in der Nähe wäre eine Katze überfahren worden, und ich habe Angst, daß es Tulja war, und ich flüsterte, beruhige dich, es ist bestimmt eine andere Katze, Tulja geht doch nie vom Haus weg, und sie weinte, ich habe das Gefühl, er war es, immer wartet er abends auf mich, und ich sagte, aber Tulja geht doch so gut wie nie aus dem Haus, und sie sagte, ich habe das Küchenfenster offengelassen, weil es heute morgen noch Chamsin gab, ich habe nicht geahnt, daß er rausgehen würde, was für einen Grund hätte er haben sollen hinauszugehen, es geht ihm doch nicht schlecht in der Wohnung.

Er ist bestimmt unter dem Bett oder irgendwo, sagte ich, du weißt, wie Katzen sind, sie verstecken sich und kommen wieder zum Vorschein, wie es ihnen gerade paßt, geh jetzt schlafen, morgen früh wird er dich wecken, und sie flüsterte, hoffentlich, und wieder fing sie an zu weinen, er ist mein Baby, ich bin verloren ohne ihn, du mußt kommen und mir beim Suchen helfen, und ich sagte, aber Schira, ich bin gerade eben nach Hause gekommen und kann mich kaum noch rühren, warten wir noch einen Tag, aber sie blieb stur, ich muß ihn jetzt finden, und am Schluß sagte ich, in Ordnung.

An der Tür fragte er, was ist mit dem Essen, das ich gekocht habe, seine Augen über dem kauenden Mund bekamen einen enttäuschten Ausdruck. Ein Stück Tomate war ihm beim Sprechen entwischt und hing jetzt an seinem Kinn, ich sagte, ich muß Schira helfen, ihren Kater zu suchen, und er sagte, immer beklagst du dich, daß ich nie koche, und wenn ich dann koche, ißt du nicht. Was kann ich machen, sagte ich gereizt, wenn du ihr gesagt hättest, daß ich schlafe, hätte ich jetzt nicht wegzugehen brauchen, du kannst mir glauben, daß ich lieber zu Hause bleiben würde, und er kaute unermüdlich weiter, als würde er auf den Worten herumkauen, die ich gesagt hatte, würde sie im Mund hin und her wenden, dann sah er wieder zum Fernseher, und ich warf ihm zum Abschied einen Blick zu und ging hinaus, immer, wenn ich von ihm wegging, hatte ich das Gefühl, ich würde ihn nicht wiedersehen, dies wäre das letzte Mal, und die Hunderte von Malen, die ich mich geirrt hatte, konnten an dieser Überzeugung nichts ändern, sondern verstärkten sie nur noch und vergrößerten meine Angst, daß es diesmal passieren würde.

Schira saß in der Küche, den Kopf auf den schmutzigen Tisch gelegt, in ihren Haaren verfingen sich die Krümel. Ich habe immer Angst davor gehabt, weinte sie, und jetzt ist es noch viel schlimmer, als ich gedacht habe, und ich sagte, warte, bevor du anfängst zu trauern, komm, suchen wir ihn erst, und ich begann im Haus herumzukriechen, unter dem Bett zu suchen, in den Schränken, und dabei plärrte ich wie eine Idiotin, Tulja, Tulja, als würde ich in dem Maß, in dem ich mich anstrengte, ihn zu suchen, meine Schuld sühnen, denn schließlich hätte ich ihn nach Hause zurückbringen müssen oder ihn wenigstens von der Straße entfernen, also kroch ich dickköpfig weiter, mit Staubflocken bedeckt, als hätte ich mich als Schaf verkleidet, und verfluchte den Moment, in dem ich mich entschlossen hatte, zu ihr zu gehen, warum bin ich nicht geradewegs nach Hause gegangen, was hatte ich ihr eigentlich so dringend zu erzählen, und ich kroch herum, bis mir die Knie weh taten, und ich sagte, genug, komm, suchen wir ihn draußen.

Als wir hinausgingen, hängte sie sich bei mir ein, ihr kleiner Körper war hart, und sie flüsterte, danke, daß du mit mir gehst, ich weiß nicht, was ich ohne dich getan hätte, ihre Worte befestigten meine Schuld mit spitzen Reißnägeln an mir, und wir liefen durch die kleinen Straßen rechts und links von der Hauptstraße und schrien Tulja, Tulja, und jedesmal, wenn eine Katze aus einem Mülleimer sprang, packte sie meine Hand und ließ sie dann enttäuscht wieder los, und schließlich hatten wir keine Wahl mehr und näherten uns langsam, sehr langsam, der Hauptstraße, und sie sagte, schau du nach, ich kann nicht, und ich suchte zwischen den hellen kalten Straßenlaternen, ein bösartiges Augenpaar nach dem anderen, und ich sah nichts, so schnell war er entfernt worden, dieser große, verwöhnte, vertrauensvolle Körper mit den langen Schnurrhaaren, die immer ein eingebildetes und trotzdem so reales Lächeln verbargen.

Das zeigt mir, wie einsam ich bin, sagte Schira, als wir auf der Bank vor dem Haus saßen, du hast Glück, daß du nicht allein bist, und ich fühlte mich unbehaglich, wie immer, wenn sie dieses Thema anschnitt, denn sie hatte Joni vor mir gekannt, und immer hatte ich geglaubt, daß sie in ihn verliebt war, ich hatte ihr also sowohl ihn als auch den Kater weggenommen. Jetzt würde ich nicht mehr zum Spaß sagen können, nimm Joni und gib mir den Kater, wie ich es manchmal getan hatte, wenn Tulja sich an mich schmiegte und mich an alle Katzen erinnerte, die ich im Leben geliebt hatte, schon immer kam ich besser mit Katzen aus als mit Männern, aber Joni wollte keine Katze in der Wohnung, seiner Meinung nach ging so etwas nie gut aus, und siehe da, er hatte recht, aber was ging überhaupt gut aus? Mein Gewissen bedrückte mich so, daß mir das Atmen schwerfiel, und da kam die Nachbarin aus dem Stockwerk darüber mit Müll aus dem Haus, und Schira fragte sie, haben Sie vielleicht Tulja gesehen, und die Nachbarin sagte, ich glaube, ich habe ihn vor ein, zwei Stunden gesehen, er ist hinter einer großen jungen Frau mit langen Locken hergelaufen, und ihre Hände, die versuchten, die Größe der jungen Frau und die Länge ihrer Locken zu beschreiben, hielten plötzlich vor mir inne, und ich bereute, daß ich mich nicht umgezogen oder wenigstens die Haare zusammengebunden hatte, und Schira schaute mich an, und die Nachbarin schaute mich an, und ich sagte, nein, nicht ich, ich war heute nicht hier, ich war bei meinen Eltern, ich schwör's, ich bin dort hängengeblieben, weil jemand mit einem schrecklichen Gesicht bei ihnen war, und die Nachbarin sagte, jedenfalls hat sich eine Frau, die Ihnen ähnlich sieht, hier herumgetrieben, und die Katze ist ihr nachgelaufen, Richtung Straße. Ich habe gehört, daß heute hier eine Katze überfahren worden ist, murmelte Schira, und die Nachbarin sagte, davon weiß ich nichts, und betrat das Gebäude, ließ mich allein mit ihr, und ich sagte, Schira, wirklich, ich hätte es dir doch gesagt, und sie unterbrach mich mit kalter Stimme, es ist mir egal, was war, ich möchte nur meinen Kater. Er wird zurückkommen, sagte ich flehend, du wirst sehen, bis morgen früh ist er wieder da, und sie sagte, ich bin müde, Ja'ara, ich möchte schlafen, und wieder zitterte ihre Stimme, wie soll ich ohne ihn schlafen, ich bin daran gewöhnt, mit ihm zu schlafen, sein Schnurren beruhigt mich, und ich sagte, dann bleibe ich eben bei dir und schnurre wie eine Katze, und sie sagte, genug, hör auf, du mußt zu Joni zurück, sie sorgte sich immer um ihn, demonstrierte ihre Liebe auf Umwegen, und ich sagte, Joni kommt zurecht, ich bleibe bei dir, aber sie sagte, nein, nein, und ich hörte in ihrer Stimme den schweren bedrückenden Zweifel, ich muß allein damit fertig werden, und ich sagte mit einer ganz kleinen Stimme, es gibt noch Aussichten, daß er zurückkommt, und sie sagte, du weißt doch, daß das nicht stimmt.

Auf dem Rückweg dachte ich, ich werde immer lügen, und niemand außer mir wird es wissen, und wenn ich lange genug lüge, wird sich die Wahrheit aus dem Staub machen, sich vor der Lüge zurückziehen, und ich werde selbst schon nicht mehr wissen, was passiert ist, und ich dachte an die Angst, die mich auf den glitschigen Stufen gepackt hatte, und wie die Angst manchmal ihrer eigenen Begründung vorauseilte, und ich versuchte herauszufinden, was eigentlich so bedrohlich an diesem Gesicht gewesen war, doch ich erinnerte mich nicht mehr an das Gesicht, nur noch an die Angst, und wie immer in solchen Momenten dachte ich erleichtert an den lieben süßen Joni, gleich fangen wir den Abend neu an, dachte ich, ich werde alles essen, was er gekocht hat, ich werde nichts auf dem Teller zurücklassen, aber schon von draußen sah ich, daß die Wohnung dunkel war, sogar der Fernseher war aus, nur das Telefon war wach und läutete hartnäckig, und ich nahm den Hörer ab und hatte Angst, daß Schira wieder dran wäre, aber es war meine Mutter.

Er ist noch da, flüsterte sie, ich sage dir, Papa macht das mit Absicht, da bin ich sicher, er will sehen, wer zuerst zusammenbricht, ich sterbe vor Hunger und ich bin hier eingesperrt, wegen ihm, und ich sagte, dann geh doch in die Küche, wo liegt das Problem, und sie sagte, aber ich will ihn nicht sehen. Dann geh einfach mit geschlossenen Augen, da siehst du ihn nicht, schlug ich vor, und sie schrie, aber er wird mich sehen, verstehst du das nicht? Ich will nicht, daß er mich sieht, und ich sagte, mach dir keine Sorgen, Mama, er wird nicht ewig bei euch bleiben, und ging ins dunkle Schlafzimmer. Joni lag dort, ruhig atmend und mit geschlossenen Augen, und ich legte ihm die Hand auf die Stirn und flüsterte, gute Nacht, Biber.

2 Wo hatte ich diese Buchstaben schon gesehen, verziert wie in alten Bibeln und noch dazu in Gold, Gold auf Schwarz, sie füllten mir die Augen, als ich in das Schaufenster sah, der Autobus hielt, riß sein Maul auf, und ich starrte das riesige Schild an, bis sich die Buchstaben zusammenfügten. Das linke Ufer, schrien sie mir zu, Pariser Mode, und ich stand schnell auf, versuchte, mich zum Ausgang zu drängen, als hätte ich dort etwas besonders Wertvolles vergessen, etwas, was nicht warten konnte.

Aus der Nähe konnte man die Schrift auf dem Schild kaum lesen, so groß und hoch war es, nur das Gold strahlte verheißungsvoll, wie die herbstliche Sonne, und ich wärmte mich an seinem Licht, näherte mich dem großen, neuen Schaufenster, noch vor einem Monat hatte man hier Baumaterial verkauft und jetzt diese Kleider, die geheimnisvoll und verlockend aus seiner Tüte zwischen den spitzen Schuhen hervorgelugt hatten, nun lagen sie offen da, stellten sich stolz zur Schau. Vor allem dieses weinrote Kleid, kurz und eng, mit langen Ärmeln, auf der Schaufensterpuppe sah es toll aus, betonte die vollen Plastikbrüste mit den aufgerichteten Brustwarzen, so wie es sein sollte, und die schmal geformten Beine, und ich stand davor und zählte traurig die Unterschiede zwischen uns auf, und durch ihre weit auseinanderstehenden Beine sah ich den schmalen Hintern, gut verpackt in eine schwarze Kordhose, die er vor dem Spiegel anprobierte, er trat ein paar Schritte zurück und wieder nach vorn, vor und zurück, sein Gesicht konnte ich kaum sehen, es verbarg sich hinter dem dünnen Rücken der Puppe, aber ich konnte mir vorstellen, welche Selbstzufriedenheit es jetzt zeigte. Was treibt er die ganze Zeit dort, fragte ich mich verwundert, was denkt er jetzt, während er vor dem Spiegel herumstolziert wie ein alterndes Model, und dann öffnete sich ein leerer Raum zwischen den Beinen der Puppe, und eine Frau sagte von der Ladentür aus, Sie können ruhig hereinkommen und das Kleid anprobieren, wir haben es in allen Farben, und ich stotterte, ich will genau diese Farbe, und die Verkäuferin sagte mit dunkler Stimme, es ist schade, es einfach so von der Puppe zu nehmen, schauen Sie sich erst den Schnitt an, und ich beharrte darauf, nur diese Farbe anprobieren zu wollen, ich mußte die Puppe unbedingt beschämt sehen, und betrat hinter der Frau den Laden.

Er war schon wieder aus der engen Umkleidekabine herausgekommen, diesmal in einer braunen Hose, lief mit wilden Schritten auf den Spiegel zu, und ich, ohne nachzudenken, suchte Schutz und verschwand, als ginge im Laden unvermittelt ein Wolkenbruch nieder, in der Umkleidekabine, die er frei gemacht hatte, in der aber noch sein scharfer Geruch hing, trat auf die schwarze Hose, die er gerade ausgezogen hatte, schnüffelte an seiner alten Hose, die am Haken hing, wühlte in den Taschen, wozu brauchte er so viele Schlüssel, und die Verkäuferin fragte, wo ist die junge Frau, die das Kleid aus dem Schaufenster anprobieren wollte, und mit verstellter Stimme sagte ich, hier, und streckte die Hand hinaus. Sie hängte mir das Kleid über die Hand, und ich zog mich schnell aus, mischte meine Kleidungsstücke mit seinen, aber statt das Kleid anzuprobieren, zog ich die Hose an, die er ausgezogen hatte, eine aufregende kühle Berührung, als klebe noch seine glatte Haut an ihr, und ich hörte Schritte näher kommen, und die Verkäuferin sagte, hier ist besetzt, hier wird anprobiert, und seine tiefe Stimme, aber das ist doch meine Kabine. Es tut mir leid, sagte sie, die Kabine ist gleich wieder frei, und ich hörte, wie er etwas auf französisch erklärte, und durch den Spalt zwischen den beiden schmalen Kabinentüren sah ich ihn in der braunen Hose, und eine elegante junge Frau winkte mit einem braunen Hemd und redete in einem weichen Französisch auf ihn ein, und er fing an, sich vor dem Spiegel auszuziehen, vermutlich waren alle Kabinen besetzt, und entblößte seine Brust, fast in der Farbe des Hemdes, und plusterte sich auf wie ein Pfau in seinen neuen Kleidern, steckte für sich und die Frau neben ihm eine Zigarette an, und ich sah, daß sie durch eine lange Spitze rauchte, die hervorragend zu ihrer roten, glatten Frisur und zum maßgeschneiderten Jackett paßte. In zögerndem Hebräisch fragte sie die Verkäuferin nach dem Kleid aus dem Schaufenster, dem weinroten, und die Verkäuferin sagte, es wird gerade anprobiert, aber wir haben es noch in anderen Farben. Ich hörte, wie die junge Frau auf dem Kleid beharrte, und die Verkäuferin rief zu den geschlossenen Kabinentüren, nun, was ist mit Ihnen, man wartet hier auf die Kabine und auf das Kleid, und sofort stieß ich aus, ich nehme das Kleid, hörte mit Genugtuung den enttäuschten Ausruf der Frau mit der Zigarettenspitze, dann zog ich schnell seine Hose aus und schlüpfte in meine eigenen Sachen, und bevor ich noch den Reißverschluß zumachen konnte, hörte ich einen verärgerten Ausruf, nun, was ist los hier, und die Kabinentüren knallten gegen mich und stießen mich an die Wand.

Die Tochter von Korman, sagte er. Mit einer Hand hielt ich mein Kleid, mit der anderen versuchte ich, den Reißverschluß hochzuziehen, in dem sich ein paar Schamhaare verfangen hatten, meine nackten Füße traten auf seine Hose, und ich sah vor mir seine Knöpfe, die einer nach dem anderen aufgingen, bis er das Hemd ausgezogen hatte, wobei ein scharfer Geruch von seinen glatten Achselhöhlen ausging, der komprimierte Geruch nach verbrannten Tannennadeln, und seine dicken, durstig geöffneten Lippen, besänftigt von der breiten dunklen Zunge, die über ihnen hin und her fuhr. Seine Augen betrachteten mich mit schmerzhafter Konzentration, dunkel wie fast vollkommen verbrannte Kohlen, von denen nur noch glühende Asche geblieben war, und ohne den Blick abzuwenden, öffnete er den Reißverschluß seiner Hose und ließ sie an seinen langen jugendlichen Beinen hinuntergleiten, entblößte eine schwarze enge Unterhose mit einer gewölbten Stelle in der Mitte, und ich versuchte, zur Seite zu schauen, als würde ich plötzlich aus Versehen meinen Vater in der Unterhose sehen, aber er ließ es nicht zu, mit einer Hand drehte er meinen Kopf und drückte ihn nach unten, genau so, wie man eine Puppe im Schaufenster zurechtdreht, mit der anderen nahm er meine Hand und legte sie auf die heiße Wölbung. Ich fühlte, wie sich seine schwarze Unterhose mit Leben füllte, als wäre da der zusammengerollte Rüssel eines Elefanten, der sich jubelnd aufrichten wollte, und meine Hand krümmte sich ihm entgegen, ich ließ das Kleid los und legte auch die zweite Hand auf die Stelle, und er ließ mich los, doch seine Augen lagen so schwer auf mir wie Hände, ihr vibrierender Blick zwang mich in die Knie, brachte mich dazu, meine Wange auf den angespannten leisen Kampf zu legen, der sich dort, zwischen Haut und Stoff, abspielte. Und dann hörte ich die Frau mit der Zigarettenspitze sagen, alors, Arie, und er legte den Finger auf die Lippen, zog mich hoch, drückte meine Hände mit Gewalt auf seine Unterhose und zog dann schnell seine alte Hose an, so schnell, daß meine Hände fast noch drinsteckten, als er den Reißverschluß zuzog, und er bedeckte seine glatte braune Brust mit dem Hemd und verließ die Kabine, einen Haufen Kleidungsstücke mitschleppend, und ich zog mich schnell an, suchte das Kleid in der nun leeren

Kabine, vermutlich hatte er es aus Versehen mitgenommen, und sprang mit einem Satz hinaus, ohne mir die Schnürsenkel zugebunden zu haben.

Sie standen schon an der Kasse, er, aufrecht und groß, ordnete seine silbergrauen Haare, und sie, elegant und gut aussehend in dem kurzen Hosenrock und dem modischen Jackett, nicht direkt schön, aber jedenfalls makellos elegant, eine Art von Eleganz, die mehr war als Schönheit, flüsterte ihm etwas ins Ohr, wühlte in dem Haufen Kleidungsstücke und zog mein Kleid hervor, und ich machte einen Schritt auf sie zu, trat auf meine offenen Schnürsenkel und stolperte, vor lauter Spiegeln war es schwer zu erkennen, wo sie wirklich waren und wo nur ihr Spiegelbild, ich kam durcheinander und stieß gegen einen Spiegel statt gegen seinen lebendigen Körper, der noch in meinen Händen pochte. Das ist mein Kleid, sagte ich atemlos, Entschuldigung, das ist mein Kleid, und die Kassiererin sah mich mißtrauisch an, ich rief die Verkäuferin als Zeugin, und zu meinem Glück bestätigte sie es, ja, sie hat es vorher anprobiert, und erst da hob er den Kopf von seiner braunen Brieftasche und sagte erstaunt, Ja'ara, was machst du hier, und erklärte seiner Begleiterin auf französisch, la fille de mon ami, machte sich aber nicht die Mühe, sie mir vorzustellen, und fragte, während er den Scheck ausstellte, übertrieben freundlich, wie geht es deiner Mutter? Ich hoffe, sie hat sich erholt, und ich sagte, ja, es geht ihr schon wieder ganz gut, sah, wie die Konzentration aus seinem Gesicht verschwand und es wieder von dem Ausdruck spöttischer Selbstzufriedenheit beherrscht wurde. Ich habe die Sachen zurückgegeben, die ich vor einer Woche gekauft habe, Sie müssen sie mir abziehen, sagte er zu der Kassiererin und zog einen Scheck heraus, sie prüfte die Quittungen und bat um seine Personalausweisnummer und die Telefonnummer, und er schrieb ihr die

Zahlen auf, langsam und sie laut aussprechend, wiederholte die Telefonnummer noch einmal, und ich lernte sie, lautlos die Lippen bewegend, auswendig. Als sie mit der schwarzen Tüte den Laden verließen, einer riesigen Tüte, die noch größer war als die vorherige, winkte er mir freundlich zu und sagte, richte bitte einen Gruß aus zu Hause, und fügte hinzu, als falle es ihm plötzlich ein, sag deinem Vater, daß ich noch auf seine Antwort warte, und ich sagte, in Ordnung, schaute ihnen nach, wie sie sich entfernten, er führte sie, die Hand auf ihrer Schulter, energisch, ihre Hintern bewegten sich im gleichen Rhythmus, da nannte die Kassiererin mir den Preis des Kleides, den ich nur mit Mühe erfaßte, mein Kopf war voll mit seiner Telefonnummer, sie wiederholte den Preis, und ich murmelte, wieso ist es so teuer, ich habe nicht gewußt, daß es so teuer ist, legte das Kleid auf den Tisch und trat einen Schritt zurück, als würde es gleich explodieren, und die Verkäuferin kam drohend auf mich zu, mit einem Schlag fiel die ganze Freundlichkeit von ihr ab, was soll das heißen, Ihretwegen haben wir eine Kundin verloren, das gibt es nicht, daß Sie es jetzt nicht nehmen. Ich habe nicht auf den Preis geachtet, stammelte ich, ich muß mit meinem Mann sprechen, ich erwähnte ihn nur, um mich ein wenig zu beruhigen, mich an seiner akustischen Existenz festzuhalten, sie sollten wissen, daß ich nicht allein, nicht so verloren war, wie ich in diesem Moment aussah, und die Verkäuferin packte wütend das Kleid, bevor Sie sich das nächste Mal zu etwas verpflichten, schauen Sie gefälligst auf den Preis, und ich sagte, Sie haben recht, Entschuldigung, sah bekümmert, wie mein schönes samtiges Kleid, das ich noch nicht einmal anprobieren konnte, wieder der Puppe übergestreift wurde, die schon darauf wartete, und stand wieder vor dem Schaufenster, wie vorher, bemerkte erstaunt, wie gut Puppe und Kleid zusammenpaßten, und dachte, nichts ist passiert, ich kann weitergehen, als hätte ich diesen Laden nie betreten, alles ist, wie es war, nichts ist passiert, aber tief in meinen Händen spürte ich eine Veränderung, als hätte man mir in einer schmerzhaften Operation die Reihenfolge der Finger vertauscht.

Beschämt zog ich mich zurück, das Kleid winkte mir nach wie ein großes rotes Tuch, herausfordernd und beschämend, ich lief rückwärts, hatte Angst, meinen Rücken den bohrenden Blicken der beiden Frauen auszusetzen. Mir kam es vor, als hebe die Puppe grüßend die Hand, ich zwinkerte ihr entschuldigend zu und stieß plötzlich mit einer Gruppe von Leuten zusammen, die dicht nebeneinanderher liefen, so dicht, daß ich unmöglich hindurchschlüpfen konnte, mir blieb gar nichts anderes übrig, als mich mitziehen zu lassen, in der Hoffnung, daß sich irgendwann eine Öffnung fand, und mit der Zeit wurde das fast angenehm, dieses gemeinsame Laufen. Ich stellte fest, daß sie braun angezogen waren, und an ihren Kleidungsstücken hingen große Blätter in den Farben des Herbstes, die Blätter bewegten sich bei jedem ihrer Schritte, bis sie plötzlich stehenblieben, mitten auf dem breiten Gehweg, und die Hände zum Himmel streckten, als wären sie Bäume, und ich fragte eine Frau neben mir, was ist das, was machen Sie, und sie sagte, wir feiern den Herbst, und alle murmelten leise Segenssprüche und schlugen Trommeln, und dann war es plötzlich still, sie nahmen die Blätter von ihren Kleidern und zertraten sie unter wildem Stampfen, mit heftigen Tritten, und ich fragte die Frau, was soll das, und sie sagte, wir feiern die Befreiung von den Blättern, wir werfen allen Ballast ab und bleiben in unserer Reinheit zurück, genau wie die Bäume, nur Stamm, Äste und Zweige. Ihr leuchtender Blick hypnotisierte mich, ihre Haare waren ganz weiß, doch ihr Gesicht war jung, begeistert, und dann fing sie an, mit den anderen eine bittersüße

Melodie zu summen, da drängte ich mich aus dem Kreis, mischte mich unter die normalen Menschen, von denen manche spöttisch lachten, als wollten sie sagen, haut ab, ihr Spinner, geht in eine Anstalt, während andere ihnen strafende Blicke zuwarfen, und ich wunderte mich, immer hatte ich geglaubt, die Bäume würden sich nur mit großem Bedauern von ihren Blättern trennen, so wie Eltern von ihren Kindern, aber vielleicht trennten sich manche Eltern ja auch freudig von ihren Kindern, vielleicht war jede Trennung auch eine Befreiung, eine Läuterung, ein Abnehmen der Körperlichkeit, und es gefiel mir, daß es weniger Traurigkeit in der Welt gab, als ich angenommen hatte. Bestärkt durch ihre frohe Botschaft, wollte ich weitergehen, doch da wurde mir klar, daß ich mich zu früh gefreut hatte, es war nicht so, daß es weniger Traurigkeit gab, das Maß an Traurigkeit änderte sich nicht, sie hatten nur die Anlässe vertauscht, bei ihnen war es erfreulich, wenn man sich trennte, und traurig, wenn man sich traf, wie bei diesem alten Rätsel mit dem Hinauf- oder Hinuntersteigen, das mich jedesmal aufs neue durcheinanderbrachte, und ich hoffte, sie später einmal wiederzusehen, damit ich sie fragen konnte, welche Zeremonie sie im Frühjahr machten, ob sie trauerten, wenn alles anfing zu blühen, aber jetzt wollte ich mich nicht länger aufhalten, weil ich Sprechstunde in der Universität hatte und es mir äußerst unangenehm war, zu spät zu kommen, und als ich auf die Uhr sah, stellte ich fest, daß meine Sprechstunde bereits vor einer Viertelstunde angefangen hatte.

Erschrocken betrat ich ein Café an der Straßenecke und rief im Büro der wissenschaftlichen Assistenten an, zu meinem Glück war Neta am Apparat, mit ihrer näselnden Stimme, nie hätte ich erwartet, daß ich mich einmal so freuen könnte, sie zu hören, und ich sagte, tu mir einen Gefallen, Neta, tausche heute mit mir den Dienst, ich revanchiere mich bestimmt, und sie näselte, genau das mache ich gerade, und ich fragte, sind viele Studenten gekommen, und sie sagte, ich habe mich schon mit zweien herumgeschlagen, und draußen warten noch ein paar, sie brauchen Hilfe bei der Studienplanung, wo bist du überhaupt, und ich sagte, ich bin unterwegs ausgestiegen, weil ich ein Kleid anprobieren wollte, und habe nicht auf die Uhr geachtet. Herzlichen Glückwunsch, sagte sie, und ich sagte, nein, am Schluß habe ich es nicht gekauft, es war zu teuer, und Neta lachte, ich sah vor mir, wie sie ihre dichten braunen Locken schüttelte, die immer in Bewegung waren, wie vielbeinige Insekten, und ich bedankte mich bei ihr, weil sie mich deckte, aber der siegessichere Ton in ihrer Stimme war nicht zu überhören, es war einfach nicht zu leugnen, daß in dem Wettkampf, den wir seit zwei Jahren um eine Stelle als Lehrbeauftragte führten, jede Schlamperei von mir ein Punkt zu ihren Gunsten war, auch wenn niemand sonst davon erfuhr, Hauptsache, wir beide wußten es.

Es lohnte sich schon nicht mehr, zur Universität zu fahren, deshalb setzte ich mich an einen Tisch vor dem Café, der seltsame Umzug war verschwunden, aber die seltsame Stimmung war geblieben, ich betrachtete die ausgebleichten Bäume, die von hohen Zäunen umgeben waren, als schmiedeten sie geheime Fluchtpläne, und die alten Häuser, nur die oberen Stockwerke waren renoviert, aber wer schaute schon so weit hinauf, in Augenhöhe sah man nur die armseligen alten Läden, die Armeezubehör anboten, Rangabzeichen, Uniformen, aussortierte Fahnen, und auf dem löchrigen Straßenpflaster spazierten lebendige Menschen herum, bewegten ihre Hände und Füße im gleichen Takt, als hätten sie sich abgesprochen, zwischen den Schreitenden flitzte ein dunkler Junge hin und her und bot Pfauenfedern zum Verkauf, riesige farbige Augen schwankten an dürren Stengeln, aber niemand wollte sie haben. Ich fragte mich, ob all die Leute, die hier herumliefen, jemals gefühlt hatten, was ich vor wenigen Minuten gefühlt hatte, es war wie Feuerschlukken, ich hatte schon immer wissen wollen, wie das ist, Feuerschlucken, was man im Augenblick bevor man die brennende Fackel in den Mund steckt, empfindet, was, wenn sie drin ist und die Gefahr besteht, seine zarten Schleimhäute für immer zu verlieren, und jetzt wußte ich es, aber was nützte mir dieses Wissen, was fing ich damit an? Ich dachte an sein zusammengerolltes Glied in der Unterhose, an die junge Frau mit der präzisen Frisur, wer war sie überhaupt, und hoffte, sie sei seine Tochter, glaubte es aber nicht wirklich, um seine Frau sein zu können, war sie zu jung, und wohin waren sie gegangen mit der vollen Tasche und der vollen Unterhose, warum hatten sie mich nicht mitgenommen, denn ich hatte etwas verloren, dort in der engen Umkleidekabine, ich hatte einen Schatz verloren, von dem ich überhaupt nicht gewußt hatte, daß ich ihn besaß, das Nichtwissen, wie es ist, wenn man Feuer schluckt, denn jetzt, wo ich es wußte, verspürte ich einen schrecklich faden Geschmack, weil alles, was weniger war als das, mich nicht mehr begeistern würde.

Auf einmal packte mich ein Schwächeanfall, ein plötzliches Erschlaffen aller Glieder, ich ließ den Kopf auf den kleinen, runden, von der Herbstsonne erwärmten Tisch fallen wie auf ein Kissen und versuchte, mich an meinen Lebensplan zu erinnern, an die Abschlußarbeit, die ich bis zum Jahresende einreichen mußte, an das Baby, das wir nach der Dissertation machen wollten, die Wohnung, die wir nach dem Baby kaufen würden, dazwischen die Abendessen, die einmal Joni machte, einmal ich, die Treffen mit dem Dekan, der mich bewunderte und der an meine Zukunft glaubte, an die Kleider, die ich in engen Umkleidekabinen anprobieren würde, aber das alles kam mir auf einmal verstaubt vor, als sei ein Wind aus der Wüste gekommen und habe die ganze Welt mit einer dünnen grauen Sandschicht bedeckt. Ich erinnerte mich, daß mir so etwas schon einmal passiert war, so ein Absturz, nicht ganz so heftig, aber andeutungsweise, als Warnung, damals, vor ein paar Jahren, kurz nach dem Militär, hatte ich mich in jemanden verliebt, der neben einer Bäckerei wohnte, und in der einzigen Nacht, die ich mit ihm verbracht hatte, roch das ganze Bett nach frischem Brot, aber danach hatte ich ihn nicht wiedergesehen, und mir war, als wäre die ganze Frische meines Lebens in seinem Bett zurückgeblieben, nur weil er neben dieser Bäckerei gewohnt hatte und seine Laken nach frischem Brot rochen. Eine ganze Weile hatte ich damit zu kämpfen, doch bald darauf lernte ich Joni kennen und versuchte, den anderen zu vergessen, und nur wenn ich frisches Brot roch, dachte ich noch an ihn, und jetzt mischte sich in meiner Nase der Geruch von frischem Brot mit dem des Feuers, das in meinem Kopf brannte, Arie Evens Kohlenaugen hatten mich wie Kugeln getroffen, ich zitterte, er hatte den Gang eines Jägers, den Blick eines Jägers, ich sah ihn vor mir, auf dem Gehsteig, mein Körper hing wie tot über seiner Schulter. Ich unterdrückte einen Schrei, sprang auf und begann zu rennen, wie die Tiere im Wald, wenn sie einen Schuß hören, und erst auf der Hauptstraße, zwischen all den Autos, fühlte ich mich sicherer, und da war ich auch schon ganz in der Nähe meiner Eltern, meine Schritte machten einen ohrenbetäubenden Lärm, als sie die Schicht angefaulter Blätter auf der Treppe zerquetschten, ich ging hinauf, nur eine Woche war es her, da hatte er hinter dieser Tür gestanden, als sei das seine Wohnung, doch nun stand meine Mutter vor mir.

Ich hatte Lust, zu ihr zu sagen, geh weg, du gehörst nicht mehr hierher, das ist jetzt sein Platz, und sie wunderte sich, du bist nicht in der Universität, und ich sagte, doch, ich bin auf dem Weg dorthin, ich habe nur vergessen, eine Jacke mitzunehmen, und es wird kalt, und sie rannte zum Schrank, zog ein altes kariertes Jackett heraus und warf einen mißtrauischen Blick zu dem klaren Himmel hinauf, bist du sicher, daß es dir nicht zu warm wird? Ich sagte, ja, es ist kalt draußen, und sie zuckte mit den Schultern und bot mir Kaffee an, und ich setzte mich mit ihr in die Küche und sagte beiläufig, ich habe euren Freund in der Stadt getroffen, Arie Even, mit seiner Tochter, und sie korrigierte mich sofort, er ist Papas Freund, und er hat keine Tochter, er hat überhaupt keine Kinder. Enttäuscht versuchte ich es weiter, dann war es vielleicht seine Frau, wie sieht seine Frau aus? Eine alternde kokette Französin, verkündete meine Mutter triumphierend, ich habe sie allerdings seit Jahren nicht gesehen, aber solche Frauen ändern sich nicht. Sie versuchte noch nicht einmal, ihre Genugtuung darüber zu verbergen, daß es einen Zeitpunkt im Leben gab, zu dem sowohl sie, die ihr Aussehen immer vernachlässigt hatte, als auch verwöhnte Französinnen einen bestimmten, unabänderlichen Zustand erreichten.

Warum haben sie keine Kinder, fragte ich, und unter meinen Fingern bewegte sich sein Penis, und meine Mutter antwortete kurz, ach, Probleme, warum interessiert dich das überhaupt?

Probleme bei ihm oder Probleme bei ihr, beharrte ich, und sie sagte, bei ihm, was geht dich das an? Ich rächte mich an ihr und hatte plötzlich keine Zeit mehr für Kaffee, gleich fing meine Sprechstunde an, ich nahm das Jackett und verschwand in den Tag, der immer heißer wurde, ganz und gar glühend in dem Bewußtsein, daß sie weder seine Frau noch seine Tochter war, einfach seine Geliebte, die Intimität zwischen ihnen war klar und offensichtlich gewesen, und ich ging nach Hause, sah unterwegs, je näher ich kam, wie die Häuser immer älter und grauer wurden, während mir die Menschen immer jünger vorkamen, junge Mütter, die an einer Hand ein jammerndes Kleinkind hinter sich herzogen und mit der anderen einen Kinderwagen schoben, und ich dachte an seine Kinderlosigkeit, dachte so intensiv an sie, daß ich sie förmlich als eigene Existenz empfand, da war er, und da war seine Kinderlosigkeit, hohl und gewölbt wie der Mond, der um so hohler wird, je voller er wird, ich lachte ihn an, ich verspottete ihn, was war sein großartiges Glied in der schwarzen Unterhose wert, wenn es nicht in der Lage war, die Aufgabe zu erfüllen, für die es bestimmt war, und zu Hause ging ich sofort ins Bett, als wäre ich krank, aber auch dort beruhigte ich mich nicht, das Gefühl eines schweren Verlustes verdeckte die kleinen Fenster wie Vorhänge, ich starrte sie an und sagte mir, warte, warte, wußte aber nicht, worauf, auf die nächste Sprechstunde? Darauf, daß die Wäsche, die ich am Morgen aufgehängt hatte, getrocknet sein würde? Daß es ein bißchen kühler wird? Auf den kürzesten Tag? Auf den längsten Tag? Und als ich nicht mehr warten konnte, nahm ich das Telefon und wählte die Zahlen, die in meinem Kopf herumschwirrten.

Ich gab schon fast auf, fiel beinahe zurück auf das Bett, als er antwortete, nach mindestens zehnmal Läuten, ein seltsames kokettes Hallo, mit Pariser Akzent, seine Stimme war tief und dumpf, und ich fragte, habe ich dich geweckt? Und er sagte, nein, und atmete schwer, als hätte ich ihn bei etwas anderem gestört, und ich biß mir auf die Zunge und sagte, ich bin's, Ja'ara, und er sagte, ich weiß, und schwieg. Ich wollte dir nur sagen, daß ich meinem Vater ausgerichtet habe, was du wolltest, stotterte ich, und er sagte, schön, danke, und schwieg wieder, und ich wußte nicht, was ich noch sagen könnte, ich wollte nur nicht, daß er auflegt, deshalb sagte ich schnell, leg nicht auf, und er fragte, warum nicht, und ich sagte, ich weiß es nicht, und er fragte, was willst du, und ich sagte, dich sehen, und er fragte weiter, aber warum, und wieder sagte ich, ich weiß nicht, und er lachte und sagte, es gibt viel zuviel, was du nicht weißt, und ich stimmte in sein Lachen ein, aber er unterbrach mich mit einer förmlichen Stimme, ich habe jetzt zu tun, und ich sagte, also wann hast du Zeit, und er schwieg einen Moment, als müsse er nachdenken, gut, sei in einer halben Stunde hier, sagte er und fügte ungeduldig den Namen der Straße und die Hausnummer hinzu, in dem Ton, in dem man ein Taxi bestellt.

Sofort tat es mir leid, daß ich dieses Kleid nicht gekauft hatte, denn nichts von den Sachen in meinem Schrank war so beeindruckend wie der gelbe Hosenrock der Zigarettenspitze mit dem dazu passenden honiggelben Jackett, und am Schluß begnügte ich mich mit einer engen Hose und einem schwarzen Strickhemd, steckte mir einen goldenen Reif in die Haare und betonte mit einem schwarzen Stift das Blau meiner Augen und war ziemlich zufrieden, ich sah, daß auch der Taxifahrer beeindruckt war, sofort als ich einstieg, fragte er, verheiratet? Und ich sagte, ja, natürlich, und er seufzte, als würde ihm das Herz brechen, aber er erholte sich und fragte, wie viele Jahre, und ich sagte, viele, fast fünf. Nun, dann wird es doch Zeit für etwas Neues, sagte er ermutigend, und ich sagte, wieso denn das, ich liebe meinen Mann, eine Erklärung, die hier im Taxi mit einer gewissen Nachsicht angenommen wurde, und ich fühlte mich albern, derartige Verkündigungen unter diesen Umständen, aber ich hatte diese Worte hören müssen, und er sagte flüsternd, mit Mundgeruch, man kann zwei lieben, und deutete auf sein Herz, das vor wenigen Momenten angeblich gebrochen war, und sagte, das Herz ist groß. Bei mir ist es ganz klein, sagte ich, und er lachte, das bilden Sie sich nur ein, Sie werden sich noch wundern, wie weit es sich ausdehnen kann, glauben Sie etwa, daß nur der Schwanz sich ausdehnen kann? Mich widerte dieses Gespräch an, ich sah aus dem Fenster, und neben einem kleinen gepflegten Haus an der Straßenecke hielt er an und legte zum Abschied die Hand wieder auf sein Herz.

Dichte Kletterpflanzen bedeckten das Haus wie ein Fell, und als ich näher trat, sah ich Dutzende von Bienen, die fröhlich zwischen den dichten Blättern herumsummten. Das ist das Zeichen, sagte ich zu mir, daß du von hier verschwinden solltest, denn schon immer hatte ich den Verdacht gehegt, zu den Leuten zu gehören, die an einem Bienenstich sterben können, schließlich weiß man so etwas nicht von vornherein, erst wenn es zu spät ist, und ich wollte mich schon zurückziehen, drehte dem Haus den Rücken zu, aber der Anblick der Welt, der Anblick der Welt ohne dieses Haus, war so bekannt und schal, helle Wohnhäuser mit kleinen städtischen Gärten, die viel zuviel Wasser brauchen, Bäume, von denen ich immer vergessen werde, wie sie heißen, Zimmer, die abwechselnd gesäubert und verdreckt werden, Briefkästen, die abwechselnd gefüllt und geleert werden, diese ganze Betriebsamkeit, die sich auch durch einen Bienenstich nicht aufhalten ließ, kam mir so traurig und hoffnungslos vor ohne dieses gepflegte Haus, daß ich mich wieder zu ihm umdrehte und mit mutigen Schritten das Treppenhaus betrat.

Er nahm sich Zeit, beeilte sich wirklich nicht, mich aufzunehmen, erst nachdem ich zweimal geklingelt hatte, wurde die Tür aufgemacht, und er führte mich schweigend in ein großes Wohnzimmer, sehr gepflegt, die Wände mit Bildern bedeckt und auf dem Boden Teppiche, so daß es mir bald vorkam, als sei der Boden ein Spiegelbild der Wände oder umgekehrt. Er trug seine neue braune Hose und das neue

Hemd, doch ausgerechnet die neue Kleidung betonte sein Alter, er wirkte plötzlich alt, älter als mein Vater, mit diesen scharfen Falten auf den Wangen und der Stirn, Falten, die aussahen wie Narben, und den Haaren, die eigentlich eher weiß waren als silbergrau und eher dünn als dicht, und mit schwarzen Ringen unter den Augen. Interessant, daß die Leute in ihrer eigenen Umgebung so aussehen, wie sie sind, und nur anderswo in einem besonderen Licht erscheinen, dachte ich erleichtert, ich saß auf dem hellen Sofa, plötzlich ganz ruhig angesichts des Alters, das ihn mit spitzen Nägeln zerkratzt hatte, als würde er ohnehin gleich hier, vor meinen Augen, an einem Herzschlag sterben und aufhören, mich durcheinanderzubringen. Schamlos starrte ich auf die linke Tasche seines Hemdes, unter der sein müdes Herz mit letzter Kraft schlug. Alle möglichen inneren Organe tauchten vor meinen Augen auf, Organe, die sich hinter diesem Hemd verbargen, an Geschlechtsteile erinnernd, blaurot, eklig und zugleich anziehend, wie ich sie vor Jahren gesehen hatte, als ich von meiner Mutter zu den Metzgern der alten Generation geschleppt wurde. Ich zerrte an ihrem Ärmel, Mama, komm, laß uns hier rausgehen, aber außer dem Ekel fühlte ich immer auch eine Art schmerzenden Zauber angesichts der zerschnittenen und aufgehäuften Lebensreste.

Angezogen vom Anblick der Hemdtasche, die sich auf und ab bewegte, versuchte ich, meinen Atem seinem Rhythmus anzupassen, herauszufinden, wie ernst sein Zustand war, vielleicht sogar auf seinem letzten Atemzug mitzuschwimmen, wie man auf einer Welle mitschwimmt, aber die Hemdtasche erhob sich plötzlich und stand über mir, was willst du trinken, und ich verkündete stolz, ich habe keinen Durst, spürte eine plötzliche Befreiung, nein, ich hatte keinen Durst und keinen Hunger, ich brauchte nichts von ihm, und es interessierte mich wirklich nicht, wer diese junge Frau mit der Zigarettenspitze war und was sie getan hatten, nachdem sie den Laden verlassen hatten, was hatten er und ich miteinander zu tun, ich stand entschlossen von dem bequemen Sofa auf, was haben er und ich überhaupt miteinander zu tun, dachte ich, nach Hause, ich muß nach Hause, zu Joni und zu der Arbeit, die ich bis zum Ende des Jahres abliefern muß.

Entschuldige, sagte ich schadenfroh, mit fester Stimme, ich hätte überhaupt nicht herkommen sollen, ich weiß nicht, warum ich gekommen bin, du hast dein Leben, und ich habe meines, unsere Leben treffen sich nicht, müssen sich nicht treffen.

Er trat einen Schritt zurück, betrachtete mich irritiert, aber nicht überrascht, und begleitete mich schweigend zur Tür, aber einen Moment bevor er sie aufmachte, sagte er ruhig, wie zu sich selbst, seltsam, ich habe gedacht, daß du zu denen gehörst, die immer alles, was sie wollen, auf der Stelle bekommen müssen, und er sah aus, als irritiere ihn dieser Irrtum mehr als mein plötzliches Weggehen, aber ich schluckte den Köder und fragte sofort, wer, ich? Was will ich denn?

Er nahm meine Hand, wie im Laden, und legte sie mit einer natürlichen, sogar müden Bewegung auf seinen Hosenschlitz und sagte, dafür bist du doch gekommen, und drückte sie fest dagegen, du kannst jetzt gleich gehen und du kannst in ein paar Minuten gehen, nachdem du ihn bekommen hast, und ich schaute auf die Uhr, als sei es eine Frage der Zeit, und vor lauter Anspannung sah ich nichts und flüsterte, meine Kehle war trocken und zusammengeschnürt, was würdest du mir denn empfehlen? Das ist deine Entscheidung, sagte er, und ich fragte, aber was willst du, und er sagte, für mich spielt es wirklich keine Rolle. Schließlich bist du zu mir gekommen und nicht ich zu dir, und trotzdem öffnete er langsam seinen braunen Gürtel. Ich fühlte mich schlaff und schwach, ich war nicht in der Lage, auch nur einen Schritt zu machen, nicht in die Wohnung hinein und nicht aus der Wohnung hinaus, und ich mußte mich auch nicht bewegen, denn er drehte mich um, mit dem Rücken zu sich und dem Gesicht zur Tür, ich hob die Arme, als wäre ich in Gefangenschaft geraten, meine Hände griffen nach den Kleiderhaken an der Tür, meine halb heruntergerutschte Hose fesselte mich an den Knien, und sein steifes Glied nagelte mich mit einem Schlag an die Tür, ohne daß er mich auch nur mit dem kleinen Finger berührt hätte, und die ganze Zeit, gleichgültig, mit roher Stimme und ohne Fragezeichen, verkündete er, gut für dich, gut für dich, verkündete es nicht eigentlich mir, sondern dem Haus, laut, als würde es in ein geheimes Protokoll eingetragen, gut für dich, gut für dich, gut für dich.

Wie der Schleim einer Schnecke klebte meine Spucke an der Tür, durchsichtig und klebrig, und auf der Wange spürte ich, wie ihr Holz mir die ersten Falten ins Gesicht zeichnete. Hinter meinem Rücken wurde das stolze Glied herausgezogen, und ich hörte, wie es schnell versteckt wurde, wie der Reißverschluß hochgezogen und der Gürtel geschlossen wurde. Nur mit Mühe gelang es mir, das Gesicht zu ihm zu drehen, mein Hals war steif von der Diskrepanz zwischen der offensichtlich intimen Situation und der absoluten Fremdheit zwischen uns, eine Diskrepanz, die nun, hinterher, nichts Anziehendes hatte, während sein unfruchtbarer Samen aus mir tropfte, und ich war so verlegen wie ein kleines Mädchen, das in Anwesenheit anderer pinkelt, und er bot mir weder Papier noch eine Serviette an, und ich genierte mich zu fragen, wo die Toilette war, um nicht so hinlaufen zu müssen, mit heruntergelassenen Hosen, also zog ich sie einfach hoch, die Unterhose saugte die

Flüssigkeit auf, und mein Flüstern klang wie ein Räuspern, als ich sagte, jetzt habe ich Durst.

Was möchtest du trinken, fragte er mit verschlossenem Gesicht, höflich, aber nicht freundlich, als sei er wütend auf mich, und ich sagte, Kaffee, und er, meine Frau kommt gleich nach Hause, etwas Schnelleres wäre besser, und sofort kam er mit einem Glas Orangensaft zurück, ich trank ihn langsam, um Zeit zu gewinnen, schluckte langsam die säuerliche Flüssigkeit, schließlich hätten wir uns jetzt näher sein sollen, warum war er statt dessen noch distanzierter als vorher, Joni entspannte sich immer auf mir, nach einem Fick, und hier gab es nicht einen Hauch von Gelassenheit. Ungeduldig wartete er darauf, daß ich austrank, wie ein Geschäftsinhaber, der endlich den Laden zumachen will, ich hielt ihm das leere Glas hin, und er brachte es sofort in die Küche und sagte wieder, meine Frau kommt gleich von der Arbeit, und ich sagte leise, ja, ich gehe schon, versuchte, mich zu sammeln, versuchte, ein bißchen Wärme aus den grauen Augen zu ziehen, aber sie waren vollkommen erloschen, und ich konnte mich nicht mehr beherrschen und fragte, wer war die Frau mit der Zigarettenspitze, und er sagte schnell, die Nichte meiner Frau, aus Paris, warum?, als hätte er nichts zu verbergen, und ich sagte, nur so, und er sagte, aha, als Abschluß und als Abschied, und machte die Tür auf, die noch nicht einmal abgeschlossen gewesen war, und sagte höflich, einen schönen Gruß zu Hause, ich sagte danke und war schon auf der anderen Seite der Tür, der Schlüssel wurde sofort umgedreht, ausgerechnet jetzt machte er sich die Mühe abzuschließen.

Langsam ging ich das enge Treppenhaus hinunter, schwankte wie ein kleines Kind bei seinen ersten zitternden Schritten, aber ohne sein stolzes Jauchzen, und dann wurde ich plötzlich geblendet, sah überhaupt nichts mehr, trotz der nachmittäglichen Helle draußen, setzte mich auf die Treppe, vollkommen gleichgültig gegenüber den Bienen, legte mit geschlossenen Augen den Kopf auf die Knie, fühlte, wie ich versank, und die ganze Zeit sagte ich zu mir, was hast du getan, was tust du, was wirst du tun, als wäre ich im Grammatikunterricht, was hast du getan, was tust du, was wirst du tun, und ich hörte, wie ein Auto neben mir hielt, hörte es hupen, bestimmt war seine Frau zurückgekommen und hupte, damit er herunterkam und ihr beim Tragen half. Ich mußte weg hier, kaum schaffte ich es, aufzustehen, jemand kam zu mir und stützte mich, und ich sah verblüfft, daß es der Taxifahrer war, der mich hergefahren hatte, und er sagte, ich war zufällig in der Gegend und wollte sehen, ob Sie vielleicht ein Taxi brauchen, um nach Hause zu fahren, und ich war überglücklich, ihn zu sehen, als wäre er mein Retter. Er machte mir die Tür auf, setzte mich vorsichtig hinein und fragte, was ist passiert, und ich sagte, ich fühle mich nicht wohl, und er sagte, vor einer halben Stunde haben Sie sich ausgezeichnet gefühlt, eine Frau wie Sie sollte nicht so rumlaufen, Sie sollten zu Hause bleiben, wer was von Ihnen will, sollte zu Ihnen kommen, und ich fing an zu weinen, die Demütigung brachte mich dazu, mich vorwärts und rückwärts zu wiegen, als betete ich, und er murmelte weiter, es wird alles gut, machen Sie sich keine Sorgen, und schließlich, als denke er laut, vielleicht ist bei Ihnen das Herz wirklich noch klein, wie das Herz eines Säuglings, und legte mir besänftigend die Hand aufs Knie, machen Sie sich keine Sorgen, es wird noch wachsen, und er trug am Finger einen breiten weibischen Goldring, dessen Strahlen mich blendeten, ich schloß meine schmerzenden Augen, und sogar durch die geschlossenen Lider konnte ich sehen, wie sein Herz unter dem Hemd schlug, wie eine pralle, warme Brust voller Milch, voller Gutmütigkeit.

Im abgedunkelten Schlafzimmer, in das nur ein kleiner Lichtstrahl fiel, ließ meine Blindheit nach, aber die Wellen, in denen ich versank, kamen wieder und wieder, ich rollte mich im Bett hin und her, um mich zu beruhigen, aber ich schaffte es nicht, auf Jonis Seite zu gelangen, als wäre da plötzlich eine Mauer, die Mauer meines Verrats an ihm. Schon immer hatte es irgendwelche Hindernisse zwischen seiner und meiner Seite gegeben, Differenzen, Spannungen, Kränkungen, aber noch nie einen Betrug, und ich hatte das Gefühl, als teile sich das Bett in zwei Teile, und ich versuchte, eine Hand auf seine Seite zu legen, doch die Mauer stieß mich zurück, und wieder weinte ich, was hast du getan, was hast du getan, denn auch wenn ich ihn manchmal nicht ertragen konnte, weder ihn noch unser Leben, hätte ich doch nie geglaubt, daß ich ihn betrügen würde, größer als die Liebe zwischen uns war immer die Gemeinsamkeit des Schicksals, und ihn zu betrügen bedeutete nichts anderes, als das Schicksal zu betrügen. Manchmal hatte ich mich schon dabei ertappt, von einem anderen Leben zu träumen, aber so, wie man von einem Wunder träumt, von etwas Übernatürlichem, das sich dem eigenen Zugriff und der eigenen Herrschaft entzog, und jetzt war meine Welt in Aufruhr, und ich wußte nicht, wie ich sie beruhigen sollte, und ich versuchte es wie mit Schiras Katze, ich würde es immer ableugnen, und am Schluß würde die Lüge die Wahrheit verdrängen, aber diesmal beruhigte mich das nicht, denn Schiras Kater war tot, doch Arie Even lebte, und solange er lebte, lebte auch mein Betrug, und auch meine Demütigung lebte, und auch die Liebe, die aus mir aufstieg wie bitterer grünlicher Magensaft, ja, warum sollte ich es bestreiten, das war das richtige Wort.

3 Nur noch ein einziges Mal, versprach ich mir, dieses eine Mal, das das vorherige auslöschen und die Demütigung in einen Sieg verwandeln wird, wie lange konnte man mit dieser Erinnerung an die erhobenen Hände an der Tür leben, Hände, die sich an den kalten Kleiderhaken festhielten, schließlich gab es keinen Unterschied zwischen einmal betrügen oder zweimal, die beiden Sünden würden im selben Käfig landen, und wenn ich es schon getan hatte, sollte mir wenigstens eine süße Erinnerung bleiben, keine bittere, erstickende.

Komm, lassen wir es so, sagte er, als ich ihn schließlich anrief, zitternd vor Erregung. Was heißt das, so, fragte ich, und er sagte, so, wie es ist, und ich sagte, aber ich muß dich sehen, und er sagte, glaub mir, Ja'ara, besser lassen es wir so.

Was sollte das heißen, so, sollte ich den ganzen Tag mit einem einzigen Gedanken im Kopf herumlaufen, einem Gedanken, der sich im Gehirn festgesetzt hatte und nicht lockerließ, manchmal fiebrig, manchmal klopfend, manchmal sich wendend und manchmal flehend und dann wieder ein bißchen versteckt, doch sobald ich erleichtert aufatmete, überfiel er mich wieder mit orkanartiger Gewalt, wie der Wintersturm, der plötzlich eingesetzt hatte und naß und hungrig die kleinen Fenster aufriß und spöttisch hinter meinem Rücken atmete, und Joni sagte, aber früher hast du den Winter geliebt, und ich antwortete gereizt, aber heute hasse ich ihn, na und, darf ich mich nicht ändern, muß ich etwa bis zu meinem Tod gleich bleiben, und seine Augen sagten, aber du hast mich mal geliebt, mich, mich, mich.

Wie konnte ich ihn wiedersehen, ich war sicher, nur wenn ich ihn wiedersah, würde ich mich von ihm befreien können, und ich trieb mich überall herum, wo ich ihn zufällig treffen könnte, ich ging bei dem Laden vorbei, die Schaufensterpuppe trug schon einen dicken Wintermantel, ich stieg wieder und wieder die Treppe zu meinen Eltern hinauf, rannte mit klopfendem Herzen in das dämmrige Wohnzimmer, wie ruhig hatte er hier, bewirtet von meinem nervösen Vater, in dem großen Sessel gesessen, hatte das Zimmer mit seinem Rauch erfüllt, wie einfach war es gewesen, ihn zufällig zu treffen, ohne Anstrengung, ohne Absicht, und jetzt kam mir alles so hoffnungslos vor, nie wieder würde er die nassen Stufen hinaufsteigen und auch nie wieder vor dem glänzenden Spiegel hin und her gehen und zufrieden seine Rückseite betrachten.

In einer Nacht fiel mir eine Lösung ein, und ich war fast glücklich. Mir wurde klar, daß mein Vater derjenige war, der hier etwas unternehmen mußte, es handelte sich nicht um eine langwierige Anstrengung, sondern um etwas Einfaches, Glattes, nämlich sein Leben abzuschneiden, also zu sterben. Wenn er sterben würde, würde Arie bestimmt zu seiner Beerdigung kommen, und ich würde an seiner Schulter weinen, ich würde mich an ihn drücken, als wäre er mein neuer Vater, und er würde mir nichts abschlagen können. Die Frage war nur, was mein Vater dazu sagen würde, jetzt hing alles von seinem guten Willen ab. Morgen früh werde ich zu ihm gehen und ihn fragen, dachte ich, Papa, die Stunde der Wahrheit ist gekommen, wieviel bin ich dir wert? Vielleicht sage ich auch, Papa, mir ist klargeworden, daß mir in dieser Phase meines Lebens und unter den gegebenen Umständen dein Tod viel mehr nützen würde als eine Fortsetzung deines Lebens, sieh doch ein, daß es Schlimmeres gibt, ich habe Freundinnen, die selbst durch den Tod ihrer Eltern nicht gerettet werden können, stell dir vor, wie verloren die sind.

Er war ungefähr sechzig, mein Vater, und ich hatte keine Ahnung, wieviel ihm sein Leben wert war, wie sehr er daran hing, falls er es überhaupt tat. Er sprach viel von der Vergangenheit, das stimmte, eigentlich ohne Ende, sagte aber wenig über seine Beziehung zur Zukunft. Er hatte keine besonderen Pläne für die Zukunft, soweit ich wußte, und selbst wenn er welche hatte, Pläne sind dazu da, nicht in Erfüllung zu gehen.

Was nachts richtig erschien, wurde am Tag widerlegt und vielleicht auch umgekehrt. Ich sah sein zartes, besorgtes Gesicht, und schon war ich bereit, mich mit ihm auf eine schwere und selbstverständlich tödliche Krankheit zu einigen, die seinen Freund zu einem baldigen Besuch zwang. Ich würde in der Rolle der besorgten Tochter, auf deren Schultern sich die ganze Familie stützte, richtig herzergreifend aussehen, und wenn er kam, natürlich würde er am Schluß kommen, würde ich zu ihm sagen, mein Vater hat nach dir gefragt, mein Vater wollte dich sehen, und er wird erschrecken und fragen, bin ich zu spät gekommen, und ich werde ihn beruhigen, nein, noch nicht.

Was ist eigentlich mit deinem Freund, diesem Arie Even? fragte ich meinen Vater, und er sagte, alles in Ordnung, es geht ihm gut, ich habe gestern mit ihm gesprochen. Vielleicht ladet ihr ihn und seine Frau mal zum Abendessen ein, schlug ich vor, und sofort hörte ich meine Mutter aus der Küche schreien, das hätte mir noch gefehlt, diesen alten Angeber einzuladen.

Wie redest du über meinen besten Freund, er fing schon an zu kochen.

Wenn er so ein guter Freund von dir ist, wo war er dann die ganzen Jahre? Warum hat er die Beziehung nicht aufrechterhalten? Sie kam mit einem Satz aus der Küche und baute sich vor ihm auf.

Du mit deinen kleinlichen Rechnungen, sagte er, ich führe keine Rechnung mit meinen Freunden.

Weil du naiv bist, um nicht zu sagen, ein Idiot.

Sie merkten noch nicht mal, daß ich wegging, sie versanken in ihrem Ritual. Und ich fing an zu laufen, lernte den Weg auswendig, wie viele Schritte waren es von meiner Wohnung zu seiner, wie viele Ampeln, wie viele Lebensmittelgeschäfte, wie viele Gemüseläden, wie viele Apotheken, wie viele Zebrastreifen, und im Kopf erstellte ich eine Karte, zeichnete den Alltag der Stadt in sie ein, und trotzdem eine andere, völlig neue Welt. Nie hatte ich Lebensmittelgeschäfte so gesehen, so bedeutungsvoll und mit einer solchen Intensität, geheimnisvoll und glühend, die weißgemalten Zebrastreifen, die Ampeln mit dem grünen Feuer, und meine Schritte, ich hatte nie gewußt, was es heißt, einen Fuß vor den anderen zu setzen, wie ein wildes Tier, und ich staunte, es war wie ein Wunder, ich hatte das Gefühl, eine Statue zu sein, die sich bewegte.

Erst an seiner Tür blieb ich stehen, vor dem hellen, weißlichen Schild, das sich daran befand, ungefähr in der Höhe der Stelle, an der sich auf der anderen Seite meine Stirn befunden hatte, mir kam es vor, als hätte ich damals den Druck der Schrauben gespürt, und ich stellte mir vor, wie das Holz meine Seufzer aufgesogen hatte, so daß sie jetzt ein Teil davon waren, und vielleicht hörte seine Frau, wie sie aus dem Holz stiegen, und ich fühlte, wie sie sie in den Ohren kitzelten, und ich wußte noch nicht mal, ob ich sie beneidete oder bemitleidete. Sie ließ sich so leicht betrügen, das stimmte, aber ebenso leicht schaffte sie es, ihn zu sehen, überall in der Wohnung, sie mußte nicht beschämt vor der Tür stehen und sich Ausreden ausdenken.

Aber auch ich brauchte keine Ausrede, denn sein Gesicht war freundlich, fast als freue er sich, mich zu sehen, und er sagte, ich schulde dir eine Tasse Kaffee, stimmt's? Und ich nickte begeistert, als biete er mir mindestens Nektar an. Ich bleibe ungern etwas schuldig, sagte er und ging sofort in die Küche, und ich folgte ihm in die großartige, blendendhelle Küche, wie bekam dieser Raum von dieser ärmlichen Wintersonne so viel Licht, und seine Bewegungen waren fröhlich, und ich fragte mich erstaunt, wenn er so froh ist, mich zu sehen, warum hat er dann nicht meine Nähe gesucht, warum hat er gesagt, lassen wir es so, als wolle er meine Entschlossenheit prüfen, meine Willensstärke, und jetzt, nachdem ich die Prüfung bestanden hatte, war er zufrieden wie ein Lehrer über seine Schülerin, fast stolz. Er servierte mir Kaffee in einer blauen Tasse, die ebenfalls die Sonne widerspiegelte, und gähnte, ich bin ganz erschlagen, sagte er, ich bin erst heute morgen aus dem Ausland zurückgekommen. Wirklich? Ich staunte, wo warst du? Und er sagte, hauptsächlich in Frankreich, und ich fragte, eine Vergnügungsreise? Er lachte, was heißt da Vergnügungsreise, Arbeit, und ich erinnerte mich, daß meine Mutter gesagt hatte, daß er vermutlich mit irgendwelchen Sicherheitsangelegenheiten zu tun hatte, und ich fragte, was für eine Arbeit, und er sagte, Knochenarbeit und ein bißchen Gehirn, er lachte und deutete sich an den großen Kopf, der von grauen, feuchten Haaren bedeckt war, vermutlich war er gerade aus der Dusche gekommen, und er gähnte noch einmal. Dieses Gähnen hatte etwas Übertriebenes, mir kam es gespielt vor, vielleicht war es ihm einfach nicht angenehm, daß ich ihn an einem Morgen müßig zu Hause antraf, einen Langschläfer, und mir fiel ein, daß mein Vater gesagt hat, er hätte gestern mit ihm gesprochen, und ich konnte nicht anders und fragte, ob er etwas von meinem Vater gehört habe, und er sagte, nein, wirklich nicht, ich werde ihn heute anrufen und fragen, ob er eine Antwort für mich hat, und ich dachte, was geht hier vor, einer von beiden lügt. Ich versuchte herauszufinden, wer von ihnen ein stärkeres Motiv hatte, Arie wollte beweisen, daß er im Ausland war, und mein Vater wollte meine Mutter ärgern, sie sollte sehen, daß sie sehr wohl in Verbindung standen, und ich fragte mich, wem ich glauben sollte, und wie um seine Behauptung zu bestätigen, holte er eine Tafel Schokolade aus dem Schrank, direkt aus dem Duty-Free-Shop, und packte sie umständlich aus. Und wie war's, fragte ich, und er sagte, hart, und machte ein wichtiges und ernstes Gesicht, und wieder fragte ich mich, warum er in seiner eigenen Wohnung weniger anziehend wirkte als in meinem Kopf, wie ein alter Tiger saß er mir jetzt gegenüber, mit diesem höflichen Gastgeberlächeln, trank genüßlich den Kaffee, den er auch für sich zubereitet hatte, ach, das ist gut, seufzte er, und ich konnte mich nicht erinnern, daß er beim Ficken so geseufzt hätte, er steckte sich eine Zigarette an, und der Rauch begann um ihn herumzutanzen, und meine Anspannung ließ angesichts seiner erstaunlichen Freundlichkeit nach. Ich lutschte die bittere Schokolade und betrachtete ihn mit vorsichtigen Augen, denn noch immer gab es keine Nähe, sein Körper war mir vollkommen fremd, geheimnisvoll, auch seine Freundschaftlichkeit war nicht intim, als wäre nie etwas gewesen, wirklich gar nichts, und es schien, daß auch nie etwas sein würde, nie würde ich sein Wesen in mich eindringen fühlen, mit dieser wilden, unangenehmen Männlichkeit, warum sollte ich es leugnen, angenehm war es nicht gewesen.

Nun, was hast du zu erzählen, sagte er, und ich war verwirrt, nichts, eigentlich, was hatte ich mit ihm zu tun, was konnte ich diesem völlig Fremden erzählen, es gab kein Thema, mit dem ich anfangen könnte, und er fragte, was hast du in den letzten Wochen gemacht, und ich dachte mit plötzlicher Beschämung an die qualvollen, schrecklichen, langsamen Tage, an die Reue, an die schrille Begierde, wie ein Alptraum kam mir das alles plötzlich vor, lang und kompromißlos, wie eine Krankheit, für die man sich schämt, nachdem man gesund geworden ist, und ich sagte, es war schwer, genau wie er seine Reise genannt hatte, und versuchte sogar, seinen ersten wichtigtuerischen Gesichtsausdruck zu imitieren. Warum, was war so schwer, fragte er vollkommen unschuldig, als habe er gar nichts damit zu tun. Doch die ganze Zeit hatte ich das Gefühl, daß diese Fragen auf etwas Bestimmtes abzielten, das war kein Zufall, wie seine Zufriedenheit an der Tür nicht zufällig gewesen war, und ich sagte, du weißt, warum, und er sagte, keine Ahnung, und ich flüsterte, weil ich dich wollte. Mich? Er lächelte demonstrativ überrascht, wirklich? Ja, sagte ich, dich, und wiederholte, es war schwer, denn eigentlich wußte ich nicht, wie man so etwas nannte, so unmöglich hörte es sich in dieser glänzenden Küche an, und er fragte, aber warum, und ich flüsterte, weil ich mich für die Worte schämte, ich liebe dich, und er lächelte wieder wie ein Lehrer, der es endlich geschafft hatte, die richtige Antwort aus seiner Schülerin hervorzulocken, und fragte, warum, was liebst du an mir? Und ich hatte das Gefühl, daß genau dies der Punkt war, auf den das Gespräch hinsteuern sollte.

Was ich an ihm liebte? Ich kannte ihn doch gar nicht, was konnte ich schon an ihm lieben, und trotzdem, wenn ich es gesagt hatte, mußte ich dazu stehen, und so zögerte sich meine Antwort hinaus, und je länger sie sich hinauszögerte, um so verlegener wurde ich, dabei merkte ich, daß er angespannt wartete, und schließlich stotterte ich, ich weiß nicht, ich kann nicht klar beantworten, was ich an dir liebe, und trotzdem weiß ich, daß ich dich liebe.

Wie kannst du mich dann lieben, er hörte sich enttäuscht an, fast aggressiv, das ist also nur eine ungedeckte Aussage.

Wieso denn, ich fühlte mich verwirrt, ich kannte ihn wirklich kaum, aber manchmal kommt die Liebe vor dem Kennenlernen, wie eine Art inneres Wissen, doch in dem Moment wußte ich, daß ich tatsächlich leere Phrasen von mir gab, denn das war keine Liebe, wie sollte es Liebe sein, und er sagte, wie als Rache für die ausbleibende Antwort, ich muß los. Nein, geh nicht, platzte ich hysterisch heraus, als würde meine Welt erneut zusammenbrechen, wenn er jetzt ging, und er richtete sich wichtigtuerisch auf und sagte, schau mal, Ja'ara, du bist nicht vorsichtig genug, und so, wie du Dinge behauptest, ohne zu wissen, warum, so könntest du auch Dinge tun, ohne daß du weißt, warum, Dinge, für die es dir an der notwendigen seelischen Kraft fehlt. Das richtige Leben verlangt schwere Entscheidungen, deren Folgen du nicht unbedingt aushalten kannst, deshalb bleib lieber bei dem Leben, das du hast. Hör zu, du darfst nicht zulassen, daß jedes erstbeste Hindernis den vorgesehenen Lauf der Dinge stört, und ich, fast erstickend vor lauter gutem Willen, Stärke und Kraft zu beweisen, sagte, aber wie weiß man, was ein Hindernis ist und was der vorgesehene Lauf der Dinge? Und er sagte, ich glaube, man weiß das, ich glaube, daß jeder, der einen Fehler macht, das von vornherein weiß, er kann sich nur einfach nicht beherrschen. Die Überraschung liegt vielleicht in der Größe des Fehlers, aber nicht in der Tatsache seines Auftretens.

Doch diese gewichtigen Worte hinderten seine braune Hand mit den langen Fingern nicht, sich auf mein Knie zu legen, und ich streichelte einen Finger nach dem anderen, ich wagte nicht, alle auf einmal zu berühren, dafür schob ich seine Hand schließlich nach oben, unter meinen Rock, und er ließ sie dort, nicht an der Stelle, die ich wollte, aber doch ganz in der Nähe, so nahe, daß ich das Gefühl hatte, es könne mir jeden Moment kommen, und vor lauter Aufregung konnte ich den Kaffee nicht austrinken, ich dachte die ganze Zeit an seine langen Finger, die vor der Tür zu meinem Körper innehielten.

Aber dann zog er plötzlich seine Hand zurück, als hätte ihn etwas gestochen, und warf demonstrativ einen Blick auf seine Uhr, eine riesige schwarze Uhr ohne Zahlen und mit durchsichtigen Zeigern, ich konnte nicht erkennen, wie spät es war, ich wußte nur, daß es nicht gutgehen würde, und er stand schnell auf, ich muß weg, es ist schon spät, aber ich wollte nicht aufgeben und dachte die ganze Zeit, wie schaffe ich es, ihn zurückzuhalten, und dann sagte ich, ich muß zur Toilette, er zeigte mir ungeduldig den Weg, und ich setzte mich auf den Toilettendeckel, in Kleidern, und überlegte, wie kann ich ihn aufhalten, wie kann ich ihn beherrschen, und dann wusch ich mir die Hände vor dem Spiegel und sah plötzlich im Waschbecken ein rotes Haar, glatt und gerade, es wollte davonschwimmen, doch ich erwischte es im letzten Moment, bevor es durch den Ausguß schlüpfen konnte, ich betrachtete es so lange, bis ich keine Zweifel mehr hatte, von welchem Kopf es stammte. Vor mir sah ich, wie in einem Rückspiegel, ihr Bild und drehte mich mißtrauisch um, als würde mich diese geheimnisvolle Nichte gleich anfallen, hier, aus der Badewanne heraus, und tatsächlich entdeckte ich am Wannenrand noch ein Haar, diesmal ein Schamhaar, gelockt und etwas dunkler, und dachte, was soll das bedeuten, wohnt sie hier? Mit ihm und seiner Frau? Einen Moment lang beruhigte es mich, daß sie offensichtlich wirklich zur Familie gehörte, trotzdem kam mir etwas daran noch immer zweifelhaft vor, und wie um meinen Protest zu zeigen, zog ich mir ein Haar aus und legte es neben das andere ins Waschbecken, ich wollte auch das Schamhaar nicht allein lassen, deshalb legte ich eines von mir daneben, das dem anderen überraschend ähnlich sah.

Als ich wieder ins Wohnzimmer kam, sah er ruhiger aus, und er sagte, ich habe einen Anruf bekommen, die Verabredung ist verschoben, ich habe noch ein paar Minuten Zeit, und ich bedauerte, daß ich kostbare Minuten im Badezimmer vergeudet hatte, aber ein bißchen wunderte ich mich auch, denn ich hatte kein Telefonklingeln gehört, und ich setzte mich neben den blauen Hocker, der Kaffee war schon ganz kalt geworden, und sein konventioneller Gesichtsausdruck bedrückte mich, ich überlegte, wie geht es weiter, was kann man tun, und da fragte er, was willst du eigentlich? Ich, vor lauter Bedrücktheit, sagte, was willst du? Hast du keinen eigenen Willen? Und er sagte, ich habe einen eigenen Willen, aber es gibt kein Gleichgewicht zwischen uns, du bist so hungrig, und ich bin so satt. Sofort nahm ich die Finger von der angenagten Schokoladenkugel, versuchte, seine Worte zu ignorieren, und wußte doch, daß er recht hatte, ich fühlte, wie der Hunger mich innerlich auffraß, das war das Wort, Hunger, nicht Begierde, denn ein Verhungernder ißt alles, und dann betrachtete er meine Hände, die manikürten Fingernägel, und auch ich betrachtete seine Hände, überlegte, wie ich sie zu mir zurückbekommen könnte, und hörte ihn in entschiedenem Ton sagen, ich werde heute nicht mit dir schlafen, Ja'ara, und ich, aus lauter Verwirrung, fragte, warum nicht, und er sagte, weil ich heute schon mit einer Frau geschlafen habe, er sprach ganz ernst, als würde er sagen, ich habe heute schon Rindfleisch gegessen, und der Arzt erlaubt mir nicht, zweimal am Tag Fleisch zu essen. Na und, sagte ich, und er sagte, ich schlafe nicht an einem Tag mit zwei verschiedenen Frauen, ich habe meine Prinzipien, und die ganze Zeit hoffte ich, daß er nur Spaß machte, daß er gleich in ein befreiendes, angenehmes Lachen ausbrechen würde, aber das passierte nicht, und am Schluß fing ich an zu lachen, vor lauter Anspannung, nicht gerade ein befreiendes und angenehmes Lachen, und er fragte, was denn so witzig sei, und ich sagte, nichts, wirklich nichts, und versuchte, mich zu beruhigen, denn nichts war witzig, im Gegenteil, und ich sagte, nun, man muß dich also am frühen Morgen erwischen, wer zuerst kommt, mahlt zuerst, oder kann man einen Termin bestellen, oder was? Er wich ein wenig vor meinem Spott zurück und sagte kühl, komm, lassen wir es so, ich will dir nur Unannehmlichkeiten ersparen, aber ich konnte offenbar auf Unannehmlichkeiten nicht verzichten und setzte mir in den Kopf, ihn dazu zu bringen, seine Prinzipien zu durchbrechen, deshalb sagte ich, es gibt immer Ausnahmen, und er sagte, ja, das habe ich auch schon gehört, und betrachtete mich mit ausdruckslosen Augen, und ich versuchte, mir sein erregtes Gesicht vorzustellen, als er mit ihr schlief, mit diesem Mädchen mit der Zigarettenspitze, schließlich konnte sie beides sein, sowohl die Nichte seiner Frau als auch seine Geliebte, das widersprach sich nicht, oder er tat es mit ihr, wie er es mit mir getan hatte, verschlossen und kalt, und da sagte er, ich bin morgen früh frei, ganz beiläufig, ging zur Garderobe, nahm seinen schwarzen Mantel und zog ihn an, vorsichtig, wie einen kostbaren Gegenstand. Ich klammerte mich an seine Worte, fragte, um wieviel Uhr, und er sagte, ich bin ab etwa neun Uhr frei, und machte die Tür auf, gab mir ein Zeichen, ihm zu folgen, und ich dachte, was mache ich bis morgen um neun?

Aber die Zeit ging schnell vorbei, Schira war zwar beschäftigt oder tat nur so, um mir auszuweichen, seit ihre Katze verschwunden war, hielt sie sich von mir fern, deshalb fing ich an, die Wohnung zu putzen, ich machte Musik an und tanzte mit dem Besen, umarmte seinen harten Stiel, hatte festliche Gefühle, denn endlich, endlich gab es etwas, worauf ich warten konnte, und hatte Angst zu denken, was danach sein würde, zum Beispiel morgen um zwölf oder morgen um diese Zeit, deshalb konzentrierte ich mich aufs Saubermachen, und als Joni kam, blickte er sich erfreut und mißtrauisch um, konnte kaum fassen, was ihm da Gutes passiert war, und ich war glücklich und stolz, als ich seine Freude sah, und wußte, daß er nun wieder das Gefühl hatte, eine Rolle zu spielen.

Du siehst aus wie jemand, der von einer Krankheit genesen ist, sagte er, und ich sagte, ja, so fühle ich mich auch, und er umarmte mich und sagte, ich war so frustriert, Wühlmäuschen, ich habe nicht gewußt, was mit dir los ist, und er wich sofort zurück, weil er Angst hatte, ich würde gereizt reagieren, doch ich beruhigte ihn, ich fühle mich sehr viel besser, Biber, verzeih mir, wenn ich dich verletzt habe, und er sagte, bitte dich selbst um Verzeihung, nicht mich, denn vor allem hast du dich selbst verletzt. Du hast recht, sagte ich und dachte daran, wie sehr ich mich am Anfang bemüht hatte, ihn zu lieben, wie ich an ihn gedacht hatte, so, wie ein Trauernder ständig an einen Toten denkt und jeden fröhlichen Gedanken von sich weist, und nun kam sie zurück, meine Liebe zu ihm, wie eine verschwundene Katze nach Hause zurückkommt, den Duft der weiten Welt ausstrahlt und nicht sicher ist, ob sie erwünscht ist oder nicht, und ich empfing sie erstaunt und glücklich, wie recht er hatte, der Taxifahrer, man konnte zwei Männer lieben, es war sogar leichter, zwei zu lieben, denn das schaffte ein seelisches Gleichgewicht, die beiden Lieben ergänzten einander, und das war keineswegs beängstigend, wieso hatte ich nie zuvor daran gedacht, und vor lauter Erregung wegen dem, was mich am kommenden Tag erwartete, hatte ich das Gefühl, daß auch Joni mich erregte, ich setzte mich auf seinen Schoß und küßte seinen Hals, komm, gehen wir ein bißchen aus, flüsterte ich ihm ins Ohr, mir reicht es, den ganzen Tag in der Wohnung. Er lachte, gerade wenn die Wohnung sauber ist, lohnt es sich, zu Hause zu bleiben, aber ich zog ihn an der Hand, mach dir keine Sorgen, sie wird nicht schmutzig werden, bis wir wiederkommen, und wir gingen hinaus auf die Hauptstraße, und genau an der Stelle, wo ich damals den Schlag gehört hatte, diesen herzergreifenden Schlag, sagte ich zu ihm, los, laden wir Schira ein, mit uns zu kommen, und er war nicht begeistert, aber auch nicht dagegen, und sie machte uns mit einem traurigen Gesicht die Tür auf, nein, ich habe wirklich keine Lust auszugehen, sagte sie, draußen sei es kalt und sie sei erkältet, und außerdem, sagte sie zu mir, habe ich gedacht, du wärst krank, ich habe heute Neta in der Cafeteria getroffen, und sie sagte, du wärst wieder nicht zu deiner Sprechstunde erschienen, und ich schlug mir an den Kopf, wie hatte ich nur vergessen können, daß heute Mittwoch war, was war los mit mir, plötzlich existierte nichts mehr außer ihm, und ich war drauf und dran, meine Chance zu verlieren, denn eine feste Stelle wird nur alle paar Jahre mal frei, und am Schluß würde nicht ich sie bekommen, sondern Neta. Ich hatte das Gefühl, als würde Schira sich über meine Schwierigkeiten freuen, seit jenem Abend gönnte sie mir nichts, und ich konnte mich nicht beherrschen und fragte, was ist mit Tulja, ist er zurückgekommen? Bis jetzt nicht, sagte sie, und Joni sagte mit seiner beruhigenden Stimme, er ist bestimmt liebeshungrig, Kater verschwinden immer, wenn sie liebeshungrig sind, und dann kommen sie wieder, und Schira widersprach, das ist nicht die Jahreszeit dafür, und ich sagte, doch, sie ist es, ich habe viele läufige Katzen in der Umgebung gesehen, ich fühle, wenn so etwas in der Luft liegt, und Schira zuckte gleichgültig mit den Schultern und sagte, ich fühle es wirklich nicht, und sie lehnte sich an die offene Tür, ihr bringt Kälte rein, entscheidet euch, ob ihr rein- oder rauswollt, und ich sagte, wir gehen, und Joni versuchte es noch einmal, vielleicht willst du trotzdem mitkommen, und ich war sauer auf ihn, weil er keinen Charakter hatte, denn vorher wollte er es nicht und auf einmal doch, aber Schira hatte Charakter, sie sagte, nein, wirklich nicht, ein andermal.

Als wir wieder auf der Hauptstraße waren, fühlte ich mich bedrückt und verstand auf einmal das Glück nicht mehr, das ich noch eben empfunden hatte, Glück war nicht das richtige Wort, sondern Vollkommenheit, es war ein großartiges Gefühl der Vollkommenheit gewesen, das ausgerechnet aus dem Zwiespalt hervorging, in den ich geraten war, dem Zwiespalt zwischen meiner Liebe zu Joni und dem Hingezogensein zu diesem düsteren alten Mann, und statt unter diesem Gefühl der Zerrissenheit zu leiden, hatte ich geglaubt, sie passe genau zu mir, doch Schiras ernster Blick hatte mich wieder schwankend gemacht, auch der Gedanke an die Sprechstunde, die ich vergessen hatte, und Joni fühlte vermutlich, daß meine gute Stimmung schwand, denn er wurde besorgt, trommelte mit seinen dicken Fingern auf dem runden Caféhaustisch und bewegte sein Bein zugleich energisch und nervös vor und zurück. Wir bestellten Zwiebelsuppe, und ich versuchte, mich zu beruhigen und das Gefühl der Vollkommenheit wiederherzustellen, doch das war unmöglich, es war zerbrochen, ein innerer Widerspruch hatte die ganze Zeit daran genagt, und ich beschloß, daß morgen das letzte Mal sein würde, danach würde ich meine Abschlußarbeit anfangen, und dann fragte ich Joni noch einmal, was er mit Schira gehabt habe, und er sagte, nichts, und ich beharrte darauf und fragte, warum sieht sie dich dann immer so begehrlich an, und er sagte, ich weiß es nicht, da war wirklich nichts, wir waren Freunde, wie Bruder und

Schwester. Mein Bauch zog sich plötzlich vor Trauer zusammen, denn auch wir waren so geworden, schien mir, wie Bruder und Schwester, und es war so schwer, das zu durchbrechen, denn nur für einen Moment, unter großer Anstrengung und mit der Erregung, die von einem düsteren alten Mann herrührte, schaffte ich es, mich auch von ihm erregen zu lassen, ich nahm seine Hand und legte sie auf mein Knie, genau da, wo jene braune glatte Hand gelegen hatte, und versuchte, sie unter meinen Rock zu schieben, doch er hörte nicht auf mit diesem nervösen Trommeln, und mein Rock hob und senkte sich, als würden Heuschrecken dort herumhüpfen, und erst als die Suppe kam, hörte er auf, zog seine Hand hervor, nahm den Löffel und machte sich hingegeben ans Essen.

Die Musik war zu laut für eine Unterhaltung, deshalb aßen wir schweigend, tunkten das Brot in die scharfe Suppe, und ich dachte, daß meine Freude damals, als wir uns kennenlernten, wie ein Geschenk gewesen war, doch sehr bald wurde eine Last daraus, denn das Geschenk war unpassend, und als ich das herausfand, war es schon zu spät für einen Umtausch, und ich wußte, ein anderes würde ich nicht bekommen, nie in meinem Leben. Ich versuchte, ihn zu fragen, was es Neues gab bei seiner Arbeit, und er sagte, sie würden an einem neuen Programm arbeiten, das einen guten Eindruck mache, und es bestehe die Aussicht, daß sie es durchbringen könnten, er arbeitete in der Computerfirma seines Vaters, und dann verlangte er vom Kellner, daß die Musik leiser gestellt würde, weil wir uns kaum verständigen könnten, und der Kellner sagte, in Ordnung, kein Problem, aber die Musik wurde nicht leiser, im Gegenteil, sie schien sogar noch lauter zu werden, und dann bat Joni noch einmal, und der Kellner tat, als sei es das erste Mal, und sagte wieder, in Ordnung, kein Problem, und wieder stellte er sie nicht leiser. Joni seufzte ergeben, er zog es immer vor, Auseinandersetzungen auszuweichen, so lange wie möglich still zu leiden, und ich sagte, komm, gehen wir, aber unsere Demonstration beeindruckte niemanden, sofort stürzten zwei junge Leute von der Seite herbei und setzten sich auf unsere Plätze, und auf dem Rückweg gingen wir Hand in Hand, der Himmel war bewölkt und berührte fast unsere Köpfe, wie die Decke eines Hochzeitbaldachins, der von vier kleinen müden Männern gehalten wird.

Vielleicht dachte ich deshalb nachts an ihn, als ich nicht einschlafen konnte, an meinen kleinen müden Vater, und ich hatte die dumpfe Erinnerung, daß er einmal groß gewesen war und nachher geschrumpft, als habe man ihn in zwei Teile zerschnitten, die eine Hälfte sei bei uns geblieben, die andere habe er nur für sich behalten, und ich versuchte, ihn mir vor dem Hintergrund der niedrigen Berge in unserer Gegend vorzustellen, dort, wo ich in meinem ersten Leben gewohnt hatte, viel zu niedrige, ehrgeizlose Berge, warum hatte er dort so groß ausgesehen und heute so klein, der Grund war nicht, daß ich damals ein Kind war und nun erwachsen, ich hatte es noch nie geschafft, mein Leben in Kindheit und Erwachsensein aufzuteilen, schließlich war ich jetzt nicht weniger Kind als damals, für mich gab es immer ein erstes Leben und ein zweites, ohne jede Verbindung miteinander, und in jeder Epoche war ich sowohl Kind als auch erwachsene Frau. Und vielleicht war mein Leben nicht nur in zwei Teile geteilt, sondern in drei oder vier, und vermutlich mußte man das tun, um es durchzustehen, das Leben aufteilen, und je länger ich an meinen Vater dachte, um so weniger konnte ich einschlafen, ich fühlte in meinem Inneren ein grenzenloses Mitleid und erinnerte mich an etwas, was ich einmal in der Zeitung gelesen hatte, über eine Studentin, die als Hosteß in irgendeinem Hotel arbeitete, in dem plötzlich ihr Vater als Kunde erschien, und wieder fragte ich mich, wer bedauernswerter war, sie oder er, und ich erinnerte mich, daß Joni gesagt hatte, beide seien zu bedauern, aber das beruhigte mich nicht, ich wollte unbedingt wissen, wer, ich wollte wissen, wem ich mein Mitleid schenken sollte, und weil in der Zeitung gestanden hatte, sie sei Studentin, verdächtigte ich jede meiner damaligen Kommilitoninnen, sogar Neta hatte ich eine Zeitlang im Verdacht, bis ich herausfand, daß sie keinen Vater hatte. Nun überlegte ich wieder, was damals passiert war, vor meiner Geburt, in seiner geliebten, begeisternden Vergangenheit, der einzigen Zeit, die ihn interessierte, die Landschaften seiner Kindheit, die Freunde seiner Jugend, seine ersten Studienjahre, die Mietwohnungen, es war unmöglich, mit dieser Vergangenheit zu konkurrieren, zu meinem Pech konnte ich nicht daran teilhaben, sondern nur an der grauen, enttäuschenden Gegenwart, und ich dachte, daß ich vielleicht morgen, um neun oder um fünf nach neun, Arie Even nach dieser Vergangenheit fragen würde, nach dieser himmelhohen, lebendigen Vergangenheit meines kleinen, müden Vaters, aber daraus wurde nichts, denn auf dem prachtvollen Sofa in seinem Wohnzimmer, auf dem harten, schmalen Handtuch, das er sorgfältig unter uns ausbreitete und das die Grenzen seiner Bewegungsfreiheit festlegte, vergaß ich es, und erst ein paar Wochen später, auf dem Weg nach Jaffo, fiel es mir wieder ein.

4 Im Spiegel über dem Waschbecken in seiner Wohnung, dort, wo ich dickköpfig zwei dicke, lange Haare gelassen hatte, hatte ich blaß ausgesehen, fast anämisch, aber hier im Laden, zwischen den Kleiderbügeln, strahlte ich, meine Wangen waren rot, und meine Augen glühten rachedurstig, denn das war meine Rache an ihm, wegen seiner distanzierten Bewegungen, seiner wenigen Worte, er hatte mehr in meine Kehle gehustet, als daß er mit mir sprach, ein heiserer Raucherhusten, hoffnungslos, automatisch.

Zu meiner Freude war die Verkäuferin von damals nicht da, sondern eine junge Frau, die nur mit Mühe zurechtkam, und ich wühlte zwischen den aufgehängten Kleidern, und es war wirklich da, mein weinrotes Kleid, das ich einmal so ersehnt hatte, und jetzt wollte es keiner mehr haben, ich nahm es mit in die enge Kabine, spürte die Erregung am ganzen Körper, genau wie am Morgen, doch in dem Moment, als ich sein gleichgültiges Gesicht vor mir hatte, war sie verschwunden, diese Erregung, hatte sich versteckt wie ein Tier, das man geschlagen hat, und kam erst wieder hervor, als sie mit mir alleine war, fürchtete sich nicht mehr.

Der verbrannte Geruch seines Körpers stieg von mir auf, als ich mich auszog, der Duft seines teuren After-shaves, der seltsame, abstoßende Geruch unfruchtbaren Samens, und dann wurden all diese Düfte von dem schönen samtigen Kleid bedeckt, und ich fühlte seine Schönheit, obwohl es in dieser winzigen Kabine, die uns einmal beide eingeschlossen hatte, mich und ihn, keinen Spiegel gab.

Voller Sehnsucht dachte ich an seinen konzentrierten, schmerzlichen Blick, der nicht war wie der kalte, geschäftsmäßige, mit dem er mir morgens die Tür geöffnet hatte, was gab es hier, was ihn schmerzte, vielleicht die Nähe des jungen Mädchens mit den roten Haaren, das ich nicht vergessen konnte. Über das Kleid zog ich meinen blauen Pullover und die weiten Jeans, und Erregung und Vergnügen packten mich, als ich aus der Umkleidekabine kam, und statt gleich wegzugehen, trieb ich mich in dem Laden herum, suchte zwischen den Kleiderbügeln, genau wie ich es damals getan hatte, in meinem ersten Leben, nachdem mein kleiner Bruder gestorben war und ich mit meiner Mutter durch die bedrückenden Straßen jener Kleinstadt lief. Wie kann man dich trösten, Mama, hatte ich sie gefragt, und sie hatte mich mit ihren vor Trauer wahnsinnigen Augen angeschaut und kein Wort gesagt, und einmal waren wir an einem Schaufenster vorbeigegangen, in dem ein sehr weibliches, besticktes Kleid hing, so wie sie es mochte, und ich sagte, vielleicht wird dich das Kleid trösten, Mama, und ging in den Laden, und sie saß draußen auf einer Bank und wartete auf mich, und ich zog das Kleid zwischen den anderen Kleidern hervor, wie ich es nun tat, damals war ich ungefähr zehn, aber sehr groß, und mit Absicht war ich länger im Laden herumgelaufen, um die Spannung auszudehnen, und als ich zu ihr hinauskam, gab ich ihr die Hand, und wir fingen an zu rennen, wie verrückt lachend, die Ärmel des Kleides blitzten unter meinem Mantel hervor, und ich fragte, tröstet dich das, Mama, und sie sagte nicht ja, aber auch nicht nein, und am Abend zog sie das Kleid für mich an, und wir spazierten Arm in Arm durch die Siedlung. Von diesem Zeitpunkt an hatte ich ihr jedesmal, wenn sie traurig war, eine Überraschung gebracht, war erhitzt nach Hause gekommen und hatte den Inhalt meiner Tasche auf meinem Bett ausgebreitet, nur um sie lachen zu sehen, nur um mit ihr zu lachen und etwas von der Würze des Lebens zu spüren, und ich versuchte mich zu erinnern, wann das aufgehört hatte, vielleicht als ich merkte, daß es aufhörte, sie zum Lachen zu bringen, und die Sachen sich in meinem Zimmer häuften, Kleider, Schmuck, Bücher, während sie dick und abstoßend wurde und nur noch ekelhafte Kleidung trug und ihren Schmuck wegwarf, und auch mich begeisterte das alles nicht mehr, es war zu leicht geworden, doch jetzt, Jahre später, empfand ich wieder die alte Begeisterung, und als ich den Laden verließ, lächelte ich die neue Verkäuferin an, im spannendsten Moment auf der Schwelle sagte ich mir, es geschieht ihm recht, es geschieht ihm recht, und die Traurigkeit löste sich auf und machte einem kleinen Siegesbewußtsein Platz, privat und geheim, Symbol eines Sieges, der noch kommen würde, der Liebe, die einmal sein würde, und das gestohlene Kleid umarmte mich mütterlich und hilfreich, beschützte mich wie ein Panzer in meinem neuen Krieg.

Einige Wochen später, als er mich eines Morgens anrief und mir vorschlug, mit ihm nach Jaffo zu fahren, wußte ich, daß dies der Anfang des Sieges war. Eigentlich schlug er es nicht wirklich vor, er sagte nur beiläufig, fast wie zu sich selbst, ich fahre nach Jaffo, ich fahre allein. Ich war so überrascht, seine Stimme am Telefon zu hören, ich wußte überhaupt nicht, was ich sagen sollte, und vor lauter Freude forderte ich ihn ein bißchen heraus und sagte, warum fährst du nicht mit der Zigarettenspitze? So nannte ich all seine Freundinnen, von denen ich nicht mal wußte, ob es sie überhaupt gab, er erzählte nie etwas und sagte nur manchmal, ich habe zu tun, oder ich werde zu tun haben, in einem gedämpften, provozierenden Ton, als weide eine ganze Herde wartender Frauen neben seinem Haus.

Alle Zigarettenspitzen haben heute keine Zeit, du bist die letzte auf der Liste.

Aber vielleicht habe ich auch zu tun, sagte ich, und er lachte, vielleicht.

Das hatte ich wirklich. Ich hatte morgens Vorlesung und anschließend ein Treffen mit dem Dekan, um mit ihm das Thema meiner Arbeit zu besprechen. Er glaubte hartnäckig an mich, dieser senile Alte, und wollte mich fördern, immer hatte er Zeit für mich und meine glanzlosen Pläne, Schira behauptete, er sei in mich verliebt, und ich leugnete es heftig, aber ich wußte, daß er mir gegenüber etwas empfand, und weil ich wußte, wie es mit Gefühlen so ist, war mir auch klar, daß es nicht ewig so weitergehen würde, daß ich das Seil nicht überspannen durfte. Trotzdem rief ich an und hinterließ eine Nachricht, ich wäre krank geworden, und für Joni legte ich einen Zettel mit einer unklar formulierten Nachricht hin, in der Hoffnung, vor seiner Rückkehr wieder dazusein, oder eigentlich überhaupt nicht mehr dazusein, sondern in Jaffo zu bleiben, in einem kleinen für Liebesspiele eingerichteten Zimmer, das Meer zu betrachten und Liebe zu machen, abends Fisch zu essen und Weißwein zu trinken, und ich betrachtete Abschied nehmend die kleine Wohnung, die wir in einem gelblichen Farbton gestrichen hatten, von dem alle gesagt hatten, er würde verblassen, aber die Zeit hatte ihn nur tiefer werden lassen. Seltsam, wie wenig Bindung ich zu diesem Ort entwickelt hatte, schon seit Jahren war er meine Adresse, aber nicht mein Zuhause, vermutlich hatte ich nur ein Zuhause, mein erstes, in meinem ersten Leben, und hinfort würde ich nur einen Mann haben, und ich würde von ihm nur eines wollen. Aber als ich mich anzog, mein weinrotes Herbstkleid, trotz der Kälte, mit einer glänzenden Strumpfhose und Stiefeln, dachte ich voller Angst an diese Verabredung, noch nie war ich mit ihm länger als eine oder zwei Stunden hintereinander allein gewesen, im allgemeinen mitten am Tag, ein Auge auf den dunklen Fleck der Uhr gerichtet, und nun plötzlich dieser ganze Tag, wie eine Sahnetorte, bevor das Messer sie berührt, lockend, aber gefährlich. Ich konnte ihm einfach zuhören, das stimmte, der Fluß seiner hochmütigen Reden verlangte nicht allzuviel von mir, aber wenn er schwieg, was würde ich dann sagen, was hatte ich ihm eigentlich zu sagen, außer daß ich ihn liebte, noch dazu, ohne zu wissen, warum.

Und dann dachte ich, das ist die Gelegenheit, auf die ich gewartet habe, seit Jahren, wie mir schien, um über meinen Vater zu reden, meinen jungen Vater, den ich nicht kennengelernt hatte, und plötzlich fühlte ich mich Arie nahe, schließlich waren wir nicht Fremde, wir hatten einen gemeinsamen Bekannten, mit dem wir beide vertraut waren, nur daß unsere Beziehung zu ihm nicht den gleichen Zeitraum umfaßte, was die Sache aber interessanter machte und uns immer noch retten konnte.

Erzähl mir von meinem Vater, sagte ich, als ich ins Auto stieg, noch bevor ich mich angeschnallt hatte, voller Angst, daß ein Moment der Stille zwischen uns entstehen und er bedauern könnte, mich eingeladen zu haben, ausgerechnet mich, einen ganzen Tag seines einmaligen Lebens mit ihm zu verbringen. Wieder hatte ich dieses bedrückende Gefühl der Konkurrenz, wobei ich noch nicht mal wußte, mit wem ich konkurrierte. Mit seiner Frau? Mit dem Mädchen mit der Zigarettenspitze? Mir kam es langsam vor, als handle es sich um einen Wettbewerb mit allen Frauen der Welt, so bedrückend und unspezifisch war das Gefühl.

Von deinem Vater, fragte er überrascht, schob sich die Zigarette zwischen die vollen, graubraunen Lippen, ich glaube, du kennst ihn besser als ich.

Ja, ich entschuldigte mich fast, ja, schon, aber man kennt seine Eltern nie wirklich, sie spielen einem nur was vor, schließlich würde nie jemand wagen, dem eigenen Kind das wahre Gesicht zu zeigen.

Doch dann fiel mir ein, daß er keine Kinder hatte, und ich schwieg und bückte mich ein bißchen, denn in diesem Moment fuhren wir an Jonis Büro vorbei, und ich tat, als wühle ich in meiner Tasche, und inzwischen suchte ich nach einem anderen Thema.

Er war ein brillanter junger Mann, hörte ich ihn sagen, wie zu sich selbst, alle waren überzeugt, daß ihn eine glänzende Zukunft erwartete, aber seine Krankheit hat ihm das Leben zerstört.

Ich richtete mich auf, und mein Blick blieb an einem roten Baumwipfel hängen, mitten im Winter und mitten in der Stadt, rot wie ein geheimnisvolles Lagerfeuer, und ich dachte, bestimmt habe ich die letzten Worte nicht richtig verstanden, und fragte, Krankheit? Was für eine Krankheit?

Und er sagte etwas erschrocken, die Zigarette hing in seinem Mund, die Farbe des Rauchs mischte sich mit der Farbe seiner Lippen, was, haben sie dir davon nichts erzählt? Und ich sagte, wovon? Ich weiß nicht, wovon du sprichst, und er sagte leise, es tut mir leid, vermutlich habe ich einen Fehler gemacht.

Da fing ich fast an zu schreien, los, erzähle es mir, wenn du schon angefangen hast, was für eine Krankheit, eine körperliche oder eine seelische?

Aber er hatte bereits das Radio angemacht und suchte nach einem Sender, während das Auto aus der Stadt fuhr, auf einer abschüssigen Straße.

Sag mir wenigstens, ob es sich um etwas Erbliches handelt, versuchte ich, und er sagte nur, mach dir keine Sorgen, mach dir keine Sorgen, und am Schluß sagte er, vergiß es, ich habe nur einen Spaß gemacht.

Ich drückte meine Stirn an das kühle Fenster, betrachtete die lange, gelbe Schlange des Straßenrands, die uns hartnäckig verfolgte. Was konnte das sein, nie haben sich bei uns im Haus Ärzte herumgetrieben, vielleicht ab und zu mal, aber nie gab es etwas Außergewöhnliches, keine Operationen, keine Krankenhausaufenthalte, nur mal eine Grippe oder eine Angina, wie bei jedem Menschen, es gab fast keine Medikamente im Haus, also um was konnte es sich gehandelt haben?

Und dann fiel mir jener Tag ein, wirklich mitten in meinem ersten Leben, als dieser verrückte Hund das Junge zerfleischte, das unsere Katze gerade geboren hatte, und ich das Gefühl hatte, etwas sei mit meinem Vater nicht in Ordnung. Er war wild nach Katzen, dieser Hund, war aber immer darauf bedacht, einen Rest zurückzulassen, damit die Leute in der Siedlung wußten, da hatte es etwas gegeben, das es jetzt nicht mehr gab, offenbar sollten seine Opfer nicht einfach so vom Erdboden verschwinden, jedenfalls fand mein Vater damals das angefressene junge Kätzchen auf unserer Treppe und wurde knallrot, nie hatte ich ihn so gesehen, er packte das Kätzchen am Ohr und trug es in die Wohnung der Hundebesitzer, sie waren gerade beim Mittagessen, in der Küche roch es nach Gekochtem, ich glaube, er legte es sogar auf den Teller des Nachbarn, zwischen Schnitzel und Erbsen, und fing an zu weinen.

Ich war ihm erschrocken nachgelaufen, war den Spuren des tropfenden Blutes gefolgt, er war immer so ruhig und gelassen, mein Vater, und besonders darauf bedacht, was wohl die Leute sagen würden, immer hatte er meine Mutter, die um Längen lauter als er war, zum Schweigen gebracht, und plötzlich war da diese völlige Gleichgültigkeit gegenüber der Meinung der Leute. Dabei liebte er Katzen noch nicht mal, nie streichelte er sie und forderte uns immer böse auf, uns die Hände zu waschen, wenn wir eine Katze berührt hatten, und nun sah die ganze Nachbarschaft, wie er wegen eines Kätzchens durchdrehte.

Ich war ihm nachgelaufen, hatte mich aus Angst, er könne mich sehen und seinen Zorn gegen mich richten, in den Büschen versteckt und sah ihn nun herauskommen, eingehüllt in ihre Küchengerüche, sah, wie er sich neben dem Akazienbaum nach vorn beugte, sich erbrach und weinte.

Auch damals war ich nicht zu ihm gegangen. Es bereitete mir eine seltsame Freude, ihn so offen leiden zu sehen, immer hatte ich so etwas wie Leiden bei ihm gespürt, ein dumpfes, innerliches, unausgesprochenes Leiden, so tief und unerreichbar, daß es keinen Weg gab, ihm zu helfen, und plötzlich wurde dieses ganze Leiden sichtbar, wie ein umgedrehter Mantel, an dem man die Nähte und das Futter sah, plötzlich war alles dem Licht dieser matten Wintersonne ausgesetzt und erweckte in mir die Hoffnung, in Zukunft einen anderen Vater zu haben, einen fröhlichen Vater, denn alles Leiden, das sich in ihm angesammelt hatte, war hervorgebrochen und versickerte in der Erde. Ich wartete darauf, daß er fertig wurde und nach Hause ging, rot und stinkend, und ich beobachtete ihn hoffnungsvoll den ganzen Tag, nur um zu sehen, was sich in ihm verändert hatte, aber er verließ kaum sein Zimmer, wollte noch nicht mal mit uns zu Abend essen. Abends konnte ich nicht einschlafen, ich hörte ihn die ganze Zeit wimmern, als wäre er es, der das Kätzchen verschlungen hatte, und nun wimmerte es in seinem Inneren. Gegen Morgen begann ich zu grübeln, wo es eigentlich war, das angefressene Kätzchen. Hatte er es dort gelassen, auf dem vollen Teller des Nachbarn, zwischen dem Schnitzel und den Erbsen, oder hatte er es vielleicht wirklich verschlungen, um das Werk des Hundes zu vollenden, und hatte deshalb neben dem Baum gekotzt, und ich wurde von einer solchen Enttäuschung gepackt, daß ich fast weinte, denn dieses neugeborene Kätzchen hatte mir gehört, und einen Moment lang kam es mir vor, als habe mein Vater für mich gekämpft, und erst als es hell wurde, wurde mir klar, daß es sich vermutlich um einen anderen Kampf gehandelt hatte, einen geheimen, von dem ich nie etwas erfahren würde.

Am Morgen ging ich zu dieser riesigen Akazie und wühlte dort zwischen den Steinen in der Erde, versuchte, die Reste des Kätzchens zu finden, die mein Vater erbrochen hatte. Die Erde war weich, denn es hatte in der Nacht geregnet, und die richtige Stelle war schwer zu finden, es lagen viele nasse weiche Zweige herum, die aussahen wie die Schwänzchen von vielen kleinen Katzen, ich ordnete sie in einer Reihe und versuchte, sie zu sortieren, doch genau in diesem Moment fing es wieder an zu regnen und ich lief nach Hause, und als ich später wieder hinauswollte, legte mir meine Mutter die Hand auf die Stirn und sagte, ich würde glühen, ich hätte schon den ganzen Morgen seltsam ausgesehen, und sie legte mich ins Bett, das ich im nächsten Moment schon vollgekotzt hatte, und während der ganzen Zeit war mir klar, daß ich keinen neuen Vater bekommen würde, daß jede Änderung nur zu etwas Schlimmerem führte.

Hatte seine Krankheit vielleicht etwas mit Katzen zu tun, fragte ich Arie, und diese Frage klang in meinen Ohren sehr dumm, vermutlich auch in seinen, denn er packte das Lenkrad mit derselben herrischen Bewegung, mit der er mich immer festhielt, und fragte, was für eine Krankheit, und ich wußte, ich würde nichts mehr aus ihm herausbekommen.

Worüber konnte ich mit ihm reden? Mir sagte man nach, ich sei charmant, fröhlich, anziehend, und alles, was ich wollte, war schlafen, schade, daß ich nicht bloß eine Tramperin war, die er mitgenommen hatte, dann wäre alles zwischen uns viel einfacher, viel offener und natürlicher gewesen. Vielleicht tun wir, als wäre ich eine Tramperin, schlug ich zögernd vor, und er war begeistert, hielt sogar das Auto an, um mich hinauszulassen und später wieder abzuholen. Wir müssen es wirklich glauben, sagte er, als ich ausstieg, ich sah ihn zurückfahren zu einer Tankstelle. Was macht es ihm aus, an mir vorbeizufahren, ohne anzuhalten, dachte ich, wie wenig ich ihm doch vertraue, es könnte mir passieren, daß ich wirklich eine Tramperin war, aber im Auto eines anderen.

Fast war ich überrascht, als er anhielt und mich sogar mit einem breiten Lächeln durch das Fenster anstrahlte. Ich machte die Tür auf, und er sagte, ich fahre nach Jaffo, wohin willst du?

Nach Jaffo, sagte ich, stieg in den brandigen, scharfen Geruch des Autos und betrachtete prüfend und mißtrauisch den Fahrer, schließlich konnte eine solche Fahrt die letzte sein, und er spürte meinen Blick und sagte, du brauchst keine Angst zu haben, ich werde dich nicht vergewaltigen.

Was machst du beruflich, fragte ich, vielleicht sagst du mir ja zufällig die Wahrheit, und er lachte, ich organisiere Reisen, das ist es, was ich tue. Ich betrachtete sein dunkles Profil, und auf einmal kam er mir wie ein Inder vor, mit dieser dunklen Haut, den silbernen Haaren und den hohen Wangenknochen, ein alter Inder mit viel Lebensweisheit, und ich stellte ihn mir mit einem Turban auf dem Kopf vor und lachte, was hatte ich mit ihm zu tun, und er warf mir einen verwirrten Blick zu und fragte, und du?

Ich heiße Avischag, sagte ich, ich komme aus einem Kibbuz im Negev. Solch eine Avischag war mit mir bei der Armee gewesen, sie hatte mit mir das Zimmer geteilt und war immer ganz problemlos eingeschlafen, während ich mich bis zum Morgen im Bett herumwälzte, meine Schlaflosigkeit verfluchte und sie beneidete und mir wünschte, an ihrer Stelle zu sein.

Avischag, sagte er, begeistert auf meine neue Identität eingehend, was hast du unter der Strumpfhose an?

Einen Slip, sagte ich, was hast du denn gedacht?

Genau das, sagte er enttäuscht, Avischag, ich war viele Jahre in Paris, und weißt du, was ich dort entdeckt habe?

Keine Ahnung, sagte ich kühl, der neue Name schützte mich vor ihm.

Ich habe entdeckt, daß die Pariserinnen nichts unter der Strumpfhose tragen, und du kannst mir glauben, es lohnt sich für sie, zieh deinen Slip aus, Avischag, und du wirst sehen, daß du ihn nicht brauchst.

Und daß es sich für mich lohnt, kicherte ich, und er sagte in seinem üblichen hochmütigen Ton, du sollst es nicht für mich machen, sondern für dich, du wirst deinem Körper näher sein, das sage ich dir.

Ich war eigentlich gar nicht so darauf aus, meinem Körper näher zu sein, sondern seinem, und nicht direkt seinem Körper, sondern etwas anderem, mehr Innerlichem, das ich, weil ich keine Wahl hatte, Körper nannte, mit Bedauern nannte ich es Körper, lange Finger und glatte, dunkle Haut und klar geschnittene Lippen und Augen, die plötzlich lebendig geworden waren und abwechselnd von der breiten Straße auf meine Beine schauten, ohne seine Erwartung zu verbergen.

Also begann ich, mich im Auto auszuziehen, erst die Schuhe, dann die Strumpfhose, wand mich, damit sie nicht zerriß, wie eine große Spinne mit vielen Beinen, von denen eines dem anderen im Weg ist, und zog das überflüssige Kleidungsstück aus, schlüpfte wieder in die Strumpfhose und wedelte mit dem Slip in seine Richtung, und er lächelte zufrieden, nahm ihn und steckte ihn ein wie ein Taschentuch, und mein Slip guckte aus seiner Hosentasche, auch als wir das Auto verließen und zu Fuß weitergingen. Ich erkundigte mich absichtlich nicht nach unserem Ziel, wenn schon Abenteuer, dann bis zum Schluß, und ich wußte, daß er auf meine Frage sauer reagieren würde, er wollte, daß ich ihm bedingungslos vertraute, deshalb sagte ich mir, heute gewöhnst du dich also an Vertrauen und an ein Dasein ohne Slip, als wäre das ein höheres Ziel, eine erhabenere Stufe der Weiblichkeit, oder besser des Mätressendaseins. Ich stellte mir vor, daß Leute mich nach meinem Beruf fragten, und ich sagte Mätresse, in einem Ton, der sie zum Erstaunen brachte.

Ich hatte gedacht, wir würden durch die Galerien ziehen oder das Meer betrachten, aber er bog rasch in eine schmale Gasse ein und stieg alte Treppen hinauf, mein Slip sah aus seiner Hosentasche, und klopfte an eine Tür, und nach ein paar Sekunden wurde sie aufgemacht, und ein verschlafen aussehender Mann stand in der Tür und strahlte vor Freude.

Arie, sagte er mit einer dünnen Stimme, wie wunderbar, dich zu sehen, ich habe fast nicht mehr geglaubt, daß du kommst, dann schaute er mich an, schien verwirrt zu sein, jedoch zufrieden, und Arie sagte, das ist Avischag, eine Kibbuznikit aus dem Süden, meine Tramperin.

Ich fühlte mich ganz wohl in meiner geliehenen Identität und dachte, was würde die wirkliche Avischag nun sagen, aber sie wäre gar nicht hier gelandet, wer nachts so gut schlief wie sie, gabelte keinen Mann wie diesen auf. Der Raum, den wir betraten, war nicht wirklich ein Loch, aber auch nicht direkt eine konventionelle Wohnung, es gab nur ein großes Zimmer mit einem Doppelbett in der Ecke und einem runden Kupfertisch und einen kleinen Kühlschrank, so was wie eine Studentenbude, aber der Hausherr sah eher aus wie ein Pensionär. Vermutlich merkte man mir meine Verwunderung an, denn Arie sagte plötzlich, das ist Schauls Liebesnest, und ich meinte zu sehen, wie er einen Blick auf das Bett warf, und Schaul lachte verlegen und wehrte ab, schüchtern wie eine Jungfrau, nein, wieso denn, hier ruhe ich mich aus, ganz allein, zwischen einem Prozeß und dem nächsten, und ich sah ihn mißtrauisch an, und dann dachte ich, vielleicht ist er Rechtsanwalt oder sogar Richter, was mir aber unwahrscheinlich vorkam, weil ihn so gar keine Pracht umgab, aber seine verschämte und bescheidene Anwesenheit beruhigte mich ziemlich. Seltsam, daß jeder dieser beiden Menschen hier als Mann bezeichnet wird, dachte ich, sie sehen aus, als gehörten sie zu verschiedenen Arten, wieso gibt es nur zwei Möglichkeiten für uns, Mann oder Frau, wie Tee oder Kaffee, wo doch die Wirklichkeit viel komplizierter ist, und ich freute mich, daß er nicht wie Arie war, und lächelte ihm dankbar zu. Er fragte, was trinken wir, und ich schwankte zwischen Tee und Kaffee, aber er ging ins Detail und nannte die Namen von Bier-, Whisky- und Brandysorten und empfahl einen hervorragenden Kognak, den er aus Ungarn mitgebracht hatte, er war erst vor einer Woche zurückgekommen und hatte ein paar Flaschen mitgebracht, und er war auch in Paris gewesen und hatte Käse gekauft, genau so sagte er es, als wäre ganz Europa eine Art riesiger Supermarkt, wo man mit seinem Wagen herumläuft und ihn vollädt, und schon lagen die Schätze Europas auf dem orientalischen Tisch, rund, niedrig und schmutzig, daneben die gepriesenen Flaschen, und wir setzten uns drum herum wie um ein Lagerfeuer, und Arie goß erst mir ein, dann sich, zerschnitt eine Wurst, schob mir mit einer vertrauten Bewegung ein Stück in den Mund, und die Schärfe des Whiskys mischte sich mit der Schärfe der Wurst und gab mir ein Gefühl von Leben, richtigem Leben. Und dann fingen sie an, über Paris zu sprechen, und ich hörte nicht wirklich zu, an meinem Ohr flogen Namen von Restaurants vorbei, von Weinsorten, von Frauen, Straßen, ich war nur einmal drei Tage in Paris gewesen und hatte zu dem Gespräch nichts beizutragen, außer daß ich dort mit einer schrecklichen Migräne in einem Hotelbett gelegen hatte, vor allem erinnerte ich mich an das Blumenmuster der Tapeten und der rosafarbenen Tagesdecke, aber es war schön, ihrem ruhig dahinplätschernden Gespräch zuzuhören, sie waren offenbar alte Freunde, und ich fühlte mich wohl zwischen ihnen, vor allem genoß ich Schauls Anwesenheit, den ich als einen Schutz gegen Arie empfand, und mir kam es vor, als würde auch Arie mich jetzt, mit den Augen seines Freundes, anders sehen.

Von Zeit zu Zeit zündete Arie eine Zigarette für mich an oder schob mir ein Stück Wurst in den Mund oder goß mir Kognak nach, und ich aß und trank, ohne nachzudenken, genoß es, ein Baby zu sein, für das man die Entscheidungen trifft. Als ich aufstand, um zu pinkeln, war mir angenehm schwindlig, und auf der Kloschüssel fielen mir einen Moment lang die Augen zu, aber als ich sie öffnete, freute ich mich, dort zu sein, in dieser überraschend geräumigen Toilette, als wäre sie für Behinderte gemacht, und als ich wieder hinüberkam, sagte Schaul, wir haben uns Sorgen um dich gemacht, geht es dir gut, Avischag? Und ich dachte, was für einfache Lösungen es für komplizierte Probleme gibt, man kann sich einen neuen Namen zulegen und vorübergehend sogar ein anderer Mensch sein. Als ich an Aries Sessel vorbeiging, streichelte er mein Bein unter dem Kleid und tastete sich hoch, wie um sich zu versichern, daß mein Slip nicht aus seiner Tasche verschwunden und an seinen natürlichen Platz zurückgekehrt war, komm auf meinen

Schoß, sagte er, und ich setzte mich auf seine Knie, und er fuhr fort, mich mit einer Hand unter dem Kleid zu streicheln und mit der anderen zu füttern, er schob mir seine Finger in den Mund, bis ich anfing, daran zu kauen, ich konnte kaum zwischen den Wurststücken und seinen Fingern unterscheiden, denn beide waren scharf und salzig, und zuletzt waren mir seine Finger lieber, denn ich brachte nichts mehr hinunter, ich war so satt, also hielt ich seine Hand, als wäre sie ein Sandwich, und kaute daran herum, und er unterhielt sich weiter mit Schaul, der jedoch nicht mehr so konzentriert war, die meiste Zeit beobachtete er mich und die Bewegungen meines Mundes, und schließlich stand er auf, stellte sich neben uns, und ich hörte seinen schweren Atem, und er berührte mein Gesicht, meine Nase und meine Augen, und begann, seine Finger ebenfalls in meinen Mund zu schieben, und Arie zog seine Hand heraus, um ihm Platz zu machen, und steckte sich einstweilen eine neue Zigarette an, und Schaul durchforschte meinen Mund wie ein Zahnarzt, seine Finger waren weich, und ich hatte das Gefühl, als könnten sie jeden Moment in meinem Mund schmelzen, und das war mir ein bißchen eklig, er merkte es offensichtlich und ging ein wenig enttäuscht zu seinem Platz zurück, und Arie lachte und sagte zu ihm oder zu uns beiden, es ist in Ordnung, es ist in Ordnung.

Und so war mein Mund auf einmal leer geworden, dabei hatte ich Lust, etwas mit ihm zu machen, deshalb legte ich meinen Kopf auf Aries Schulter und küßte seinen Hals, sein Ohr und einen Teil seiner Wange, wo der Geruch seines After-shaves besonders scharf war, ich schaute ihm ins Ohr, es war das erste Mal, daß mir sein Ohr auffiel, das eigentlich ganz normal und durchschnittlich war, mir aber plötzlich ganz wunderbar erschien, klein im Vergleich zu seinem Gesicht, und etwas heller, fast rosafarben, und einen Moment lang meinte ich, tief innen ein kleines Hörgerät zu sehen, rosa und rund wie eine Kirsche, und ich schob einen Finger hinein, um es zu berühren, fand aber nichts, und die ganze Zeit sprach Arie mit seiner heiseren Stimme weiter, ohne schwer zu atmen und ohne Erregung, aber ich spürte in seinem Körper eine Art Anspannung, die vorher nicht dagewesen war.

So bist du also wirklich, dachte ich, immer hatte ich ihn erregt sehen wollen, immer hatte er Kälte und Fremdheit ausgestrahlt, wie eine Maschine, und jetzt war da etwas anderes, seine Hände betasteten mich weniger gelangweilt, waren gespannter und geschmeidiger. Plötzlich fing es an zu regnen, ein richtiger Guß, gefolgt von Donnern und Blitzen, und die kleine Wohnung sah auf einmal aus wie die Arche Noah, dämmrig und baufällig, und sie schwiegen, ließen den Donner sprechen, und Schaul blickte mich an, in seinen Augen stand eine Frage, vielleicht wollte er wissen, was eine junge Frau wie ich im Ohr eines pathetischen alten Mannes zu suchen hatte oder so ähnlich, und einen Moment lang hatte auch ich Zweifel, doch Arie, der meinen Rückzug offenbar spürte, begann, mir die Strumpfhose abzustreifen, dann stand er auf, stellte auch mich auf die Beine, die Strumpfhose spannte sich um meine Knie wie eine Fessel, und er sagte, komm ins Bett, im Bett wird es dir bequemer sein, und ich sagte, aber was ist mit Schaul, und Arie sagte, das stört Schaul nicht, stimmt's, Schaul? Er sprach laut und nachdrücklich, wie eine Kindergärtnerin, und Schaul sagte mit seiner dünnen, gehorsamen Stimme, nein, es ist in Ordnung, ich werde nur dasitzen und zuschauen, als würde er uns einen Gefallen tun, und Arie machte im Gehen seine Hose auf, und für einen Moment sahen wir aus wie zwei kleine Kinder, die zum Klo rennen, mit nackten Ärschen und heruntergelassenen Hosen, er legte sich auf den Rücken und wartete, bis ich ihm die Stiefel und Socken ausgezogen hatte und mich auf ihn setzte, es war deutlich, daß er das wollte, und ich bemühte mich, mit aufrechtem Rücken zu sitzen und mich anmutig zu bewegen, wie eine Schauspielerin, denn ich spürte die ganze Zeit Schauls Blicke auf mir, es war das erste Mal, daß ich Publikum hatte, und ich wußte, daß dies eine Verpflichtung war.

Von Sekunde zu Sekunde wurde ich ehrgeiziger, ich wollte mein Publikum mit meiner Darbietung überraschen, deshalb spannte ich meinen Rücken zu einer Brücke, bis meine Hände den Bettrand berührten, und eigentlich hätte ich beifälliges Klatschen erwartet, statt dessen hörte ich lautes Atmen und das Geräusch fallender Kleidungsstücke und bemerkte, daß die Gestalt auf dem Sessel immer weißer wurde, seine helle Haut wurde entblößt, als die Kleidungsstücke fielen, er leuchtete fast, doch plötzlich sah ich nichts mehr, denn Arie richtete sich auf und bedeckte mich vollständig, und jetzt war er es, der mit einer besonderen Darbietung Eindruck zu machen versuchte, sein Becken vollführte energische Bewegungen, und ich begann zu stöhnen, nicht nur vor Vergnügen, denn es begann mir weh zu tun, und ich war auch ein bißchen überdrüssig, zugleich empfand ich aber eine Art Verpflichtung, den Ton zu liefern, damit die Sache kein Stummfilm blieb, und das feuerte ihn immer mehr an, und er sagte, das hast du gern, das hast du gern, das hast du gern, wie ein Mantra, und ich hatte Lust, plötzlich nein zu sagen und alles kaputtzumachen. Dann bewegte sich das Bett, als sei etwas Schweres darauf gefallen, und Arie zog sich mit einem Mal heraus, und ich spürte Schauls weiche Hände, die mich streichelten, und die ganze Zeit suchte ich Aries Körper und hielt ihn fest, ich wollte nicht mit Schaul allein bleiben und war nur bereit, ihn als eine Art Gesandten Aries zu empfangen, und ich fühlte, wie er in mich einzudringen versuchte, sein weißes, weiches Glied stocherte herum wie der Stock eines Blinden, und Arie hielt mich fest, als fürchte er, ich könnte fliehen, und sagte, in Ordnung, in Ordnung, du hast das gern, und seine Stimme war so klar und überzeugend, daß ich es schließlich selbst zu mir sagte, und Schaul sagte, du bist schön, du bist schön, und ich freute mich, daß Arie das hörte, und er versuchte wieder und wieder, in mich einzudringen, schaffte es aber nicht, vermutlich bedrückte ihn Aries demonstrative Männlichkeit, und als er aufgab, empfand ich Erleichterung, und es machte mir nichts aus, daß er mich streichelte und mich am ganzen Körper leckte, solange Arie mich nur fest im Arm hielt. Und dann brachten sie die Flasche zum Bett, und wir tranken, indem wir die Flasche von einem zum anderen reichten, wie beim Wahrheitsspiel, und das scharfe, süße Gefühl kam zu mir zurück, und ich dachte, vielleicht hat es sich trotzdem gelohnt, geboren zu werden, und Arie gab mir seinen Schwanz zurück, und ich lehnte mich an Schaul, und beide bewegten wir uns im Takt seiner starken Stöße, bis ich beide kommen hörte, fast gleichzeitig, als wären sie das vollkommene Paar, und ich fühlte am Rücken den Samen Schauls und vorn den Samen Aries und fühlte mich wie ein saftiger Knochen, den Hunde oder Katzen von allen Seiten ablecken, und mir fiel der Hund ein, der das Kätzchen zerfleischt hatte, und die geheimnisvolle Krankheit meines Vaters, die Verabredung mit dem Dekan, und ich fing an zu weinen, und die ganze Zeit hallte in meinem Kopf der Satz, vorbei ist vorbei, vorbei ist vorbei.

Sie achteten nicht auf mich, sie schliefen ein, Arie fiel in diesen gespannten Schlaf, den ich schon an ihm kannte, und Schaul in den schweren Schlaf nicht mehr junger und nicht mehr gesunder Leute, und ich ging zur Toilette, pinkelte und weinte, und dann stand ich auf und blickte in den Spiegel, und abgesehen von den roten Augen sah ich aus wie immer, das beruhigte mich ein bißchen, wenn ich aussah wie immer, war vermutlich nichts passiert, und ich stieg in die alte Dusche und duschte mit fast kaltem Wasser und sagte mir, es ist in Ordnung, es ist in Ordnung.

Als ich ins Zimmer kam, war Arie schon wieder angezogen und zeigte sein offizielles, distanziertes Gesicht, eine indische Autorität, und auch das beruhigte mich, denn jemand mit einem so autoritären Gesicht weiß, was er tut, und meine Angst löste sich auf, und er zündete sich eine Zigarette an und kochte Kaffee, und auch Schaul wachte auf, und wir setzten uns wieder um den Tisch, ich und Schaul nackt und Arie angezogen, und Arie fragte, ist dir nicht kalt, Ja'ara, und ich sagte, nein, und Schaul wunderte sich, wieso Ja'ara, ich dachte, sie heißt Avischag, und Arie kicherte und sagte, daß ich in Wirklichkeit Ja'ara hieß, und Schaul sagte, ein schöner Name, ich glaube, auch Kormans Tochter heißt Ja'ara, und Arie sagte, sie ist tatsächlich Kormans Tochter, ich hatte ganz vergessen, daß du ihn kennst, und Schaul sagte, was heißt da kennen, wir haben zusammen studiert, alle drei, und Arie sagte, stimmt, ich hatte es vergessen, und ich schämte mich, daß ich nackt war, und begann, meine Kleider zusammenzusuchen, und besonders peinlich war es mir, mich zu bücken und ihnen meinen nackten Arsch zu zeigen, aber meine Kleidungsstücke lagen auf dem Boden, deshalb probierte ich eine alberne Kauerstellung und landete prompt auf dem Boden.

Ich hörte, wie sie über die alten Zeiten sprachen, über meinen Vater, wie sie von ihm abgeschrieben hatten und wie er mit den Professoren diskutiert hatte, während sie mit Mädchen ausgingen, und wie alle Professoren Angst vor ihm gehabt hatten und wie er alles stehen- und liegengelassen hatte wegen der Krankheit, und an der Stelle schwiegen sie

plötzlich. Mir war übel, und der Kopf tat mir weh, deshalb
legte ich mich aufs Bett, und Arie fragte im Spaß, willst du
noch eine Runde? Ich hatte keine Lust zu antworten, vor
allem weil Schaul es für mich tat, hör auf, laß sie ausruhen,
und ich sah, daß die Frage, die ihm die ganze Zeit im Gesicht gestanden hatte, drängender wurde und daß ihm die
Vorstellung nicht angenehm war, fast Kormans Tochter gefickt zu haben und zugesehen zu haben, wie sie gefickt
wurde, und die ganze Zeit hatte ich Angst, er könne es meinem Vater erzählen, er könne ihm einen anonymen Brief
schicken und ihm mitteilen, daß seine Tochter mit alten
Kerlen fickte, statt sich um ihre Dissertation zu kümmern,
und ich versuchte, mich auf meine Arbeit zu konzentrieren, in Gedanken den Kreis der Themen durchzugehen und
mir endlich eins auszuwählen, und plötzlich wurde ich ohnmächtig.

Als ich wieder zu mir kam, sah ich sie über mich gebeugt
stehen, wie besorgte Eltern, Arie als Vater und Schaul als
Mutter, sie tupften mir das Gesicht und den Hals mit einem
nassen Handtuch ab. Ich hatte das Gefühl, aus einem langen
süßen Schlaf zu erwachen, dem süßesten, den es gab, mein
Kopf tat ein bißchen weh, aber es war eher die Erinnerung
an einen großen Schmerz, ansonsten hatte ich das Gefühl
einer plötzlichen, extremen Gesundung. Ich lächelte sie an
und sah, wie sich ihre Gesichter entspannten, und Arie
sagte, du warst ein paar Minuten lang ohnmächtig, aber
mach dir keine Sorgen, und er brachte mir ein Glas Wasser,
und Schaul fing an zu erzählen, wie ihm das einmal mitten
in einem Prozeß passiert war, und erst da verstand ich, daß
er wirklich Richter war, und das brachte mich zum Lachen,
daß ich fast mit einem Richter geschlafen hätte, und ich sagte
mir, dann ist es bestimmt in Ordnung, wenn ein Richter es
erlaubt hat, und Arie schaute auf die Uhr und sagte, wir

müssen los, Ja'ara, und an der Tür küßte Schaul mich auf die Wange, wie ein Onkel, und sagte, einen schönen Gruß an deinen Vater, und Arie nahm mich am Ellenbogen und führte mich zum Auto, ohne daß wir überhaupt das Meer gesehen hatten, und im Auto fragte ich, wo ist mein Slip, und er steckte die Hand in die Tasche und zog sie leer heraus und sagte, vermutlich ist er dort geblieben, und ich ärgerte mich, ich mag ihn besonders gern, es ist mein schönster, und Arie sagte, wegen einer Unterhose fahren wir jetzt nicht zurück, ein andermal, und ich wußte, daß es kein anderes Mal geben würde, und spürte einen Verlust ohne den Slip, als hätte ich mich heil und gesund auf den Weg gemacht und käme verletzt zurück, und dieser ganze Ausflug kam mir nun wie ein teuflischer Plan vor, nur ausgeheckt, um mir meinen schönsten Slip zu stehlen.

Ich schwieg und schaute hinaus und beschloß, diesmal nicht angestrengt nach einem Thema zu suchen, sondern es ihm zu überlassen, sich zu überlegen, über was wir sprechen konnten, aber er hatte offenbar gar nicht die Absicht, sich in dieser Hinsicht anzustrengen, er war zufrieden mit sich, dem Lenkrad und den Songs aus dem Radio, erst nach ungefähr einer halben Stunde erinnerte er sich an mich und fragte, das war dein erstes Mal, nicht wahr? Und ich sagte, ja, und bei dir?

Er lachte sein sattes Lachen, wieso denn, ich habe meine heißesten Jahre schließlich in Paris verbracht, ich habe alles ausprobiert, alles, deshalb fällt es mir auch so schwer.

Es fällt dir schwer? fragte ich erstaunt.

Ja, mich langweilt schon alles. Ich weiß, du glaubst jetzt, das ist gegen dich gerichtet, aber du irrst dich. Es ist eine allgemeine Langeweile, die schwer zu überwinden ist. Jedesmal sind stärkere Reize nötig, bis auch die aufhören zu wirken. Ein einfacher Fick, Mann und Frau, rein, raus, kommt mir weniger spannend vor als Gymnastik vor dem Fernseher.

Technisch stimmt das vielleicht, sagte ich, aber was ist mit den Gefühlen? Das ist doch ein Unterschied, wenn du mit einer Frau fickst, die dich interessiert, wird dich das Ficken doch auch interessieren, oder? Es ist wie ein Gespräch, nicht wahr?

Warum glaubst du, daß mich ein Gespräch interessiert, knurrte er, was ich dir über Sex gesagt habe, gilt auch für Gespräche. Die Reize müssen immer stärker werden. Und Gefühle? Ich weiß schon nicht mehr, was das ist. Im Lauf der Jahre wird der Mensch immer tierischer oder kindlicher, was die entscheidende Rolle spielt, sind die Bedürfnisse.

Ich empfand eine plötzliche Enttäuschung, eine totale, endgültige Enttäuschung, als hätte ich Gift geschluckt und könnte es nicht mehr aus dem Körper bekommen, obwohl ich es schon bereute, doch das würde nichts mehr helfen. Ich machte mir mein Leben kaputt, und er kam um vor Langeweile, und da legte er mir seine schöne Hand auf den Oberschenkel, versuchte mich zu trösten und sagte, weißt du, als ich dich dort mit Schaul gesehen habe, war es das erste Mal, daß ich dich richtig wahrgenommen habe, das erste Mal, daß ich mich zu dir hingezogen fühlte. Sein Staunen über dich hat auf mich abgefärbt.

Aber das enttäuschte mich nur noch mehr, und ich sagte, also was wird sein, und er sagte, nichts, warum sollte etwas sein, und ich sagte, aber ich liebe dich.

Und wieder fragte er, warum, was liebst du an mir?

Und wie immer fing ich an, mich zu winden, zurückgestoßen von seinem Bedürfnis, jedesmal wieder zu hören, wie großartig er in meinen Augen war, noch dazu, wo es bei weitem nicht der Wahrheit entsprach, ich hielt ihn für egozentrisch, rücksichtslos, kindisch, hochmütig und herzlos, aber das durfte ich mit keinem Wort erwähnen. Sag schon, was liebst du an mir, fragte er erneut, das interessiert mich wirklich.

Endlich etwas, was dich interessiert, fauchte ich, ich liebe die Farbe deiner Haut und deine Stimme und deinen Gang und die Art, wie du dir eine Zigarette ansteckst, und ich wußte, daß diese magere und zufällige Aufzählung ihn enttäuschte, aber er lächelte nur verächtlich und sagte, wenn so kleine Dinge eine so große Liebe in dir wecken, was wirst du dann machen, wenn du mal einen wirklich beeindruckenden Mann triffst? Und ich sagte, es wäre schön, wenn es eine derartige Beziehung zwischen der Größe einer Liebe und den Eigenschaften des Geliebten gäbe, aber so funktioniert das nicht, und ich dachte an Joni und an seine hervorragenden Eigenschaften, und Arie sah besorgt aus, er wollte das nicht recht schlucken, denn wenn meine Liebe nichts mit seiner Größe zu tun hatte, schmeichelte sie ihm nicht und setzte ihn herab, und es fiel ihm offenbar schwer, auf das Recht zu verzichten, aus den richtigen Gründen geliebt zu werden, und er sagte, ich glaube, du verstehst mich einfach noch nicht, du bist so erpicht auf das, was du von mir bekommst oder nicht bekommst, daß du mich gar nicht siehst, wie ich bin, ohne dich, und ich sagte, stimmt.

Ich betrachtete die schwarzen Wolken, die langsam und tief hängend näher kamen, als gäbe es über unseren Köpfen eine himmlische Autobahn, und ich hatte das Gefühl, als würden sich die Grenzen verwischen, als würden wir uns erheben oder sie sich auf uns senken, und draußen wurde es dunkel, obwohl es noch früh am Abend war, und wieder stürzte ein solcher Regenguß herab, daß das Auto anfing zu beben. Ich lehnte mich an die Tür, blickte hinaus und dachte, daß es jetzt das richtige für mich wäre, die Tür aufzumachen und hinauszuspringen, so, wie ich war, ohne Mantel, ohne Slip, die Sache einfach beenden, denn einen anderen Weg, sie zu beenden, gab es nicht. Ich legte die Hand über die Augen und betrachtete ihn durch die Finger, so wie man eine erschreckende Szene im Kino betrachtet, die man trotzdem nicht ganz verpassen möchte, und er kam mir wie eine riesige graue Raupe vor mit seinen hervortretenden Augen und den dicken Lippen und den rosafarbenen Ohren, sein ganzes dunkles Fleisch, das aussah, als wäre es ein bißchen zu lange gekocht, und plötzlich lächelte er in sich hinein, ganz unbewußt, ein fettes Lächeln, und ich dachte, was lachst du, hast du nicht gehört, wie sich das Rad dreht, und dieser Spruch gefiel mir so gut, daß ich mir eine Melodie dazu ausdachte, und ich summte sie leise vor mich hin und fühlte mich ein bißchen besser. Sterben kann man immer, sagte ich mir, los, gib dem Leben noch eine Chance. Du siehst ihn jetzt, wie er wirklich ist, gut, daß du mit ihm gefahren bist, denn nur so hast du ein klares Bild bekommen, er ist durstig nach Beifall und nach Bestätigung, so wie du durstig nach Liebe bist, aber so ist das nun mal im Leben, wer durstig ist, bleibt durstig, er bekommt nichts. Deshalb ist es besser, von vornherein zu verzichten, überlasse es einer anderen, ihn zu langweilen, warum ausgerechnet du, du hast Besseres zu tun, doch an dieser Stelle stockte ich, denn ich konnte mir nichts Besseres vorstellen, und ich dachte an den Moment, als mein Mund mit der fetten ungarischen Wurst gefüllt war und mit zwanzig Fingern.

Ich fuhr fort, ihn mit bedeckten Augen anzuschauen, so konnte ich ihn am besten sehen, zerschnitten und unvollständig zwischen meinen Fingern, während ich das Bild beherrschte, und ich sagte mir, okay, angenommen, du empfindest Liebe für ihn, gut, lassen wir die zwei Wörter für ihn weg, bleiben wir nur bei der Liebe, Liebe ist etwas Gutes, oder? Jedes Kind weiß, daß Liebe etwas Gutes ist, also schenken wir sie einem anderen. Angenommen, du hast einen Kuchen für jemanden gebacken und er hat kein Interesse an deinem Kuchen, was würdest du tun? Ihn jemand anderem geben, also nimm gefälligst deine Liebe und gib sie egal wem, jemandem, der dieselbe Adresse hat wie du und dieselbe Telefonnummer. Und dann konzentrierte ich meine Gedanken auf Joni, versuchte mir jedes Detail einzeln vorzustellen, denn Details waren seine Stärke, seine braunen Augen mit den langen Wimpern, seine orangefarbenen, fast weiblichen Lippen, seine braunen Locken, die ich anfangs so gerne durcheinandergebracht hatte, ich dachte an sein ganzes Gesicht, geformt wie ein Amulett, doch dann sah ich ihn vor mir, unstet wie ein Scheibenwischer, der an Kraft verloren hat, und ich wußte nicht, warum er so wankte, und als ich es verstand, stieß ich hinter den Händen einen Schrei aus, denn ich sah ihn erhängt, ich wußte, ich würde nach Hause kommen und ihn im Badezimmer finden, die Wimpern auf den blassen Wangen liegend, gerade jetzt stieß er den Stuhl unter sich weg. Jemand hatte ihm heute von Arie und mir erzählt, und er konnte nicht länger mit meiner Lüge leben, und er konnte mich auch nicht verlassen, so wie ich Arie nicht verlassen konnte. Oder vielleicht konnte er es doch, vielleicht packte er genau in diesem Moment seinen Koffer oder schrieb mir einen Brief, ich habe dir vertraut, schrieb er, und du hast mich betrogen, du hast unsere Liebe beschmutzt. Ich habe dich nie mit Gewalt festgehalten, dich nie mit Fragen bedrängt, ich habe dir Freiheit gegeben und gehofft, daß du nur Gutes daraus machst, nur um eines habe ich dich gebeten, daß du es mir sagst, wenn du mich nicht mehr willst. Immer habe ich dir gesagt, daß du in meinen Augen ein freier Mensch bist, daß ich keine Herrschaft über dich habe, weder über deinen Körper noch über deine Seele, und ich wollte auch nicht, daß du aus Abhängigkeit bei mir bleibst. Ich wollte, daß du dich jeden Tag aufs neue frei für mich entscheidest und daß du offen genug wärst, mir zu sagen, wenn du einen anderen wählst.

Ach, wenn es doch nur so einfach wäre, würde ich zu ihm sagen, glaubst du wirklich, daß es so funktioniert? Ja, nein, schwarz, weiß? Und wenn ich jemanden gewählt habe, der mich nicht wählt?

Auch dann mußt du mich raushalten, würde er sagen, ganz unabhängig von den Folgen, auch wenn du nur für einen Moment jemand anderen wolltest, und ich würde sagen, aber wenn ich mir nicht sicher bin und wenn es mir vielleicht später leid tut, und er würde sagen, mit seiner klaren harten Logik, die sich nicht zurückweisen ließe, ich habe gesagt, unabhängig von den Folgen.

Ich habe ihn verloren, dachte ich, so oder so habe ich ihn verloren, seinetwegen, und am liebsten wollte ich Aries zufriedenes Gesicht zerfetzen, das Lenkrad nehmen und ihn aus dem Auto werfen, in den strömenden Regen, aber er hielt das Lenkrad fest, als wolle er sagen, es nützt dir nichts, Schätzchen, ich bin es, der hier die Kontrolle hat. Du kannst es dir in den Mond schreiben, mich morgen zu sehen, dachte ich, oder in zwei Tagen, zwei Wochen, zwei Monaten, zwei Jahren, ich werde jetzt retten, was von meinem Leben zu retten ist, falls es überhaupt noch etwas zu retten gibt, und ich sagte, Joni, warte, stoße den Stuhl nicht weg, nicht unter dir und nicht unter mir, gib mir eine Chance, und der Regen wurde stärker, Arie fluchte leise vor sich hin, und ich hatte Angst, daß wir nie ankommen würden, daß wir verunglücken würden, daß er seinen Herzschlag ausgerechnet jetzt bekam und ich nie in der Lage sein würde, alles wieder in Ordnung zu bringen, und dann gelobte ich, Arie nie wiederzusehen, wenn alles gutginge, wenn wir heil nach Hause kämen und Joni bei mir bliebe, statt dessen würde ich ein

Kind mit Joni machen und mich mein ganzes Leben lang, bis zu meinem Tod, nur noch mit dem Kind und mit Joni beschäftigen.

Suchst du etwas, fragte er, als wir wieder in der Stadt waren, wir fuhren durch dieselben Straßen, durch die wir am Morgen gefahren waren, nur in umgekehrter Richtung, ja, sagte ich, hier war ein roter Baum, den ich sehen wollte, und er fragte, warum, und ich sagte, weil es ein Zeichen ist, wenn wir ihn finden, und wenn wir ihn nicht finden, wird es auch ein Zeichen sein, und er sagte, dann ist es eigentlich egal, und er sagte, auch er habe am Morgen etwas Rotes, Leuchtendes gesehen, aber das sei wohl ein Ziegeldach gewesen. Noch einmal senkte ich den Kopf, als wir an Jonis Büro für Computerservice vorbeikamen, hoffte, daß Joni noch dort war und seine gehorsamen Computer dressierte. Am Anfang unserer Straße blieb das Auto stehen, und ich protestierte, es ist noch ein bißchen weiter, und er sagte, ich weiß, aber das ist, was man Sicherheitsabstand nennt, ich will nicht, daß du Probleme bekommst, er tat wichtig, als hätte er mindestens einen Meisterkurs für Spione hinter sich, und ich versuchte in seinen Kopf zu dringen und sagte mir, Kaltblütigkeit demonstrieren, wie eine Berufsmäßige, und schaute ihn genau an, denn ich wußte, daß ich ihn nie mehr sehen würde, ich versuchte, sein Gesicht auswendig zu lernen, um es einmal zu entschlüsseln, so wie man ein Rätsel löst. Er hielt das Lenkrad fest, und ich dachte, wenn er es losläßt und mich berührt, dann ist das ein Zeichen, auch wenn er es nicht tut, ist es ein Zeichen, und er ließ das Lenkrad los, aber nur, um sich an der Nase zu kratzen und sich dann eine Zigarette anzuzünden, und ich hörte auf, ihn anzuschauen, und sagte kaltblütig, tschüs, und stieg aus, und als das Auto sich entfernte, überlegte ich, ob ich nicht danke hätte sagen sollen und daß ich vergessen hatte, mir seine Augenbrauen anzuschauen, ob sie schwarz oder grau waren, wie seine Haare, jetzt würde ich also mein ganzes Leben verbringen müssen, ohne zu wissen, welche Farbe seine Augenbrauen hatten.

Vor dem Haus bekam ich Herzklopfen vor Angst, aber ich sagte mir, Kaltblütigkeit, Kaltblütigkeit, niemand wird dir so etwas Furchtbares zutrauen, im schlimmsten Fall wird er denken, du hättest dich in der Stadt herumgetrieben und Kleider gekauft, nie im Leben würde er glauben, daß du nach Jaffo gefahren bist, um anderthalb Schwänze reingesteckt zu bekommen, sogar wenn du es ihm erzählst, wird er es nicht glauben, das ist das Gute an der Wahrheit, daß man sie nicht glauben kann. Und an der Tür sagte ich, tu mir einen Gefallen, Joni, sei nicht zu Hause, um deinetwillen sei nicht da, wozu solltest du dasein, und er war wirklich nicht zu Hause.

Die Wohnung war dunkel und warm, die Heizung hatte wegen des schlechten Wetters vermutlich früh angefangen zu arbeiten, ich streichelte die warmen Heizkörper, als wären sie treue Haustiere, nur die Wärme war eher dagewesen als ich, aber die Heizkörper waren auf meiner Seite und würden nichts sagen. Das Spülbecken war voll, aber auch heute morgen war es voll gewesen, es war nicht zu sehen, ob ein Teller hinzugekommen war oder nicht, und erleichtert zog ich mich aus und stopfte die Sachen in den Schrank, duschte hastig, fuhr mit der Seife über die bestimmten Stellen, zog meinen Pyjama an und stieg ins Bett. Am besten war es, so zu tun, als wäre ich eingeschlafen, so gewann ich Zeit und konnte seine Stimmung auffangen, wenn er kam, ich lag also in dem dunklen Zimmer, genoß anfangs meine Erleichterung, bis sie sich langsam mit Furcht mischte, denn es war schon sechs oder sieben, ohne daß Joni kam oder anrief, niemand rief an, und Angst stieg in mir auf, ich hätte heute etwas Einmaliges verpaßt, einen Zug, der nur einmal im Leben vorbeikam, und alle waren ohne mich eingestiegen.

Ich stellte mir vor, daß sie, weit weg von mir, etwas feierten, Joni und meine Eltern, der Dekan und alle Studenten, die mich heute gesucht hatten, auch Schira, die Joni auf ihre verschämte und versteckte Art begehrliche Blicke zuwarf, und da beschloß ich, sie anzurufen, sie wußte immer, was passierte, auch wenn nichts passierte, und ich wählte im Dunkeln ihre Nummer, und sie war sogar nett, und ich fragte sie, ob sie etwas von Joni gehört habe, weil ich es nicht geschafft hätte, mit ihm zu sprechen, und sie sagte, 5786543, das war die Nummer seines Büros, und plötzlich war sie nicht mehr so nett, sie sagte, entschuldige, Ja'ara, aber ich habe Besuch, und ich war sicher, daß bei ihr ein Fest stattfand, alle Leute, die zu meinem Leben gehörten, saßen dort bei ihr und planten ihre Zukunft ohne mich.

Und dann probierte ich aus, ob ich mich noch an Aries Gesicht erinnerte, das mir immer von Rauch bedeckt erschien, auch wenn er nicht rauchte, und der Rauch verwischte seine Züge, als wollte er sagen, was spielen die Details schon für eine Rolle, und hinter dem Rauch war sein stilisiertes Gesicht zu erkennen, mit dieser Mischung aus Autorität und Anarchie, als wäre er erhaben über Gut und Böse, über Moralisches und Unmoralisches, das Übliche und das Unübliche, und mit einer gewissen Wut dachte ich, wer hat ihn da hingestellt, so hoch über allem, und ich sagte, er, und dann du, das heißt ich.

Dann versuchte ich mir noch andere Dinge vorzustellen, um mich abzulenken und die Zeit totzuschlagen, ich versuchte, mein erstes Zuhause zu rekonstruieren und mich zum Beispiel zu erinnern, ob Rauhputz an den Wänden war, und ich entschied, daß am Anfang keiner da war, später aber doch, und ich dachte, das Haus hat genau so ausgesehen, wie ein Haus auszusehen hat, oder wie man meint, daß ein Haus auszusehen hat, das heißt wie die Karikatur eines Hauses. Sogar ein Ziegeldach hatte es gehabt, wenn ich mich nicht irrte. Warum sollte ich mich irren, fast zwanzig Jahre lang war es mein Zuhause gewesen, ich mußte es doch am besten kennen, aber manchmal blieben einem die bekanntesten Dinge nicht in Erinnerung, als würde der tagtägliche Anblick einer Sache einen davon abhalten, den Einzelheiten Aufmerksamkeit zu schenken. So wie die Geschichte von Tante Tirza, die meine Mutter mit solchem Vergnügen erzählt hatte, nämlich daß Tirza an dem Tag, an dem sie sich nach dreißig Jahren Ehe von ihrem Mann scheiden ließ, ihn morgens verwöhnen wollte und fragte, wieviel Zucker nimmst du in den Kaffee, und er sagte, daß er schon seit dreißig Jahren nur Süßstoff benutze.

Das ist kein Alter, sich scheiden zu lassen, fünfzig, hatte meine Mutter seufzend gesagt, genausowenig wie zwanzig ein Alter zum Heiraten ist, aber vermutlich führt eine Dummheit zur nächsten, und dann hatte sie mir einen drohenden Blick zugeworfen, wie um zu sagen, wenn ich nicht aufpaßte, wäre dies das Schicksal, das mich erwartete. Sie hat ihn nicht geschätzt, wie es sich gehört, ihren Ehemann, hatte meine Mutter gesagt, er war zu gut für sie, und sie wollte vermutlich ein bißchen leiden, sie wollte nicht ihr Leben beschließen, ohne eine ordentliche Portion Leid, und so hat sie sie bekommen, ihre Portion, mit Zins und Zinseszins.

Sie war groß und dünn, meine Tante Tirza, gut aussehend und kühl, und nie konnte ich mir vorstellen, daß sie wirklich litt, sie wirkte immer so gleichgültig und gelangweilt, eine Frau, die sogar das Leiden langweilte, und ihr Mann, Onkel Alex, sah neben ihr wie ein Käfer aus, klein und schwarz und fleißig, ich konnte verstehen, warum er ihr auf die Nerven gegangen war, aber er fand ziemlich schnell eine jüngere Frau, die ihn bewunderte, und er wurde tatsächlich wunderbar. Manchmal brachte er sie an den Schabbatot zu uns, um mit ihr anzugeben, und dann staunte ich über seine Verwandlung, plötzlich sah er richtig männlich aus und war selbstsicher und humorvoll, und auch Tante Tirza wunderte sich hinter der Schlafzimmertür, wo sie sich bei solchen Gelegenheiten versteckte. Meine Mutter informierte sie im voraus über die Besuche, und obwohl Alex ihr Bruder war, zog sie Tirza offensichtlich vor, und sie lud sie ein, um heimlich zu lauschen, und mein Vater wurde gereizt und drohte jedesmal, dies sei das letzte Mal gewesen, er sei nicht mehr bereit, diese Tricks zu dulden. Meine Aufgabe war es, Kaffee und alle möglichen Essensreste zu Tante Tirza zu schmuggeln und ihren Aschenbecher zu leeren, und einmal sah mich Onkel Alex mit einem vollen Aschenbecher in der Hand und sagte mißtrauisch, was soll das, Ja'ara, du rauchst schon, als ob es klar wäre, daß ich eines Tages mit Asche angefüllt wäre und dies wäre nur der Anfang, und ich sagte, nein, ich räume nur ein bißchen auf, und er sagte, sehr lieb, wirklich, sah aber dennoch besorgt aus, und später sagte er zu meiner Mutter, ich würde wirklich schön, aber es sei keine gute Schönheit. Warum denn nicht, fragte meine Mutter, und er sagte, eine Schönheit wie die ihrer Tante, die im Menschen selbst bleibt und niemandem Freude macht, noch nicht mal dem Betreffenden selbst. Das alles hörte Tirza und steckte eine Zigarette nach der anderen an, und wenn das glückliche Paar weg war, kam sie erschöpft und mit roten Augen aus dem Schlafzimmer, nach Zigaretten stinkend, und begann, über die neue Frau herzuziehen, daß sie sich wie eine Hure kleide, und so höre sie sich auch an, und es sei eine Schande für sie, daß so eine ihre Nachfolgerin geworden war, das würde sie Alex nie verzeihen, und meine Mutter sagte dann immer, aber Tirza, vergiß nicht, daß du die Scheidung wolltest, er hätte dich nie verlassen, obwohl er von deinen Geschichten wußte, und dann begannen sie zu flüstern, und erst gegen Abend wusch Tirza ihr Gesicht, das auch mit fünfzig noch glatt und hübsch war, und ging mit erleichtertem Seufzer weg, wie ein Mensch, der eine Sauna verläßt, nachdem er bis an seine Grenze gelitten hat, aber vom gesundheitlichen Nutzen der Sache überzeugt ist.

Du bist einfach eine Sadistin, sagte mein Vater manchmal abends zu meiner Mutter, im Schlafzimmer, das noch nach Zigaretten roch, warum hältst du sie immer auf dem laufenden, warum lädst du sie ein, sich hier zu kasteien, du bist einfach neidisch, weil sie eine erfolgreiche Rechtsanwältin ist und du nichts aus dir gemacht hast. Mit deiner scheinbaren Loyalität quälst du sie, glaub ja nicht, daß ich das nicht sehe.

Ich habe nichts aus mir gemacht? Meine Mutter kochte, und warum habe ich nichts aus mir gemacht? Weil ich mein Leben lang für dich gesorgt habe.

Ja, du hast für mich gesorgt! Was gab es da schon zu sorgen? Du hast es einfach vorgezogen, dein Leben mit Blödsinn zu vergeuden.

Deine Kinder aufzuziehen ist Blödsinn? Sich um alle zu kümmern ist Blödsinn?

Wer genau sind denn alle? Nur für dich hast du gesorgt, wir haben doch gesehen, was damals passierte, als dir das Kind starb, das dich wirklich gebraucht hat!

Wie kannst du das wagen, schrie sie ihn dann an, man könnte glauben, daß du was aus deinem Leben gemacht hast! Begräbst dich den ganzen Tag im Labor wie eine Wühlmaus! Hättest du dein Studium beendet und es nicht mittendrin abgebrochen, hättest du unser Kind vielleicht retten können und wir wären nicht abhängig gewesen von diesen idiotischen Ärzten dieses idiotischen Krankenhauses! Dann knallte regelmäßig die Tür, und meine Mutter, samt Kissen und Decke, legte sich auf das Sofa im Wohnzimmer und schlief ziemlich bald ein, wie ein Mensch mit einem ruhigen Gewissen, und ich schlich hinüber und betrachtete sie, versuchte in ihrem faltigen Gesicht ein Zeichen der Wahrheit zu finden. Was für einer Wahrheit? Das war nicht die Frage, die Frage war vielmehr, mit wem man Mitleid haben sollte, ich ging von einem Bett zum anderen, betrachtete ihn, betrachtete sie und überlegte, mit wem ich Mitleid haben sollte, ich lief mit meinem Packen Mitleid herum wie mit einer Medizin, die nur für einen Menschen reichte, aber der würde dann auch gerettet, und wußte nicht, wem ich dieses Mitleid geben sollte. Manchmal schlief ich, mitten auf dem Weg von einem Bett zum anderen, auf dem Fußboden ein, und morgens sah ich dann ihre Augen auf mich gerichtet, Augen, in denen ich die Erwartungen aus den ganzen vergangenen Jahren sah, angefangen bei ihren Versuchen, mich auf die Welt zu bringen, bis jetzt, Erwartungen, die ich schließlich enttäuscht hatte, ich hatte die Anstrengungen nicht gerechtfertigt, ich hatte keine Rettung gebracht, außer meinem Mitleid mit den Bedrückten und Beladenen, einem Mitleid, von dem ich nicht wußte, wem ich es schenken sollte, am Schluß gab ich es mir, und sie wußten das im Innern ihres Herzens und behandelten mich, als hätte ich mit an ihnen vergangen, hinter meinem Rücken hielten sie Schnellgerichte über mich ab, sammelten unzählige kleine Beschuldigungen zu einer einzigen großen Schuld, die sich nachts ein Bett suchte, in das sie sich legen konnte.

Manchmal zischte er dann, sie wird wie Tirza werden, ich sehe es ihr jetzt schon an, das war für ihn ein ernster Fluch, obwohl die Atmosphäre zwischen ihm und ihr, wenn sie zusammensaßen, immer angenehm war und sie sich lange unterhielten, man konnte sehen, daß er Tirza nicht als ganze Person haßte, sondern nur einen Teil von ihr, einen Teil, der in seinen Augen so etwas war wie Betrug an der Weiblichkeit, Hochmut, Grausamkeit, eine Essenz aller Frauen wie Tirza, die an der wirklichen, realen Tirza nicht zu bemerken war, die man erst entdeckte, wenn man versuchte, sie ganz genau in den Blick zu bekommen.

Und meine Mutter sagte dann, wieso denn, Ja'ara ist so warm und Tirza so kalt, und mein Vater sagte gekränkt, vielleicht ist sie dir gegenüber warm, zu mir nicht.

Was für eine Wärme erwartest du von ihr, fuhr sie ihn an, was für eine Wärme gibst du denn, wenn du solche Erwartungen hast?

Und dann ging das Licht im Wohnzimmer an, ohne daß ich eine Tür gehört hatte, und ich sah Joni, der seinen Mantel auszog, unter dem er eine kurze Turnhose trug, und plötzlich zog sich mir das Herz zusammen. Wie jung er aussah, vor allem in weißen Sachen, seinem Tenniszeug, jung und engelhaft und süß, und ich fühlte einen solchen Stolz, während ich ihn aus der Dunkelheit beobachtete, als sei er mein Sohn, und ich staunte darüber, daß er so schön laufen gelernt hatte, daß er seinen Mantel allein ausziehen und Licht anmachen konnte, alles konnte er, mein wohlgeratener Sohn, alles, und dann kam er auf mich zu und stand in der Schlafzimmertür und versuchte, in der Dunkelheit etwas zu erkennen. Ich sah ihn ganz genau, und er sah mich nicht, er konnte nicht mal sicher sein, daß ich da war, und er wagte nicht, näher zu kommen, um sich zu vergewissern, ich bemerkte, wie schön die einzelnen Teile seines Gesichts waren, und staunte wie beim ersten Mal, als ich ihn gesehen hatte, wie es möglich war, daß sich solch schöne

Einzelheiten nicht automatisch zu einem schönen Ganzen zusammenfügten.

Wühlmäuschen, flüsterte er, und ich tat, als müsse ich mich dehnen, rieb mir die Augen und sagte schnell, bevor er etwas fragen konnte, ja, ich habe ein bißchen geschlafen, ich hatte vergessen, daß er heute Tennis spielte, und war so glücklich, daß alles gut und seine Stimme weich wie immer war, aber dann sagte er, ich habe dich in der Uni angerufen, sie haben gesagt, du wärst überhaupt nicht dort gewesen, und ich sagte zu mir, Kaltblütigkeit, Kaltblütigkeit, und murmelte, ja, ich habe mich nicht wohl gefühlt, deshalb bin ich zu Hause geblieben, und er sagte mit seiner weichen Stimme, die mir plötzlich grausam und beängstigend vorkam, aber ich bin vorhin hier vorbeigekommen, um mich umzuziehen, und du warst nicht da, und einen Moment lang wollte ich ihm alles erzählen, ich wollte weinen und ihm erzählen, in was für ein Loch ich gefallen war und daß er auf mich aufpassen müsse und mir nicht erlauben dürfe, das Haus zu verlassen, aber dann sagte ich mir, Kaltblütigkeit, beichten kann man immer, versuche einstweilen mit reiner Weste aus der Sache zu kommen, und ich sagte, ich bin mal schnell zur Apotheke gegangen, Aspirin kaufen, schön, sagte er, mir platzt bald der Kopf, ich brauche ein Aspirin, und machte auf einmal das Licht an, und ich schloß die Augen vor dem plötzlichen Licht und murmelte, es ist bestimmt in meiner Tasche, und er brachte mir die Handtasche zum Bett, wie man einen Säugling zum Stillen zu seiner Mutter bringt, ich mag nicht in deiner Tasche rumwühlen, und ich tat, als würde ich suchen, dann sagte ich, es ist nicht da, vielleicht in der Küche, vielleicht habe ich die Tabletten aber vor lauter Kopfschmerzen in der Apotheke vergessen, und ich betete insgeheim, daß er nicht anbieten würde, sie von dort zu holen, und zu meinem Glück fing es in diesem Moment an zu regnen, eine wahre Sintflut, und ich sagte, komm ins Bett, ich vertreibe dir deine Kopfschmerzen.

Er setzte sich auf den Bettrand, stand aber plötzlich auf, als sei ihm etwas Wichtiges eingefallen, ich muß mich erst waschen, ich stinke vor Schweiß, aber ich roch nichts und wunderte mich ein bißchen, denn im allgemeinen mußte ich ihn ans Duschen erinnern, und mir kam ein Verdacht, vielleicht war er gar nicht beim Tennis, vielleicht roch er nach einer anderen Frau, und sofort dachte ich an Schira und an ihre Stimme, als sie sagte, ich habe Besuch. Wie war das Spiel, fragte ich, und er sagte, wie üblich, und begann sich auszuziehen, und ich fragte, mit wem hast du heute gespielt, und er antwortete, ich habe einen festen Partner, hast du das vergessen? Und ich sagte, hilf mir auf die Sprünge, wer ist es, und er sagte, Arie, und mir kam es vor, als verberge er hinter seinen engelhaften Lippen ein satanisches Lächeln, und ich sagte, Arie, wer ist das? Wie alt ist er? Und er sagte, so alt wie ich, vielleicht ein bißchen älter, erinnerst du dich nicht? Wir haben ihn vor zwei Wochen im Supermarkt getroffen.

Er drehte mir seinen hellen weichen Rücken zu und ging zum Badezimmer, und ich sagte zu mir, du mußt deine Nerven unter Kontrolle behalten, erschrick nicht bei jeder Kleinigkeit, und ich wußte nicht, welche Vorstellung mich mehr erschreckte, daß er sich duschte, um den Geruch einer anderen Frau wegzuwaschen, oder daß er mich ignorierte, weil er wußte, daß ich log. Wieso hieß dieser junge Mann plötzlich Arie, das klang mir nicht logisch, bestimmt hatte Joni das erfunden, um zu signalisieren, daß er alles wußte. Und als ich hörte, wie er in der Dusche anfing zu summen, lief ich ins Wohnzimmer und wühlte in seiner Tasche, bis ich sein Notizbuch mit den Telefonnummern fand, und suchte unter A, aber da gab es keinen Arie, und ich überflog das ganze Alphabet und fand ihn auch nicht unter irgendeinem Familiennamen, und dann rief Joni, Ja'ari, ein Handtuch, und ich steckte das Notizbuch zurück in seine Tasche und ging mit einem Handtuch in der Hand zum Badezimmer.

Mir war es schon immer als die höchste Form der Intimität vorgekommen, als wichtigster Vorteil, wenn man mit jemandem zusammenlebte, daß man aus dem Badezimmer nach einem Handtuch rufen konnte und wußte, daß dieser Ruf den anderen dazu brachte, aus dem Bett zu steigen oder vom Stuhl aufzustehen oder das Blättern in Notizbüchern zu beenden und zum Schrank zu gehen, und das alles durch die Kraft eines einzigen Wortes.

Dort stand ich also und schaute ihm zu, wie er sich abtrocknete, sein Körper war weich wie Teig, und das Rubbeln hinterließ rote Stellen auf der Haut, und wieder kam es mir vor, als lächle er, also summte ich mir die Melodie vor, die ich mir vorhin ausgedacht hatte, die mit dem Rad, das sich gedreht hatte, und ging zurück ins Bett. Nur die Zeit konnte die Situation klären, entschied ich, aber inzwischen sehen wir mal, ob er ins Bett kommt. Wenn ja, ist es ein Zeichen, daß er von keiner Frau kommt, doch dann erinnerte ich mich daran, daß ich sehr wohl von einem Mann kam und trotzdem bereit war, mit ihm zu schlafen, um den Verdacht wegzuwischen, warum sollte er nicht das gleiche tun, und ich sah, daß all diese Zeichen nur ein großes Durcheinander waren und daß man sich damit abfinden mußte, nie alles über den anderen zu wissen, noch nicht mal die Hälfte, und ich dachte, daß er sich bestimmt mit ähnlichen Gedanken herumschlug, denn auch er wußte nichts, und das brachte mich erst zum Lachen, dann machte es mich traurig.

Er kam herein und fragte, ob ich Hunger hätte, und ich sagte, schrecklichen Hunger, und sofort bereute ich es, denn wenn ich mich nicht wohl fühlte, war es logischer, keinen Hunger zu haben, und ich merkte, daß ich bei allen Testfragen, die er mir stellte, versagte, aber er begann, in der Küche Gemüse zu schneiden, in einem gleichmäßigen, schnellen Rhythmus, und die Bewegung des Messers verriet nichts von seelischen Stürmen oder einem Gefühl der Ungewißheit.

Ich ging zu ihm in die Küche und machte Spiegeleier, und während sie brieten, umarmte ich ihn und sagte ihm, wie sehr ich ihn liebte, und in diesem Moment empfand ich das auch so, und er lächelte und sagte, ich weiß, und plötzlich wurde ich gereizt, woher weißt du das, vielleicht sage ich es nur so dahin, und ich sah, daß er keinerlei Verdacht hegte, und einen Moment lang spürte ich Erleichterung, aber dann tat es mir leid, denn ein Verdacht, besonders ein gegenseitiger Verdacht, machte uns gleich, und nun waren wir wieder ungleich, wie Mutter und Kind, und sein Vertrauen warf wieder die Schwere der Schuld auf mich zurück, die mir für einen Moment genommen worden war. Ich fühlte, wie die Schuld in meinem Bauch wühlte, und plötzlich hatte ich keinen Appetit mehr, ich wendete die Spiegeleier, die schon fast verbrannt waren, und sagte, mir wird wieder schlecht, ich gehe zurück ins Bett.

Ich lag in der Dunkelheit und hörte ihn kauen, gründlich und energisch, er schnitt sich Brot, tunkte es in die Salatsoße, alle Geräusche konnte ich unterscheiden, und danach wischte er sich den Mund mit einer Serviette ab, dann brachte er das benutzte Geschirr zum Spülbecken, wo es sich zu den Kollegen von gestern gesellte, so wie er sich mit einem müden Seufzer zu mir gesellte.

Und dann fing er an, mich zu streicheln, und ich hatte schon fast vergessen, wofür das ein Zeichen war, und versuchte mich darauf zu konzentrieren, was ich am besten tun sollte, ob ich sagen sollte, ich hätte keine Lust, das wäre zwar nichts, aber vielleicht doch verdächtig, als wäre ich für heute sexuell befriedigt, und wenn ich ihm Leidenschaft vorspielte, dann wäre das auch verdächtig, als würde ich etwas verbergen, und ich wußte nicht, wie ich aus dieser Verwirrung herauskommen sollte, deshalb beschloß ich, mich in Grenzen an der Aktion zu beteiligen, ich war gleichgültig, stieß seine Hände aber nicht weg, und dann fing ich seinen Blick auf, einen hilflosen, verzweifelten Blick, er wußte nicht, was er nun mit meinen Gliedern oder mit seinen anfangen sollte, und er tat mir so leid, ich verstand nur zu gut, was das Wort Mitleid bedeutete, denn mein Mitleid floß wie ein Strom, sogar unten fühlte ich feuchtes Mitleid, und ich versuchte, mich zu animieren, als wäre ich mit Arie zusammen oder als würden beide, Arie und Schaul, mir zusehen, ein Auftritt verpflichtet, deshalb gab ich mir Mühe, mich zu bewegen und ihn zu streicheln, doch er war schon erloschen, lag wie tot neben mir, mit offenen Augen, und ich hatte vergessen, was man tut, jede Bewegung kam mir lächerlich vor, also streichelte ich einfach seine Locken und brachte sie durcheinander, und ich küßte seine Stirn und seine Augen, schon immer fühlte ich mich entspannter mit seinem Gesicht als mit seinem Körper, und dann lag ich neben ihm, wir hielten uns an den Händen und verflochten unsere Finger ineinander, nackt, aber geschlechtslos, wie Kinder im Kinderhaus eines Kibbuz, und hörten dem Regen zu.

Die ganze Zeit hatte ich Angst, daß er reden wollte, aber zu meinem Glück schlief er ein, ich hörte seine leisen Atemzüge, sogar im Schlaf ist er sehr wohlerzogen, bis ich sie nicht mehr hörte und plötzlich sicher wußte, es war vorbei, das war's, plötzlicher Kindstod, das war der Tod, der zu ihm paßte, und ich berührte seine Locken, wagte nicht, sein

Gesicht anzufassen, und dachte allen möglichen Blödsinn, zum Beispiel, mal sehen, wie seine Locken kalt werden, und dann stellte ich mir vor, wie man mich zur Polizei bringen und sagen würde, ich sei eine Mörderin, weil ich nicht wirklich mit ihm schlafen wollte, und alle würden mit dem Finger auf mich deuten und im Chor singen, sie ist eine Mörderin, sie hat den Arsch nicht bewegt, und ich werde sagen, wieso, ich bin nicht schuld, das war plötzlicher Kindstod, der Tod der Engel, und sie werden sagen, du machst Witze, plötzlicher Kindstod mit Dreißig? Und dann würde ich dort auch Schaul sehen, in der schwarzen Robe der Richter, und ich würde zu ihm rennen und sagen, erinnerst du dich an mich, Schaul, ich bin Ja'ara, die Tochter von Korman, du mußt mich hier rausbringen, und er würde sagen, von Korman? Du lügst, Korman hat keine Tochter, und ich würde schreien, erinnerst du dich nicht an mich? Im Vergleich zu völlig Fremden hat es zwischen uns eine außerordentliche Intimität gegeben, sogar mein Vater, der mir die Windeln gewechselt hat, kennt mich nicht so gut, wie du mich kennst. Dann würde ich anfangen, mich auszuziehen, um seiner Erinnerung nachzuhelfen, ein hilfloser Versuch, denn was gibt es an meinem nackten Körper, was ihn zu etwas so Besonderem macht, daß er sich in die Erinnerung eingräbt, und während ich nackt vor ihm stehe und sogar versuche, die Bewegungen zu rekonstruieren, die ich damals gemacht habe, auf seinem Bett, Bewegungen wie in einem Pornofilm, fängt er an, sich zu erinnern, streichelt mich lustlos mit seinen weißen Fingern und sagt, ja, kann sein, ich erinnere mich undeutlich, aber du bist doch aus irgendeinem Kibbuz im Negev, nicht wahr? Und ich sage, nein, das war ein Witz zwischen mir und Arie, und er blinzelt mißtrauisch und sagt schließlich, schau, selbst wenn ich dich hier rausholen wollte, ich könnte es nicht, siehst du denn nicht, daß auch ich als Gefangener hier bin, nicht als Richter, und er streckt mir die Hände entgegen, und ich sehe, daß er Handschellen trägt, und alle um uns herum fangen an zu lachen und zu singen, wenn sie es will, ist es nicht schwer, ihr Arsch bewegt sich. Ich ziehe mich schnell wieder an und suche die ganze Zeit nach Arie, er muß hier sein, genauso wie ich, sogar mit Fußfesseln, denn er ist der Gefährlichere, aber ich sehe ihn nicht, er treibt sich nicht an solchen Orten herum, er mag solche Orte nicht, und ich sage, aber ich mag sie auch nicht, und er wird sagen, wenn du nicht geliebt hättest, wärst du nicht hier.

5 Als sie mich sah, rutschte sie ein Stück zur Seite, wie um mir neben sich, auf dem Bett, Platz zu machen. Das Bett selbst stand an dem großen, immer geschlossenen Fenster, das einen zufällig herausgeschnittenen, Neid erweckenden Ausblick auf die helle, provozierende Welt der Gesunden gab, einen gelblichen Berg, nicht hoch, eher ein Hügel, und zwei, drei Häuser. Das Bett, das sie ans Fenster geschoben hatte, sah aus, als wachse es armselig und schmal aus der Landschaft hervor, und in diesem Bett lag Tante Tirza.

Sie lächelte mich an, ein freudloses Lächeln, geradezu verärgert, noch nie hatte sie mich leiden können. Warum bist du gekommen, fauchte sie, ich habe deiner Mutter doch gesagt, daß ich außer ihr niemanden sehen will.

Meine Mutter hat heute keine Zeit, log ich, sie hat mich gebeten nachzuschauen, ob du was brauchst. Davon hatte sie kein Wort gesagt, meine Mutter, sie hatte nur erwähnt, daß sie es heute nicht schaffe, Tante Tirza zu besuchen, und ich war aus eigenem Entschluß am Krankenhaus ausgestiegen, eine Haltestelle vor der Universität, ich hatte mich nicht beherrschen können, denn immer wieder zog es mich in den lauwarmen Schutz der schmalen Korridore, zu den engen, häßlichen Zimmern voller Husten, Seufzer, Schmerzen und vergeblicher Hoffnungen, eine armselige Umgebung, die im geheimen Gewächse von blassem, königlichem Adel hervorbrachte.

Natürlich brauche ich was, unterbrach sie mich, ich glaube nur nicht, daß du es mir geben kannst.

Versuch's, was hätte ich sonst sagen können.

Dein Alter, sagte sie, deine Jugend.

Ich kam mir selbst eigentlich gar nicht mehr so jung vor, auch ich wollte manchmal junge Mädchen auf der Straße erwürgen, nur wegen ihrer Jugend, aber hier, gegen diese von der Krankheit gezeichneten Gesichter, fühlte ich mich ziemlich jung und ziemlich gesund, selbst wenn mir diese Tatsache nicht unbedingt ein Versprechen auf Glück zu sein schien. Vermutlich möchte jeder Mensch einen anderen aus Neid erwürgen, es muß eine Art Pyramide sein, in der immer jemand ist, der einen ermorden will, egal, wie tief unten man sich selbst wähnt. Sogar Tante Tirza, in ihrem harten Bett, mit dem leeren Büstenhalter unter der Pyjamajacke, konnte immer noch den Neid eines anderen erregen. Nicht daß das ein Trost für sie gewesen wäre.

Du siehst gut aus, sagte ich.

Ja? Sie fragte es im Ernst und zog einen kleinen Spiegel hervor und kämmte sich mißtrauisch, als wolle sie meine Ehrlichkeit prüfen. Ihr Gesicht war magerer, als ich es im Gedächtnis hatte, und weniger glatt, doch die Magerkeit betonte die hohen Wangenknochen und ihre großen grünen Augen mit dem kalten, harten Blick. Auch jetzt würde ich mich freuen, wenn jemand sagt, wir sähen uns ähnlich, sagte ich.

Warum sollte das jemand sagen? Du bist ganz anders, und wir sind nicht blutsverwandt. Du kannst höchstens deinem Onkel Alex ähnlich sehen, was ich dir aber nicht empfehlen würde. Und mit überraschendem Eifer fragte sie, was ist mit ihm? Wie sieht er jetzt aus, als alter Mann?

Er hat sich nicht besonders verändert, sagte ich, seine Haare sind ganz weiß, aber er ist noch immer klein und schwarz.

Klein und schwarz, sie lachte, klein und schwarz und mit

weißen Haaren, und sie fuhr fort, sich prüfend im Spiegel zu betrachten, als blicke ihr von dort Onkel Alex höchstpersönlich entgegen. Es interessiert mich, wie er gealtert ist, murmelte sie in den Spiegel, ich habe jedes Detail seines Gesichts gekannt, ich wüßte gerne, wie seine Augen gealtert sind, oder seine Lippen. Hat er Falten um den Mund?

Ja, ich glaube schon, ich erinnere mich nicht genau, ich habe nicht darauf geachtet.

Sie versuchte sich aufzurichten, ihre Bewegungen waren erschreckend. Ich weiß gar nicht, warum das noch immer weh tut, sagte sie.

Sich aufrichten oder an Alex denken?

Beides, sie verzog den Mund zu einem bitteren Lächeln, man hat uns versprochen, daß die Schmerzen vorbeigehen, und das ist eine Lüge. Nicht die des Körpers und erst recht nicht die anderen. Man muß bei jeder Bewegung, die man macht, überlegt vorgehen, denn wenn man auf die Nase fällt, geht es nie vorbei. Ich habe noch nie eine Wunde gesehen, die verheilt wäre.

Bereust du es, fragte ich leise.

Ja, sagte sie, aber das macht nichts, denn auch wenn ich mit ihm zusammengeblieben wäre, hätte ich es bereut, nur daß er dann dagewesen wäre und mir Kaffee ans Bett gebracht hätte, und jetzt bereue ich, daß er mit einer anderen Frau zusammen ist und ihr Kaffee ans Bett bringt. Ich nehme an, die erste der beiden Möglichkeiten wäre in gewisser Hinsicht leichter.

Da hörte ich das Bett neben ihr stöhnen. Ein leeres Bett, jedenfalls war das mein Eindruck gewesen, bevor das Stöhnen begann und aus den blassen Laken eine kleine weiße Frau auftauchte. Sie sah aus, als sei sie in der Wäsche eingegangen, jemand hatte versäumt, die Gebrauchsanweisung zu lesen, jemand hatte die Wäsche gekocht, dabei war nur handwarmes Wasser erlaubt, und so hatte es geschehen können, daß aus einem Abendkleid ein Lumpen wurde.

Bist du in Ordnung, Joséphine, fragte meine Tante auffällig besorgt, fast mit Vergnügen. Da ist also die andere in der Pyramide, dachte ich, die bereit ist, Tirza aus Neid zu erwürgen, so stark und gutaussehend wirkte sie neben diesem ärmlichen Rest einer Frau mit einem kaiserlichen Namen.

Ja, ich bin in Ordnung, zischte die andere, zusammengekrümmt, eine Antwort, die albern klang, wenn man ihr schmerzerfülltes Stöhnen bedachte. Sie versuchte einen riesigen Rollstuhl zu sich zu ziehen, aber je mehr sie sich anstrengte, um so weiter schien er sich zu entfernen. Ich streckte einen Fuß aus und schob ihn zu ihr, ohne aufzustehen, es war fast kränkend, mit welcher Leichtigkeit ich das tat, und vielleicht war das auch beabsichtigt, jedenfalls dachte das Tirza, denn sie blickte mich so distanziert an, als wollte sie sagen, ich habe dich nie leiden können, aber jetzt weiß ich auch, warum.

Doch die kleine Frau lächelte mich dankbar an, und mit überraschender Geschwindigkeit hüpfte sie in den Rollstuhl und versank sofort darin, so wie sie vorher in ihrem Bett versunken war. Im nächsten Moment war der leere Rollstuhl in dem engen Korridor verschwunden.

Wohin will sie so eilig, fragte ich Tirza.

Warum wunderst du dich darüber, fuhr sie mich an, hast du geglaubt, daß Sterbende nichts mehr haben, wohin sie so eilig wollen? Sterbende haben mehr zu tun als alle anderen, sie müssen noch so viel erledigen, in so wenig Zeit.

Was zum Beispiel, fragte ich böse.

Zum Beispiel den Besuch ihres degenerierten Mannes, der kommt jeden Tag um diese Zeit, deshalb hat sie es so eilig, weil sie immer an der Stationstür auf ihn wartet, nur um keinen Moment seines Besuchs zu verpassen, noch nicht mal die Zeit, die er für die fünfeinhalb Schritte bis hierher braucht.

Warum ist er degeneriert? fragte ich, und sie zuckte mit den Schultern, ich weiß nicht, vielleicht irre ich mich. Vielleicht habe ich etwas gegen Männer, wenigstens gegen solche, die ihre Männlichkeit vor sich hertragen wie eine Fahne.

Und dann kamen sie herein. Das Quietschen des Rollstuhls, ihr Gesicht, das aussah, als sei es nur irrtümlich schmerzgequält und eigentlich zu einem völlig anderen Leben bestimmt, einem leichteren, sorglosen Leben, und er, die braunen schönen Hände an den Griffen, jeden Finger in der dazugehörigen Vertiefung, schob den Rollstuhl, mit seinem wilden Gang, gebremst von den zahlreichen Hindernissen im Zimmer, sein großer Körper in dem schwarzen Pullover, den er vor genau einer Woche auch angehabt hatte, als wir nach Jaffo gefahren waren, und die verhangenen Augen in seinem gut geschnittenen Gesicht wurden noch nicht einmal durch die Überraschung, mich hier vorzufinden, zum Aufleuchten gebracht.

Ja'ara, sagte er, was machst du hier?

Ich besuche meine Tante, flüsterte ich verwirrt, entschuldigend, als sei ich in seinen Privatbereich eingedrungen.

Ihre Mutter hat sie geschickt, sagte Tante Tirza, bereitwillig meine Version bestätigend, und blickte mit amüsierten Blicken von ihm zu mir.

Ach so, er beruhigte sich und betrachtete uns prüfend, ihr seht euch wirklich ein bißchen ähnlich.

Ich hab's dir ja gesagt, sagte ich und lächelte sie an, aber sie beeilte sich zu betonen, wir seien nicht blutsverwandt.

Alles um uns herum wurde rosa, denn die Sonne der Gesunden ging mitten im Fenster unter, und es sah aus, als habe sie vor, in Tante Tirzas Bett zu fallen, und die Frau im

Rollstuhl schaute Arie mit rosafarbenen, erwartungsvollen Augen an, und er sagte, darf ich bekannt machen, das ist meine Frau, und deutete auf sie, als gäbe es hier im Zimmer noch andere Möglichkeiten außer ihr, und seine Stimme zitterte nicht, und als er auf mich deutete und sagte, die Tochter von Korman, wußte ich nicht, ob ich ihr die Hand drücken sollte oder ob ein Lächeln genug war, also lächelte ich und sagte, sehr angenehm, aber ich sah, daß sie noch nicht zufrieden war, und streckte ihr die Hand hin, und sie seufzte, als sei es eine furchtbare Anstrengung für sie, jemandem die Hand zu geben. Deshalb ließ ich meine Hand schnell fallen, doch gerade in diesem Augenblick streckte sie ihre aus, rosafarben und faltig wie die eines Neugeborenen, und als ich sie nahm, spürte ich eine Art Stromstoß, als übertrage sie durch die Berührung ihre Krankheit auf mich.

Ich stand auf, erkundigte mich, wo die Toilette sei, und ging hinaus, und dann stand ich vor dem Spiegel, füllte meine Hand mit flüssiger Seife und wusch sie immer wieder mit heißem, fast kochendem Wasser, wie war das möglich, daß dies seine Frau war, die Frauen von Liebhabern sollten Neid erwecken, kein Mitleid, aber plötzlich tat auch er mir so leid, das war es also, was von seiner Frau übriggeblieben war, und irgendwie strahlte das auch auf mich aus, dieses Schicksal, das Leben beenden, ohne Kinder zu haben, aber mit den Maßen eines Kindes, mit der Hand eines Neugeborenen und den Augen einer Maus. Ich dachte an die vielen Male, wo er nachmittags zu mir gesagt hatte, du mußt gehen, meine Frau kommt gleich von der Arbeit zurück, oder wenn er mich morgens wegschickte, weil er sich angeblich mit ihr in einem Café verabredet hatte, so benutzte er sie bis zum letzten Augenblick, um seine Privatsphäre zu schützen, während sie hier lag. Wie oft hatte ich mir vorgestellt, wie sie die Wohnung betrat, die ich gerade verlassen hatte, müde von der Arbeit, aber zurechtgemacht und mit der Selbstsicherheit einer Frau, die weiß, wo ihr Platz ist.

Ich hörte, wie die Tür zögernd geöffnet wurde, ich schließe Klotüren nie ab, aus Angst, ich könnte für mein ganzes weiteres Leben eingeschlossen bleiben, und sein Gesicht schob sich herein, noch immer von dem rosafarbenen Licht bedeckt, danach erschienen die breiten Schultern und der ganze große Körper, er beeilte sich, die Tür hinter sich zu schließen, vermutlich traute er Schlössern mehr als ich, und so blieb er einen Moment lang stehen, an die Tür gelehnt, betrachtete verzweifelt den kleinen Raum, den Rollstuhl mit dem großen Loch in der Mitte und die Krücken daneben, außerdem alle möglichen Schläuche, die auf dem Boden herumlagen wie künstliche Eingeweide, und dann schaute er mich an, und mit einem entschuldigenden Lächeln sagte er, ich muß pinkeln.

Im Spiegel über dem Waschbecken sah ich seinen Rücken und hörte das Plätschern, und der Raum füllte sich mit scharfem, abstoßendem Uringeruch, bis ich mir noch einmal Seife in die Hände goß und sie an meine Nase hielt, und ich dachte, jemand müßte ihm sagen, daß er mehr Wasser trinken soll, das ist wirklich nicht gesund, so ein Urin, aber wer sollte es ihm sagen, wenn seine Frau todkrank war, und er drückte auf die Wasserspülung und drehte sich zu mir um, mit dem Schwanz aus der Unterhose, und ein großer, dunkler, fast schwarzer Tropfen Urin hing noch dran, und ich dachte, warum wischt er ihn nicht weg oder schüttelt ihn ab, und ich konnte nicht aufhören, diesen Tropfen anzustarren, der nicht von selbst runterfallen wollte, im Gegenteil, er schien an dem Glied zu kleben wie Harz an einem Baumstamm und ebenso fest zu sein.

Vor lauter Waschen waren meine Hände schon so rot geworden wie die einer Waschfrau, aber ich wollte den Hahn nicht zudrehen, weil ich Angst vor der Stille hatte, die plötzlich eintreten würde, also nahm ich noch einmal Seife und wusch mir auch die Arme, vielleicht waren ihre Bazillen schon armaufwärts gekrochen, und im Spiegel sah ich ihn langsam näher kommen, und mein Mund öffnete sich verwirrt, denn ich fühlte hinter mir, wie er mir den Rock hochschob.

Ich dachte, ich hätte dir etwas beigebracht, sagte er enttäuscht, als er meinen Slip sah, und ich bewegte mich zur Seite, so daß sein großer Kopf den ganzen Spiegel ausfüllte und ihn mit seinen schweren Augen verdunkelte, und fragte, warum hast du mir das nicht gesagt?

Weil dich das nichts angeht, sagte er und drehte mit einem harten Griff den Wasserhahn zu, ohne sich die Hände gewaschen zu haben. Sie wird wieder in Ordnung kommen, fügte er sofort hinzu, um sich selbst Mut zu machen oder mir, und ich drehte mich zu ihm um, der dunkle Tropfen war schon auf die Hose gefallen und aufgesaugt worden, ein dunkler, immer größer werdender Fleck, und dann hob er mich plötzlich hoch und setzte mich auf das Waschbecken, wie man ein Kind hochhebt, um ihm den Po abzuwaschen, und das Waschbecken war kalt und der undichte Wasserhahn tropfte mir in die Kleidung, und er bückte sich und legte seinen Kopf auf meine Schenkel, als gäbe es da ein Kissen, das nur auf ihn gewartet hätte, und schloß die Augen und begann schwer zu atmen, und ich betrachtete traurig die grauen Haare, die Kopfhaut, die durchschimmerte, voller Schuppen, und dachte wieder an seine Augenbrauen, die zwischen meinen Schenkeln versunken waren, versuchte mich zu erinnern, ob sie schwarz oder grau waren, ohne daß es mir gelang.

Und dann wurde an die Tür geklopft, ein höfliches, aber

entschiedenes Klopfen, und ich hörte meine Tante fragen, Ja'ara, bist du da drin? Bist du in Ordnung? Und ich murmelte, ja, ich komme gleich raus, und versuchte vom Waschbecken hinunterzurutschen, aber sein Kopf lag so schwer auf mir wie ein Bleigewicht, bis ich ihn heftig von mir stieß und er sich schwankend aufrichtete, noch immer stand er nicht gerade, deshalb führte ich ihn mühsam zu dem Rollstuhl mit dem Loch in der Mitte und setzte ihn drauf, und sein Kopf sank nach vorn, und er schnarchte weiter, rauh und rhythmisch.

Ich hatte das Gefühl, als sei etwas Schreckliches geschehen in der Zeit, die wir zusammen verbracht hatten, wie Braut und Bräutigam, die sich während der Hochzeitsfeier heimlich fortstehlen, bestimmt war seine Frau gestorben und alle suchten ihn, um es ihm mitzuteilen, und ich würde sagen müssen, wo er sich befand, eingeschlafen auf dem Rollstuhl, während ihm der Schwanz aus der Hose hing, und mir wurde klar, daß ich ihm den Schwanz in die Unterhose schieben mußte, sonst würde jeder, der nach mir hereinkäme, verstehen, daß sich hier etwas Intimes ereignet hatte. Also ging ich zu ihm und zerrte an seiner Unterhose und versuchte, seinen Schwanz hineinzuquetschen, der glatt und schlüpfrig war wie ein Fisch, als gehöre er überhaupt nicht zu seinem Körper, sondern wechsle unaufhörlich den Platz, und auch die kleine Öffnung an der Spitze kam mir so rund und dumm vor wie ein Fischmaul, und als ich merkte, daß ich es nicht schaffte, zog ich einfach seinen schönen schwarzen Pullover darüber, damit die ganze Sache zugedeckt war. Ich war schon völlig verschwitzt, von der Hitze im Krankenhaus und der Angst und der Verwirrung, und als die Tür nicht aufging, wurde mir klar, daß ich diesmal wirklich nicht so bald rauskommen würde, denn vor lauter Angst vor Schlössern war ich unfähig, sie zu öffnen, und meine verschwitzten Hände rutschten auf dem Schlüssel aus, bis ich ein Klicken hörte und wie von einer Kanone abgefeuert hinausschoß, am ganzen Leib zitternd.

Glücklicherweise wartete niemand vor der Tür auf mich. Ich ging langsam zurück und sah Tante Tirza, die in ihrem Bett lag und zu lesen schien, doch aus der Nähe entdeckte ich, daß es kein Buch war, was sie in der Hand hielt, sondern ihr kleiner Spiegel, und die zweite Frau schlief mit gesenktem Kopf im Rollstuhl, genau wie ihr Mann, und ich dachte, ich könnte seinen Rollstuhl hierherschieben und neben sie stellen, dann würden sie aussehen wie verwaiste, kinderlose Zwillinge, und Tirza legte ihren Spiegel zur Seite und sagte, was ist passiert, ich habe mir Sorgen um dich gemacht, und sofort fügte sie hinzu, und was ist mit ihm? Und ich sagte, er ist nach mir ins Klo gegangen, glaube ich, und Tirza lächelte bitter und sagte, ihr kennt euch, und ich sagte, ja, und fragte sofort, um das Thema zu wechseln, wie es eigentlich um sie stand, und deutete dabei auf seine Frau, und Tirza sagte, das ist schon das Ende, in spätestens einem Monat wird er ein begehrter Witwer sein, und ich fragte, weiß er das? Und sie sagte, natürlich, heute sagen sie einem doch alles, und ich dachte daran, daß er gesagt hatte, sie wird wieder in Ordnung kommen.

Als er ein paar Minuten später hereinkam, hätte ich schwören können, er sei ein böser Geist, so anders sah er plötzlich aus, nichts war mehr zu merken von dem schweren Gang und dem häßlichen Schnarchen. Er sah energisch und fröhlich aus, die Haare zurückgekämmt und die Hose gut geschlossen, und nur ein runder dunkler Fleck deutete darauf hin, daß sich etwas ereignet hatte. Er trat rasch zu seiner Frau und legte ihr die Hand auf die Schulter, und sie erwachte plötzlich unter seiner Berührung und hob den Kopf und lächelte ihn an, ein schönes Lächeln voller Liebe und Dankbarkeit, und dann legte sie ihre kleine mausartige Hand auf seine.

Es ist besser, mitten im Leben in Liebe zu sterben, als bis hundert allein zu leben, flüsterte mir Tirza zu, und ich sah den Neid in ihren Augen. Gibt es nur die zwei Möglichkeiten, fragte ich sie, und sie sagte, zwei ist schon viel, manchmal gibt's noch nicht mal eine.

Dann hob sie den Blick zu dem großen geschlossenen Fenster und sagte, ich möchte jetzt ein wenig schlafen, Ja'ara, und ich stand auf und sagte, laß es dir gutgehen, und sie seufzte, du dir auch, paß auf dich auf, als ob ich die Kranke wäre. Ich drehte mich nach den beiden Turteltäubchen um und sah seine Frau mit dem gleichen liebevollen Lächeln, das mir schon wie eine Grimasse vorkam, und ich fragte ihn leise, ob er vorhabe, auch bald zu gehen, denn ich sei ohne Auto hier, und er sagte, warte draußen ein paar Minuten, also setzte ich mich auf die Bank vor dem Zimmer und folgte dem unaufhörlichen Hin und Her der Schwestern und Kranken, das mir immer seltsamer vorkam. Wie Ameisen sahen sie alle aus, eine Sekunde bevor sie von einem riesigen Fuß zertreten werden, und sie wußten das und rannten trotzdem herum und schwitzten.

Er kam ziemlich bald heraus, warf einen Blick auf die Uhr, überlegte wohl, wieviel Zeit er verloren hatte und wieviel ihm für diesen Tag noch übrigblieb, und von Sekunde zu Sekunde wurden seine Schritte jugendlicher, bis ich fast laufen mußte, um ihm folgen zu können, so als wolle er den Moment der Schwäche in der Toilette wegwischen, und die Sache kam mir wirklich schon ganz unmöglich vor, wie etwas, was ich phantasiert hatte, und ich dachte, nur dieser Fleck wird mir beweisen, daß es passiert ist, aber als ich neben ihm im Auto saß und seine Hose betrachtete, war auch von dem Fleck nichts mehr geblieben.

Und was hast du eigentlich dort gemacht, fragte er, als wir losfuhren, und warf mir einen amüsierten Blick zu, und ich versuchte, einen leichten Ton anzuschlagen, das habe ich dir doch gesagt, ich habe meine Tante besucht.

Aber deine Tante ist noch nicht lange da, und dich habe ich schon ziemlich oft gesehen, wie du dich im Krankenhaus herumgetrieben hast, gab er zurück, und ich sagte mir, ruhig Blut, und ich war sicher, daß ich schamrot wurde, schon immer hatte ich das Gefühl gehabt, er wisse Dinge von mir, von denen ich nicht wollte, daß er sie wußte, und trotzdem war es sehr überraschend gekommen.

Wieso habe ich dich dann nicht gesehen, fragte ich, um Zeit zu gewinnen, und er sagte in seinem hochmütigen Ton, weil ich dafür gesorgt habe, daß du mich nicht siehst, du weißt doch, daß ich in solchen Sachen gut bin, und ich verteidigte mich, es ist kein Verbrechen, in einem Krankenhaus herumzulaufen.

Nein, ein Verbrechen ist das nicht, aber ich würde es als pervers bezeichnen, er lächelte, und ich spürte, daß auf dem großen Strom der Scham auch kleine Schaumkronen der Dankbarkeit schwammen, denn nun hatte ich keine Wahl mehr, ich mußte beichten, und das war es vermutlich, was ich am meisten wollte, und ich sagte, ich weiß, daß es sich schrecklich anhört, aber ich liebe es, in Krankenhäuser zu gehen, nur dort fühle ich mich sicher. Wenn es mir schlecht geht, treibe ich mich ein bißchen dort herum, und schon beruhige ich mich, ich schaue einfach in Zimmer hinein, als suche ich jemanden, ich liebe diese Atmosphäre der vollkommenen Beaufsichtigung und des Schutzes, ich weiß, daß alle Kranken mich beneiden, weil ich gesund bin, aber ich beneide sie, weil man sie die ganze Zeit pflegt und für sie sorgt, ihr Leben kommt mir manchmal besser vor als meines.

Was ist so schlecht an deinem Leben, fragte er, seine Stimme war plötzlich traurig, und ich sagte, ich weiß es nicht genau, nichts Bestimmtes, nur daß es mein Leben ist und ich ihm gehöre und so tief drinstecke.

Schade, sagte er ruhig und begann zu pfeifen, und sein Pfeifen beruhigte mich sofort, denn es erinnerte mich an früher, als ich meinen Vater manchmal morgens, wenn ich aufwachte, pfeifen hörte, und das war immer ein Zeichen dafür gewesen, daß er gut gelaunt, daß er auf niemanden böse war, das heißt weder auf mich noch auf sie, und wir hatten uns so sehr an solche Zeichen gewöhnt, daß mich meine Mutter oft weckte und sagte, guten Morgen, Papa hat heute gepfiffen, und dann sah der Tag ganz anders aus. Und manchmal sagte sie, er hat dreimal gepfiffen, mit einem gewissen Stolz in der Stimme, und dann war ich überzeugt davon, daß sie miteinander geschlafen hatten.

Zuweilen lag ich wach im Bett und versuchte, ihre Stimmen aufzufangen, neben dem Summen der Rasensprenger, dem Jaulen der Katzen und Hunde, sogar Schakale gab es dort, und irgendwelche intimen Geräusche zu hören. Dabei sagte ich mir oft, was spielt es denn für eine Rolle, was hinter der verschlossenen Tür geschieht, du hast dein eigenes Leben, aber immer gab es da etwas zwischen mir und ihnen, zwischen mir und meinem Leben, eine Art altes Verderben, das sich nicht vertreiben ließ.

Ich unterbrach sein Pfeifen und fragte, glaubst du mir, daß es dort Schakale gab, und er fragte, wo, und pfiff sofort weiter, ohne die Antwort abzuwarten.

Bei meinem ersten Zuhause, sagte ich, als ich ein Kind war, ich weiß, daß es dort Schakale gab, und glaube es trotzdem nicht. Es kommt mir wie ein Hirngespinst vor, mein ganzes früheres Leben kommt mir wie ein Hirngespinst vor, ich weiß, daß es dieses Leben gegeben hat, aber ich glaube nicht daran. Ich glaube nicht, daß ich meine Eltern jeden Tag gesehen habe, daß wir zu dritt am großen Tisch gesessen und gegessen haben, daß ich sie bei allen möglichen Dingen um Erlaubnis gefragt habe, daß wir eine Familie waren.

Heißt das Familie, wenn man um Erlaubnis bitten muß? Er lachte, und ich sagte, ja, vor allem, und er sagte, für mich ist es beinahe das Gegenteil, für mich bedeutet es eine schwere Verantwortung, meine Eltern waren arme Einwanderer, ohne Arbeit, ohne Sprache, ohne Ansehen, ich war schon mit zehn für zehn Leute verantwortlich.

Er steckte sich eine Zigarette an und lächelte zufrieden, stolz auf die Biographie seiner Eltern, und ich betrachtete ihn erstaunt, er sah so makellos aus, so einzigartig, mit dem grauen Rauch, der von den grauen Lippen aufstieg, den wohlgeformten Händen auf dem Lenkrad, der geschmackvollen Kleidung, den Haaren, die sich an den Spitzen leicht kräuselten, ohne jedoch die Rundung jeder einzelnen Locke zu stören, und sogar seine Altersflecken schienen Teil dieser Vollkommenheit zu sein. Ich versuchte ihn mir als Zehnjährigen vorzustellen, mit seiner braunen Haut, die durch die zerrissene Kleidung hervorleuchtete, mit schmutzigen schwarzen Locken und ausgehungerten Augen. Wie war er so geworden, so anspruchsvoll?

Wie bist du so anspruchsvoll geworden, fragte ich, ich bin davon ausgegangen, daß du in einem Schloß aufgewachsen bist, und er lachte vergnügt, gerade weil mich so viele Jahre lang niemand verwöhnt hat, habe ich angefangen, mich selbst zu verwöhnen, schließlich muß man sein Leben ins Gleichgewicht bringen.

Und sie, hat sie dich verwöhnt, fragte ich.

Wer? Er wartete, und ich sagte, Joséphine, und genoß insgeheim die Diskrepanz zwischen diesem fremden, wie ein Zauber klingenden Namen und der traurigen Gestalt.

Er wurde sofort ernst. Sie hat alles getan, was sie konnte, um mich glücklich zu machen, sagte er pathetisch, als würden wir schon hinter ihrem Sarg hergehen, und ich krümmte mich wie ein kleiner Hund, der einen Fußtritt bekommen hat, schon war es vorbei mit dem Vergnügen, mit dem verheirateten Liebhaber über seine Ehefrau zu tratschen und sie ein bißchen zu verleumden, zu hören, wie langweilig sie doch war, daß sie ihn nicht verstand und nicht fähig war, seine stürmischen sexuellen Bedürfnisse zu befriedigen. Statt dessen saß da ein Mann voller Schuldgefühle, der aus seiner Frau eine Heilige machte. Interessant, was Joni über mich sagen würde, wenn ich jetzt sterbenskrank wäre. Schließlich war auch ich die Frau von jemandem, so seltsam sich das auch anhörte. Ob er auch sagen würde, ich hätte alles getan, um ihn glücklich zu machen?

Gerade als ich an Joni dachte, bog das Auto in die enge, belebte Straße ein und hielt vor unserem Haus, ohne Rücksicht auf den berühmten Sicherheitsabstand. Von weitem sah ich das schwache Licht in unserer Küche, fast konnte ich hören, wie das Gemüse geschnitten wurde, müde, verzweifelt und voll guten Willens, und mein ganzer Körper schmerzte, als wäre ich selbst ein Stück Gemüse auf seinem Schneidebrett. Arie, sagte ich leise, ich kann nicht nach Hause gehen, und er fragte mit kalter Stimme, warum. Weil ich genau weiß, was sein wird, flüsterte ich, ich weiß, was er sagen wird und was ich sagen werde, ich weiß, was wir zu Abend essen werden, ich weiß, wie er mich anschauen wird, das deprimiert mich zu sehr, ich möchte bei dir bleiben.

Er sagte nichts, aber das Auto fuhr los, und wir entfernten uns, das Haus verschwamm in der Ferne, und nur das schwache Licht aus der Küche war noch eine Weile zu sehen. Er pfiff wieder, und ich legte meine Hand auf sein Knie und schloß die Augen und dachte an die dämmrige Küche mit dem kleinen Fenster, vor dem Büsche wuchsen, und daß es, statt Licht in die Wohnung zu bringen, es wegzunehmen schien, es sah immer dunkler aus, als es wirklich war, und ich dachte an den Mülleimer, der sich mit Gurkenschalen und anderen Abfällen füllte, und er tat mir leid, dieser Mülleimer, weil er sich umsonst füllte, und ich beschloß, ihn auszuwaschen, wenn ich nach Hause kam, damit man seine ursprüngliche Farbe sah, die ich, weil er so dreckig war, vergessen hatte, und ich versuchte mich zu erinnern, wann und wo ich ihn gekauft hatte und was ich in dem Moment empfunden hatte, als ich ihn kaufte, ob es mich glücklich gemacht hatte oder ob es Joni glücklich gemacht hatte, und wie lange dieses Glück angehalten und wie es aufgehört hatte.

Und dann legte Arie seine Hand auf meine, nur einen Moment lang, denn er brauchte sofort die nächste Zigarette, und er fragte, warum habt ihr geheiratet? Und da fiel mir ein, daß wir ihn gekauft hatten, als wir beschlossen hatten zu heiraten, und zwar in einem Laden, der genau an diesem Tag eröffnet und fast am Tag darauf wieder geschlossen worden war. Wir waren auf dem Heimweg daran vorbeigegangen, und alles hatte so neu und überraschend ausgesehen, sogar die Mülleimer, und ich hatte Lust auf Weiß, das Weiß einer Braut, er kam mir vor wie ein Schwan, der, egal, wie schmutzig das Wasser war, auf dem er dahinglitt, immer sein strahlendes Weiß behalten würde.

Weil er versprochen hat, mich immer zu lieben, sagte ich schließlich, und weil ich wußte, daß er zu den Leuten gehört, die ihre Versprechen halten.

Er lachte, so geht es, wenn man zuläßt, daß das eigene Leben von Ängsten beherrscht wird, du erinnerst mich sehr an deine Mutter, er warf mir einen prüfenden Blick zu, und ich sagte, an meine Mutter? Wodurch erinnere ich dich an meine

Mutter? Meinst du das, was ich gesagt habe, oder mein Aussehen? Aber da bremste er schon und floh vor mir, fast als habe er Angst, daß ich ihn weiter mit Fragen bedrängen würde, und ich folgte ihm ins Haus, das unter so viel Grün zu ersticken drohte, und lief hinter ihm die Treppe hinauf, und als die Tür aufging, hatte ich das Gefühl, in mein richtiges Zuhause einzutreten, endlich hatte ich mein richtiges Zuhause gefunden, wo mein richtiges Leben beginnen würde, nirgendwo anders.

Also betrachtete ich die Wohnung auf eine langsame, behutsame Art, prüfte die Möbel und die Teppiche und die Bilder, als sähe ich sie zum ersten Mal, bisher hatte ich ja nur ihn gesehen, und versuchte herauszufinden, was ich mochte und was nicht und wo meine eigenen Sachen Platz finden würden, und dann dachte ich, daß ich meine Sachen bei Joni lassen würde, und mir fiel ein, daß ich ihn anrufen mußte, um ihm zu sagen, wo ich war, aber ich genierte mich, in Aries Beisein mit ihm zu sprechen, also dachte ich, mir wird schon etwas einfallen, was ich ihm sagen kann, wenn ich nach Hause komme.

Die Wohnung war kalt, als wäre sie unbewohnt, als wäre sie mitten im Leben erstarrt, und sie war auch auf eine endgültige und nicht alltägliche Art sauber, als wäre sie desinfiziert worden. Wer macht hier sauber, fragte ich ihn, und er antwortete ziemlich stolz, ich selbst, ich mag es nicht, wenn jemand in meinen Sachen herumstöbert. Ich fuhr mit dem Finger über das große Klavier, er blieb ganz sauber, und ich sagte, alle Achtung, wer hat dir das Putzen beigebracht, und er sagte, wir haben uns doch schon geeinigt, daß ich nicht so verwöhnt bin, ich habe früher meiner Mutter geholfen, fremde Wohnungen zu putzen, während dein Vater sich im Gymnasium vergnügte, und mir schien, als hörte ich Bitterkeit in seiner Stimme, und ich dachte, wenn er bitter ist, stimmt die Geschichte vielleicht wirklich, aber noch immer hielt ich sie eher für eine Erfindung.

Ich lief die ganze Zeit hinter ihm her, noch im Mantel, folgte jeder seiner Bewegungen, versuchte herauszufinden, wie er lebte, als ob ich dadurch, daß ich sah, wie er die Heizung anmachte, etwas Wichtiges über ihn erfahren würde, ich sah, wie er den Kühlschrank aufmachte und ernsthaft hineinschaute, obwohl er vollkommen leer war, dann machte er den Gefrierschrank auf, der ebenfalls fast leer war, und nahm eine Packung Speiseeis heraus, schnitt sie mit einem Messer in zwei Teile und legte diese auf Teller. Wir setzten uns, die Teller vor uns auf dem Tisch, und ich betrachtete das Eis, bei dieser Kälte hatte ich wirklich keine Lust darauf, und außerdem sah es aus, als stamme es noch vom vergangenen Sommer, die Verpackung klebte fest am Inhalt, und ich wollte fragen, ob sie im Sommer schon krank gewesen war, Joséphine, aber er war so in sein Eis vertieft, und außerdem dachte ich, was spielt das schon für eine Rolle, und ich schob ihm meinen Teller mit dem rosafarbenen Eisblock zu, der überhaupt nicht auftauen wollte, und er fiel gierig darüber her, anschließend holte er eine Flasche Whisky aus dem Schrank und trank direkt aus der Flasche, und erst dann nahm er zwei Gläser, schenkte sie voll und trank seines auf der Stelle aus.

Wie hypnotisiert beobachtete ich diese seltsame, sehr private Zeremonie und empfand sogar Stolz darüber, daß er es wagte, sich so vor mir zu entblößen, genauer gesagt, mich zu ignorieren. Erst nach dem dritten Glas sah er mich fast überrascht an, mit einem bitteren, verschlossenen Blick, und sagte, das ist alles, was es gibt, als meine er das Eis, und steckte sich eine Zigarette an, und ich dachte, wie angenehm es doch für mich wäre, mit ihm zu leben, denn ich wüßte immer, daß er mich nicht liebt, und ich müßte nicht diese ständige Spannung ertragen, was wäre, wenn er plötzlich aufhören würde, mich zu lieben, und ich merkte, daß ich einen großen Vorteil vor allen Frauen der Welt hatte, denn mich liebte er wirklich nicht.

In der Wohnung wurde es langsam warm, er zog den Pullover aus, darunter trug er ein braunes Unterhemd, eine Farbe, die auf seiner Haut verschwamm, so daß es aussah, als wäre es ein Teil von ihm, und ich zog meinen Mantel aus, und er goß sich noch einen Whisky ein und sagte, mach weiter, und ich freute mich, daß ich den Spitzenbody und nicht einfach einen Fetzen unter dem Pullover anhatte, und ich blieb im Body und der Strumpfhose stehen, dehnte mich, um ihn zu reizen, aber er reagierte nicht, er fuhr fort zu trinken und zu rauchen, bis sein Gesicht schwer wurde und seine Sprache schleppend, und er sagte, du weißt, daß ich nichts habe, was ich dir geben kann. Ich nickte begeistert, als ginge es um eine angenehme Mitteilung, ich rückte näher und streichelte ihm die Oberarme, ich küßte seinen Hals, von dem ein scharfer Krankenhausgeruch ausging, und ich dachte an die kleine Frau, die von Minute zu Minute mehr zusammenschrumpfte, noch immer konnte ich es kaum fassen, daß sie seine Frau war, sie glich eher einem Schoßtier als einer Frau, und deshalb erschien mir ihr naher Tod auch weniger schlimm zu sein als der Tod eines Menschen, sogar weniger schlimm als der Tod von Tulja, und ich flüsterte an seinem Hals, bring mich ins Schlafzimmer, denn noch nie hatte ich ihr Schlafzimmer gesehen, und ich dachte, er hätte es nicht gehört, weil er sich nicht rührte, ich glaubte sogar, er sei wieder eingeschlafen, aber da sprang er auf und ging gebeugt zu der immer verschlossenen Tür.

Als sie sich öffnete, verstand ich, warum er immer peinlich darauf geachtet hatte, daß sie geschlossen blieb. Es war das schrecklichste und unerotischste Schlafzimmer, das ich je gesehen hatte, mit zwei schmalen, getrennt stehenden Betten, wie Krankenhausbetten, und einem Rollstuhl in einer Ecke, und zwischen den vollkommen nackten Wänden hing der Geruch nach Medikamenten, trotzdem empfand ich eine seltsame Begeisterung, denn das war so viel weniger verpflichtend als ein romantisches Schlafzimmer, weniger bedrohlich, also zog ich ihn zu einem der Betten, ich merkte, wie er wach wurde, fast gegen seinen Willen, wie er widerspenstig auftaute wie das Eis, das er verschlungen hatte, und ich dachte, so, wie sein Schwanz wächst, so schrumpft seine Frau, und bald wird sie überhaupt nicht mehr dasein, sie wird einfach verschwinden, unsichtbar für das menschliche Auge.

Ich zerrte an seiner Hose, mit einer ganz neuen Kraft, die vielleicht davon herrührte, daß ich mich mit seiner Nichtliebe abgefunden hatte und mir sogar sagte, das sei die wahre Liebe, denn so lernte ich zu lieben, ohne auf einen Gegenwert zu warten, und ich betrachtete seinen Körper in Unterhose und Unterhemd, eingehüllt in glatte Olivenhaut, und ich dachte, gleich gehört er mir, noch ein bißchen, und er gehört mir, und ich streichelte ihn durch den Stoff, ich hatte es immer vorgezogen, durch die Kleidung zu streicheln, das schien mir sicherer, und ich küßte seine Unterhose, bis ich ihn sagen hörte, ich muß jetzt allein sein, Ja'ara.

Wenn ich ihn nicht im Krankenhaus erwischt hätte, hätte er bestimmt gesagt, meine Frau kommt gleich zurück, und jetzt hatte er keine Wahl, er mußte die Wahrheit sagen, oder vielleicht war auch das nicht die Wahrheit, vielleicht hatte er eine andere Verabredung, obwohl er nicht so aussah, als könne er ausgehen, aber ich hatte es ja schon erlebt, daß er sich von einer Minute auf die andere verändern konnte.

Ich hob den Kopf von seiner Unterhose und er murmelte, ich fühle mich nicht wohl, ich kann dich nicht nach Hause bringen, nimm aus meiner Tasche Geld für ein Taxi. Ich hatte tatsächlich fast nichts dabei, und ich freute mich auch über die Gelegenheit, in seinen Taschen herumzuwühlen, aber ich fand nichts Interessantes, nur ein paar Schekel, ein Feuerzeug und Papiere vom Krankenhaus, und wieder diese Schlüssel, was öffnet er mit so vielen Schlüsseln?

Er hatte sich schon auf den Bauch gedreht und zeigte mir seinen schmalen muskulösen Hintern, er atmete schwer, und ich wühlte weiter in seinen Taschen und dachte, daß ich mal geglaubt hatte, wenn ich den nackten Hintern eines Mannes gesehen hätte, könnte ich mit ihm anstellen, was ich wollte. Damals glaubte ich, alles gehört zusammen, es gibt einen Schwanz im Herzen und ein Herz im Arsch, es gibt einen Arsch in den Augen, und es gibt Augen in der Möse. Damals hatte ich einfach noch nicht kapiert, daß jeder Körperteil in eine andere Richtung ziehen kann und daß es mir passieren könnte, eines Tages vor dem nackten Hintern eines Mannes zu weinen, den ich nicht ausstehen kann oder genauer, der mich nicht ausstehen kann. Als ich wegging, mit Tränen der Gefühllosigkeit in den Augen, und noch einen Moment im Eingang des Hauses wartete und es gerade zu regnen anfing, hielt neben mir ein kleines schwarzes Auto, und die junge Frau mit der Zigarettenspitze stieg aus, vielleicht auch eine andere, die ihr ähnlich sah, mit kurzen roten Haaren, und rannte in das Gebäude, und ich floh von dort, trotz des Regens, nur um nicht zu sehen, in welchem Stockwerk nun das Licht anging oder welche Tür geöffnet wurde, es gab noch andere Möglichkeiten, warum sollte ich an die schlimmste glauben, aber ich wagte es nicht, die Wahrheit herauszufinden. So ging ich durch die fast leeren Straßen, ohne Geld für ein Taxi und ohne Schirm, stellte mir vor, wie er für sie aufstand, sein ganzer Körper bereits gespannt und bereit, sogar die Hose hatte ich ihm ausgezogen, damit sich die Dame nicht anzustrengen brauchte, und wie ihre elegante Möse, bestimmt ausrasiert und onduliert, nun bekam, was ich hatte haben wollen, was ich wirklich wollte, vielleicht zum ersten Mal in meinem Leben fühlte ich, was das war, etwas wirklich zu wollen, und plötzlich wäre ich am liebsten dorthin zurückgegangen, aber ich hatte Angst vor der Demütigung, deshalb lief ich einfach weiter, mit halb geschlossenen Augen, und überlegte, wie ich mich an ihm rächen könnte und wie abstoßend er doch war mit seinen Minderwertigkeitskomplexen, die ich heute erst entdeckt hatte, und ich dachte an den Geruch seiner Pisse und an das alte Eis, das in seinem Bauch schmolz, und daß diese aufgedonnerte junge Frau, die jetzt vermutlich auf ihm ritt, sich bestimmt nicht klar darüber war, daß es nur ein Stück dünne olivenfarbene Haut war, was sie von der geschmolzenen Pfütze einer Packung Eis aus dem letzten Sommer trennte.

6 Am Morgen wußte ich nicht, was mir weher tat, der Kopf oder der Hals oder der Teil des Körpers, in dem sich das Herz verbirgt, oder die Möse, die ich lebendig und juckend spürte wie eine frische Narbe. Meine Wange roch nach After-shave, vermutlich hatte Joni sich die Mühe gemacht, mir zum Abschied einen Kuß zu geben, während ich noch schlief, und gleich ärgerte ich mich über ihn, immer begoß er sich mit solchen Mengen Duft, wie ein kleiner Junge, der mit dem After-shave seines Vaters spielt und keine Grenze kennt, nie würde ich es schaffen, diesen Geruch wieder loszuwerden, aber dann, als ich an diesen Kuß dachte, erregte es mich plötzlich, daß er neben mir stehengeblieben war, sich sogar gebückt und seine orangefarbenen Lippen gespitzt hatte, diese ganze Anstrengung, ohne etwas dafür zu erwarten, weil ich ja schlief, so wie man ein Möbelstück küßt oder einen Verstorbenen, ganz im geheimen, niemand, der darauf reagiert, der es würdigt. Ich dachte, das ist wirklich ein ernstzunehmendes Zeichen seiner Liebe, vielleicht das ernstzunehmendste, das ich bisher erhalten hatte, und ich versuchte, mich zu bücken und ihn zu küssen, um seine große Anstrengung nachzuempfinden und die Größe seiner Liebe zu verstehen, und als meine Lippen die winterlich kalten Fliesen berührten, entdeckte ich dort unter dem Bett ein Buch, bedeckt mit einer dicken Staubschicht, wie getarnt, das sich dort, wer weiß wie lange schon, versteckt hatte, und zog es hervor, und mir fiel ein, daß der Dekan es mir vor einigen Monaten feierlich geliehen hatte, ein seltenes Exemplar aus seiner Privatbibliothek.

Ich nahm das Buch mit ins Bett und begann es mit den zusammengeknüllten Papiertüchern sauberzumachen, die ich nachts um mich verstreut hatte, Joni war sicher, daß ich wegen der armen kranken Tante Tirza weinte, und nachdem das Buch einigermaßen gereinigt war, fing ich an zu lesen und konnte nicht mehr aufhören, und plötzlich wurde mir klar, daß ich darüber meine Arbeit schreiben würde, über die Geschichten von der Zerstörung des Tempels, und ich dachte, was für ein Glück, daß es jetzt keinen Tempel mehr gibt, sonst würde ich bei jeder Sache, die ich falsch mache, glauben, er würde meinetwegen zerstört, wie der Gehilfe des Zimmermanns, der durch Betrug dem Zimmermann die Frau stahl, ihm zur Scheidung riet und ihm das Geld lieh für die Summe, die er laut Heiratsvertrag seiner Frau bezahlen mußte, und als der Zimmermann seine Schuld nicht bezahlen konnte, mußte er sie bedienen, und sie aßen und tranken, und er stand daneben und bediente sie, und Tränen flossen ihm aus den Augen und fielen in ihre Gläser. Ich versuchte mir vorzustellen, wie Arie und ich Wurst essen und Kognak trinken und Joni uns die Gläser füllt und weint, und vor lauter Kummer fing ich selbst an zu weinen und beschloß, Joni nie zu verlassen, denn erst jetzt hatte ich erkannt, daß er mich wahrhaft liebte, und man kann niemanden verlassen, der einen wahrhaft liebt, aber dann dachte ich, einen Moment mal, und was ist mit dir, wo ist deine Liebe, und entschied, ich sei vielleicht wie die Frau in dieser Geschichte, von der man nicht wissen konnte, was sie wirklich fühlte, man konnte es nur an dem erraten, was sie tat.

Und vor lauter Nachdenken über meine Handlungen tat ich gar nichts, bis ich einen Anruf von der Fakultät bekam und die Sekretärin sagte, der Dekan wolle mich sprechen, und in ihrer Stimme lag Schadenfreude, ich wußte schon immer, daß sie sich wunderte, warum der Dekan sich ausgerechnet um mich besonders kümmerte, und um die Wahrheit zu sagen, ich wunderte mich ebenso wie sie und erwartete die ganze Zeit, daß die Sache aufhören und er feststellen würde, daß ich doch weniger vielversprechend war, als er glaubte, und ich von einer großen Hoffnung zu einer großen Enttäuschung würde. Ich wußte, solche Sachen passieren von einem Tag auf den anderen, und wegen ihrer Schadenfreude glaubte ich, dieser Tag sei nun gekommen, mein Herz fing heftig an zu klopfen, ich umklammerte fest das dicke Buch, und vor lauter Anspannung fing ich an, lauter Eselsohren hineinzumachen, bis mir klar wurde, daß ich dabei war, diese einzigartige Ausgabe aus seiner Privatbibliothek zu zerstören, und in diesem Moment hörte ich seine angenehme Stimme mit dem englischen Akzent, und er sagte, bei einer Fakultätskonferenz seien Beschwerden über mich geäußert worden, daß ich meine Sprechstunden vernachlässigte und noch keinen Vorschlag für meine Abschlußarbeit eingereicht hätte, und wenn das so weitergehe, werde ich die Stelle nicht bekommen. Noch nicht mal ich werde Ihnen helfen können, sagte er, wenn Sie sich nicht selbst helfen. Wissen Sie eigentlich, wie viele Anwärter ich für diese Stelle habe? Und ich wartete, bis er fertig war, dann sagte ich mit einem entschuldigenden Ton in der Stimme, daß sich alles nur verzögert habe, weil es mir nicht gelungen sei, ein Thema für meine Arbeit zu finden, aber genau an diesem Morgen hätte ich mich entschieden, nämlich für das Thema des Zerbrechens der Personen in den Geschichten von der Zerstörung des Tempels, sagte ich, darüber würde ich schreiben, und er sagte, wir sollten uns treffen und die Sache erörtern, und er fügte hinzu, ich habe gleich eine Freistunde, die würde ich Ihnen gerne widmen. Und ich sagte, schön, ich mache mich gleich auf den Weg, und beschloß, im Schrank nach einem Kleidungsstück zu suchen, das zu einer

Karrierefrau paßte, ab jetzt sollte das mein neues Outfit sein, eine Frau mit einer vielversprechenden akademischen Karriere und einem liebenden Ehemann, der sich sogar bückte, um sie zu küssen, ich würde anfangen, mit einer Zigarettenspitze zu rauchen, und mir die Haare kurz schneiden lassen, dann brauchte ich auf niemanden neidisch zu sein, und wenn ich ihn mal zufällig auf der Straße traf, würde ich hochmütig lächeln und noch nicht mal bei ihm stehenbleiben. Wer war er überhaupt? Eine Saugpumpe, die meine ganze Kraft und meine ganze Zeit und meine ganze Entschlußkraft aufsaugte und mein Leben beherrschte und mir nichts dafür gab, außer diesem Luxus, ohne Kraft, Zeit und Willen zurückzubleiben, und selbst das tat er mit einer solchen Gleichgültigkeit, als erweise er mir eine Gnade, wenn er mir erlaubte, mein Leben für ihn zu vergeuden.

Ich zog eine schwarze Lederhose an und eine blaue Samtbluse, die gut zu meinen Augen paßte, und schon als ich in den Spiegel blickte, fand ich es schade, daß er mich nicht so sehen konnte und daß ich mein Aussehen an den Dekan vergeudete, doch ich sagte mir die ganze Zeit, die Zerstörung des Tempels, das ist für dich jetzt wichtig, nichts anderes, und noch einmal sah ich Joni vor mir, der uns Kognak servierte, und ich zog ihm sogar so eine neckische Schürze an, wie Kellnerinnen sie tragen, und begann zu lachen, bis mir plötzlich einfiel, wie traurig das eigentlich war.

Ich stellte fest, daß Joni das Auto genommen hatte, also ging ich zur Haltestelle und kam ein bißchen in Bedrängnis, weil es der Bus war, der am Krankenhaus vorbeifuhr, und das war ein kleiner Umweg, aber er fuhr schnell, es war später Vormittag, und die Straßen waren leer, und ich dachte an das leere, verlassene Haus, mitten in den Zitrusplantagen versteckt, das immer auf mich gewartet hatte, als ich noch ein Kind war. Goldglänzende Wege führten dorthin, gesäumt von düsteren Zypressen, von denen immer eine gebogen oder abgebrochen war, und dazwischen blitzten fröhlich bunte Wandelröschen, orange und lila und gelb und rot und weiß, und sie schienen immer größer zu werden, je näher ich dem verlassenen Haus kam, und als das Haus in Sichtweite war, hatten sie schon die Größe von reifen Klementinen. Immer wieder staunte ich, wie schön das Haus war, trotz seiner Verwahrlosung und des Zerfalls, und insgeheim nannte ich es Tempel. Es war wirklich verlassen, außer mir wurde es nur von hungrigen, stinkenden Plantagenarbeitern aufgesucht, ich konnte ihren bitteren Geruch riechen, einen Geruch nach Müdigkeit und Pech und Bierdosen und billigen Sardinen. An kalten Abenden machten sie sich in dem Haus kleine Lagerfeuer, der ganze Boden war schwarz, auch die Wände, aber ich sah alles, wie es eigentlich sein sollte, glänzend und strahlend, prachtvoll und einladend, und so wollte auch ich gesehen werden, so, wie ich eigentlich sein sollte, und deshalb brachte ich Leute, die ich mochte, dorthin, denn mir schien, man könne mich nur dort, im Tempel, richtig sehen. Anfangs schleppte ich Schulfreundinnen hin, und sie hatten ein bißchen Angst, sie fühlten sich nicht wohl so allein in dem verlassenen Haus im Schatten der Orangenbäume, später meinen ersten Freund, und wir saßen in dem verwilderten, überwucherten Garten, in dem versteckt einzigartige riesige Blumen wuchsen, und ich bildete mir ein, das wäre unser Haus, und wir küßten uns zwischen den Guajavabäumen, und ich biß in die reifen Früchte, ohne sie vom Baum zu pflücken, um ihm zu zeigen, daß sie ganz rot waren, und meine Lippen schwollen vor lauter Küssen, und ich hatte Angst, nach Hause zu gehen, was sollte ich meinen Eltern sagen, etwa daß mich eine Biene in die Lippen gestochen hatte, aber mein Freund sagte, sie sähen überhaupt nicht geschwollen aus, sie fühlten sich nur so an, und ich war böse auf ihn, weil es seinetwegen passiert war, aber ich ließ mir nichts anmerken, damit er nicht gekränkt war. Und dann stiegen wir die breite halbzerfallene Treppe hinauf und liefen durch die Zimmer, stellten uns ihre frühere Pracht vor, und über eine schmale Wendeltreppe kletterten wir auf das Dach und betrachteten die Plantagen, die sich ins Unendliche hinzogen, grün und grün und grün. Erst als es dunkel wurde, kehrten wir nach Hause zurück, die Kälte brannte an meinen Lippen, aber mein Freund versicherte mir, daß man nichts von der Schwellung sah, und ich verstand nicht, wie etwas, was man so deutlich fühlte, dem Auge verborgen bleiben konnte, und auch meine Brustwarzen brannten, und ich bedeckte meine Brüste unter der Bluse mit den Händen, und er pflückte eine Handvoll Wandelröschen und streute sie mir auf den Kopf, und zu Hause verrieten mich diese Blüten, nicht meine Lippen, und meine Mutter sagte, wo hast du gelegen, woher kommt dieses Unkraut auf deinem Kopf, das ist das letzte Mal, daß du für einen ganzen Tag verschwunden bist, hörst du, und spätabends glaubte ich zu hören, daß mein Vater ihr zuflüsterte, was willst du von ihr, du bist einfach neidisch, daß sie verliebt ist und du nicht. Ein paar Monate später schlief ich dort mit ihm, mit meinem ersten Freund, auf dem geschwärzten Fußboden, neben leeren Bierdosen, Kohlen und altem Zeitungspapier, es war unser erstes Mal, und zugleich war es das letzte Mal, daß ich zu dem Haus hingegangen war, denn plötzlich ekelte ich mich vor dem Ruß, sogar die Decke über mir war verrußt, ich konnte das Haus nicht mehr so sehen, wie es wirklich war, sondern nur als eine verlassene und heruntergekommene Ruine, und sogar meinen Freund wollte ich nicht mehr sehen, denn er erinnerte mich an den Tempel, und es dauerte nicht lange, da trennten wir uns.

Ich schaute aus dem Busfenster und spürte, daß meine Brustwarzen brannten und stachen wie damals, und ich dachte an die jungen verwöhnten Frauen, die hinauszogen und im Straßenkot Gerste sammelten und deren Brüste vor Hunger lang und dünn wurden wie Fäden, und an ihre Säuglinge, die versuchten, Milch aus diesen Brüsten zu saugen, und im Schoß ihrer Mütter starben, und ich dachte, wie gut, daß ich nicht damals gelebt habe, und zur Sicherheit bedeckte ich meine Brüste mit dem dicken Buch, und ich sah den Himmel, der sich mit Rauch bezog, und dachte, kaum zu glauben, der Rauch des Tempels steigt auf, und nur ich sehe es, bis ich verstand, daß er aus dem Schornstein des Krankenhauses aufstieg, und ich sagte zu mir, diesmal fährst du weiter, du steigst nicht aus, aber ich spürte die Anzeichen einer Gefahr, als müsse ich jemanden retten, ich konnte mich nicht verweigern, und statt weiter zur Universität zu fahren, stieg ich schnell aus, bevor die Autobustüren geschlossen wurden, und fand mich im Eingang des Krankenhauses wieder.

Nur ein paar Minuten, beschloß ich, ich schaue nur nach, was es Neues gibt, und nehme den nächsten Autobus zur Universität, ich bin noch nicht wirklich zu spät dran, ich werde das Zimmer nicht einmal betreten, ich schaue nur kurz hinein, ob sie noch lebt. Schließlich hatte ich nicht die Absicht, ihn wiederzusehen, also mußte ich mich selbst bemühen, das zu erfahren, was ich wissen wollte, auch wenn ich nicht wußte, wozu ich dieses Wissen brauchte. Der vertraute Geruch des Krankenhauses nach Medikamenten, Essen und Heizung umhüllte mich wie ein alter Mantel, abstoßend, aber beruhigend, einschläfernd und tröstend, die Verheißung einer Behandlung, die, selbst wenn sie nichts nützte, jedenfalls gut gemeint war, und es war mir angenehm, mich inmitten so viel guter Absichten herumzutreiben, weit angenehmer als in den kalten Fluren der Universität, und ich dachte, wenn mir hier dasselbe passiert, was damals in Jaffo passiert ist, eine solche Ohnmacht, ist sofort jemand da, der für mich sorgt, ich werde ein Bett und einen Nachttisch bekommen und muß niemandem erklären, was ich hier tue, und ich überlegte sogar, ob ich so tun sollte, als würde ich ohnmächtig, und dann abwarten, was passieren würde, aber ich erinnerte mich an den Dekan, der auf mich wartete, und hatte es auf einmal sehr eilig. Seit dem Turnunterricht in der Schule war ich nicht mehr so gerannt, diesmal trieb mich eine Begeisterung, an der es mir damals gefehlt hatte, vielleicht erwartete mich am Ende der Bahn ja etwas Wundervolles, und erst vor dem Zimmer hielt ich an, stand schwer atmend in der Tür und sah erleichtert, daß Tante Tirzas Bett leer war, nur ihr kleiner Spiegel glitzerte auf ihrem Kissen wie ein Messer, und in dem Bett daneben lag mit geschlossenen Augen seine sterbende Frau, weißer als das Laken, das sie bedeckte.

Ich trat näher und betrachtete sie neugierig, als wäre sie ein Stück von ihm, als könnte ich, wenn ich ihr Geheimnis herausfand, auch seines finden. Sie sah schrecklich aus, aber anrührend, wie ein Ungeheuer, das eine edle Seele in sich birgt und dem man die ganze Zeit die Kämpfe ansieht, die sich in seinem Inneren abspielen, in manchen Momenten hat die Seele die Oberhand, dann wieder das Ungeheuer. Als sie langsam die Augen öffnete, schien gerade die Seele gesiegt zu haben, sie waren blau und leuchtend, aber je weiter sie aufgingen, um so klarer sah ich, daß der Kampf verloren war, denn ihre Größe war furchterregend, und ihr Blick wurde glasig, als sie verstand, wo sie war und in welchem Zustand. Die Tochter von Korman, murmelte sie mit einem starken französischen Akzent, als sie mich erkannte, und ich nickte bestätigend und dachte, in der letzten Zeit habe ich diese Formulierung immer wieder gehört, am Schluß werde ich noch vergessen, wie ich heiße, und sie sagte müde, deine Tante wird gerade versorgt, sie wird erst mittags wieder dasein, und ich fragte, was für eine Versorgung, um Zeit zu gewinnen, und sie seufzte nur und sagte, besser, du weißt das nicht, und ich sagte, versorgt werden ist wie bei einem kleinen Kind, es ist ein gutes Wort, und sie sagte wieder seufzend, wer will schon mitten im Leben versorgt werden, und fast hätte ich gesagt, ich.

Ich wollte noch ein paar Minuten bleiben, deshalb fragte ich sie, ob sie etwas brauche, und sie sagte sofort, sie hätte gerne ein Glas Tee, und erklärte mir genau, wie dieser Auftrag auszuführen sei, und ich zog los und bewegte mich tapfer zwischen verschiedenen Becken und Wasserhähnen, stolz auf die Anweisungen, die ich erhalten hatte, zwei Löffel Zucker, zwei Teebeutel und viel Milch, und wunderte mich ein wenig, warum ein halber Mensch alles doppelt wollte. Als ich zurückkam, hatte sie sich im Bett aufgesetzt, ein roter Pulli lag über ihren Schultern, und ihr Gesicht zeigte ein übertrieben dankbares Lächeln, als hätte ich ihr mindestens das Leben gerettet. Ich wurde langsam unruhig, zum einen, weil mich der Dekan erwartete, zum zweiten, weil Tante Tirza zurückkommen und verärgert reagieren konnte, wenn sie mich sah, und am meisten fürchtete ich mich davor, daß er plötzlich in der Tür erscheinen und entdecken könne, daß ich zur Krankenschwester seiner Frau geworden war. Ich wollte schon gehen, doch da wurde sie freundlich, ja anhänglich, sie bat mich, das Bett höherzustellen und ihr ein Kissen unter die geschwollenen Beine zu legen und die Schwester zu rufen, weil sie etwas gegen Schmerzen brauchte, und ich fühlte mich endlich einmal zu etwas nütze, so daß es mir schwerfiel, wegzugehen. Dem Dekan nütze ich schon nichts mehr, dachte ich, auch mir nicht, also wenigstens diesem seltsamen Geschöpf, das so strahlend und verwelkt zugleich ist.

Ihre Beine waren schwer und angeschwollen, als würden sie gleich platzen, von dunkelgelber Farbe, und als sie sie mir entgegenhob, nahmen sie meinen Blick vollkommen gefangen. Ich schob ein Kissen darunter, das sofort von ihrem Gewicht zerdrückt wurde, dann stopfte ich ihr ein weiteres Kissen hinter den Rücken, bis es aussah, als säße sie in der Badewanne, und sie lächelte mich an und holte aus ihrer Schublade einen Lippenstift und malte sich mit einer erstaunlichen Geschicklichkeit die Lippen an, ohne Spiegel, ich würde es nie schaffen, ohne Spiegel meine Lippen zu treffen, und das Rot des Pullovers betonte das Rot ihrer schönen Lippen, isolierte sie von dem verzerrten Gesicht, und ich dachte, vielleicht ist sie auch so eine verwöhnte Frau wie Marta, die Tochter des Bitus, die sich plötzlich im Straßenkot wiederfand, und mit einer feierlichen Stimme sagte sie, als wäre das der Lohn für meine Mühe, du wirst es nicht glauben, ich erinnere mich an den Tag, als du geboren wurdest.

Wirklich, fragte ich ein wenig gleichgültig, was sie zu enttäuschen schien, der Tag meiner Geburt interessierte mich nicht besonders, warum sollte er sie interessieren, aber sie sagte, ja, zufällig war das der Tag, an dem ich Arie zum ersten Mal traf, ich erinnere mich, daß er zu mir sagte, meine Freundin hat heute ein Kind bekommen, nach vielen Jahren Behandlung.

Freundin, fragte ich, sind Sie sicher, daß er meine Freundin gesagt hat? Nicht mein Freund? Ich dachte, mein Vater war mit ihm befreundet, nicht meine Mutter, und sie schüttelte den Kopf und sagte, ich erinnere mich an jedes Wort, das er damals gesagt hat, er sagte Freundin und war so aufgeregt, als wäre er selbst der Vater. Ich erinnere mich, daß wir ein

Glas auf dich getrunken haben, wir saßen in irgendeiner Bar in Paris, und Arie hat eine Flasche Champagner aufgemacht.

Sie nahm feierlich ihr Teeglas und hob es, wie um mir zu zeigen, wie sie damals, an jenem Abend, Champagner getrunken hatte, fing aber sofort an zu husten, und der Tee kippte auf das Laken, und ihre Augen wurden naß und rot, bis sie es nicht mehr schaffte, die Entfernung zwischen jenem Tag und dem Jetzt zu überbrücken.

Ich nahm ihr das Glas aus der Hand, tupfte das Laken ab und brachte ihr Wasser, und sie trank vorsichtig, und in ihren Augen mischte sich das Blau mit dem Rot zu violetten Flecken, die aussahen wie eine unbekannte Landkarte, meine alte Angst vor der Geographiestunde, Länder und Städte aus Flecken herauszufinden, die alle gleich aussahen, nie war es mir gelungen, irgend etwas darin zu entdecken, und auch in ihren Augen fand ich nichts, als sie, wie zu sich selbst, sagte, und dabei habe ich damals nicht gewußt, daß ich schwanger war, wie man ein Kuriosum feststellt, so sagte sie das, ein privates Kuriosum, das nur die Betroffenen amüsiert, aber ich konnte mich nicht beherrschen und fragte, schwanger? Ich habe gedacht, Sie hätten keine Kinder.

Nein, haben wir nicht, sagte sie ungeduldig, ich war damals mit jemand anderem zusammen, wir hatten vor zu heiraten, aber dieser Abend änderte alles, der Abend des Tages, an dem du geboren wurdest. Ich wußte nicht, daß ich schwanger bin, wiederholte sie, ich verstand nicht, warum mir dauernd schlecht wurde.

Und was ist mit dem Kind, fragte ich und spürte wieder dieses unangenehme Zittern am ganzen Körper, als ginge es um mich, und sie sagte, es gibt kein Kind, schon eine Woche später packte ich meine Koffer und zog zu Arie. Er wollte mich nicht schwanger von einem anderen Mann, deshalb habe ich abgetrieben.

Haben Sie geglaubt, Sie würden gemeinsame Kinder bekommen, fragte ich, und sie sagte, nein, nein, ich wußte, daß wir keine Kinder haben würden.

Und trotzdem haben Sie auf die Schwangerschaft verzichtet, sagte ich, und es gelang mir nicht, einen tadelnden Ton in der Stimme zu unterdrücken, und sie sagte entschieden, ja, ich habe darauf verzichtet, als würde sie es mit Freude noch einmal tun.

Und bedauern Sie das nicht, fragte ich fast flehend, als wäre ich selbst der Embryo, den sie abgetrieben hatte.

Ich bedaure mehr, daß man mich nicht zum Ballettunterricht geschickt hat, sagte sie mit einer Wut, die mich verlegen machte, der Wut von Kranken, die sich plötzlich auf etwas Nebensächliches stürzen und ein großes Ereignis daraus machen, du machst dir keine Vorstellung davon, wie ich meinen Vater angefleht habe, tanzen lernen zu dürfen, und er sagte, dafür hätten wir kein Geld. Vergangene Nacht habe ich wieder davon geträumt. Seit Beginn meiner Krankheit träume ich unaufhörlich, ich bin im Ballettunterricht und tanze in einem weißen Röckchen mit all den anderen Kindern. Ich bin sicher, wenn ich tanzen gelernt hätte, wäre ich heute nicht krank. Das werde ich meinem Vater nie verzeihen.

Lebt er noch, fragte ich, überrascht von ihrer Aggressivität, und sie sagte, nein, aber was ändert das, ich lebe ja auch nicht mehr.

Ihre Augen fielen zu, und ich überlegte, wie passend es wäre, wenn sie genau jetzt sterben würde, nachdem sie einen solch filmreifen letzten Satz gesprochen hatte, das würde ihn zu mir treiben, er würde auf allen vieren angekrochen kommen, um von mir die letzten Worte seiner Frau zu hören, und ich würde ihn natürlich ein bißchen quälen und eine Weile so tun, als hätte ich sie vergessen, und vielleicht wäre es sogar besser, ihre letzten Worte zu verdrehen und zu sagen, wie sehr sie die Sache mit jener Schwangerschaft bedauerte, um ihm bis zum Ende seines Lebens ein schlechtes Gewissen zu machen, aber ich sah, daß sich ihre geschwollenen Füße bewegten, und versuchte sie mir in weißen Ballettschuhen vorzustellen, und dann öffnete sie die Augen und blickte auf die Uhr, vielleicht wollte sie wissen, wie lange es noch dauerte, bis er kam, und ich erschrak plötzlich, genau das war es, was ich hätte tun sollen, aber nicht jetzt, sondern vor einer halben Stunde, gleich nach meiner Ankunft. Vor lauter Schreck konnte ich die Hand nicht bewegen, also schaute ich erst auf ihre Uhr und dann auf meine und staunte, daß beide dieselbe Zeit anzeigten, genau zwölf Uhr, in diesem Moment ging die Stunde zu Ende, die mir der Dekan zugestanden hatte.

Ausgerechnet jetzt, wo schon nichts mehr zu verlieren war, hatte ich es eilig und sagte, ich müsse dringend zu einer Vorlesung, und sie nickte verständnisvoll, und ich bat sie, meiner Tante Tirza nichts davon zu sagen, daß ich hier war, damit sie nicht traurig würde, und sie hörte nicht auf zu nicken, und ich sah, daß die Farben in ihren Augen sich wieder getrennt hatten und wieder blau in der Mitte und rot außen herum waren, und sie sagte ernst, ich hoffe, du bist nicht gekränkt, und ich fragte, warum sollte ich, und sie sagte, weil ich am Tag, an dem du geboren wurdest, den Champagner erbrochen habe, und ich wußte nicht, ob das ein Witz war, und sagte, ach, wieso denn, wohl bekomm's, und dachte, eine schlimmere Antwort hätte ich nicht finden können. Und bevor ich noch andere Dummheiten sagen konnte, ging ich weg, ganz plötzlich, und an der Tür wollte ich noch einmal fragen, ob sie sicher sei, daß er damals von einer Freundin gesprochen hatte, nicht von einem Freund, aber ich hatte das Gefühl, nicht länger dableiben zu dürfen, weil die Geschichte ihres Opfers mich krank machte, und ich floh, rannte durch die Korridore, und erst als ich in der kalten grauen Luft stand, hatte ich das Gefühl, gerettet zu sein.

Im Autobus versuchte ich, eine Ausrede zu finden, aber es gelang mir nicht, mich zu konzentrieren, so sehr wunderte ich mich plötzlich über seine Verstrickung in mein Leben, ich empfand sogar Zorn, mit welchem Recht hatte er sich aufgeregt, wer hatte ihm erlaubt, sich aufzuregen, als ich damals in einem durchsichtigen Käfig lag, und warum hatte er sich so aufgeregt, als ich geboren wurde, und war jetzt so gleichgültig, schade, daß es nicht umgekehrt sein konnte, und warum hatte er von einer Freundin gesprochen statt von einem Freund, schließlich bestand zwischen meiner Mutter und ihm eine offene Feindschaft, und ich war so versunken in meine Gedanken, daß ich kaum merkte, daß ich bereits die Rolltreppe der Universität hinauffuhr und neben mir, auf der Rolltreppe abwärts, der Kopf des Dekans auftauchte, der in ein lebhaftes Gespräch mit seiner Assistentin vertieft war, und ich kämpfte mit mir, ob ich ihm folgen sollte, aber ich hatte keine Kraft, ich war an diesem Tag schon so viel gerannt, deshalb beschloß ich, ihm einen schönen Entschuldigungsbrief mit einer überzeugenden Ausrede zu schreiben.

Ich suchte mir einen ruhigen Platz, um den Brief zu entwerfen, deshalb ging ich hinauf zur Bibliothek. Die Reihen gesenkter Köpfe, wie in einem Gewächshaus nach der Bewässerung, machten mir angst, und ich setzte mich in eine Ecke, damit mich niemand sah. Alle waren in ihre Arbeit vertieft, nur ich schrieb einen blöden Entschuldigungsbrief, es war wirklich wichtiger, mit der Abschlußarbeit anzufangen, den Brief konnte ich auch später in sein Fach legen, deshalb lief ich zwischen den Regalen herum und suchte nach Material zu den Geschichten von der Zerstörung des Tempels, und jeder, der vorbeikam, schien mir eine schlechte Nachricht zu bringen und trieb mich weiter, und ich dachte an den Hohepriester, zu dem eine Ehebrecherin kam, um Wasser zu trinken, und er ging hinaus, um es ihr zu reichen, und entdeckte, daß sie seine Mutter war.

Genau zwischen diesen Regalen hatte ich Joni das erste Mal gesehen, ich fuhr den Wagen mit wissenschaftlichen Büchern herum, und Joni kam mit Schira vorbei, wie zufällig, und sie machte mir ein Zeichen mit der Hand, daß er es war, und da erhellte die Sonne sein Gesicht, und ich sah, daß er, im Gegensatz zum Rat der Ärzte, in seiner Jugend viel Zeit damit verbracht haben mußte, seine Pickel auszudrücken, in der Sonne waren seine Narben deutlich zu sehen, was auf mich aber beruhigend wirkte, denn ein Mensch, der offen mit so einer Haut herumlief und sich keinen Strumpf über das Gesicht zog, hatte etwas Unbekümmertes, Zuverlässiges, und sofort machte ich Schira ein Zeichen mit dem Daumen, daß von meiner Seite alles in Ordnung war.

Später, als wir uns noch einmal trafen, war ich enttäuscht, daß seine Narben weniger auffällig waren, als ich sie in Erinnerung hatte, vermutlich war der Einfallswinkel der Sonne zwischen den Regalen besonders ungünstig gewesen. Sie waren jedenfalls nicht so auffällig, daß auch ich mich hinter ihnen verstecken konnte, sondern bedeckten nur seine Wangen und sein Kinn, und ich wollte sie berühren, mich mit ihnen anfreunden, damit sie auch mir gehörten.

Wir saßen in einem kleinen Café, umgeben von einem dichten grünen Rasen, und zwischen uns stand ein Korb mit frischen Weißbrotscheiben, deren Duft mir in die Nase stieg, und ich erinnerte mich daran, wie ich genau hier mit dem jungen Mann gesessen hatte, der neben der Bäckerei wohnte, ein paar Stunden vor unserer einzigen gemeinsam verbrachten Nacht. Wir hatten damals etwas zu besprechen gehabt, ich weiß nicht mehr, was, es hatte etwas mit seiner langjährigen Freundin zu tun, und er wollte mich, so sagte er, fühlte sich aber an sie gebunden, und ich sagte, gut, dann beschließen wir von vornherein, daß wir nur eine Nacht zusammenbleiben, und er stimmte zu, sogar erfreut, wir freuten uns beide, als hätten wir einen Trick gefunden, einen Weg, den Kuchen zu essen und ihn heil zu lassen, und diese Stunden, die unserer einzigen Nacht vorausgingen, waren die süßesten, denn die ganze Spannung löste sich auf, nachdem wir das Ende unserer Beziehung beschlossen hatten, und ich stand auf und streckte mich, und meine Glieder wurden unendlich lang, die Tische sahen zu, wie ich wuchs, wie die Länge meiner Gliedmaßen sich verdoppelte und verdreifachte, bis meine Finger das Sonnendach berührten, da stand er auf und umarmte mich und hinderte mich daran, mich weiter zu strecken, und meine enttäuschten Gliedmaßen fielen auf ihn, und ich sagte, warum hast du mich unterbrochen, und er lachte, seine Augen waren grün wie der Rasen um uns herum. Ich dachte damals, es sei kein Problem, den Beschluß auch auszuführen, und am Morgen trennten wir uns heldenhaft und verliebt, und ich betrachtete sein Gesicht und wußte, daß ich ihn nie wiedersehen würde, aber ich konnte nicht ahnen, daß ich hinfort immer, wenn ich frisches Brot roch, an ihn denken würde, und als ich dann Joni gegenüber saß, dachte ich, vielleicht ist es ein Zeichen, daß Joni sich mit mir ausgerechnet in diesem Café verabredet hat, ein Zeichen dafür, daß das, was hier begonnen hat, später mit ihm fortgeführt werden könnte, und ich versuchte, das alte süße Gefühl wiedererstehen zu lassen, streckte mich sogar auf die gleiche Art, doch Joni stand nicht auf, um meine Bewegung zu unterbrechen, sie gelangte schon bald von selbst an ihr Ende, und als ich mich wieder setzte, wußte ich, daß ich mich in Joni verlieben mußte, daß dies meine Chance war, jene alte Trauer in Freude zu verwandeln.

Zwischen seinen Narben saßen irgendwie schief angeordnet zwei braune, samtige, weiche Augen, fast wie Purpurschnecken, und ein Paar Lippen, orangefarben wie überreife Pfirsiche. Etwas fehlte in dem Bild, und dann begriff ich, daß es die Nase war, nicht, daß er keine Nase gehabt hätte, sie war nur klein und stupsig wie die eines Säuglings, eine Art Knopfnase, vollkommen für ein kleines Kind, aber ein bißchen lächerlich bei einem erwachsenen Mann, und ich fragte ihn, wie alt er sei, als hoffte ich, er würde antworten, zwei Jahre, und damit das Problem lösen, aber er sagte, dreiundzwanzig, also genauso alt wie ich, und dann stellte sich heraus, daß wir am selben Tag desselben Monats geboren waren, also so etwas wie Zwillinge waren. Ich hielt das für ein weiteres Zeichen, und bei zwei Vorzeichen gab es nichts mehr zu diskutieren, und ich versuchte, in mir das Feuer anzufachen. Er erzählte mir, daß seine Mutter ein paar Wochen zuvor gestorben und er eigentlich noch in Trauer sei, und ich Idiotin sagte, wie schön, weil mir alles wie ein Zeichen vorkam, und dann sagte ich, gehen wir zu dir und verlassen eine ganze Woche lang nicht die Wohnung, denn ich hatte es im nachhinein immer bedauert, daß ich damals nicht eine Woche statt einer Nacht vorgeschlagen hatte, und Joni lächelte sein zartes Lächeln und sagte, aber ich muß zur Arbeit gehen, und ich sagte, laß doch, du hast dir einen Urlaub verdient, und so fuhr ich fort, ihn und mich anzustacheln, und wir gingen Hand in Hand zu ihm nach Hause, küßten uns im Fahrstuhl, und ich liebte ihn während dieser Woche sehr und dachte nur an ihn und daran, was für ein Glück ich hatte, weil es meinem Leben gelang, zwei Teile zu einem Ganzen zusammenzufügen. Er verliebte sich vor allem in meine Liebe zu ihm, so überzeugend war sie, und erst danach in mich selbst, und als ich ihn am Ende der Woche fragte, ob er mir versprechen würde, mich ewig zu lieben, sagte er, ja, und ich glaubte ihm und dachte an den Morgen damals, mit jenem jungen Mann, wie wir an dem Fenster gestanden hatten, das zur Bäckerei führte, und ich ihn fragte, wie es mit uns weitergehen würde, und er sagte, warum mußt du alles im voraus wissen, wie kann man alles im voraus wissen?

Doch dann fingen wir an, in die Welt hinauszugehen, und langsam begann ich, Joni zu hassen, als hätte er mir etwas Böses angetan, je mehr er mich liebte, um so mehr haßte ich ihn, ich verstand selbst nicht, warum, als hätte er mich vorsätzlich betrogen, und am frustrierendsten war, daß ich es ihm nicht sagen konnte, so lächerlich hörte es sich an. Manchmal haßte ich ihn und manchmal mich, und in besseren Minuten uns beide. Hinter dem Haus, in dem er wohnte, war ein riesiger Park, und wir gingen nachmittags oft hin und saßen in der Sonne, und dort stellte ich ihm noch einmal die Frage, die ich jedem Mann gestellt hatte, mit dem ich zusammengewesen war, die Frage, die mir einmal auf der Zunge gebrannt hatte und die jetzt schal und lau geworden war, wirst du mich immer lieben? Und sein Ja kam so leicht, so enttäuschend wie ein Nein. Immer gab es Momente, wo ich auf einem Fels saß und meine Tränen hinunterschluckte. Wir waren so verloren, alle beide, verwaiste Zwillinge zwischen weißen Felsen unter einem roten Himmel, Schafe, die ihre Herde verloren hatten, und während der ganzen Zeit überlegte ich, wie es möglich wäre, wieder ins richtige Leben zurückzufinden, und ich sagte zu Joni, ich mache uns zu Hause etwas Schönes zum Abendessen, als sei das die Formel, die uns vom Fluch erlösen könnte, und er lächelte sein weiches, trauriges Lächeln und schwieg. Ich wollte schreien, warum sagst du nichts, schlag auf den Tisch, schlag auf den Felsen, zwinge mich, damit aufzuhören, bedrohe mich, stell mir ein Ultimatum, aber ich schluckte immer nur meine Tränen zwischen den Felsen, die langsam schwarz wurden.

In unserer Hochzeitsnacht redete ich ihm ein, es sei zu banal, zu ficken, wenn alle es tun, und wir sollten uns etwas Besseres einfallen lassen und dieser Nacht einen anderen Inhalt geben. Noch bevor ich zu Ende gesprochen hatte, war er eingeschlafen, und ich lag wach da und versuchte mich zu erinnern, wie die Dinge sich entwickelt hatten, eine Art Zwischenbilanz dessen zu ziehen, was man mit einem bißchen Spott mein Liebesleben nennen könnte, herauszufinden, warum ich Joni nicht gleich am Anfang verlassen hatte, warum ich so schnell entschieden hatte, daß es für Reue zu spät sei, und ich dachte, er ist der einzige, der versprochen hat, mich immer zu lieben, und darauf hatte ich offenbar nicht verzichten können, und ich erinnerte mich an jene Nacht, in der mich der Duft nach frischem Brot eingehüllt hatte wie eine Decke.

Und dann hörte ich einen leichten Knall, wie eine kleine Explosion, und ein großer Schatten fiel auf mich, und die Bücher sahen plötzlich alle wie geschlossene, fast identische Schachteln aus. Die Beleuchtung war ausgegangen, und das graue Nachmittagslicht, das durch die Fenster fiel, schaffte es nicht, die riesige Bibliothek zu erhellen, und zog sich wieder nach draußen zurück, und alle Köpfe hoben sich, erstaunt, mit Schlitzaugen, als seien sie gerade geboren worden. Zufrieden betrachtete ich die Gesichter, die plötzlich ohne Licht waren und denen der Computer mitten im Satz ausgegangen war, als müßten sie im endlosen Wettbewerb mit mir warten und mir die Möglichkeit einräumen, die Scherben noch einmal zusammenzukleben.

Ich setzte mich ans Fenster und starrte in den grauen Dämmer, von dem nur ich wußte, daß er der Schatten des Tempels war, der Schatten, der ostwärts fiel bis Jericho und der die Frauen der Stadt bedeckte, die sich zusammendrängten und ihre Kinder umarmten, und plötzlich empfand ich eine dumpfe Sehnsucht nach meinen Eltern, denn immer, wenn der Strom ausfiel, hatten wir uns, weil sonst nichts anderes übrigblieb, zu dritt um eine Kerze gesetzt. Ich hatte ihnen verstohlene Blicke zugeworfen, was nur in der Dunkelheit möglich war, und versucht, mir vorzustellen, was ich in diesem Moment über sie gedacht hätte, wenn sie nicht meine Eltern wären. Manchmal merkte ich, daß sie mich ansahen, und überlegte voller Angst, daß sie mich vielleicht ebenso prüfend betrachteten und was wohl passieren würde, falls sie entschieden, daß ich nicht zu ihnen paßte. Meine Mutter stapelte immer einen Haufen Bücher neben der Kerze auf den Tisch, als würde so ein Stromausfall ewig dauern, und ganz oben auf den Stapel legte sie den alten zerfledderten Tanach, der immer irgendwie feucht aussah, das Buch klappte von selbst bei der Geschichte von David und Jonathan auf, David und Bathseba, David und Absalom, und ihre Stimme streichelte die Passagen, glättete sie für mich. Ich wartete auf die traurigsten Abschnitte, um weinen zu können, ohne mich schämen zu müssen, um mich dem Zug der Tränen anschließen zu können, der von einem Abschnitt zum nächsten führte, und mein Vater saß dabei und trommelte ungeduldig mit den Fingern, genug, hört schon auf zu weinen. Ich betrachtete uns und dachte, das ist es, was man Gegebenheiten nennt, dies hier gehört zu den Dingen, die sich nicht ändern lassen, diese Gegenwart, die schon zur Vergangenheit wird, diese Abschnitte, die sich ineinanderfügen, und das rhythmische Trommeln der Finger, dem sogar die Kerzenflamme gehorcht, das ist es, was mein

Schicksal entscheiden wird. Manchmal war auch das Heulen der Schakale in den Orangenplantagen zu hören, die sich rings um das Haus erstreckten, dann wuchsen meine Angst und mein Gefühl der Nähe zu ihnen, und erst wenn das Licht plötzlich wieder anging, seufzten wir alle drei erleichtert, aber auch traurig auf und sahen uns um, auf der Suche nach dem, was von diesem Tag bleiben würde, von diesem Leben, erst dann löste sich unsere zerbrechliche Gemeinsamkeit auf, und statt Angst vor den Schakalen empfand ich wieder Angst vor ihnen, vor ihrer unerlösten Trauer, die nachts um mein Bett heulte.

Schon ziemlich bald war um mich herum wieder das nervende Gesumme der Normalität zu hören, würgte mich mit seiner gleichgültigen Realität, und alle Köpfe kehrten an ihre Plätze zurück, doch ich war schon auf dem Weg nach draußen. Ich werde sie bitten, daß wir eine Kerze anzünden und uns zusammensetzen, warum sollten sie nicht einverstanden sein, ich muß unbedingt noch einmal dieses einzigartige Zusammengehörigkeitsgefühl spüren, sie werden es mir nicht verweigern können, warum sollten sie auch? Man sitzt sogar in Restaurants bei Kerzenlicht, warum also nicht in ihrer Küche, wo es niemand sieht?

Aber als sie mir die Tür öffnete, überrascht und froh, mich zu sehen, vom Mittagsschlaf den Abdruck des Kissens auf der Wange, vergaß ich die Kerze und die ganze Geschichte, und wie von selbst kam die Frage aus meinem Mund, was hattest du mit ihm, Mama? Und sie, als habe sie seit Jahren darauf gewartet, fragte noch nicht mal, mit wem?

Doch dann sah er hinter ihrem Rücken hervor, als habe er sich dort versteckt, er richtete sich auf, sein Kopf erschien über ihrem, wie bei einem Turm aus Köpfen, mit gequetschten Ohren und bitterem Blick, und er sagte, gerade war Joni da, und sofort roch ich Jonis After-shave, das sich in der

Wohnung herumtrieb wie ein Spion, und ich erschrak, vielleicht war er gekommen, um ihnen mitzuteilen, daß er mich verlassen habe, und ich fragte, mit vorgetäuschter Gleichgültigkeit, was wollte er denn, doch sie standen vor mir, ein Elternturm, jeder mit seiner eigenen Frage, und niemand antwortete.

Er wird es dir schon erzählen, wenn er will, sagte mein Vater schließlich, er wartet zu Hause auf dich, und er sah mich an, als wäre ich eine Ratte in seinem Labor, als wäre er der Hohepriester und ich eine Sünderin, und ich folgte ihnen in die Küche, versuchte, aufrecht zu gehen, ließ mir am Hahn Wasser in ein Glas laufen und trank es in einem Zug aus, ganz wie jene Ehebrecherin, hielt mich verzweifelt am Glasrand fest, wie schnell entstand ein Komplott, vor allem gegen mich, und jetzt mußte ich, um herauszufinden, was Joni plante, im Gesicht meines Vaters lesen, eine Aufgabe, bei der ich jahrelang versagt hatte, es gab gar keinen Grund zu glauben, daß es mir jetzt gelingen sollte, und alles schien mir so verzweifelt, die verschlungenen Wege, die von einem Menschen zum anderen führen, Arie über seine Frau kennenzulernen, Joni über meinen Vater, ein Karussell, das sich ewig drehte, und nur sie stand daneben, wie außerhalb des Bildes, und versteckte sich hinter ihren faltigen Wangen, die nicht den kleinsten Hinweis auf ihre frühere Schönheit enthielten, vielmehr aussahen, als wäre sie mit ihnen geboren worden, sie stand am Becken und spülte mit der Naivität und der Ruhe einer Hausfrau, die nichts zu verbergen hat, das Geschirr, bis ich merkte, daß sie die ganze Zeit immer denselben Teller wusch.

Da trat ich hinter sie und hielt mein Glas noch einmal unter den Wasserhahn, und sie sagte, das ist nicht gesund, warmes Wasser aus dem Hahn zu trinken, aber das Wasser ist kalt, sagte ich, und sie fragte, hast du keinen Hunger? Und ich sagte, ich habe Durst, und sie sah sich um, ob mein Vater noch in der Küche war, und sagte, was hast du mich vorhin gefragt, ich habe dich nicht genau verstanden, und ich füllte mein Glas und sagte, ich habe nach den Stromausfällen gefragt, ich habe gefragt, ob du dich daran erinnerst, wie wir zu dritt um eine kleine Kerze saßen, und sie sagte, wieso denn, wir hatten drei Petroleumlampen, für jeden eine, und auch das kam mir wie ein Teil ihres Komplotts vor, oder besser wie die Spitze dieses Komplotts, deshalb kippte ich das Glas im Becken aus, direkt auf ihre Hände, die den Teller nicht losließen, und sie sprang zurück und sagte, bist du verrückt geworden, das Wasser ist kochend heiß.

Auf der Hauptstraße, unter ihrem Haus, stand ein Polizist mit einer Pfeife, und ich blieb stehen und betrachtete ihn und dachte an all die Dinge, die ich ihm ins Ohr flüstern könnte, ganz diskret, kommen Sie doch für einen Moment hinauf in die Wohnung Nummer drei, würde ich sagen, Sie glauben nicht, was sich dort alles abspielt, unsichtbar zwar, aber Sie haben doch Geräte, um solchen Dingen auf die Spur zu kommen, ich nicht, leider, sonst würde ich Ihnen bestimmt nicht die Mühe machen. Sie haben düstere Räume, um Verhöre durchzuführen, komplizierte Lügendetektoren, Gefängnisse, und was habe ich? Augen und Ohren, ein kurzes Gedächtnis, menschliche Bedürfnisse und große Hemmungen, sonst nichts, und glauben Sie ja nicht, daß es niemanden gibt, der das ausnützt. Sie würden staunen, wie sehr. Er war jung, jünger als ich, mit einem glatten, dunklen Gesicht und einem angenehmen Lächeln, nachdem er gepfiffen hatte, lächelte er stolz, und sein Blick blieb einen Moment lang an mir hängen. Bestimmt hat er zu Hause eine junge Frau und ein Baby, sie war viel zu jung, ohne das Baby hätten sie nicht geheiratet, aber jetzt war es zu spät für Reue, vor allem weil sie eine gute Frau war, ausreichend gut. In zwanzig Jahren würde er sie wohl wegen eines jungen Mädchens verlassen, aber für die nächsten zwanzig Jahre war er erst mal versorgt, sie auch, denn sie wußte nicht, was ich wußte, und plötzlich beneidete ich sie, die Frau des Polizisten, weil sie erst in zwanzig Jahren verlassen werden würde und ich heute.

7 Unterwegs überlegte ich, wie sehr ich doch den Weg dahin haßte, jedes einzelne Verkehrsschild und jede Ampel und jeden Laden, all diese Zeugen meiner Erniedrigung, meiner dummen Sturheit, und am meisten haßte ich jenes Haus, dem mein Herz entgegenschlug und das mein Gesicht zum Erröten brachte, noch bevor ich die Tür erreicht hatte, das Haus mit den Sträuchern, die es verbargen, und den Bienen, die sich in den Sträuchern verbargen, ein Haus, das viel zu verstecken hatte, ein Haus, das sich schämen sollte, ein Haus, das ein handfestes Erdbeben verdient hatte, ein Haus mit einer dicken Tür und einem bürgerlichen Namensschild, Even, und ich wunderte mich, daß sie wirklich einmal hier gelebt hatte, so gut fügte sie sich ins Krankenhaus ein, als wäre dort ihr Zuhause, ich konnte mir einfach nicht vorstellen, daß sie diese Treppe hinaufgegangen war und besitzergreifend ihre Schlüssel gesucht hatte. Ich wußte, daß er nicht dasein würde, trotzdem war ich gekommen, um beschämt vor der verschlossenen Tür zu stehen, während er hingebungsvoll den Rollstuhl seiner Frau durch den endlosen Kreis der Krankenhausflure schob, als könnte ich, indem ich vor der Tür stand, indem ich mich auf die kalte Treppe setzte, indem ich nicht nach Hause zurückkehrte, dem schlimmen Plan entgehen, von dem mir Joni mit seinem feuchten, orangefarbenen Mund hatte berichten wollen.

Ich saß auf der Treppe, betrachtete gelangweilt das immer dunkler werdende Gemäuer des gegenüberliegenden Gebäudes, und aus meiner Langeweile wurde Furcht beim Anblick der Schatten, den die Blätter darauf warfen, ein düsterer, böser Tanz. Am Baum sahen sie noch ganz normal aus, aber ihre Schatten auf der Wand waren erschreckend, und ich erinnerte mich daran, daß ich schon einmal so dagesessen hatte, genauso allein, auf der Treppe unseres Hauses, am Winteranfang, darauf wartend, daß mein Vater oder meine Mutter aus dem Krankenhaus kommen, etwas zu essen machen und mir erzählen würde, was die Ärzte gesagt hatten.

Immer verbrachte einer von beiden die Nacht im Krankenhaus, bei meinem kleinen Bruder, und der andere kam zu mir, und ich wartete und folgte dem Tanz der Blätter auf der Wand des Nachbarhauses, der wilder und wilder wurde, immer beängstigender, und versuchte aus diesem Tanz zu erraten, wann sie kommen würden. Aus dem Fenster der Nachbarn drang flackerndes Kerzenlicht und warf gelbe Strahlen auf mich, es war Chanukka, die zweite oder dritte Kerze, und plötzlich sah ich sie von weitem kommen, beide, und erschrak, denn schon einen Monat lang hatte ich sie nicht mehr zusammen gesehen, seit mein Bruder krank geworden war, was war passiert, daß er sie auf einmal nicht mehr brauchte. Ich betrachtete flehentlich die Blätter, dann wieder die Straße und hoffte, es wäre vielleicht der Schatten gewesen, der sie verdoppelt hatte, aber allmählich trennten sich die Gestalten voneinander, der Abstand zwischen ihnen wurde größer, denn meine Mutter lief auf mich zu, während mein Vater langsam ging, fast als bewege er sich rückwärts, sie rannte wild, und ihr dicker, schöner Zopf lag um ihren Hals wie ein Schal oder wie ein Strick, und ihr Gesicht war verzerrt, der Mund aufgerissen, als würde sie schreien, aber kein Schrei war zu hören, und einen Moment lang glaubte ich, sie wäre gar nicht meine Mutter, noch nie hatte ich sie so wild gesehen, und sie nahm mich auf den Arm, als wäre ich ein Baby, und rannte wie verrückt weiter, in die Orangenplantage hinter unserem Haus, und noch im Rennen öffnete sie ihre Bluse, so daß mir ihre Brüste, von denen die Milch tropfte, ins Gesicht sprangen, und sie weinte, du willst jetzt trinken, nicht wahr, du mußt jetzt gestillt werden, und dann setzte sie sich plötzlich unter einen Baum und stieß mir eine Brustwarze in den Mund, und ich wurde von ihrem Wahnsinn angesteckt, ich machte den Mund auf, obwohl ich schon fast zehn war, und begann ihre Milch zu trinken, diese dünne, süßliche Milch, die von einem Moment zum anderen nutzlos geworden war. Wir sahen meinen Vater auf der Suche nach uns herumlaufen, Rachel, schrie er, auch er weinte, wo seid ihr, er sah so einsam aus in der Dämmerung zwischen den Bäumen, wo seid ihr, er weinte wie ein Kind, das Verstecken spielt und seine Aufgabe viel zu ernst nimmt, und meine Mutter schwieg grausam, atmete ruhig, drückte meinen Mund mit Gewalt auf ihre Brustwarze, und ich hatte das Gefühl, dem Ersticken nahe zu sein, und begann mich zu winden, und schließlich biß ich sie, um freizukommen, und mit einem milchgefüllten Mund schaffte ich zu sagen, wir sind hier, Papa. Er kam angerannt, beugte sich zu uns, oder besser gesagt, sank nieder, und zu dritt saßen wir in der Dunkelheit unter dem Baum, und sie sprach immer weiter zu mir, als wäre er gar nicht da, sie sagte, warum hast du uns verraten, wie ein kleines Mädchen, warum hast du uns verraten, er hätte uns nie gefunden, und offenbar meinte sie wirklich, daß wir unser ganzes Leben hier unter dem Baum hätten sitzen können, während er wie ein Blinder, dem der Hund weggelaufen und der Stock zerbrochen war, verloren in der Gegend herumirrte.

Ihre Freude konnten sie irgendwie miteinander teilen, aber nicht ihre Trauer, jeder von ihnen warf alles auf den anderen oder riß alles an sich und überließ dem anderen nichts, als handle es sich um eine ganz private Trauer, und ich versuchte, mich aus ihren glühenden Armen zu befreien, ganz naß von der verspritzten Milch, und dachte an mein Brüderchen, aber es gelang mir nicht, zu trauern, die Zeit hatte nicht gereicht, um ihn lieben zu lernen, ich war noch nicht einmal richtig eifersüchtig geworden, da wurde er schon krank, und sie brachten ihn in die Klinik, und ich durfte ihn nicht besuchen, denn er war auf der Isolierstation, und noch bevor er starb, hatte ich vergessen, wie er aussah, die Zeit hatte nicht einmal gereicht, ihn zu fotografieren, so kurz war sein Besuch in der Familie gewesen. Ich weiß noch, daß ich versuchte, meine Mutter zu trösten, ich sagte, es ist, als wäre er überhaupt nicht geboren worden. Ging es dir vor seiner Geburt denn nicht gut? Also warum fühlst du dich jetzt, wo er nicht mehr da ist, so schlecht? Wie kann man um etwas trauern, wenn man daran gewöhnt war, ohne es auszukommen? Doch sie sah mich so haßerfüllt an, als hätte ich ihn höchstpersönlich umgebracht, doch ich verstand sie nicht, ich wollte ihr ja bloß helfen. Außerdem, sagte ich zu ihr, müßtet ihr mich jetzt eigentlich verwöhnen, ihr müßtet es schätzen, daß ihr mich habt, statt dessen benehmt ihr euch, als wäre ich eure Stieftochter und er wäre euer richtiges Kind gewesen. An dem Tag, an dem ihr ein Kind verloren habt, sagte ich, bin ich zur Waise geworden.

Da hörte ich näher kommende Schritte und dachte, das ist er, ich erschrak und überlegte, wo ich mich verstecken könnte, so als ob ich nicht auf ihn gewartet hätte, und ich stellte mich schnell vor die Tür der Wohnung gegenüber, wie ein Tier, das sich vor seinem Jäger versteckt, und tat, als wartete ich darauf, daß die Tür geöffnet würde, und die ganze Zeit dachte ich, wenn du ihn so dringend sehen willst, warum stehst du dann hier, und hinter meinem Rücken hörte ich weiter die Schritte, eine Frau kam ausgerechnet auf die Tür zu, vor der ich stand, ihre Schlüssel klimperten, und ich blieb bewegungslos stehen, spielte meine Rolle vor dem falschen Publikum, und plötzlich hörte ich ein Baby weinen, fordernd und erwartungsvoll, und ich begann zu zittern, denn so ein Weinen hatte ich seit vielen Jahren nicht mehr gehört, und ich konnte mich nicht beherrschen und drehte mich um, da sah ich sie, eine junge Frau mit einem Säugling auf dem Arm, die andere Hand voller Schlüssel, die sie ausgestreckt hielt, als versuche sie, die Tür durch mich hindurch aufzuschließen, und ich wußte nicht, was ich sagen sollte, also deutete ich auf die Tür gegenüber, die, auf der Even stand, und stotterte, ich warte auf sie. Mit Absicht sagte ich auf sie und nicht auf ihn, damit es sich nach nichts Besonderem anhörte, ein Familienbesuch, sie lächelte erleichtert und machte die Tür auf, eine Welle von Wärme schlug mir entgegen, sie trat ein, und im letzten Moment, unmittelbar bevor mir die Tür vor der Nase zugefallen wäre, sagte sie, du kannst mit uns warten, mit uns, hatte sie gesagt, nicht einfach hier oder bei uns, so als würden wir wirklich alle zusammen warten, sie und das Baby und ich, als würden sie gemeinsam mit mir die Last tragen, die Anspannung, die Enttäuschung, und ich fühlte, daß sie verstand, wie traurig meine Hoffnung war, denn nicht auf ihn wartete ich so verzweifelt, sondern auf seine Liebe, und die würde nie kommen.

Ich fand mich hinter der Tür wieder, wagte mich aber nicht einen Schritt vor, zu groß war meine Angst, in ihre Privatsphäre einzudringen, und sie packte inzwischen das Baby aus seinen Hüllen, und als sie ihm die Mütze vom Kopf nahm, zeigte sich plötzlich sein Gesicht, und ich blickte den Kleinen erstaunt an, denn sein Gesicht war haargenau das von Joni, die gleichen orangefarbenen Lippen und die sanften braunen Augen und die braunen Haare, die sich bei ihm noch nicht lockten, das süße Gesicht eines Schafs, und er blökte mich auch an wie ein kleines Schaf, und ich dachte, statt des ganzen Unsinns hätte ich lieber mit Joni ein Kind machen sollen, das sein Gesicht geerbt hätte.

Aber dann spürte ich einen Stachel der Angst, woher hatte eigentlich dieser kleine Junge da Jonis Gesicht, und ich betrachtete seine Mutter, ob sie vielleicht einem Schaf ähnlich war, doch sie sah ganz anders aus. Sie hatte ein energisches, glattes Gesicht mit hellen Augen und vollen dunklen Lippen, die Haare hatte sie zu einem Knoten gebunden wie eine Tänzerin, sie lächelte mich freundlich an und sagte, was möchtest du trinken, und ich sagte, Wasser, und lehnte mich an die Tür, denn mir wurde schwindlig bei dem Gedanken, dieses Kind könnte von Joni sein, und vielleicht war es ja das, was er mir zu Hause erzählen wollte, und sie brachte mir ein Glas Wasser, verschwand mit dem Kleinen im Flur und kam kurz darauf ohne ihn zurück. Er ist eingeschlafen, verkündete sie mit einem siegreichen Lächeln, und ich sagte nicht, vor einer Minute war er doch noch vollkommen wach, schließlich hatte ich seine braunen Augen gesehen, mir war klar, daß sie ihn absichtlich versteckte, aber ich hatte keine Möglichkeit mehr herauszufinden, ob die Ähnlichkeit wirklich oder nur eingebildet war. Ich wollte sie fragen, sag mal, ist dieses Kind zufällig von meinem Mann, aber ich genierte mich und begann, ihr alle möglichen Fragen zu stellen, um ein Bild von ihrem Leben zu bekommen, und ich fragte auch, wie alt der Junge sei und wie er heiße, und alles, was sie sagte, vergaß ich sofort wieder, und dann sagte ich auf eine gespielt spontane Art, er sieht dir überhaupt nicht ähnlich, und sie lächelte und sagte, ja, er sieht seinem Vater ähnlich, und ich konnte mich nicht beherrschen und fragte, hast du ein Foto von beiden zusammen, und sie sagte, nein, ich habe es noch nicht geschafft, beide zusammen zu fotografieren, und ich fühlte, daß ich den Kleinen noch einmal sehen mußte, und sagte deshalb, ich glaube, ich höre ihn weinen, und sie lauschte und sagte, nein, ich höre nichts, nur Schritte draußen, und ich drehte mich schnell um und blickte durch das Guckloch in der Tür und hoffte, er wäre es nicht.

Durch das Guckloch sah er kurz und breit aus, weniger anziehend, weniger furchterregend, sogar ein wenig gebeugt, denn er schleppte einen Haufen Plastiktüten, wie eine alte Frau, die vom Markt zurückkommt, er seufzte und drehte mir einen breiten Arsch zu, wühlte in der Tasche nach dem Schlüssel, und es fehlte ihm nur ein Kopftuch. Warum hatte er so viel eingekauft, man hätte denken können, er bereite eine Party vor oder ein festliches Essen, aber was hatte er zu feiern, und schon war ich für sie gekränkt, für seine Frau, die dort immer weiter schrumpfte, während er hier fraß und fett wurde, und inzwischen sah ich, wie er die Hand aus der Tasche zog und die Tür aufschloß und schnell mit seinen Tüten verschwunden war, wie ein Zwerg in einer Süßigkeitenpackung, und ich wußte, das war's, ich muß jetzt gehen und ein weiteres Rätsel hinter mir lassen. Sie sah mich mit ihren hellen Augen an und sagte, ist er gekommen? Und ich sagte, ja, aber vielleicht warte ich noch ein paar Minuten, damit er Zeit hat zu pinkeln, so ein schlimmer Satz rutschte mir raus, warum ausgerechnet pinkeln, aber sie lächelte mich verständnisvoll an, und ich wunderte mich, wieso ihr das alles ganz natürlich vorkam, mir kam überhaupt nichts natürlich vor, und ich fragte sie, was meinst du, ein Baby, das am Tischa-be-Aw geboren wird und an Chanukka stirbt, zündet man da Kerzen an oder nicht, und ich sah, wie ihr Lächeln verschwand, und es tat mir sofort leid, und ich fragte, wie heißt dein Junge, als könne die zweite Frage die erste auslöschen, aber sie war schon mißtrauisch geworden, warum fragst du das, und ich sagte, ich würde gerne mal auf ihn aufpassen, wenn du einen Babysitter brauchst, ich bin verrückt nach Babys, was natürlich nicht stimmte, aber ich mußte dieses Kind unbedingt noch einmal sehen, und sie sagte, in Ordnung, ich werde dich anrufen, aber sie fragte nicht nach meiner Telefonnummer, und ich ging hinaus, stellte mich vor die Tür gegenüber und klingelte, erst kurz, dann lang, aber die Tür wurde nicht geöffnet.

Ich hörte keine Schritte auf der anderen Seite und ich sah kein Licht, alles blieb still, und hätte ich ihn nicht mit eigenen Augen eintreten sehen, wäre ich überzeugt gewesen, daß niemand zu Hause war. Ich stand da und dachte, daß Joséphine diese Tür nicht mehr sehen würde, nicht das runde Guckloch und nicht das Schild, auf dem Even stand, mit breiten, selbstgefälligen Buchstaben, nicht mehr die Ritzen im Holz und nicht mehr die schwarze Türklinke, deren Farbe mit den Schmutzflecken verschmolz, nicht mehr den Fußabtreter, der einmal orangefarben gewesen war, jetzt aber braun und auf dem zwei glückliche Katzen abgebildet waren, alle Einzelheiten dieser Tür würde sie nie mehr sehen, und ich dachte, daß ich wahrscheinlich dankbar sein sollte, daß ich das alles sehen durfte, und legte die Hand auf die Klinke, um meine Fingerabdrücke darauf zu hinterlassen, und plötzlich bewegte sich die Klinke nach unten, und die Tür ging mit einem Quietschen auf, das sich wie ein Seufzer anhörte.

Ich machte sofort einen Satz rückwärts, damit klar wäre, daß ich das nicht mit Absicht getan hatte, und drehte mich sogar zu der gegenüberliegenden Tür, um mich zu vergewissern, daß sie mich nicht mit ihren ruhigen, hellen Augen verfolgte, und wie ein müder, verwirrter Soldat stand ich zwischen den beiden Fronten, bis das Licht im Treppenhaus anging und zu hören war, wie oben eine Tür zugeschlagen wurde, dann rasche Schritte, die die Treppe herunterkamen, und ich geriet unter Druck, die offene Tür bewies, daß etwas mit mir seltsam war, ich machte einen schnellen Schritt, um sie zu schließen und endlich wegzulaufen, statt dessen trat ich ein.

Der Flur war dunkel, aber ganz hinten blitzte ein Licht, und ich hörte den Lärm eines Motors und das Quietschen von Rädern, es hörte sich an, als fahre jemand in der Wohnung Motorrad, und ich stand ganz ruhig da und lauschte, bis ich verstand, daß es ein Staubsauger war, der über die großen Teppiche gerollt wurde, die gestern noch vollkommen sauber ausgesehen hatten. Die Tüten sah ich neben der Küchentür liegen, ein Salatkopf war auf den Boden gerollt, ein Brot lehnte dagegen, so eilig hatte er es gehabt, Staub zu saugen. Für wen hatte er es so eilig, seine privaten durchsichtigen Krümel in das hungrige Staubsaugermaul zu saugen, als ob heute eine neue Frau bei ihm einziehen würde. Schließlich würde Joséphine nichts davon erfahren, jeden Tag um fünf würde er sie ein wenig in der Station herumfahren und dann in sein staubfreies Zuhause zurückkehren, voller böser Pläne, und Joséphine würde nichts davon wissen.

Ich hörte, wie er auf den Knopf drückte, wie der Staubsauger mit einem langen Seufzer ausging und Richtung Flur gerollt wurde. Mein Herz klopfte heftig, aber meine Beine waren vollkommen gelähmt, sosehr ich auch weglaufen wollte, sie bewegten sich nicht, wie damals, als wir auf dem Rasen vor dem Haus lagen und ich sah, wie die Vögel in der Luft schwebten, und mein Vater schrie, eine Schlange, lauf ins Haus, und meine nackten Beine erstarrten, und er stieß mich mit Gewalt vorwärts, und das tat mir schrecklich weh an den Schultern, und ich sah die Schlange groß und braun näher kommen, und dann sagte er mir, ich solle Strümpfe anziehen, und das war eine feierliche Neuerung für mich, Strümpfe mitten im Sommer, und auch seine wilde Sorge um mich, und trotzdem schaffte ich es jetzt, hinauszugehen und ruhig die Tür hinter mir zu schließen, doch ich konnte nicht anders, ich stand sofort wieder davor, wie neu, als sei ich gerade erst angekommen, und ich drückte auf die Klingel, betete insgeheim, daß die Nachbarin meinen seltsamen Tanz um die Tür nicht beobachtete. Sofort hörte ich wieder die Räder, als ob man in der Wohnung nicht auf seinen eigenen Beinen gehe, die Tür wurde überraschend schnell geöffnet, und ich, verblüfft darüber, daß Türen von innen aufgehen, sagte mit einem dümmlichen Lächeln, hallo, ich bin's, als würden wir telefonieren, und er sagte, das sehe ich, und trat einen Schritt zur Seite und fügte hinzu, komm rein, und ich ging schnell hinein, bevor er es sich anders überlegte, und stolperte über die Schnur des Staubsaugers, schließlich sollte ich ja nicht wissen, daß er da stand, meine Füße verhedderten sich in der Schnur, und ich fiel zu Boden, mit dem Gesicht auf den harten, noch warmen Körper des Staubsaugers.

Mein erster Gedanke war, ich habe ihm den Staubsauger kaputtgemacht, und das wird er mir nie verzeihen, und es tat mir so leid, daß er diese Erinnerung an mich behalten würde, und erst als ich den Kopf hob und Blut auf dem Boden sah, verstand ich, daß etwas an mir verletzt war, ich fuhr mir mit den Händen über das Gesicht und hielt an der Nase inne. Mein teurer Körperteil, der, den ich im Spiegel am liebsten betrachtete, schmal und gerade wie bei meiner Mutter, tat weh und blutete. Ich wagte nicht, sie länger zu berühren, ich wagte nicht, mein Gesicht zu heben, aus Angst, meine Nase würde abfallen wie ein Blatt, das sich vom Baum löst, also blieb ich zusammengekrümmt sitzen, beide Hände vor das Gesicht geschlagen, und weinte leise.

Einen Moment lang vergaß ich überhaupt, daß er da war, so sehr kümmerte ich mich um meinen Verlust, und erst als ich hörte, wie der Kühlschrank aufgemacht wurde, fiel mir ein, daß das Leben weiterging und er offensichtlich die Gelegenheit nutzen wollte, den Salatkopf in den Kühlschrank zu legen, doch gleich darauf fühlte ich einen harten Brocken auf meinem Gesicht, kalt und hart wie Eis, und es war wirklich Eis, drei Würfel in einer Sandwichtüte, die ich, ohne mich zu bedanken, ergriff und ängstlich auf meine schmerzende Nase drückte, um sie zu kühlen. Ich fühlte seinen Schatten über mir, über meinen Knien, die mit Blut befleckt waren, immer näher kam er, bis er mit einem Seufzer der Ergebung neben mir auf dem Boden kniete und mir mit einem weißen Tuch das Blut von der Lederhose wischte, die ich am Morgen mit solcher Begeisterung angezogen hatte.

Vermutlich ist er gut zu einem, wenn man krank und verletzt ist, dachte ich, vielleicht ist seine Frau deshalb krank geworden, er liebt es offenbar, der einzige Gesunde in der Umgebung zu sein und Hingabe zu demonstrieren, schade, daß ich das nicht eher gewußt habe, für eine solche Erkenntnis lohnt es sich sogar, meine schöne Nase zu opfern, und um zu sehen, ob diese Erkenntnis der Wahrheit entsprach, legte ich den Kopf an seine Schulter, und sofort, wie ein Reflex, bewegte sich sein Arm und legte sich um meine Schulter, schwer und liebevoll. Sie ist gebrochen, flüsterte ich so traurig, als ginge es um einen familiären Verlust, und er sagte mit leiser Stimme, komm, zeig mal her, und zog mir mit einer zarten Bewegung die Finger weg, die meine Nase verdeckten, wie ein Bräutigam den Schleier von der Braut zieht. Ich sah ihn erschrocken an, als wäre er mein Spiegel und ich könnte an seinem Gesichtsausdruck erkennen, wie ernst die Lage sei, aber er lächelte beruhigend und sagte, es ist nicht schlimm, und ich fragte, sieht man noch, daß es eine Nase ist, oder sieht es aus wie Brei, und er musterte mich ernsthaft und sagte, Nase.

Ich muß zu einem Krankenhaus fahren und eine Röntgen-
aufnahme machen, sagte ich, und er sagte, mach dir keine
Sorgen, Ja'ara, deine Nase ist in Ordnung, ich weiß, wie eine
gebrochene Nase aussieht, glaub mir, und ich wußte, daß
ich jetzt erstaunt fragen sollte, woher er das wisse, und mir
anhören, daß er schon mit zehn Jahren mit einer gebroche-
nen Nase fremde Wohnungen geputzt hatte, aber ich wollte
nur die eine Frage stellen, die mich drückte und mich heute
dazu gebracht hatte, meine Eltern aufzusuchen, und ich
wußte nicht, wie ich sie formulieren sollte, und am Schluß
sagte ich, sag mal, wessen Freund warst du eigentlich, der
von meiner Mutter oder der von meinem Vater? Er lachte
und zog seine Zigaretten aus der Tasche, steckte uns beiden
eine an und sagte, das ist, als würdest du ein Kind fragen,
wen hast du lieber, deinen Vater oder deine Mutter, und ich
sagte, aber du bist kein Kind, und er sagte, trotzdem werde
ich dir wie jenes Kind antworten, beide, das heißt, ich war
der Freund von beiden. Aber von wem mehr, beharrte ich,
und er sagte, die Dinge ändern sich, das weißt du doch. Ich
habe gedacht, daß sie dich nicht ausstehen kann, sagte ich,
und er sagte, ja, die Dinge ändern sich. Aber ich ließ nicht
locker, wann haben sie sich geändert, wann habt ihr aufgehört, Freunde zu sein, und er seufzte, das weiß ich nicht
mehr genau, nach deiner Geburt, glaube ich, ich war in
Frankreich und kam fast nie nach Israel, ich heiratete, die
Beziehung kühlte ab, so ist das, die Dinge ändern sich, er
wiederholte den Spruch wie eine Parole, und ich blieb dabei, ja, aber so sehr, daß sie sich krank stellt, nur um dich
nicht zu sehen? Daß sie böse wird, wenn dein Name fällt?
Ich weiß nicht, er machte eine unbehagliche Bewegung, das
ist ihre Sache, nicht meine und nicht deine, und plötzlich
stand er auf und brachte noch einen Lappen und begann um
mich herum sauberzumachen. Ich hob die Beine, wie ich es

früher getan hatte, wenn meine Mutter den Boden wischte, während ich krank zu Hause war und erstaunt das Leben beobachtete, das sich sonst ohne mich abspielte, das Leben eines normalen ruhigen Vormittags und dabei doch so schwer, als wäre alles, was meine Mutter tat, mehr, als es in Wirklichkeit war, Putzen war mehr als Putzen, das Mittagessen kochen mehr als das Mittagessen kochen, und all diese bedeutungsschweren Tätigkeiten wurden Tag für Tag erledigt, während ich weit weg war, in der Schule.

Er rollte den Staubsauger zur Seite, nahm die Teile mit geübten Bewegungen auseinander, verstaute alles im Schrank und hielt mir die Hand hin, um mir aufzuhelfen, damit er auch die Stelle saubermachen konnte, auf der ich gelegen hatte, und tatsächlich waren da Blutflecken, man hätte glauben können, jemand wäre hier ermordet worden, aber er putzte kaltblütig alles weg, und bald war in seiner Wohnung nichts mehr von Blut zu sehen, nur in meinem Gesicht schwoll meine Nase an wie ein Ballon. Neben der Tür war ein Spiegel, und ich näherte mich ihm langsam und vorsichtig, um im richtigen Moment zurückweichen zu können, und sah eine häßliche große Wunde mitten in meinem Gesicht, und er stand plötzlich neben mir, mit einem feierlichen Lächeln, als stünden wir vor einem Pressefotografen, und ich betrachtete prüfend unsere Gesichter, erschrak einen Moment lang darüber, wie wenig sie zusammenpaßten, wie Fremde sahen wir aus, Fremde in einem gemeinsamen Rahmen, als stammten wir von verschiedenen Rassen, er mit seinem dunklen Gesicht und den vom Alter hellen Haaren und ich mit meinem hellen Gesicht und den dunklen Haaren, er sah aus wie ein Schatten, so schwarz neben mir, und ich weiß wie ein Geist. Der Spiegel betonte eine gewisse Unregelmäßigkeit in seinem Gesicht, die sonst kaum auffiel, einen unangenehmen Mangel an Symmetrie, der auf mein

Gesicht ausstrahlte, denn sonst war niemand im Spiegel zu sehen, und für einen Moment sah es aus, als käme die Unregelmäßigkeit von mir, ich bewegte die Lippen, um sie zu vertreiben, denn wenn es nur zwei Menschen in einem Spiegel gibt, ist es unmöglich zu wissen, wer regelmäßig und wer unregelmäßig ist, aber dann war plötzlich alles in Ordnung, denn ich blieb allein im Spiegel. Er drehte sich um, ging in die Küche und begann seine Einkäufe wegzuräumen, und ich hörte ihn ungeduldig sagen, mach dir keine Sorgen, der Knochen ist nicht gebrochen, plötzlich hatte er die ganze Sache abgeschüttelt und wies offensichtlich alle Verantwortung weit von sich.

Ich stand vor dem Spiegel, sah meine geschwollene Nase, deren Anmut verschwunden war, und fragte anklagend, erwartest du Gäste, als sei es ein Verbrechen, in seiner Situation Leute einzuladen, und er überraschte mich und sagte, ja, und machte sich sogar die Mühe, ins Detail zu gehen, und erklärte mir, daß Verwandte von Joséphine heute abend aus Frankreich kommen würden, ihre Schwester und ihr Schwager, und sogar ihre alte Mutter hätte sich angeschlossen, bald würden sie auf dem Flughafen landen und er werde sie dort abholen und bis dahin müsse das Essen fertig sein. Er betonte die Sache mit dem Essen, als würden sie nur dafür nach Israel kommen, und ich fragte naiv, warum kommen sie, und ich sah im Spiegel, wie er für einen Moment innehielt, vor dem offenen Kühlschrank, als fände sich dort, in ihm, die Antwort, und dann sagte er, um Abschied zu nehmen von Joséphine, und das klang traurig und süß wie ein Filmtitel, Abschied von Joséphine, oder vielleicht Joséphine nimmt Abschied, oder Joséphine steigt auf zum Himmel, leicht wie eine Federwolke. Statt einer jungen Tochter hat sie eine alte Mutter, dachte ich, alles seinetwegen, was hat sie nur an ihm gefunden, das ihr wichtiger erschien als Kinder, als alles andere, denn sogar jetzt, in ihrem Zustand, bereut sie nichts, und bestimmt weint ihre alte Mutter im Flugzeug und sagt, warum läßt man mich nicht an ihrer Stelle sterben. Ich versuchte mir meine Mutter vorzustellen, wenn ich vor ihr sterben würde, wären meine Eltern doppelt verwaiste Eltern, falls es so etwas gab. Von ganz allein würde ihre Trauer um mich in der Trauer um meinen kleinen Bruder aufgehen und zu einer allgemeinen Trauer werden, denn wenn die Trauer über den Tod eines Kindes unendlich ist, wie kann man sie dann verdoppeln, eine unendliche Trauer, und noch eine unendliche Trauer ist eigentlich eine einzige unendliche Trauer.

Mir kamen schon die Tränen vor lauter Mitleid mit mir selbst, weil ich sogar nach meinem Tod benachteiligt sein würde, und um das zu verbergen, sagte ich, das tut weh, und meinte meine Nase, aber er bezog es auf den anstehenden Besuch und sagte, ja, ihre Mutter ist wirklich ganz am Ende, als wäre es klar, daß Eltern ihr Kind mehr lieben, als ein Partner es tut, denn er sah überhaupt nicht am Ende aus und versuchte auch gar nicht, den Anschein zu erwecken, und ich fragte, kann ich dir beim Essenmachen helfen, und zu meiner Überraschung sagte er, ja.

Schnell, bevor es ihm leid tun konnte, ging ich zu ihm, und es ergab sich, daß wir beide vor dem Spülbecken standen, nebeneinander, wie bei einer Hochzeitszeremonie, und das Becken war der Rabbiner, der uns traute, und in der Spüle war ein Haufen Geschirr, und Arie sagte, vielleicht fangen wir damit an, er holte aus einer der Tüten Spülmittel und hielt es mir hin, und ich hielt die große Flasche, eine Familienpackung, wie diese Frau ihr Baby gehalten hatte, und bei dem Gedanken an sie packte mich wieder Unruhe, und ich fragte, sag mal, deine Nachbarin von gegenüber, hat die einen Mann? Und er sagte, sie hat ein Baby, das ist sicher, ich höre es die ganze Nacht schreien, ihr Mann ist offenbar ruhiger.

Aber bist du sicher, daß sie einen hat, fragte ich, hast du ihn mal gesehen? Wie sieht er aus? Und er sagte, ich habe ihn so oft gesehen, daß ich überhaupt nicht auf ihn geachtet habe. Erinnerst du dich, ob er groß oder klein ist, dick oder dünn, fragte ich, und er sagte, er ist normal, ich glaube, er ist normal. Warum interessierst du dich für ihn? Und ich flüsterte beschämt, weil ihr Baby Joni ähnlich sieht.

Wer ist Joni? Er stellte die Frage ohne Neugier, und ich sagte, mein Mann.

Wirklich? Er klang amüsiert, wie sieht dein Mann aus?

Wie ein Schaf, sagte ich, und mir fiel ein, daß ich ein Foto von ihm in der Tasche hatte, und ich holte schnell die Tasche und wühlte mit einer Hand darin herum, mit der anderen hielt ich das Spülmittel, schließlich fand ich das schon ein wenig zerknitterte Bild, auf dem Joni zu sehen ist, wie er mich bei der Hochzeit auf die Stirn küßt, ich mit dem Schleier über den Schultern und er bemüht, größer zu erscheinen, wir sind ungefähr gleich groß, damit er mich küssen kann, und ich neige den Kopf, um es ihm leichter zu machen, so viel Anstrengung für einen überflüssigen Kuß, beide sehen wir krumm aus vor Anstrengung, und ich schämte mich, Arie das Bild zu zeigen, aber ich mußte die Sache unbedingt klären, deshalb hielt ich es ihm mit einem entschuldigenden Gesichtsausdruck hin, und er betrachtete es gleichgültig und sagte nichts, und ich fragte gespannt, ist er das? Und Arie hatte offenbar vergessen, um was es ging, und sagte, du fragst mich, ob das dein Mann ist? Und ich sagte gereizt, wie ein Lehrer, der aus einem schwerfälligen Schüler die richtige Antwort herausholen will, der Mann deiner Nachbarin, sieht er dem Mann deiner Nachbarin ähnlich?

Und er betrachtete das Bild in aller Ruhe, als hinge nichts von seiner Antwort ab, und seine vollen Lippen verzogen sich, und schließlich sagte er, nein, ich glaube nicht, und fügte hinzu, ich weiß es nicht, ich erinnere mich kaum an ihn. Warum sollte er ihm eigentlich ähnlich sehen? Und ich sah, daß er nicht verstehen wollte, vielleicht hatte ich es auch nicht gut erklärt, denn ich wollte ja fragen, ist das der Mann deiner Nachbarin, und nicht, sieht er dem Mann deiner Nachbarin ähnlich, aber wieso sollte mein Mann auch der Mann seiner Nachbarin sein? Plötzlich kam mir das selbst blöd vor, und ich steckte das Bild wieder in die Tasche, mit einem Gefühl der Erleichterung, das nicht von einer neuen Erkenntnis herrührte, sondern weil meine Angst angesichts der Wirklichkeit keinen Bestand mehr hatte. Mit dem Spülmittel im Arm ging ich zurück zum Becken, und er sagte noch einmal, los, fang damit an, ich kümmere mich ums Essen, und nahm mir das Spülmittel aus der Hand und kippte etwas in eine kleine Schüssel, legte einen neuen Schwamm hinein, den er heute gekauft hatte, einen hellblauen, und wartete darauf, daß ich meine Arbeit anfing, und schließlich fragte er besorgt, du kannst doch spülen, oder?

Ich betrachtete das Becken und brachte keine Antwort heraus, denn mir fiel ein, daß dieses Becken gestern, als ich bei ihm war, leer gewesen war, höchstens ein Eistellerchen hatte darin gestanden und irgendein Glas, und jetzt quoll es förmlich über vor Tellern und Gläsern und großen Schüsseln, als habe er von gestern abend bis jetzt nur gegessen, und zwar nicht allein, denn alle Geschirrteile waren paarweise vorhanden, zwei Weingläser, vier Kaffeetassen, die Spüle wies auf ein üppiges Essen zu zweit hin, mit Lachen und zärtlichen Worten, mit Schmeicheleien und Berührungen, und das alles sollte ich jetzt abspülen, als wäre ich der betrogene Ehemann aus meiner Geschichte, der das Essen servierte und dessen Tränen in die Weingläser fielen, der Mann, wegen dessen Leid der Tempel zerstört worden war, und Arie war die Frau, nur die dritte Figur fehlte mir im Szenario, diejenige, deren Geschirr zu spülen ich mich bereit erklärt hatte, diejenige, die mit ihm hier zusammengesessen hatte, nachdem ich gegangen war, und alles genossen hatte, was ich nur erraten konnte, und ich versuchte, mir das Gesicht der jungen Frau mit der Zigarettenspitze vorzustellen, seiner geheimnisvollen Nichte, die seiner Aussage nach längst nach Frankreich zurückgefahren war, aber mir fielen nur die Sachen ein, die sie damals angehabt hatte, die kurzen Hosen und das Jackett, die sie natürlich längst gegen wärmere Wintersachen eingetauscht hatte, so daß ich also gar nichts von ihr wußte.

Ich tauchte den Schwamm in die Schüssel und begann die großen Teller zu spülen, und ich blickte aus dem Fenster auf einen Zitronenbaum, auf den das Scheinwerferlicht eines Autos fiel, und die Zitronen leuchteten auf wie kleine Monde, und ich dachte, was mache ich eigentlich hier, spüle das Geschirr eines alternden Ehebrechers und seiner Geliebten, statt zu Hause das Geschirr von Joni und mir zu spülen, vor unserem Fenster zu stehen, das von einem Strauch verdeckt wird, Jonis weiche, angenehme und beruhigende Stimme zu hören statt dieses tiefe Husten, mit all den Bazillen, die direkt vom Krankenhaus kommen. Wie ein Tuberkulosekranker fing er an zu husten, und ich spülte betont hingegeben, als hörte ich es nicht, aber aus den Augenwinkeln sah ich ihn näher kommen, leicht schwankend, und seine Hand streckte mir ein Glas entgegen, und er murmelte, Wasser.

Du mußt aufhören zu rauchen, sagte ich, die ausgestreckte Hand mit dem Glas ignorierend, und genoß meine momentane Herrschaft über sein Schicksal. Wasser, wiederholte er, und ich nahm das Glas, füllte es mit lauwarmem Wasser, nicht ohne Seife, und hielt es ihm hin, und das alles tat ich behutsam und konzentriert, und als das Wasser endlich zu seinem Mund kam, konnte er es schon fast nicht mehr trinken vor Husten, das meiste spuckte er auf den Boden, mit vor Anstrengung roten Augen. Ich trat sofort zur Seite, damit meine Lederhose nicht naß wurde, und er stürzte zum Spülbecken wie ein Pferd zur Krippe, schob seinen riesigen Kopf unter den Wasserstrahl und stützte das Kinn schwer auf das schmutzige Geschirr, bis sein Husten nachließ.

Dann hob er das Gesicht zu mir, grau und naß, und ich dachte, vielleicht weint er, aber seine Augen waren trocken, und er nahm ein Küchenhandtuch, das über dem Stuhl hing, und trocknete sich das Gesicht ab, schon immer war ich beeindruckt von der Art, mit der er sich selbst berührte, mit einer männlichen Selbstsicherheit, und ich sah auf einmal vor mir, wie es im Sommer sein würde, er wird auf mir liegen, der Schweiß wird ihm vom Gesicht tropfen wie jetzt das Wasser und warm und salzig auf meine Wangen fallen, und er wird sich mit genau derselben Bewegung abtrocknen. Mit gesenktem Kopf setzte er sich an den Tisch, und ich betrachtete ihn traurig, wer konnte wissen, ob er den Sommer noch erleben würde, und ich trat zu ihm und setzte mich auf seinen Schoß und umarmte ihn, und er rührte sich nicht, stieß mich jedoch auch nicht weg, und meine Nase tat weh, aber das war mir egal, so gut ging es mir auf seinen Knien, als wäre das der richtige Ort für mich, und ich legte den Kopf auf seine Schulter und sagte noch einmal, du mußt aufhören zu rauchen, und fügte hinzu, ich mache mir Sorgen um dich, und er fragte, warum, und ich sagte, weil du Teil meiner Familie bist, und er lachte, warum mußt du jeden in deine Familie einfügen, und ich sagte, du weißt, daß du längst dazugehörst.

Ich entspannte mich an seiner Schulter, betrachtete das graue Profil aus der Nähe, die etwas platte Nase, wie bei einem Farbigen, und das energische Kinn unter den vollen Lippen, ich wollte ihn sehr, aber nicht unbedingt mit ihm schlafen, sondern mit ihm zusammensein, ich wollte alles wissen, was er in jedem Moment dachte, ich wollte Teil dessen sein, was seine Gedanken beschäftigte, ich wollte, daß er wissen wollte, was ich dachte, und daß die Gedanken, seine und meine, etwas miteinander zu tun haben sollten. Ich wollte ihn schütteln, damit, falls er irgendwo ein Stück Liebe für mich übrig hatte, sagen wir mal im Fingernagel, sich dieses Stück im ganzen Körper verteilte, aber er lächelte sein geheimnisvolles Lächeln in sich hinein, dieses Lächeln, das an sich selbst genug hatte, das ihn entrückte, auch wenn er in der Nähe war, aber dann hörte er auf zu lächeln und sagte verzweifelt, wie soll ich es schaffen, ich werde nicht fertig, aber er stand nicht auf, und ich wollte ihn trösten und sagte, ich helfe dir, wir haben noch Zeit, und er sagte mit einem Blick auf die weiße Wanduhr über dem Marmor, nein, in einer halben Stunde muß ich los, zum Flughafen, ich werde sie in ein Restaurant einladen, es ist zu spät, und ich fühlte mich so schuldig, denn er sagte das nicht leichthin, sondern bedrückt, als wäre diese Programmänderung eine Katastrophe, die zu einer weiteren Katastrophe führen würde, und das alles meinetwegen.

Er schob mich von seinem Schoß und stand schwerfällig auf und begann alles in den Kühlschrank zurückzuräumen, als vollziehe er eine Trauerzeremonie, den überflüssig gewordenen Salatkopf, die überflüssig gewordenen Fische, die überflüssig gewordenen Pilze, alles, was er so feierlich auf der Marmorplatte ausgebreitet hatte, wie eine Ausstellung guter Absichten, und ich schlug vor, vielleicht mache ich das Essen, laß mich alles vorbereiten, und wenn du zurückkommst, ist alles fertig, aber er schüttelte den Kopf, erwog mein Angebot nicht einmal, und ich fügte schnell hinzu, mach dir keine Sorgen, ich werde nicht mehr dasein, wenn ihr kommt, ich bringe dich nicht in Schwierigkeiten, aber er schüttelte weiter den Kopf und räumte alles weg, und dann stand er mit dem Ausdruck bitterer Ergebenheit vor dem Becken und begann zu spülen, und ich, mit meiner geschwollenen Nase, war plötzlich noch überflüssiger geworden als der Salatkopf, denn der würde morgen noch zu etwas nütze sein und ich nicht, und der Verzicht auf das festliche Essen war wie das schicksalhafte Urteil über eine ohnehin bedauernswerte Familie, die unter so traurigen Bedingungen anreiste, um Abschied zu nehmen, und noch nicht mal in den Genuß tröstlichen Familienessens kam.

Laß mich wenigstens das Geschirr fertigspülen, bat ich, aber er gab mir keine Antwort und bewegte sich nicht, er blieb stur vor der Spüle stehen, und ich wußte, daß ich jetzt gehen sollte, aber ich wollte im guten weggehen, nicht so, und ich wußte nicht, wie ich die Atmosphäre ändern sollte, deshalb setzte ich mich hin und betrachtete seinen Rücken, seine schnellen Bewegungen, und zählte die abtropfenden Teller, um herauszufinden, ob ihre Zahl auch paarig war, und die angespannte Stille zwischen uns erinnerte mich an die Tage nach dem Tod meines Bruders, nein, nicht Tage, Wochen, Monate, mindestens ein Jahr war es, in dem sie kaum miteinander sprachen, sich gegenseitig feindlich betrachteten, als sei der andere ein Mörder. Anfangs versuchte mein Vater, sie zu besänftigen, aber er gab schon bald auf, wie immer, sein Docht war so kurz, und als er aufgab, verdoppelte sich die Feindschaft, vielleicht erschreckte sie das, aber sie konnte es nicht ändern, und so, ohne Worte, versank alles in feindlichem Schweigen, und ab und zu erwähnten sie Vergessenes, alle möglichen alten Beschuldigungen, die sie sich auf teuflische Art zuzischten, vor allem ging es gegen ihn, immer wieder, warum er sein Medizinstudium aufgegeben und sich mit armseliger Laborarbeit begnügt hatte, denn wenn er weitergemacht hätte, hätte er das Baby retten können, hätte er uns alle retten können, immer wieder fing sie damit an, und er floh vor diesen Worten, das Baby retten, machte die Tür hinter sich zu und fing an zu rennen, lief stundenlang in den Orangenplantagen herum. Sogar ihr Aussehen änderte sich damals, mein Vater aß kaum etwas, er wurde beängstigend dünn wie ein Gerippe, mit glühenden Augen in dem gequälten Gesicht, während sie dick wurde und fraß wie ein Schwein, sie schleppte tütenweise Zeug aus dem Supermarkt an, und einmal sah ich, wie sie über rohes Hackfleisch herfiel, während sie Frikadellen briet, schob sie sich die weiche Masse in den Mund, und ich sagte, Mama, das ist roh, und sie sagte, in meinem Magen wird es gar, schau nur, wie warm mein Bauch ist. Und seine Bemerkungen, die er im allgemeinen über mich weitergab, waren schrecklich, so sagte er manchmal, sie hat das Gefühl, daß sie wegen der Milch viel essen muß, aber niemand braucht mehr ihre Milch, oder sie bildet sich ein, sie ist schwanger, wenn sie dicker wird und riesige Kleider trägt, und dann sagte sie, von wem sollte ich schwanger werden? Von ihm? Im Leben nicht, sein Samen ist verfault. Ich protestierte, aber Mama, ich bin auch von seinem Samen, und dann lächelte sie bitter und scheußlich und sagte nichts, legte sich eine dick gewordene Hand auf ihre kurzen stoppeligen Haare, da, wo der Zopf abgeschnitten worden war, als wäre das ihre Rache an ihm, eine schreckliche Amputation ihrer Schönheit.

Ich lief dann in mein Zimmer und ging ins Bett, umarmte unter der Decke das einzige Spielzeug von ihm, das ich gerettet hatte, all seine Spielsachen und seine Kleider hatten sie in sein weißes Gitterbett gestopft und aus dem Haus gebracht, nur ein kleines Lamm hatte ich mir gestohlen, ein weiches, wolliges Lamm, und jahrelang umarmte ich es heimlich und versteckte es an allen möglichen Plätzen, damit meine Mutter es nicht fand und wegwarf, und jeden Tag wenn ich aus der Schule kam, lief ich als erstes in mein Zimmer und schaute nach, ob das Lamm noch an seinem Platz lag, und wenn ich von Freundinnen nach Hause eingeladen wurde, lehnte ich die Einladung oft ab, weil ich Angst hatte, es zu lange ohne Aufsicht zu lassen, und nach Jahren, als ich zur Armee kam, nahm ich es mit mir, wenn ich Dienst hatte, und dort, bei der Armee, ging es mir verloren, vermutlich hat man es mir gestohlen, und ich erinnere mich noch, daß ich weniger traurig über den Verlust war, als ich erwartet hatte, vielleicht war ich sogar froh darüber.

Wußtest du etwas über das Baby, fragte ich Arie, in dem Versuch, seiner Niedergeschlagenheit meine eigene entgegenzusetzen, und er zögerte einen Moment und sagte, natürlich wußte ich davon, ich war damals zu Besuch in Israel, ich wollte einen Beileidsbesuch machen, aber deine Eltern wollten niemanden sehen. Ich wollte wirklich kommen, fügte er hinzu, als hätte ich das bezweifelt, sie haben mir so leid getan, nach all den Jahren, die sie sich bemüht hatten, noch ein Kind zu bekommen, er sprach den Satz nicht zu Ende, aber mit dem Geschirr wurde er fertig und betrachtete zufrieden das saubere Spülbecken. Jetzt gehe ich duschen, sagte er, und dann fahren wir, ich setze dich unterwegs ab, er sprach weich, als dämpfe unser Unglück das Unglück mit dem ausgefallenen Essen, als sei er nicht mehr böse auf mich, und ich folgte ihm ins Schlafzimmer und schaute zu, wie er den Pullover und die Hose auszog und in einer roten Unterhose und einem langen weinroten Unterhemd dastand, ich mußte wirklich lachen, als ich das sah, als habe er mir einen Witz erzählt, seine Unterwäsche war so jugendlich im Vergleich zu seiner Oberbekleidung, die immer so seriös war, und er stand vor mir, verkleidet, ein alter Mann, der sich als junger Mann verkleidet hatte, ein so vollendetes Kostüm, daß man es fast nicht wahrnahm, ein Kostüm, das in die Haut überging, und ich folgte ihm ins Badezimmer, wie ein Anhängsel, schaute zu, wie er das Unterhemd und die Unterhose auszog, auch nackt sah er mit seiner braunen glatten Haut noch verkleidet aus, und wie er sich unter dem Wasserstrahl dehnte und sich gründlich einseifte, da war nicht die kleinste Stelle an seinem Körper, die ohne Seife blieb, und wie er sich die Schamhaare einseifte, genau wie meine Mutter die ihren immer einschäumte, und ich überlegte, ob er das von ihr gelernt hatte oder sie von ihm.

Ich dachte daran, wie ich sie im Badezimmer beobachtet hatte und wie ich mich immer ekelte vor dieser schnellen, energischen und groben Art, mit der sie ihren geheimen, zarten Körperteil wusch, wie sie mit kreisenden Bewegungen Schamhaare einseifte, als rühre sie Kuchenteig. Später, als sie dicker wurde, begann sie die Badezimmertür zu verschließen, und so hatte ich diese Bewegung nie mehr gesehen, bis jetzt, aber bei ihm kam mir das nicht abstoßend vor, eher anziehend, dieser weiße Schaum, aus dem dunkel sein wohlgeformtes Glied ragte, und ich spürte ein Prickeln am ganzen Körper, ein Prickeln des Verlangens oder der Sehnsucht, ein Gefühl, das ich auch damals gehabt hatte, in meinem ersten Leben, und damals hatte ich immer gedacht, ich möchte Schokolade, aber dieses Gefühl ging nicht weg, auch wenn ich ununterbrochen Schokolade aß, so wie ich jetzt wußte, auch wenn ich mich auf diesen Körper stürzen würde, würde das sehnsüchtige Prickeln nicht aufhören, denn es ging um eine Sehnsucht, die nicht zu stillen war.

Er drehte das Wasser zu und stieg vorsichtig heraus, wikkelte sich in ein großes Handtuch, stand vor dem Schrank und zog eine buntgestreifte Unterhose und ein lilafarbenes Unterhemd heraus, doch darüber zog er ein graues Hemd und einen dunkelblauen Anzug, als gehe er zu einer geschäftlichen Verabredung, dann holte er aus einer Schublade einen kleinen Kamm und kämmte seine Haare zurück, die Zinken zogen helle Streifen in seine braune Kopfhaut, dann steckte er ihn in die Gesäßtasche seiner Hose. Von all seinen ruhigen, routinierten Bewegungen, die ich so hoffnungsvoll verfolgte wie eine Spionin, deren Auftrag lautete, jedes Detail zu notieren und weiterzugeben, ärgerte mich dies am meisten, es schien mir so kokett, ein erwachsener Mann, dessen Frau im Sterben liegt, und er schiebt sich einen billigen Plastikkamm in die Gesäßtasche.

Tut dir das nicht am Hintern weh, wenn du dich hinsetzt, fragte ich, und er sah mich überrascht an, fuhr sich mit der Hand über seine Rückseite und sagte, ich fühle nichts, und ich trat zu ihm und streichelte seinen Hintern durch den teuren Anzugstoff, und tatsächlich, der Kamm war nicht zu fühlen, als sei er von seinem geheimnisvollen Körper verschluckt worden, so geheimnisvoll und verzaubernd kam er mir vor, er und was mit ihm zu tun hatte, die sterbende Frau, die alte Mutter, die kam, um Abschied zu nehmen, die Unterhosen, aber ich war mir sicher, daß es in dieser Welt irgendeine Frau gab, mindestens eine, der es vollkommen normal erscheinen würde, daß er sich wusch, daß er seine Schamhaare einseifte, daß er sich anzog, um zum Flughafen zu fahren, das alles würde sie ganz normal finden, überhaupt nicht beeindruckend, und ebenso gab es auf der Welt auch eine Frau, mindestens eine, vielleicht sogar dieselbe, die jede Bewegung Jonis mit sehnsüchtigen Augen verfolgen würde, sie würde mit ihm zur Dusche gehen und zuschauen wollen, wie er sich einseift, und sie würde begeistert seine nachlässigen Bewegungen auf seiner weißen Haut betrachten, und ich mußte mich wirklich anstrengen, um den Gedanken an diese Frau von mir zu schieben, die vielleicht am anderen Ende der Welt lebte, vielleicht aber auch auf der anderen Seite der Wand, und als ich mißtrauisch einen Blick auf die Wand warf, fiel mir die Nachbarin mit dem Baby ein, wie an einen vergessenen Alptraum dachte ich plötzlich an sie und überlegte, daß ich dort bald mal babysitten müßte, unbedingt, um mir diesen Kleinen genauer anzuschauen, nicht nur sein Schafsgesicht, sondern auch seinen Körper, ich werde ihn ausziehen und seine Hautfarbe prüfen, die Form des Fußes, das Geschlechtsteil, die Ohren, das ist die einzige Art, etwas zu erfahren, allein, denn fragen konnte ich nicht, und ich hatte auch keine Aussicht, eine Antwort zu bekommen, so wie ich nie erfahren würde, wer von diesen Tellern gegessen und wer aus den Gläsern getrunken hatte, die vorhin im Spülbecken gestanden hatten.

Der Raum füllte sich mit dem Duft von After-shave, und er stand vor mir, gebeugt zwischen den beiden schmalen Betten, parfümiert und zurechtgemacht, ein wenig lächerlich, ein Held aus einer billigen Fernsehserie, der sich stolz und traurig aufmacht, seinen tragischen Auftrag auszuführen, mitleiderregend in seiner Überheblichkeit, in seiner Anstrengung, gesund auszusehen, heil auszusehen, als verfaule nicht langsam ein Teil von ihm und schrumpfe immer mehr zusammen. Gehen wir, ich bin spät dran, sagte er, betrachtete prüfend meine Nase, ein Lächeln unterdrückend, und schritt rasch vor mir durch den Flur, sie werden gleich landen, und ich stellte mir vor, wie es wäre, wenn wir beide zum Flughafen fahren würden, und dann wurde mir klar, daß es irgendwann wirklich passieren würde, und es war mir schon egal, was Joni mir bald mitteilen würde, ich dachte nur, wie schön es sein würde, wenn er mich jetzt gleich zur

Eile antriebe, komm schon, wir sind spät dran, würde er sagen, und das Wir würde auch mich einschließen, und ich würde mit Absicht zögern, würde stundenlang vor dem Spiegel stehen und meine Nase betrachten, nur um ihn sagen zu hören, komm schon, wir sind spät dran.

8 Um wieviel Uhr sie gestorben war, wollte ich wissen, aber ausgerechnet das wußte meine Mutter nicht, sie verstand auch nicht, was es überhaupt für eine Rolle spielte. Sie sagte, Tante Tirza habe aus der Klinik angerufen und gesagt, daß Aries Frau gestern nacht gestorben sei. Hättest du gedacht, daß sie dort lag, genau im Bett nebenan? Ja, aber um wieviel Uhr, beharrte ich, ruf sie an und frage sie, um wieviel Uhr. Ich werde sie jetzt nicht mit deinem Blödsinn stören, sagte meine Mutter und schnaufte laut.

Schon immer hatte sie es geliebt, mich morgens mit schlechten Nachrichten zu wecken, alle möglichen Bekannten waren krank geworden oder starben, alle möglichen Familienmitglieder litten an irgendwelchen Schmerzen, das nährte ihre Langeweile, die Langeweile, die der Depression folgte, nach Jahren der Trauer und des Hasses. Natürlich hatte es auch etwas mit Schadenfreude zu tun, und vielleicht auch mit der Hoffnung, den Club der Geschädigten des Lebens erweitern zu können, in den sie nach dem Tod des Kindes eingetreten war und schnell die Tür zugemacht hatte, damit mein Vater sich ja nicht dazwischendrängte und ihr die Katastrophe raubte. Aber mit anderen war sie höflicher, jeder vom Schicksal Geschlagene wurde eingeladen, sich ihr anzuschließen, natürlich je nach Größe seines Unglücks, alle möglichen Frauen, die ihre Ehemänner verloren hatten, ihre Kinder, die Gliedmaßen ihres Körpers eingebüßt hatten, die schlimme Behandlungen zu ertragen hatten, sie alle sammelten sich in ihrer Kehle und wanderten in unseren Telefongesprächen zu mir. Hast du gehört, was der und der passiert ist, und ohne auf eine Antwort zu warten, gab sie die Information weiter. Diesmal war es kurz. Ich wußte nicht mal, daß sie krank war, sagte sie mit der beleidigten Stimme eines Kindes, das nicht zur Geburtstagsfeier eingeladen worden ist, nur dein Vater wußte es, aber er hat es mir nicht gesagt. Erinnerst du dich, daß Arie uns vor ein paar Monaten besucht hat? Er wollte sich mit ihm wegen irgendeiner neuen Behandlung beraten, aber vermutlich war das schon zu spät. Du wirst es nicht glauben, es hat sich herausgestellt, daß sie die ganze Woche im Bett neben Tirza lag, und ich war doch fast jeden Morgen dort und habe sie nicht erkannt, die Idee kam mir gar nicht, daß es Joséphine sein könnte, so sehr hatte sie sich verändert. Sie sah aus wie eine Porzellanpuppe, als sie jung war, ich habe sie wirklich jahrelang nicht gesehen, aber so eine Veränderung, eine zarte, aber starke Porzellanpuppe, fuhr sie mit einer Großzügigkeit fort, die sie nur für Tote reserviert hatte. Ich frage mich, was er jetzt macht, ohne sie, dieses große Kind, sie hat ihn gehalten, das kannst du mir glauben, er kann keine Minute ohne eine Frau leben, die ihn stützt. Du wirst sehen, daß es keine Woche dauert, da ist eine Neue bei ihm, vielleicht wartet er noch nicht mal bis zum Ende der Woche.

Ich beherrschte mich, um nicht zu sagen, du wirst dich wundern, vielleicht werde ich das sein, aber ich erschrak über das, was sie gesagt hatte. In meinen Augen war er so stark und unabhängig, und sie beschrieb ihn plötzlich als kindisch, abhängig und schwach. Wie konnte sie ihn stützen, protestierte ich, wo sie doch die ganze Zeit krank war?

Tirza hat gesagt, auch als sie todkrank war, hat sie sich die ganze Zeit um ihn gesorgt, damit er sich nicht einsam fühlte, damit er nicht in eine Depression sank, sie hat sich darum gekümmert, daß er Besuch von Freunden bekam. Ihre Besucher schickte sie nach ein paar Minuten weg, zu Arie, als wäre er der Kranke, nicht sie, sagte meine Mutter und schnaubte siegesbewußt.

Du hast also keine Ahnung, wann es passiert ist, fragte ich noch einmal, und sie sagte wütend, aber Ja'ara, was ist mit dir, statt zu fragen, wann die Beerdigung ist, fragst du, wann sie gestorben ist. Du begleitest mich, nicht wahr?

Bei Beerdigungen war ich ihre Partnerin. Meinen Vater mochte sie nicht an einem offenen Grab stehen sehen, sie beschuldigte ihn immer, er würde sich vordrängen und ihr die Aussicht verstellen, aber mich hatte sie gerne dabei. Jedesmal schwor ich, nie wieder mitzugehen, und im letzten Moment gab ich dann doch nach, aus einer Art Hoffnung heraus, daß ich, wenn ich an ihrem Kummer teilnahm, auch an ihrem Trost teilhaben könnte.

Nur wenn du herausbekommst, um wieviel Uhr sie gestorben ist, sagte ich kurz, und sie tobte, ich sei vollkommen verrückt geworden und sie würde mit Vergnügen allein gehen, ohne mich, aber nach ein paar Minuten rief sie wieder an. Deinetwegen habe ich Tante Tirza aufgeweckt, schimpfte sie, also, es ist gestern abend ungefähr um zehn passiert. Bist du jetzt zufrieden?

Nein, ich war nicht zufrieden, ich war erschrocken wie ein Hypochonder, der entdeckt, daß er krank ist, wie ein Paranoider, der herausfindet, daß er wirklich verfolgt wird, denn den ganzen Abend über hatte ich das Gefühl gehabt, sie würden es nicht mehr schaffen, Abschied von ihr zu nehmen, ich hatte sogar vor unserem Haus, als er mich aussteigen ließ, gesagt, hoffentlich kommst du noch rechtzeitig, und er sagte, mach dir keine Sorgen, ich komme rechtzeitig hin, und er meinte den Flughafen und verstand nicht, was ich selbst kaum verstand, und ich dachte an diese seltsame Gruppe, ein parfümierter Bräutigam in einem Geschäftsanzug, eine vor Altersschwäche zitternde Mutter mit bläulichen Haaren, gestützt von der Schwester und ihrem Mann, und wie sie ihr Gepäck im Kofferraum verstauten und zum teuersten Restaurant der Stadt fuhren, einen italienischen oder französischen, denn zu Hause bei ihm gab es kein Essen, und als sie schließlich nach Hause kamen und über die staubfreien Teppiche gingen, fanden sie die Nachricht vor.

Vor lauter Kummer und Schuldbewußtsein fühlte ich mich ganz schwindlig, wie hatte ich ihm mit meinem dummen Besuch die Pläne durchkreuzt, vielleicht wären sie noch rechtzeitig hingekommen, wenn sie, wie er es beabsichtigt hatte, bei ihm gegessen hätten, und ich wußte, daß dieser Fehler zum nächsten führen würde, wie beim Domino, denn wenn eine Kleinigkeit schiefgeht, zieht das immer etwas Größeres nach sich, und er wußte, daß es meine Schuld war, und würde mir das nie im Leben verzeihen.

Aber er lächelte mich an, ein warmes, freundschaftliches Lächeln, über das offene Grab seiner Frau hinweg, mitten in der Gruppe stehend, die genau so aussah, wie ich sie mir vorgestellt hatte, wie der Wanderchor eines Provinztheaters sahen sie aus, und jeder spielte seine Rolle, so gut er konnte, die Mutter die Rolle der Mutter, auf eine europäische, beherrschte Art weinend, ihre Locken mischten sich mit den bläulichen Wolken, die Schwester stützte sie, mit schuldbewußtem Gesicht, allzu gesund, sie war vermutlich immer die weniger Schöne gewesen, die weniger Erfolgreiche, und jetzt war ausgerechnet sie am Leben geblieben, ihr Mann, der ihr den Arm um die Schulter gelegt hatte, stolz darauf, seine Treue in einer schweren Stunde zu demonstrieren, und daneben Arie, in der Rolle des jugendlichen Witwers, groß und feierlich in dem Anzug, den er gestern getragen hatte, und niemand würde darauf kommen, was für eine alberne gestreifte Unterhose er darunter trug.

Ich stand nicht weit von ihm entfernt, meine Mutter achtete immer auf einen guten Platz in der Mitte, manchmal half sie sogar mit den Ellenbogen nach, um ihn zu bekommen, und wie eine brave Tochter stand ich zwischen ihr und meinem Vater, der diesmal darauf bestanden hatte mitzukommen. An ihrem zornigen Gesicht sah ich, daß es nicht einfach gewesen war, bestimmt hatte es ein wütendes Hin und Her gegeben, das mich wirklich besonders interessiert hätte, zum Beispiel darüber, wer das natürliche Recht hätte, hierzusein, er oder sie, das heißt, wessen Freund er mehr war, seiner oder ihrer, und nur ich spürte im Herzen einen leisen Stolz, weil ich sie in diesem Wettbewerb beide übertrumpft hatte, ich hatte mir das Recht, hier im Kreis der trauernden Hinterbliebenen zu stehen, ehrlich erworben, vielleicht war ehrlich nicht das richtige Wort, aber was es besagen sollte, war klar. Vielleicht war ich in diesem großen Kreis diejenige, die sie zuletzt gesehen hatte, vielleicht hatte sie aus meiner Hand die letzte Tasse Tee ihres Lebens entgegengenommen, zwei Beutel Tee und zwei Löffelchen Zucker, könnte ich erzählen, wenn mich jemand fragen würde, vermutlich wußte sie, daß es ihr Ende war, und wollte noch möglichst viel herausholen.

Stolz betrachtete ich die düsteren Gesichter, versuchte, unter ihnen die junge Frau mit den kurzen roten Haaren zu entdecken, aber sie war nicht da, die meisten Frauen unter den Trauergästen kamen mir zu alt vor, es war nicht eine unter ihnen, die meine Eifersucht oder mein Mißtrauen geweckt hätte, und plötzlich sah ich von weitem Tante Tirza, die langsam zwischen den Steinen und Gräbern näher kam, der Boden war steinig, das ganze Gelände sah aus wie eine Baustelle, nicht wie ein Friedhof, und ich wollte auf keinen Fall, daß sie von meinem Besuch im Krankenhaus erzählte, also lief ich ihr entgegen, zum Erstaunen meiner Eltern, angeblich um ihr behilflich zu sein, und sie stützte sich plötzlich mit ihrem ganzen Gewicht auf mich, so daß ich nicht mehr verstand, wie sie vorher hatte gehen können, ohne meine Hilfe.

Jetzt ist er also frei, ein feines Männchen, sagte sie mit einem bösen Lächeln, und ich wußte nicht, ob sie ein oder dein gesagt hatte, und fragte deshalb, wer, und sie wiederholte den Satz, und wieder war nicht klar, ob sie ein oder dein gesagt hatte, und ich ärgerte mich, daß sie ihn Männchen nannte, mit dieser Verkleinerung, warum nicht Mann, wer war sie überhaupt, was wußte sie über ihn, sie war einfach eine verbitterte Frau, die alle Männer haßte, aber es bedrückte mich, daß sie vielleicht etwas über ihn wußte, was ich nicht wußte, vielleicht war er wirklich ein Männchen und kein Mann, wer weiß, was Joséphine ihr in den langen Nächten im Krankenhaus erzählt hatte, Nächten, in denen das Licht nie ausging und der Lärm nie aufhörte und auch nicht die Schmerzen.

Sie war so schwer, daß ich fast zusammenbrach, ich ging gebückt, das Gesicht zur Erde, und dachte, wie war es möglich, daß die gleiche Krankheit, die Joséphine so klein gemacht hatte, Tirza nur größer und schwerer machte, geradezu riesig, autoritär und beängstigend, während die Trauergemeinde unser langsames Näherkommen beobachtete, so langsam und schwerfällig, daß mir der Verdacht kam, sie könnte es mit Absicht machen, könnte mich mit Gewalt niederdrücken, mich aus Bosheit zerquetschen, und ich verfluchte sie und meine Geheimnisse, die mich in so lächerliche Situationen brachten, im besten Falle lächerlich, und das alles nur, weil ich etwas zu verbergen hatte.

Gerade als wir zu unseren Plätzen kamen, begann die Zeremonie, als hätte man nur auf uns gewartet, und Tante Tirza stand mit überraschender Leichtigkeit neben meiner Mutter, mit ihrem kalten Lächeln im Gesicht, und ich streckte mich erleichtert, noch immer ihr Gewicht fühlend, und vor meinen Augen glitt die kleine, zarte Leiche, nachlässig eingehüllt, in das tiefe Loch, wie ein zwölfjähriges Mädchen sah sie aus, ich hätte ihr keinen Tag mehr gegeben, ein zwölfjähriges Mädchen, das eine Rutsche hinunterrutscht und vergnügt lacht, aber statt Lachen hörte ich Weinen, unterdrücktes Weinen, das immer lauter wurde, und Arie, mit einer großen schwarzen Kipa auf dem Kopf, sagte den Kaddisch, fehlerfrei, als hätte er es ein Leben lang geübt, flüssig und mit Betonung.

Ich blickte ihn verzaubert an, noch nie hatte er mich so erstaunt wie in diesen Minuten, die schwarze Kipa bedeckte seine grauen Haare und stellte den Eindruck der schwarzen Haare wieder her, die er einmal gehabt hatte, und sein Gesicht sah jugendlich aus vor Erregung, und plötzlich hoffte ich, daß er auch für mich den Kaddisch sagen würde, er und kein anderer, und ich überlegte, daß ich das bei Gelegenheit mit ihm absprechen würde, so eine große Bitte war das nicht.

Als er fertig war, wurde sein Gesicht rot, und als die Erde ins Grab fiel, sah ich, daß seine Schultern zitterten, und jemand trat schnell zu ihm und legte die Arme um ihn, auch er mit einer großen schwarzen Kipa auf grauen Haaren, und zu meinem Schrecken sah ich, daß es der Alte aus Jaffo war, der Richter, der angesichts des offenen Grabes sehr viel lebhafter und selbstsicherer wirkte als angesichts seines Doppelbettes. Arie umarmte ihn fest, und ich spürte, wie die Scham in mir aufstieg, als ich an seinen weißen weichen Körper dachte, und dann bemerkte ich eine seltsame Bewegung um mich herum, ich hörte unterdrücktes Flüstern und sah meinen Vater, der unser familiäres Nest verließ und trotz des Protestes, der ihm zugeflüstert wurde, zu den zwei Männern hinging, und die beiden umarmten ihn gefühlvoll, und so standen sie da, zu dritt, wieder vereint, sich gegenseitig umarmend und weinend. Ich wunderte mich, daß auch mein Vater weinte, ich hätte nicht gedacht, daß sie ihm so nahegestanden hatte, und auch meine Mutter, die hinter mir stand, staunte, und ich hörte, wie sie Tirza etwas Giftiges zuflüsterte, und Tirza sagte, laß ihn doch, gönn ihm doch das bißchen Vergnügen.

Und tatsächlich, er genoß es zu weinen, ich glaube, über den Tod meines kleinen Bruders hatte er nicht so geweint wie über diese Frau, die ihm fast fremd gewesen war, von einer Seite umarmt von Arie, von der anderen von Schaul, hatte er sich problemlos in die Mitte gestellt, als sei er der Witwer, so standen sie da, neben dem Grab, drei nicht mehr junge Männer, nicht schön, nicht glücklich, stolz auf ihr Weinen um eine gemeinsame Geliebte, und ich betrachtete meinen Vater, der von den Armen zweier Männer, mit denen ich geschlafen hatte, umarmt wurde wie ein kleines Kind, so wie ich vor ein paar Tagen von ihnen umarmt worden war. Seine helle, zarte Erscheinung betonte Aries Kraft, und ich dachte an meine Mutter, die sie, hinter meinem Rücken, ebenfalls anschaute, wie war es möglich, daß sie sich damals nicht in ihn verliebte, als sie die beiden zusammen sah, in dieses geheimnisvolle, stumpfe Dunkel, so stark und selbstsicher sah er aus, selbstsicher, aber nicht gerade vertrauenerweckend. Sogar hier wirkte er glatt, mißtrauenerregend, besonders neben den beiden anderen Männern, die in jeder Hinsicht wie normale Sterbliche aussahen, voller Fehler und Schwächen. Mein Vater dünn, klein und halb kahl, Schaul, dick und ein wenig gebückt, und daneben er, aufrecht und schlank, seine Fehler waren geheim, versteckt und deshalb viel gefährlicher.

Ich hörte meine Mutter und Tante Tirza hinter mir spöttisch flüstern, die drei Musketiere, einer gestörter als der andere, sagte meine Mutter und lachte, und Tante Tirza protestierte, der Dicke sieht ziemlich normal aus, aber meine Mutter schnaubte verächtlich, was heißt da normal, ich habe gehört, er sei scharf auf Minderjährige, und ich zitterte und konnte nicht anders, ich drehte mich um und sagte, warum mußt du jeden in den Dreck ziehen, er ist Richter, so wichtig war es mir, Schaul reinzuwaschen, der mir plötzlich so nahestand, und meine Mutter griff mich sofort an, was hast du mit ihm zu tun? Woher kennst du ihn überhaupt? Und dann begann sie zu summen wie eine Wespe, wer richtet den Richter, und ich hatte plötzlich Lust, sie in die Grube zu stoßen, damit sie dort liegen sollte, Arm in Arm mit Joséphine, um den Würmern ihre Geschichten zu erzählen, und ich zischte leise, mit einer fremden Stimme, du bist schuld, alles ist deinetwegen passiert, und sie flüsterte zurück, was ist passiert, und ich sagte, deinetwegen ist der Tempel zerstört worden, denn ich hatte das Feuer aus ihrem bitteren Mund kommen sehen, ich sah, wie es sich gelb und strahlend zwischen den frischen Gräbern seinen Weg bahnte und einen schwarzen glühenden Streifen hinter sich ließ, und so lief es weiter, bis zum Tempelberg, und dort würde es seine Kraft zu unzähligen Flammen vervielfältigen, die auf den Tempel zuzüngeln, ihn erst vergolden und dann schwärzen. Ich blickte zum Himmel, gleich wird sich eine Hand herausstrecken und den Tempelschlüssel entgegennehmen, den der Hohepriester weit, weit nach oben wirft, und vor lauter Hinaufschauen sah ich auf einmal sein starkes Gesicht nicht mehr, so viele Leute drängten sich plötzlich um ihn, mein Vater konnte sich nur mit Mühe befreien und zu seinem Platz zurückkehren, hin- und hergerissen zwischen dem Stolz auf die männliche Brüderlichkeit und der Schande des alltäglichen weiblichen Giftes. Da und dort blitzte unter den anderen Köpfen seine schwarze Kipa hervor, aber sein kräf-

tiges Gesicht, das ich so sehr liebte, so preisgegeben in seiner
Verzweiflung, blieb mir verborgen, und ich hatte Angst, ich
könnte ihn nie wiedersehen, als würde er dort begraben und
nicht sie, und plötzlich empfand ich eine heftige Trauer, eine
bittere, endgültige Trauer, und überwältigt von der Stärke
des Gefühls ließ ich mich von der Trauergemeinde zu den
Autos ziehen, gefangen zwischen meinen Eltern, die sich
wieder gegen mich verbündet hatten, wie zwei Banditen, die
die Angst vor der Polizei manchmal zu Verbündeten macht.
Ich betrachtete die Reihen der hellen Gräber und dachte an
meinen Bruder Avschalom, ein viel zu langer Name für so
ein kleines Kind, und wie mein Vater sich an ihn geklammert hatte, mein Sohn Absalom! Mein Sohn, mein Sohn
Absalom! Wollte Gott, ich wäre für dich gestorben!* Und
nur das alte Klagelied rechtfertigte nachträglich den Namen,
den sie ihm gegeben hatten, und welche Angst hatte ich gehabt, der Säugling könne tatsächlich plötzlich aus der Erde
kommen und mein Vater an seiner Stelle hineingehen, und
ich hatte gedacht, wie sehr er mich verstößt mit seinem Klagelied, und um mich zu rächen, hatte ich versucht, mir vorzustellen, wie eng es ihm in dem kleinen Grab sein müßte,
wie er sich krümmen und zusammenrollen und jeder Mus-
kel ihm weh tun würde.

Hinten im Auto quetschten wir uns neben Tante Tirza
und schauten gleichgültig aus dem Fenster. Es ist mir wirklich nicht angenehm, euch zur Last zu fallen, sagte sie zu
meinen Eltern, aber in ein, zwei Monaten werdet ihr noch
mal hierherkommen müssen, und als sie höflich protestier-
ten, sagte sie, keine Heuchelei, meine Herrschaften, ich habe
genau das, was sie hatte, es gibt keinen Grund, daß es bei
mir anders ausgehen sollte, und ich konnte mich nicht be-

* Samuel 2, 19,1

herrschen, ich fragte, wie ist sie gestorben, was hat sie gesagt, bevor sie gestorben ist, und Tirza lachte bitter, du hast zu viele Filme gesehen, Süße, der wirkliche Tod ist im allgemeinen weniger geschwätzig, sie hat einfach nichts gesagt. Wie lange hat sie nichts gesagt, fragte ich, und Tirza zuckte mit den Schultern, ich weiß es nicht, ich bin mittags von der Behandlung zurückgekommen, da hat sie geschlafen, sie hat bis zum Abend geschlafen. Arie kam um fünf, da schlief sie noch immer. Er sagte, er würde später mit ihrer Familie kommen, aber als sie kamen, hat sie schon nicht mehr geatmet.

Sie hat also von mittags an nichts mehr gesagt, fragte ich weiter, und Tirza wurde gereizt, ich habe doch gesagt, daß sie schlief, vielleicht hat sie etwas im Schlaf gemurmelt, ich habe nicht darauf geachtet, was ist heute mit dir los, sag, was hast du überhaupt? Aber ich gab ihr keine Antwort und starrte hinaus auf die häßlichen Häuser und dachte, wie beängstigend das ist und wie unglaublich, daß ich tatsächlich die letzte bin, mit der sie gesprochen hat, die sie lebend gesehen hat. Ich versuchte, mich an jedes Wort zu erinnern, das sie gesagt hatte, jetzt war mir klar, daß ich nicht umsonst unterwegs aus dem Bus gestiegen war, daß ich nicht umsonst die Verabredung mit dem Dekan versäumt hatte, aber es fiel mir nichts ein, außer daß sie sich am Tag meiner Geburt übergeben hatte, und je länger und je mehr ich in meinem Gedächtnis wühlte, um so schwerer fiel es mir, und ich bekam Kopfschmerzen, mich blendete die Wintersonne, und ich sah fast nichts mehr, und wie im Traum hörte ich meinen Vater fragen, hast du schon mit Joni gesprochen? Und ich sagte, nein, er hat schon geschlafen, als ich gestern nach Hause kam, und als er heute morgen wegging, habe ich noch geschlafen, und Tirza lachte, das ist auch eine Methode, das Eheleben zu ertragen, warum ist mir das bloß

nicht eingefallen, und ich fragte voller Angst, warum, Papa?
Über was muß er mit mir sprechen? Und er schwieg, und
plötzlich war die dumpfe Angst wieder da, die mich gestern
gequält hatte, daß Joni ihnen mitgeteilt hatte, er habe die
Absicht, mich zu verlassen, für immer, und ich hatte das
Gefühl, gleich erbrechen zu müssen, sie hat sich am Tag
meiner Geburt übergeben, und ich übergebe mich am Tag
ihrer Beerdigung, dachte ich, aber in diesem Moment blieb
das Auto stehen, und mein Vater sagte, wir sind da, und ich
wunderte mich, wieso er, ein Mensch, der mir so fremd war,
überhaupt wußte, wo ich wohnte, und ohne ein Wort zu sagen stieg ich aus und erbrach mitten auf der Straße, genau
an der Stelle, wo gerade noch ihr Auto gestanden hatte.

Ich ging sofort ins Badezimmer und duschte, bis es kein
heißes Wasser mehr gab, ich wusch meine Haare und versuchte sogar, mich unten einzuschäumen, wie sie es taten,
aber aus der Nähe sah das gar nicht mehr so ausgefallen und
bemerkenswert aus, einfach etwas, was man jeden Tag tut,
und als ich geduscht hatte, schnitt ich mir die Nägel, auch
an den Füßen, und die ganze Zeit versuchte ich mich zu beruhigen, daß alles in Ordnung war, daß ich jetzt wieder rein
war, ein Glück, daß man mir nichts beweisen kann, dachte
ich, ich kann mir die Nägel schneiden und mich wieder rein
fühlen, und auch wenn Joni Verdacht geschöpft haben sollte,
kann ich es ableugnen, so wie er es immer ableugnen kann,
man glaubt doch so leicht, was man glauben will, und vergißt die Tatsachen, so wie ich die letzten Worte Joséphines
vergessen habe, und schon schloß ich innerlich ein Abkommen mit ihm, ich verzeihe dir, daß du mit Aries Nachbarin
ein Kind gemacht hast, und du verzeihst mir alles, was ich
getan habe, und einen Moment lang hoffte ich, das Kind sei
wirklich von ihm, sonst hätte ich nichts, was ich ihm verzeihen könnte, und das ganze Abkommen wäre nichts wert,

und ich beschloß, daß ich die Sache nicht nachprüfen durfte, um nicht als Alleinschuldige dazustehen, es müsse sich alles im Herzen abspielen, zwischen ihm und mir, aber nur zwischen meinem Herzen und seinem, ohne daß ein Wort ausgesprochen werde. Ich zog einen engen Minirock und den gestreiften Pullover an, kämmte meine Haare und betrachtete mich im Spiegel, die Schwellung meiner Nase war kaum zu sehen, sogar meiner Mutter war nichts aufgefallen, und mir kam es vor, als sei jetzt alles gut, als würde ich zurechtkommen, und nur ab und zu spürte ich einen Stich der Sehnsucht nach dem Gesicht, das sich vor mir verborgen hatte, und ich bedauerte, daß mir heute seine verschiedenen Gesichtsausdrücke entgangen waren, doch ich versuchte mich damit zu trösten, daß das nichts war im Vergleich zu dem, was mir sonst noch alles entgehen würde, denn meine Mutter hatte bestimmt recht, noch heute wird seine Freundin mit der Zigarettenspitze kommen, und wenn ich mir nicht die Mühe mache, mich in Erinnerung zu bringen, wird er mich noch vor dem Ende der dreißig Trauertage vergessen haben.

Darauf machte ich mich zurecht, mit einer geheimen Begeisterung, wie ein Mädchen, das als Babysitter arbeitet und heimlich den Lippenstift der Hausherrin benutzt, die ganze Zeit hatte ich das Gefühl, die Sachen zu stehlen, obwohl alles mir gehörte, das Make-up, das mein Gesicht bräunte und die Fältchen abdeckte, der Eyeliner, der die Form meiner Augen unterstrich, die Wimperntusche, die meine Wimpern schwärzer und länger machte, der blaue Lidschatten, der meine Augen betonte, das Rouge, das meine Wangenknochen hervorhob, und der purpurrote glänzende Lippenstift. Ich schminkte mich heimlich, mit großem Vergnügen, schon seit Jahren hatte ich mich nicht mehr so vollendet zurechtgemacht, und schließlich war ich so schön und strahlend, als wäre ich eine andere, und ich lachte über mich, daß ich es ausgerechnet jetzt für richtig hielt, mich zu schminken, wo ich nach Hause gekommen war, nicht vor dem Ausgehen, das entsprach wirklich nicht der normalen Art. Ich überlegte, wie schade es doch wäre, meine ganze Schönheit an die gelblichen Wände zu vergeuden, ich sollte lieber aus dem Haus gehen, vielleicht zu Jonis Büro, um herauszufinden, was er gestern meinen Eltern erzählt hatte, doch dann zögerte ich, wenn er Verdacht geschöpft hatte, würde ihn jedes außergewöhnliche Verhalten darin bestärken, also beschloß ich, zur Universität zu fahren, um die Sekretärin zu verblüffen und den Dekan zu umgarnen, aber nach einer Sekunde kam mir das töricht vor, wie schade wäre es doch, die ganze Schönheit mit einem falschen Lächeln zu zerstören, und ich legte mich erst einmal aufs Bett, um nachzudenken, nichts erschien mir festlich genug für mich, und schließlich schlief ich ein, bevor ich mich entscheiden konnte, was dümmer war, sich fürs Bett zu schminken, so wie ich, oder wie die alten Ägypter fürs Grab.

Ich wachte auf, als eine Tür zuknallte, und sprang erschrocken vom Bett hoch, mein Herz brachte meinen ganzen Körper zum Zittern mit seinen Schlägen, vor lauter Angst, er habe mich verlassen. So war ich als Kind aufgewacht, wenn mein Vater nach einem Streit die Tür zuknallte, immer mit einem pochenden Herzen und mit der Angst, er würde nicht mehr zurückkommen, daß ich die letzte Gelegenheit verpaßt hatte, ihn noch einmal zu sehen, ihn zu überreden, hierzubleiben, und ich lief aus dem Zimmer, in dem engen Rock und mit meinem geschminkten Gesicht. Alles zeugte von Jonis Anwesenheit, der Geruch seines After-shaves, der Mantel über dem Stuhl, die Tasche auf dem Boden, aber er selbst war nicht da, und ich verfluchte mich, weil ich ihn so hatte gehen lassen, und was würde ich jetzt tun, bis er zurückkam, wenn überhaupt, und ich rannte ins Bad, um nach seinem Rasierzeug und seiner Zahnbürste zu schauen, sie waren noch da, und ich beruhigte mich ein wenig, obwohl man natürlich alles zweimal kaufen konnte, wenn man wirklich auf Betrug aus war.

Ich lief durch die Wohnung und prüfte, ob außer Joni selbst irgend etwas fehlte, und als ich in die Küche kam, entdeckte ich, daß der Mülleimer nicht da war, und wie eine Idiotin sagte ich mir, Joni und der Mülleimer fehlen, was bedeutet das? Und plötzlich tauchten sie in der Tür auf, Joni und der Mülleimer, den ich morgens hatte leeren wollen, es dann aber vergessen hatte, und er betrachtete mich erstaunt und sagte, wo warst du? Und ich sagte, im Bett, ich habe geschlafen, und er fragte zweifelnd, so geschminkt, wie du bist? Und ich dachte, ausgerechnet wenn ich die Wahrheit sage, glaubt er mir nicht. Ich wollte mir schnell eine kleine Lüge ausdenken, die sich glaubwürdiger anhörte als die Wahrheit, aber mir fiel nichts ein, also drehte ich mich um und ging zum Spiegel, und dort sah ich zu meinem Entsetzen, daß die Wimperntusche verschmiert und zu großen schwarzen Ringen um meine Augen geworden war, bis hinunter zum Rouge, und der Lippenstift war auf der einen Hälfte des Mundes abgewischt, hatte sich aber auf der anderen aggressiv und glänzend gehalten, ich sah wirklich aus, als käme ich gerade von einer wilden Fickerei, und ich murmelte gekränkt, ich habe mich wirklich zum Ausgehen zurechtgemacht, und dann bin ich eingeschlafen, doch er fragte mißtrauisch, wohin wolltest du gehen?

Ich fing an, mir das Gesicht zu waschen, versuchte, sein Mißtrauen mit heißem Wasser zu entfernen, wie konnte etwas, was so schön gewesen war, auf einmal so häßlich sein, denn eigentlich hatte ich mich für ihn geschminkt, um schön zu sein, wenn er zurückkam, um mit einem zurechtgemachten Gesicht auf die Nachricht zu warten, die er mitbringen würde, aber auch das hörte sich an, als hätte ich es mir aus den Fingern gesogen. Ich fuhr mit einem nassen Wattebausch über alle Stellen, die plötzlich so häßlich waren und nun ganz rot wurden von der Schrubberei, ich konnte wirklich sehen, wie mein Gesicht anfing, alt zu werden, der Wattebausch nahm alle Farben auf, die vorher mich bedeckt hatten, Schwarz und Braun und Rot und Hellblau, und die ganze Zeit starrte Joni mich erwartungsvoll an, kratzte sich mit dem Finger an seiner Stupsnase, wartete darauf, daß ich fertig würde, und ich hatte Angst davor, fertig zu werden, ich rieb mir wieder und wieder das Gesicht, das nun blaß und fade aussah, und schließlich sagte er ungeduldig, es reicht schon mit diesem Getue, und ich machte den Wasserhahn zu und sagte, also was wollen wir tun, als gäbe es nichts anderes zu tun, als vor dem Spiegel zu stehen, sich zu schminken oder abzuschminken, und er sagte, wir werden in die Flitterwochen fahren, schließlich haben wir das noch nicht gemacht.

Wir hatten wirklich keine Hochzeitsreise gemacht, aber mich hatte das nicht besonders gestört, ich hatte dieses Versäumnis sogar begrüßt, um mir das Gefühl zu bewahren, daß dies keine wirkliche Hochzeit war, zumindest nicht meine, und der Beweis war, daß wir nicht in die Flitterwochen gefahren waren, und ich hatte vor, mir das für meine richtige Hochzeit aufzuheben, und vorsichtig sagte ich, wohin fahren wir, um zu prüfen, ob er es ernst meinte oder ob es irgendeine seltsame Art war, mir einen Hinweis auf etwas zu geben, und er sagte, nach Istanbul, morgen früh, ich habe schon alles organisiert, deine Eltern haben mir mit Geld geholfen, du brauchst nur noch zu packen. Er sprach mit dem Stolz eines Vorzugsschülers, der alle Aufgaben richtig erledigt hat und nun ein Lob erwartet, und ich lobte ihn wirklich, denn ich freute mich sehr, daß dies das Geheimnis war, nichts anderes, ich spürte die Erleichterung im ganzen Körper, ich küßte ihn und sagte, ich glaube es nicht, wie ist dir das eingefallen, wieso habe ich nichts gemerkt, und einen Moment lang liebte ich meinen Vater und sogar meine Mutter, mir kam es wie ein Familienprojekt vor, verspätete Flitterwochen, fünf Jahre nach der Hochzeit, und fast hätte ich vorgeschlagen, daß meine Eltern mitkommen und dort auf uns aufpassen sollten, denn plötzlich bekam ich Angst vor Istanbul.

Ich stellte mir die Stadt wie einen riesigen, bunten, lärmenden Markt vor, in den man leicht hinein-, aber nur schwer wieder herauskam, und bestimmt wimmelte es dort von bedauernswerten Paaren, die in ihren Flitterwochen hierhergekommen waren und den Rückweg nicht hatten finden können, sie sind hungrig und erschöpft, alle orientalischen Delikatessen sind vor ihren Augen ausgebreitet, aber sie haben kein Geld, Tage und Wochen in diesem riesigen, unendlichen Irrgarten, und niemand versteht ihre Sprache, einer deutet nach Osten, der andere nach Westen, wieder ein anderer nach Norden und noch ein anderer nach Süden, und alles sieht gleich aus, es gibt keine Wegweiser, und die Verkaufsstände sind nicht zu unterscheiden, der Himmel ändert sich nie, überall Türme von Moscheen, die zu Kirchen geworden sind, oder umgekehrt, und die Paare, die sich aufgeregt und verliebt auf den Weg gemacht hatten, weinen vor Haß einer am Hals des anderen, denn jeder ist im Innersten seines Herzens davon überzeugt, daß der andere schuld ist. Sie sagt sich, wenn ich einen fähigeren Mann hätte, hätte er mich schon längst von hier weggebracht, und er sagt sich, bestimmt weiß sie den Weg und sagt mir absichtlich nichts davon, sie stellt mich auf die Probe, ich soll ihr beweisen, was ich kann, und ihre Heimat scheint sich immer weiter zu entfernen, und ich sah Joni entsetzt an und sagte, vielleicht sollten wir doch lieber anderswohin fahren.

Aber gleich darauf dachte ich, so gesehen sind alle Orte gleich, und wer es nicht aushält, soll zu Hause bleiben. Komm, machen wir Flitterwochen zu Hause, sagte ich mit meiner verführerischsten Stimme, wir gehen eine ganze Woche nicht aus dem Haus, wie am Anfang, wir gehen in den Zimmern spazieren, wir sind die ganze Zeit zusammen, aber er lächelte enttäuscht und fragte, warum, wo liegt das Problem, und mit weinerlicher Stimme sagte ich, ich habe Angst, daß wir auf dem Markt von Istanbul verlorengehen, und er umarmte mich, wie man ein zurückgebliebenes Kind umarmt, meine Angst weckte seelische Kräfte in ihm, und er sagte, mach dir keine Sorgen, ich lerne schon seit einem Monat alles über die Stadt, und wedelte mit einem bunten Reiseführer, den er aus der Hosentasche gezogen hatte. Doch ich gab nicht so schnell nach und sagte, aber woher weiß man, ob man diesem Führer glauben darf? Vielleicht ist er Teil einer Täuschung? Hast du schon von jemandem gehört, der mit diesem Reiseführer losgefahren und heil zurückgekommen ist? Und Joni wedelte weiter in meine Richtung, als wollte er eine Fliege verscheuchen, wie immer überzeugt, daß ich eigentlich nur Spaß machte, und sagte, die Leute fahren ständig fort und kommen heil wieder zurück.

Er stieg zum Stauraum hinauf und warf den Koffer herunter, den wir zur Hochzeit bekommen hatten, er fiel mir direkt auf die Füße, das tat weh, aber ich sagte kein Wort, um nichts kaputtzumachen, ich befreite den Koffer vom Staub und begann dann, im Schrank zu wühlen, und ich fragte, ob es dort kalt oder warm wäre, und er sagte, ungefähr wie hier, ein bißchen kälter, und ich entdeckte in der Schublade das fleischfarbene sexy Nachthemd, das ich mal gekauft hatte, und einige durchsichtige Unterhosen und besondere Strumpfbänder, die vergessen im Schrank herumlagen, und stopfte sie in den großen Koffer, vielleicht würden die byzantinischen Nächte ja die Lust wecken und den Zauber zulassen, den zu hegen und zu pflegen wir nicht geschafft hatten, und als ich einige Pullis herauszog, entdeckte ich noch andere Schätze, die ich unbewußt für eine passende Gelegenheit dort versteckt hatte, schwarze Unterwäsche, Netzstrumpfhosen, Kniestrümpfe aus durchsichtiger schwarzer Seide und gewagte Büstenhalter, und auch sie stopfte ich in den Koffer, als wolle ich dort, in Istanbul, mindestens als Luxushure arbeiten, und ich lachte, als ich Joni sah, der ernsthaft und bemüht seine Flanellhemden zusammenlegte, die noch aus seiner Armeezeit stammten, kariert, in fröhlichen Farben, und ich dachte, wie ich ihn dort im Hotel mit all meinen Kostümen überraschen werde, wie froh er sein wird und wie ich mich über seine Freude freuen werde, in Räumen, die mich an nichts erinnern, zwischen allen möglichen Leuten, die ich nicht kenne und die mich nicht kennen, und so wird er, mein lieber Joni, vielleicht vergessen, daß er mich, statt sich von mir zu trennen, zu Flitterwochen eingeladen hat. Warum sollten wir nicht glücklich sein?

Einen Moment lang hatte ich das Gefühl, uns beiden zuzusehen, von der Seite, als würde ein Film über uns gedreht, ein Anblick, der einen neidisch machen konnte, dieses Packen für die Flitterwochen, unsere Jugend, wie jung er aussah gegen Arie, er hatte kein einziges graues Haar, man würde sagen können, daß wir wirklich ein Leben führten, wie wir es wollten, und zusammen würden wir wachsen, wie alle, wie die meisten zumindest, wir würden ein Kind bekommen, ein zweites, wir würden zwei Karrieren und zwei Einkommen haben und wie alle anderen unsere Probleme überwinden, uns wie alle anderen mit dem abfinden, was uns fehlt, und das wichtigste war, daß man sich immer auf ihn verlassen konnte, sich auf ihn stützen, ohne ihn zu zerbrechen, daß man sich sicher fühlen konnte.

Vor lauter Glück setzte ich mich in den Koffer, streckte mich auf meinen gewagten Kleidungsstücken aus, dehnte die Arme, als sei ich gerade aufgewacht, und sagte, komm, ich will dich, und ich wollte ihn nicht wirklich, aber es war auch keine richtige Lüge, denn ich wollte wollen, und ich dachte, wenn ich ihn davon überzeuge, überzeuge ich auch mich selber, und als ich merkte, daß er nicht kapierte, streckte ich ihm aus dem Koffer die Arme entgegen, und er beugte sich überrascht zu mir und sagte, vielleicht essen wir erst, ich sterbe vor Hunger. Sein Bauch sah von unten dick und schwankend aus, obwohl er leer war, und ein bißchen ekelte ich mich vor ihm, aber ich beschloß, es weiter zu versuchen, und bedeckte mein Gesicht mit einem Strumpf oder einer Unterhose, das war schwer zu unterscheiden, und sagte verführerisch, das Essen läuft dir nicht weg, aber ich, und er lachte, als wäre das ein Witz, er begriff die Drohung nicht und sagte, der Lebensmittelladen macht gleich zu, und wir haben noch nicht mal Brot, ich laufe schnell hin, du kannst im Koffer auf mich warten.

Bevor ich protestieren konnte, war er schon draußen, und ich stand sofort auf, warum sollte ich im Koffer auf ihn warten, was bildete er sich ein, war ich etwa eine Gummipuppe, und es reichte mir nicht, daß ich aus dem Koffer aufstand, ich begann auch die Sachen wieder auszupacken, die ich so begeistert eingepackt hatte, so nutzlos kam mir jetzt alles vor, überall verstreut lagen sie nun im Zimmer herum, kostbare Spitzen auf unseren alten, abgenutzten Möbeln, und dann sah ich ihn hinter mir, wie er ruhig hereinkam, mit leeren Händen, und ich fragte, was, haben sie schon zu, und er sagte, nein, ich war gar nicht dort, mir wurde klar, daß ich dich vielleicht gekränkt habe, deshalb bin ich zurückgekommen, und seine Stimme klang jämmerlich, leblos, ohne jede Freude. Ich versuchte mich zu erinnern, ob er auch so gewesen war, bevor wir uns getroffen hatten, oder ob er meinetwegen so geworden war, aber wie konnte ich das wissen, schließlich hatte ich ihn nicht gekannt, bevor wir uns trafen, und als ich ihn das erste Mal sah, zum Beispiel, hatte er eine traurige Stimme, und damals dachte ich, das sei wegen des Todes seiner Mutter, aber damals war seine Stimme traurig, und jetzt war sie jämmerlich, und Jämmerlichkeit war schlimmer als Traurigkeit, und ich dachte, was sollen wir jetzt machen, alles zurück in den Koffer packen? Selbst hineinsteigen? Nie wieder herauskommen?

Ich bemühte mich um einen leichten Ton und sagte, nicht schlimm, vielleicht sollten wir wirklich vorher etwas essen, und er, überrascht, daß ich kein Theater machte, lief wieder hinaus, kam aber gleich wieder und sagte noch jämmerlicher, sie haben gerade geschlossen, und ich hatte Lust, ihn zu verhauen, richtig eine Tracht Prügel auf den Po, wie die Mutter von Herschele, aber ich entschied mich, den leichten Ton beizubehalten, und sagte, das ist nicht schlimm, wir haben Brot im Gefrierfach, schön, ich mache Schakschuka*, und inzwischen packte ich alles wieder in den Koffer, der dunkel und geöffnet aussah wie entblößte Schamteile, und machte ihn zu, sogar mit dem Reißverschluß.

Beim Essen stellte ich ihm alle möglichen Fragen, warum ausgerechnet Istanbul und wie lange er diese Überraschung schon vorbereitet habe und so weiter, wie eine berufsmäßige Journalistin, die immer so tun muß, als wäre sie persönlich

---

* ein Essen aus Tomaten, Eiern und Gewürzen, in der Pfanne zubereitet

an allem interessiert, und er antwortete ausführlich und gutwillig, sprach mit vollem Mund, und ich versuchte ihn zu ermuntern und sagte mir, das ist dein Leben, es könnte viel schlimmer sein, aber ich hatte das Gefühl zu versinken, und er beschrieb übertrieben genau sein inneres Schwanken zwischen Istanbul und Prag und wie er in dem Moment, als er sich für Istanbul entschied, gewußt hatte, daß dies die richtige Entscheidung war, obwohl er zuvor eigentlich mehr zu Prag geneigt hatte, aber er hatte gedacht, mich würden die Basare begeistern, die Lederkleidung, und je länger er sprach, um so gereizter wurde ich, denn ich hätte Prag vorgezogen, und warum hatte mich niemand gefragt? Immer war ich neidisch auf die Frauen gewesen, die von ihren Ehemännern mit solchen Geschenken überrascht wurden, aber jetzt erlebte ich, wie autoritär das war, wie rücksichtslos, denn ich zum Beispiel hätte lieber das alte, edle Prag besichtigt, und ich wäre lieber zu einem anderen Zeitpunkt gefahren, nicht gerade jetzt, wo ich zum Beispiel Beileidsbesuche machen mußte, und ich fühlte, wie die Übelkeit wieder in mir aufstieg, und ging zur Toilette, und dann wusch ich mir vor dem kleinen Spiegel das Gesicht mit kaltem Wasser, wie oft war es möglich, das Leben neu anzufangen, wieviel konnte man ausprobieren?

Ich ging zu ihm zurück, er war erschrocken, wegen meines nassen Gesichts glaubte er, ich hätte geweint, und er fragte, habe ich etwas gesagt, was dich verletzt hat? Es tut mir leid, Wühlmäuschen, ich gebe mir solche Mühe, und nichts mache ich richtig, und ich wollte zu ihm sagen, dann gib dir doch weniger Mühe und denke mehr nach, aber ich wußte selbst, daß das nicht stimmte. Wahrscheinlich stimmte es nicht, was würde es schon bringen, wenn er mehr nachdachte, was ihm fehlte, war nicht, mehr nachzudenken, sondern anders zu sein, und vielleicht würde auch das nicht reichen, denn ich war es, die anders sein müßte, aber wie stellte man so etwas an? Vielleicht würde es mir in Istanbul gelingen, ich würde anders sein, und er würde anders sein, das Leben würde anders sein, und plötzlich kam mir diese Reise wie eine Aufgabe vor, keine Vergnügungsreise, sondern eine Strafe, eine Reise, die schmiedet und zusammenschweißt, und ich empfand, wie vor dem Eintritt in die Armee, ein Gefühl von Angst und Stolz, und mit aufrechtem Rücken und energischen Schritten, links, rechts, links, rechts, räumte ich den Tisch ab. Er beobachtete mich gespannt, folgte wie immer jeder meiner Bewegungen, und dann sagte er, er gehe jetzt unter die Dusche, und seine Stimme klang feierlich und bedeutungsvoll, als tue er es meinetwegen, du kannst neben mir sitzen, wie früher, und ich erinnerte mich, daß ich früher, als wir noch Hoffnung hatten, oft auf dem Klodeckel gesessen hatte, während er duschte, wir unterhielten uns, einfache Gespräche, was war da und was war dort, das waren die Tage unserer Liebe, dachte ich, und wenn er stirbt, wird es das sein, wonach ich mich zurücksehne, nur das, nicht wirklich nach ihm, sondern nach dieser Nähe, und ich versuchte mich zu erinnern, wie seine Stimme vor dem Hintergrund des rauschenden Wassers geklungen hatte, ob sie leblos und ohne Freude war, und ich dachte, nein, damals hatte er eine schöne, lebendige Stimme, eine Stimme voller Hoffnung, aber wie lange konnte man hoffen?

Im Badezimmer roch es gut, und ich lächelte bei dem Gedanken, daß ich seit neuestem viel Zeit damit verbrachte, Männern beim Duschen zuzuschauen, ich konnte ja eine Art Duschbegleiterin werden, und er zog den Vorhang zurück und lächelte mich an, und seine Locken wurden im Wasser lang und gerade, und er sagte, ich glaube, das Telefon klingelt, geh doch hin, und ich sagte, ist doch egal, laß es klingeln, und er sagte, das ist bestimmt mein Vater, der sich verabschieden will, und ich ging in das trockene, kalte Zimmer, und das Telefon klingelte unaufhörlich, und ich hatte keine Lust, den Hörer aufzunehmen, aber am Schluß tat ich es doch, und ich hörte die heisere, verrauchte Stimme, die geliebte, die gehaßte, die brennende, die verlockende Stimme, und er sagte, Ja'ara. Ich sagte absichtlich nichts, denn ich wollte ihn noch einmal meinen Namen aussprechen hören, ich wunderte mich sogar, daß er sich an ihn erinnerte, und war ein bißchen stolz darauf, Ja'ara, und ich sagte, ja, Arie, und er sagte, ich dachte, du bist jetzt hier, und ich hörte, wie mein Blut stockte, wie es vor Freude und vor Trauer nicht mehr strömte, und ich fragte, bist du allein, obwohl ich im Hintergrund viele Stimmen hörte, und er sagte, in einem gewissen Sinn bin ich allein, und ich fragte, wann fahren die wieder weg, und er sagte, bald, am Abend, und er zögerte einen Moment und fragte, kommst du heute nacht zu mir? Und ich sagte langsam, die Worte taten mir im Mund weh, willst du wirklich, daß ich komme? Und er sagte, ja, und da sagte ich, gut, ich werde es versuchen, und legte auf.

Zitternd stand ich neben dem Telefon und dachte, wie kann er es wagen, wie kann er es wagen, mir mit seiner Trauer meine Flitterwochen zu zerstören, und dann dachte ich, er hat keine Schuld, er will nur mich, das ist es doch, worauf ich gewartet habe, vom ersten Moment an, als ich ihn an der Tür meiner Eltern stehen sah, aber dann fiel mir sofort ein, was meine Mutter gesagt hatte, oder vielleicht war es Tirza, es wird keine Woche dauern, da kommt eine andere zu ihm, und vielleicht war es nur Zufall, daß ich es war, vielleicht wollte keine andere, und wenn ich diese Nacht zu ihm ging, was würde dann mit Joni und unseren Flitterwochen sein, und wenn ich nicht ging, was würde dann mit mir sein?

Angespannt und verwirrt kehrte ich ins Badezimmer zurück, versteckte mich hinter dem dichten Dunst, ließ mich auf den Klodeckel sinken, und wie im Traum hörte ich seine Stimme, die von weit weg kam, aus einem tiefen Brunnen, wer war es, fragte er, und ich sagte, ach, nicht wichtig, ich hatte nicht die Kraft, mir etwas auszudenken, und ich dachte, jetzt kommt der Tag des großen, furchtbaren Gerichts, der Tag, dem man sich unterwerfen muß. Ist etwas passiert, fragte er, mit einer feuchten, klaren Stimme, und ich sagte, nichts, nein, es ist nichts passiert, und ich dachte an dieses beschissene Leben, beschissen ist gar kein Ausdruck, denn wenn es einem schon mal zwei Geschenke anbietet, dann muß natürlich eines auf Kosten des anderen gehen.

Und was ist, wenn ich in seiner Trauer bei ihm sein, aber auch nach Istanbul fahren will, warum muß ich wählen, ich hatte nicht gedacht, daß es so schnell kommen würde, ich hatte nicht geglaubt, daß es überhaupt kommen würde, und jetzt war ich nicht vorbereitet, ich war unfähig, mich zu entscheiden. Aber in diesem Fall war auch das Nichtentscheiden eine Entscheidung, denn wenn ich den ersten Moment verpaßte, in dem er mich wirklich brauchte, würde ich ihn vielleicht für immer verpassen, nie wieder würde ich seine rauhe Stimme so weich klingen hören, Ja'ara, hatte er gesagt, Ja'ara, komm heute nacht zu mir.

Ich dachte an all die Tage, die vergangen waren, seit ich ihn das erste Mal gesehen hatte, wie ich ihn auf den Straßen und in den Geschäften gesucht hatte, wie ich ihn gewollt hatte und wie ich wollte, daß er mich wollte, und nun war es soweit, was spielte es für eine Rolle, warum und wie, Hauptsache, er wollte mich jetzt, und Joni sagte, Handtuch, und ich ging hinaus und stand vor dem Schrank und wußte nicht mehr, was ich eigentlich suchte, ich überflog alle Fächer und hoffte, es würde mir wieder einfallen, ein Fach nach dem

anderen betrachtete ich, als würde ich mich von allen verabschieden, und mir fiel ein, wie wir den Schrank selbst
zusammengebaut hatten, und deshalb war er schief, immer
wieder sagte Joni, wir müßten ihn eigentlich auseinandernehmen und neu zusammensetzen, und ich spottete dann
regelmäßig, das ist es, was dir Kummer macht, und er sagte,
dich müßte man auch auseinandernehmen und neu zusammensetzen, du bist auch schief, und da kam er von hinten,
nackt und tropfend, und sagte wütend, was ist mit dir, wo
bleibt mein Handtuch, und ich murmelte, Entschuldigung,
ich suche das Fach mit den Handtüchern, und er stieß mich
fast grob zur Seite und sagte, da ist es doch, vor deinen Augen, was hast du denn, und er nahm sich ein Handtuch, aber
auch er schien vergessen zu haben, was er damit hatte tun
wollen, und stand nackt und tropfend mit dem Handtuch in
der Hand da.

Ich betrachtete seinen Körper, ein Fach nach dem anderen,
er kam mir wie ein Schrank vor, auf jeden Körperteil hatte
ich etwas anderes geräumt, ich fing unten an, bei seinen fla-
chen großen Fußsohlen, darüber die erstaunlich schmalen
Knöchel, erst jetzt bemerkte ich mit Bedauern ihre Zer-
brechlichkeit, und über ihnen erstreckten sich weiße Beine,
die nach oben immer dicker wurden, mit dunklen Haaren,
mit rötlichen rauhen Knien, mit weichen Schenkeln, und
dann ein breites Becken, und zwischen den Schenkeln die
dünnen schwarzen Schamhaare, ein faltiger Hodensack und
ein rosafarbenes Glied, ein bißchen zur Seite hängend, dann
die hohen Hüften und der kleine eingefallene Bauch, eine
helle Brust und leicht hängende Schultern, die in kräftige
braune Oberarme übergingen, Arme, als seien sie wie bei
einer Collage an den weißlichen Körper geklebt worden, die
aussahen wie besonders gelungene Prothesen, eine Nach-
ahmung, die das Original übertraf, und von denen ich mir

immer vorgestellt hatte, wie sie einmal unser Kind halten würden.

Erst als ich zum Hals kam, fing er an, sich abzutrocknen, langsam, als wolle er mir die Gelegenheit geben, sich von seiner Nacktheit zu verabschieden, ihn selbst würde ich vielleicht wiedersehen, aber seine Nacktheit nicht, und dann nahm er eine weiße Unterhose und ein weißes Trikothemd aus dem Schrank, zog sie an und schlüpfte ins Bett, und ich stand in der kleinen Pfütze, die er zurückgelassen hatte, und wußte nicht, was ich sagen sollte, alles war plötzlich auseinandergefallen, und ich hatte keine Ahnung, wie man es wieder zusammensetzte.

Er nahm den Wecker aus der Schublade und sagte, du solltest fertigpacken, wir müssen um sieben am Flughafen sein, und ich nahm alle möglichen Sachen aus dem Schrank, ohne darauf zu achten, was es war, und stopfte sie in den Koffer, und ich nahm meine Cremes und mein Make-up, das Buch, das neben dem Bett lag, Schuhe, Sandalen, und er lachte, bis zum Sommer sind wir wieder hier, nimm lieber die Stiefel, also stopfte ich die Stiefel hinein, ohne die Sandalen herauszunehmen, und dann hörte ich das Telefon wieder klingeln und dachte, vielleicht tut es Arie schon leid, einen Moment lang hoffte ich sogar, er sei es, denn wenn er die Sache bereute, dann besser jetzt, wo noch etwas zu retten war, aber es waren meine Eltern, und meine Mutter rief ins Telefon, nun, wie ist die Überraschung, die wir für dich vorbereitet haben? Und ich sagte, vielen Dank, Mama, das ist nichts gegen die Überraschung, die ich euch bereiten werde, und meine Mutter lachte, dann fragte sie mißtrauisch, was meinst du damit? Und ich sagte, gar nichts, ich hoffe, daß ich es euch einmal vergelten kann, und sie sagte, laß nur, wir freuen uns doch, wenn wir helfen können, Papa läßt dir auch eine gute Reise wünschen, und viele Küsse. Auf Zehenspitzen ging ich ins Schlafzimmer zurück, in der Hoffnung, er sei schon eingeschlafen, aber er lag auf der Seite, im Schein der schwachen Lampe, und las in seinem Reiseführer, auf seinem Kopf glänzten die feuchten Locken, und er sah mich mit Augen wie Honig an und sagte, es tut mir leid, daß ich dich vorhin gekränkt habe, das war wirklich dumm von mir, und ich sagte, laß doch, Joni, und stieg ins Bett und drehte mich auf die andere Seite. Ich fühlte seine Hände auf meinem Rücken, unentschieden, ob er mich streicheln oder zur Sicherheit massieren sollte, und das machte mich noch nervöser, schließlich war es mein Rücken, nicht seiner, warum faßte er ihn an, und ich sagte wie ein kleines Kind, mein Rücken gehört mir, und er schmiegte sich von hinten an mich und fragte, was hast du gesagt, und ich sagte, ich bin müde, Biber, und er sagte, dann schlaf, Wühlmäuschen, morgen segelst du zum anderen Ufer des Flusses.

Ich war es, die ihn an diesen Blödsinn gewöhnt hatte, mit den ausgedachten Tieren auf den Weiden am Fluß, so hatte ich mich mit meinen Freundinnen bei der Armee unterhalten und hatte ihn ziemlich schnell damit angesteckt, und ich sagte, was wird sein, Biber, ich habe Angst, und er sagte, es wird alles gut, Wühlmäuschen, mach dir keine Sorgen, ab morgen wird alles gut, aber seine Finger fuhren fort, mir überall auf dem Körper herumzustreichen, und das paßte so gar nicht zu unserem Kindergeplapper, als hätte man einen Pornofilm mit dem Ton von Pinocchio unterlegt, aber er hörte nicht auf, er legte mir eine Hand auf die Brust und die andere zwischen die Beine, versuchte, auf eine für ihn ungewöhnlich fordernde und aggressive Art, seine Finger hineinzuschieben, vermutlich glaubte er, die Einladung von vorhin sei noch gültig, doch das stimmte nicht, nein. Fast hätte ich ihn weggestoßen, doch dann sagte ich mir, was macht es dir schon aus, schließlich ist es das letzte Mal, und ich drehte mich um, spreizte die Beine und schob ihn hinein, und seine Berührung war glatt, wie von Gummi, auch wenn es nicht so war, hatte ich immer das Gefühl, als habe er ein Kondom übergestreift, und ich packte ihn sehr fest am Hintern, und die ganze Zeit sagte ich mir, als Gebet oder als Drohung, das ist das letzte Mal, das ist das letzte Mal, und er fragte, geht es dir gut, willst du noch? Und ich gab ihm keine Antwort, deshalb fragte er wieder, und das hörte sich mitten beim Ficken so schrill an, Wühlmäuschen, antworte doch, und mir traten die Tränen in die Augen, und ich schrie, ja, ja, und kniff ihn wütend in seinen dicken Arsch, und dann war er plötzlich fertig, mit einem langen Seufzer, mit dem traurigen Heulen eines Schakals, und er legte seinen Kopf auf meine Brust und drückte sich dankbar an mich.

Ich streichelte seine Locken und wartete darauf, daß er einschlief, das war die übliche Prozedur, aber er war in gesprächiger Laune und flüsterte, ich liebe es, dich so nah zu fühlen, und ich sagte, ich auch, was hätte ich schon sagen sollen, und er flüsterte, ich kann vor lauter Aufregung nicht einschlafen, ich glaube, morgen feiern wir unsere richtige Hochzeit, und ich sagte, das glaube ich auch, und er wartete einen Moment und fragte, in den Jahren, die wir zusammen sind, warst du schon mal mit einem anderen so? Und ich fühlte, wie eine Welle in mir aufstieg und mich überschwemmte, das ist deine Gelegenheit, erzähl ihm alles, fang neu an, warum schonst du ihn die ganze Zeit, ihn und dich, aber ich war unfähig, ich sagte nur leise, nein, warum fragst du das, und er sagte, ich habe das Gefühl, daß du sehr viel für dich behältst, und er streichelte mir die Haare, es ist in Ordnung, Ja'ara, ich bin nicht der Meinung, daß du mein Besitz bist oder so, ich möchte es nur wissen, das ist alles, und ich sagte, da gibt es nichts zu wissen, komm, schlafen wir, Biber, und er drehte sich um und machte das Licht aus und sagte, gute Nacht, Wühlmäuschen.

Ich wußte, daß ich diese Stimme nie wieder diese Worte aussprechen hören würde, und ich lag still in der Dunkelheit und versuchte, mich zu beruhigen, versprach mir, es sei noch nicht zu spät, ich könnte in diesem warmen Bett bleiben, am nächsten Morgen zum Flughafen fahren, ein schafsgesichtiges Kind bekommen, und ich versuchte, mir Argumente dafür und dagegen zu überlegen, eine Gewinn- und Verlustrechnung, bis mir der Kopf platzte vor lauter Tabellen. Ich beschloß, wenn ich einschlafen würde, sei das ein Zeichen dafür, daß ich bleiben, und wenn ich nicht einschlafen würde, ein Zeichen, daß ich gehen solle. Und ich bemühte mich, an angenehme Dinge zu denken, um einzuschlafen, aber ich fühlte innerlich heftige Schläge, als hätte ich ein wildes Pferd im Bauch, und die Schläge schmerzten immer mehr, als wäre es eine ganze Herde wilder Pferde, jede Sekunde wurde noch eins geboren, Pferde der Finsternis, der Totenwelt, des Blutes, des Nebels standen auf feurigen Weiden und grasten. Ich konnte nicht länger liegenbleiben, also stand ich leise auf und ging zum Badezimmer, wusch mich schnell mit kaltem Wasser und ging ins Zimmer zurück, um mich zu überzeugen, daß er schlief, seine Atemzüge waren ruhig und gleichmäßig, ich stand da und betrachtete ihn voller Mitleid und Angst, wie man ein krankes schlafendes Kind betrachtet, und dann trug ich leise den Koffer ins Wohnzimmer, und dort zog ich mich im Dunkeln an, zufällige Teile, die ich aus dem Koffer nahm, und an der Tür blieb ich stehen und suchte ein Blatt Papier und einen Bleistift, ich wünschte, ich könnte mit dir in die Flitterwochen fahren, schrieb ich.

9 Die Nacht war anders, als ich sie mir vorgestellt hatte, anders als sie vom Bett aus ausgesehen hatte, weniger dunkel, weniger bitter, man konnte schon das nahende Ende des Winters spüren, und ich überlegte, wo mich der Frühling wohl finden würde, wo der Sommer, und zog auf dem verhaßten Weg den Koffer hinter mir her, der prall war von Büstenhaltern und Strumpfbändern, Strumpfhosen und Slips. Einige Taxis hielten neben mir, aber ich zog es vor, zu gehen, schwitzend, trotz der Kälte, ich wollte jetzt nicht in irgendein Gespräch verwickelt werden, ich wollte nur langsam vorwärtskommen, mit einer Art privatem Siegesgefühl an den Geschäften, den Ampeln und den Verkehrsschildern vorbei, und den Spalierstehenden ernst zunicken, aber ständig blickte ich mich um, ob ich nicht verfolgt wurde, und mir schien es, als hörte ich ihn flüstern, Wühlmäuschen, komm zu mir zurück, komm zurück. Warum flüsterte er, wenn er wollte, daß ich ihn höre, warum schrie er nicht, ein Flüstern, das immer leiser wurde, ich mußte stehenbleiben und mich bücken, um es aus der Erde hervordringen zu hören, wie das Flüstern von Opfern eines Einsturzes, bis man zu ihnen gelangt, sind sie schon tot.

Ich setzte mich auf den schmalen Gehweg, überwältigt von Traurigkeit, und dachte, noch ist es nicht zu spät, ich kann zurückgehen, bestimmt schläft er jetzt, ich kann schnell zurückgehen, mich ausziehen und ins Bett legen, als wäre ich nie aufgestanden, Arie hat sicher bereits vergessen, daß er mich eingeladen hat, und ich sah mich um, suchte nach einem Zeichen und dachte an einen Stern, der die Form eines Schwertes hatte und vor der Zerstörung des Tempels ein ganzes Jahr lang über Jerusalem geleuchtet hatte, weder im Sommer noch im Winter hatte er sich fortbewegt, und sogar am hellichten Tag konnte man ihn leuchten sehen, aber ich stand sofort auf und ging mit wilden Schritten weiter, ich konnte auf diese Gelegenheit nicht verzichten, und erst vor seiner Wohnungstür blieb ich stehen und lauschte schwer atmend auf die Geräusche um mich herum.

Aus der Wohnung gegenüber drang das Geschrei des Babys, auf das aufzupassen ich einmal angeboten hatte, bei Gelegenheit, aber in der Wohnung der Familie Even war es still, und ich klopfte leise, fast streichelte ich die Tür nur, die mir so vertraut war, vertrauter als sein Gesicht, das vor mir auftauchte, schwer und ernst, und er schloß die Tür schnell hinter mir ab und führte mich zum Schlafzimmer, das fast nicht mehr zu erkennen war, so sehr hatte es sich verändert, alles Medizinische war verschwunden, die Betten waren wieder zusammengerückt, die Bettbezüge trugen ein Blumenmuster, es gab große weiche Kissen, und an beiden Seiten standen kleine Kommoden aus Holz und darauf runde Bettlampen, und auf seiner Seite sah ich einen Aschenbecher voller Kippen und ein volles Glas, und auf der anderen Seite stand nichts auf der Kommode, als warte sie nur auf all meine Cremes. Wann hat er das geschafft, dachte ich, gestern noch sah dieser Raum aus wie eine Krankenstation, und jetzt ist er sauber und strahlend und anonym wie ein Hotelzimmer, genau so hatte ich mir das Zimmer in Istanbul vorgestellt, und einen Moment lang war ich wütend auf ihn, wie schnell hatte er ihre Spuren verwischt, und ich überlegte, wenn sie, die fast dreißig Jahre mit ihm zusammengelebt hatte, an einem Tag verschwunden war, wie schnell würde ich verschwinden, wenn ich, sagen wir mal, ein knappes Jahr mit ihm zusammengewesen wäre.

Wie hast du das geschafft, fragte ich ihn, und er sagte entschuldigend, ich habe nicht besonders aufgeräumt, ich habe nur den ursprünglichen Zustand wiederhergestellt, und ich blickte mich ängstlich um, eigentlich hatte ich mich im vorigen Ambiente wohler gefühlt, und ich stellte meinen Koffer auf den Boden und setzte mich darauf, als wäre ich auf einem Flughafen, und er betrachtete spöttisch meinen Koffer und sagte, was hast du uns mitgebracht, und ich, mit einem schiefen Lächeln, sagte, alle möglichen Überraschungen, denn plötzlich schämte ich mich, daß ich das Ding mitgeschleppt hatte, man lud mich für eine Nacht ein, und ich kam mit einem riesigen Koffer, wie Mary Poppins.

Zeig mal, sagte er und hob mich hoch, machte den Koffer auf und zog sofort einzelne Teile heraus, alles, was schwarz war, er prüfte jedes Stück und sagte schließlich, nicht schlecht, und dann fing er an zu lachen, es war so beschämend, ich setzte mich auf das Bett, legte den Kopf zwischen die Knie und fing fast an zu weinen, ich hoffte, daß er gleich anfangen würde zu husten, damit dieses Lachen aufhörte, und dann setzte er sich neben mich, legte mir den Arm um die Schulter und sagte, sei nicht beleidigt, ich lache nicht über dich, dein Koffer macht mir Spaß, ich bin bereit, mich zu verpflichten, daß du hier nicht wieder rausgehst, bevor wir nicht jedes einzelne dieser Kleidungsstücke benutzt haben, und er hob meinen Kopf, sah mich an und sagte, es ist gut, daß du mich zum Lachen bringst, schließlich ist es eine gute Tat, Trauernde zu trösten.

Du siehst nicht übermäßig traurig aus, sagte ich, und er fuhr mich aggressiv an, ich hasse es, wenn man mir vorschreibt, was ich fühlen soll, ich werde auf meine Art trauern und zu der Zeit, zu der ich will, mit vierzehn habe ich die Jeschiwa genau aus diesem Grund verlassen, deshalb wird man mich auch jetzt nicht überzeugen, hörst du? Mir wird niemand sagen, wann ich fröhlich und wann ich traurig sein soll, ich freue mich, deine Strumpfbänder zu sehen, ich bin froh, daß sie nicht länger leiden muß, das alles sagte er in einem Atemzug, und er sagte, mir tut der Preis leid, den du bezahlst, früher hat man immer gesagt, Liebe bekommt man umsonst, das ist der größte Blödsinn, den ich je gehört habe. Liebe umsonst? Für Liebe bezahlt man den höchsten Preis.

Und als er mit seiner Rede fertig war, die sich überzeugend, aber ein wenig abgenutzt angehört hatte, als habe er sie schon bei allen möglichen Gelegenheiten vorgetragen, stand er auf, zog seine gute Beerdigungshose aus und legte sich in der Unterhose auf das Bett, auf seine Seite, und stieß wieder dieses unangenehme Lachen aus und sagte, du siehst enttäuscht aus, Ja'ara, du bist wegen eines Ficks gekommen und erhältst statt dessen einen Vortrag, und ich legte mich aufs Bett, entspannte mich und sagte, wieso, ich höre dir gerne zu. Es war wirklich angenehm, wenn er mich ansprach, ausdrücklich mich, so warm und beruhigend, ich hatte schon immer gewußt, daß er so sein konnte, und ich dachte siegesbewußt, es lohnt sich, es lohnt sich, es ist keine Illusion, nicht sein distanziertes Schweigen zieht mich an, sondern das, was ich dahinter gehört habe, die starken, aufreizenden Worte, jedes einzelne Wort, das er gesagt hatte, erschien mir aufreizend, die Bewegung seiner Zunge im Mund erschien mir aufreizend, die Art, wie seine dunklen Lippen aufeinanderstießen, wie sie die Zigarette hielten, und er bot mir seine Zigarette an und sagte, paß auf, das ist keine gewöhnliche Zigarette, ich habe ein bißchen Trost reingetan.

Auf mich hat Haschisch keine Wirkung, sagte ich, denn ich hatte es schon ab und zu mal geraucht und war immer enttäuscht gewesen, weil es bei mir nichts bewirkt hatte, aber diesmal war es vielleicht ein anderer Stoff, oder ich war anders, denn plötzlich war ich voller Kraft, ich fühlte, daß ich genug Kraft hatte, seine braune duftende Haut zu lecken, von unten bis oben, und das tat ich, und ich hatte das Gefühl, als setze ich damit seine auseinandergefallenen Teile wieder zusammen, als wäre er ein einzigartiger archäologischer Fund und ich hätte all seine Teile gesammelt und würde sie jetzt mit meiner Spucke wieder zusammenkleben, und erst danach würde ich wissen, was daraus würde, und ich war neugierig zu erfahren, was herauskam, aber ich durfte vorläufig die Augen nicht öffnen, erst am Schluß.

Er lag bewegungslos wie eine Statue, manchmal hörte ich ihn lachen, aber das störte mich nicht, ich freute mich sogar für ihn, daß er Gründe hatte zu lachen, und so klebte ich ihm langsam, ganz langsam die langen schmalen Beine zusammen, und zwischen den Schenkeln den schönen Schwanz, der steif war wie nach einem langen Schlaf, dann wanderte ich weiter nach oben und war schon beinahe fertig, als ich keine Spucke mehr hatte, aber ich bemühte mich, denn ich wollte nicht mittendrin aufhören und ihn ohne Kopf oder Schultern lassen. Als ich meine Arbeit beendet hatte, betrachtete ich ihn voller Stolz, so schön war er geworden, ein Mensch, der neu erschaffen war, alles an der richtigen Stelle, und ich überlegte, ob Gott sich nach der Erschaffung Adams wohl so gefühlt hat, und es begeisterte mich, daß wir ein gemeinsames Erlebnis hatten, Gott und ich, und die ganze Zeit spürte ich, daß etwas bei mir unten verbrannte, also nahm ich seine Hand und sagte, fühl mal, wie heiß, wie ein Ofen, und er begann mich auszuziehen und sagte gespielt besorgt, man muß das Fieber senken, das ist gefährlich, und nahm einen Eiswürfel aus seinem Getränk, lutschte daran und legte ihn an die Öffnung und schob ihn langsam, langsam hinein, und ich zitterte vor Entzücken und spürte, wie das Eis in mir schmolz, und dachte, so habe ich dich schließlich auch zum Schmelzen gebracht, Geliebter, so habe ich dich am Schluß zum Schmelzen gebracht.

Inzwischen wühlte er ein wenig im Koffer, bis er ein kurzes Unterkleid fand, ganz aus Netz, und zog es mir an, wie man ein kleines Kind anzieht, auf den nackten Körper, und er nahm einen schwarzen Seidenstrumpf und band mir damit die Haare zusammen, als wäre es ein Gummi, und er küßte meinen nackt gewordenen Hals und meine Brüste, die das dünne Geflecht fast zerrissen, und die ganze Zeit hörte ich sein leises, füchsisches Lachen, oder vielleicht bildete ich es mir auch nur ein, oder ich war es, die lachte, ich hörte Füchse, die zwischen den Trümmern durch das heiligste Heiligtum streiften.

Das dünne Netz lag schwer wie Gitter auf mir, und das Bett schwankte hin und her, als läge ich in einem Boot auf den Wellen, ich schwankte so sehr, ein Boot, das Gefangene von einem Ort zum anderen bringt, seltsam, mitten im Meer gefangen zu sein, mitten in der größten Freiheit, aber ich sollte nicht in ein Gefängnis gebracht werden, sondern nach Istanbul, und dort würde man mich an den Palast des Sultans verkaufen, und ich würde den Palast nie mehr verlassen, bis in alle Ewigkeit würde er mit mir machen, was er wollte, und dann sah ich, wie er sich am Bettrand eine Zigarette anzündete, weit, weit entfernt von mir, und er fragte mit heiserer Stimme, willst du noch ein bißchen Trost? Und ich sagte ja, und er schaute mich mit einem weichen Blick an und sagte halb fragend, halb feststellend, du bist traurig, in einem sachlichen Ton, wie man fragt, hast du Wechselgeld, und ich rutschte näher zu ihm und legte meinen Kopf auf seine Knie und sagte, ja, ich trauere auch.

Er fragte nicht weiter, er hielt mir nur die Zigarette hin und sagte, ich habe viel hineingetan, und er streichelte mir über die Haare und fügte entschuldigend hinzu, ich weiß nicht, ob dieses Bett eine weitere Trauer aushält, und er stand plötzlich auf, und ich erschrak und fragte, wohin gehst du, und er flüsterte, pinkeln, und plötzlich fiel mir auf, daß wir beide flüsterten, vorsichtig, um niemanden aufzuwecken, und ich fragte, warum flüstern wir, und er sagte, wir flüstern nicht, ganz bestimmt nicht, du hast ein paar Schreie ausgestoßen, die vermutlich die Nachbarn aus dem Bett geworfen haben, und ich fragte beschämt, ist das schlimm? Statt einer Antwort hörte ich den Strahl seiner Pisse, monoton vor sich hin spritzend, und dann sagte er, mach dir keine Sorgen, sie glauben sicher, daß ich mir die Haare raufe und schreie.

Dann legte er sich wieder neben mich, und plötzlich packte er mich und setzte mich mit Gewalt auf sich, bewegte mich auf und ab, als wäre ich eine Stoffpuppe, auf und ab, nach oben und nach unten, gerade und krumm, gehalten und geworfen, groß und klein, und es tat mir weh wie bei meinem ersten Mal, wie damals zwischen den leeren Bierdosen und den Kohlen, aber diesmal war es mir nicht egal, ich liebte meine Unterwerfung, dieses Beherrschtwerden, das mir noch nicht einmal die Entscheidung überließ, ob ich meinen Hintern nach rechts oder links oder nach oben oder unten bewegen sollte, und ich hörte ihn sagen, schrei jetzt, Süße, damit alle hören, wie sehr du trauerst, und ich schrie, weil er es gesagt hatte, es war kein Wille, sondern eine Art Erkenntnis, daß ich alles, was er sagte, tun würde, und es störte mich nicht einmal, daß er mich Süße nannte, und aus meinen Trauerschreien, aus meiner völligen Selbstaufgabe, sprang plötzlich eine Welle von etwas Süßem, als würde man mich in einem Bett aus Honig versinken lassen, und auch seine Bewegungen in mir wurden weicher und wiegender, da, ich habe ein kleines Kind zwischen den Beinen, das schlafen gelegt wird, und so schlief ich einfach ein, wie die Frauen, die ich immer beneidet hatte, die fähig sind, neben allen möglichen Männern einzuschlafen, die ihnen nicht versprochen haben, sie immer zu lieben, und die trotzdem gut schlafen, und ich hatte das dumpfe Gefühl, in dieser Nacht etwas herausgefunden zu haben, das ich aufschreiben müßte, um es nicht zu vergessen, aber ich hatte keine Kraft, die Augen aufzumachen, und als ich aufwachte, wußte ich es schon nicht mehr.

Ich war allein in dem großen Zimmer, und mein Kopf tat mir weh, und sofort warf ich erschrocken einen Blick auf die Uhr, und es war neun, genau die Zeit, in der das Flugzeug startete, das glückliche Paare nach Istanbul brachte, und ich dachte, was hast du getan, was hast du getan, was hast du getan, und ich rief schnell zu Hause an, ich wollte nur seine Stimme hören, wissen, daß es ihm gutging, und wieder auflegen, aber niemand nahm ab, vermutlich war er allein in die Flitterwochen gefahren, und es brachte mich zum Lachen, daß wir unsere Flitterwochen getrennt voneinander verbrachten, bis mir einfiel, daß dies kein Witz war, sondern Wirklichkeit, aber ich konnte es schon nicht mehr ändern, ich konnte nicht das Flugzeug anrufen und sagen, es solle hier vorbeikommen und mich aus dem Bett holen, ich konnte nichts mehr tun, absolut nichts. Ich stand auf und sah, daß mein Netzgewand zerrissen war, und auf meinem Körper waren Zeichen von seinen Händen, und alle Muskeln taten mir weh wie nach einer erbarmungslosen Gymnastikstunde, und ich humpelte zum Badezimmer und duschte mit heißem Wasser, bis ich fast nicht mehr atmen konnte, und dann cremte ich mir den ganzen Körper ein und zog das hautfarbene Nachthemd an, und mehr als das schaffte ich nicht. Die Rolläden waren heruntergelassen, und ich wagte nicht, sie zu öffnen, niemand sollte sehen, daß sich hier eine Person versteckte, aus der Wohnung drangen dumpfe Geräusche an mein Ohr, ab und zu konnte ich seine heisere, beherrschte Stimme identifizieren, zwischen anderen Stimmen, meist weiblichen. Ich ging zur Tür, um besser zu hören, versuchte vorsichtig, sie einen schmalen Spalt breit zu öffnen, und da entdeckte ich, daß ich eingeschlossen war.

Ich lehnte mich an die Tür, kochend vor Wut und Scham, was bildete er sich ein? Daß er ein türkischer Sultan war? Mich in seinem Schlafzimmer einzuschließen, als wäre ich sein Eigentum, und wer konnte schon wissen, was sich in den anderen Zimmern abspielte, möglicherweise war in jedem Zimmer eine andere junge Frau eingeschlossen, die mit ihm seinen frischgebackenen Witwerstand feierte, im Wohnzimmer versammelten sich die Kondolenzbesucher und wischten sich Tränen aus den Augen, und im übrigen Haus war der Teufel los. Ausgerechnet ich, die es noch nicht einmal wagte, die Klotür abzuschließen, fand mich eingesperrt in seinem Schlafzimmer, abhängig von seiner Gnade, im wahrsten Sinne des Wortes, und wenn er mich vergaß, konnte ich hungrig und durstig bis mitten in der Nacht warten, und ich durfte noch nicht mal einen Ton von mir geben, damit niemand erfuhr, daß ich hier war, um nicht das Andenken der Verstorbenen und ihres Bettes zu entweihen.

Vor lauter Verzweiflung ging ich zurück zur Dusche, und dort trank ich Wasser aus dem Hahn und wusch mir das Gesicht, um mich zu beruhigen, und dann kroch ich wieder ins Bett und versuchte, alles mit anderen Augen zu sehen, was für eine Wahl hatte er eigentlich gehabt, er konnte mich schlecht von innen einschließen, es sei denn, er hätte mich geweckt, und vermutlich wollte er mich schlafen lassen, und die Tür offen zu lassen war auch unmöglich, es hätte gereicht, wenn die Mutter oder die Schwester hereingekommen wären, um ihre Mäntel irgendwohin zu legen oder um sich ein wenig auszuruhen, sie hätten mich sofort entdeckt, und bestimmt wartete er darauf, daß die Luft rein war, um mir etwas zu essen und zu trinken hereinzuschmuggeln, so wie ich damals Tante Tirza die Essensreste ihres ehemaligen Ehemanns und seiner neuen Frau ins Schlafzimmer geschmuggelt hatte. Ich versuchte herauszufinden, was draußen vor sich ging, und merkte zu meinem Leidwesen, daß der Lärm nur noch zunahm. Fast unaufhörlich ging die Tür auf und zu, und mir wurde klar, daß es nur eine geringe Aussicht darauf gab, daß er bald hereinkäme, und trotzdem fing ich plötzlich an zu zittern, als ich Schritte hörte, die näher kamen, und sah, wie sich die Klinke ein paarmal auf und ab bewegte, bis die Versuche enttäuscht aufgegeben wurden, und ich wurde rot vor Angst und Scham, was für ein Glück, daß ich eingeschlossen war, denn jeder, der pinkeln wollte, wenn die Gästetoilette besetzt war, würde versuchen, hier einzudringen, und trotzdem hätte ich es vorgezogen, der Schlüssel wäre bei mir und nicht bei ihm, so hätte ich hinausgehen und mich unter die anderen mischen können, als wäre ich ebenfalls nur jemand, der einen Beileidsbesuch macht, schließlich hatte ich als letzte mit ihr gesprochen, auch wenn niemand davon wußte, war es so, auch wenn es nicht hätte geschehen sollen, war es geschehen. Es hätte mir nichts ausgemacht, die Bewirtung zu übernehmen, oder mindestens das Servieren, ich hätte für alle Kaffee gekocht, zuerst für mich, was hätte ich in diesem Moment für eine Tasse Kaffee gegeben, also suchte ich nach einem Fluchtweg, wie eine echte Gefangene, die Wohnung war im ersten Stock, ich könnte durchs Fenster hinaussteigen und ganz offiziell zur Tür wieder reinkommen, ich probierte, am Rolladen zu ziehen, um zu sehen, ob es Gitter vor dem Fenster gab, und es gab tatsächlich welche, sogar ziemlich dichte, noch dazu herzförmige, was wirklich albern aussah, und ich schaute hinaus und sagte zu mir, das hast du dir selber eingebrockt, Süße, statt jetzt im Hilton Astoria in Istanbul zu frühstücken und auf den Bosporus hinauszublicken und auf die goldene Brücke, die Europa und Asien verbindet, schaust du auf herzförmige Gitterstäbe und jammerst vor Hunger.

Ich dachte daran, daß er mich in der Nacht Süße genannt hatte, und es war mir ein bißchen eklig, was glaubt er, wer ich bin, dachte ich, und dann dachte ich, er ist nicht wichtig, er sieht das, was du ihm zeigst, so, wie du dich verkaufst, nimmt er dich, und du hast selbst entschieden, einen derart hohen Preis zu bezahlen, um dich so billig zu verkaufen, umsonst, du bist sogar bereit, dem etwas zu bezahlen, der zum Kaufen bereit ist, und wieder versuchte ich, Joni anzurufen, und wieder wurde nicht abgenommen, aber es fiel mir trotzdem schwer zu glauben, daß er ohne mich gefahren war, lieber Joni, trauriger, jämmerlicher Joni, Joni, mein Waisenkind, jetzt teilen wir alle das gleiche Schicksal, Joni, der seine Mutter verloren hatte, ich, die ich meinen Bruder verloren hatte, und Arie, der seine Frau verloren hatte, wir waren eine große bedauernswerte Familie.

Ich überlegte, wer von unserer Familie wohl am bedauernswertesten war, am Anfang glaubte ich, es sei Joni, der allein in die Flitterwochen gereist war, der Witwer führte schon während der sieben strengen Trauertage ein wildes Liebesleben, während der Bräutigam in seinen Flitterwochen allein war wie ein Hund, aber wer allein wegfährt, kommt nicht zwangsläufig allein zurück, und unsere verspäteten Flitterwochen konnten leicht zu Jonis vorgezogenen Flitterwochen mit einer anderen werden, die er dort kennenlernte, und das schien mir fast unabwendbar, es ergab sich folgerichtig aus den ungeschriebenen Gesetzen des Liebeslebens, und nach diesen Gesetzen würde ich am Ende die Bedauernswerteste sein, denn wer auch nur eine Scheibe Brot mehr bekommen möchte, als er hat, bleibt am Ende mit leeren Händen zurück.

Ich sah mich erschrocken um, eine Gefangene dieser Gesetze, gefangen wie die Ratten meines Vaters in seinem dunklen Labor, überlegte ich, wie ich ihnen entkommen könnte, wie ich meinem Schicksal ausweichen könnte, als wäre das Schicksal der Ball bei einem Kinderspiel, der Ball, der einen nicht treffen durfte, wer vom Ball getroffen wird, muß ausscheiden, und ich blickte auf die Uhr, um zu sehen, wie weit Joni sich schon von mir entfernt hatte, und es war noch immer neun, was mir nicht logisch vorkam, denn auch wenn die Zeit langsam verging, so verging sie doch, das war, alles in allem, ein Trost, und da kapierte ich, daß sie stehengeblieben war, meine Uhr, die Stimmungen gegenüber schon immer empfindlich gewesen war, war bestimmt wegen der Schüttelei in der Nacht kaputtgegangen. Nun fühlte ich mich noch verlorener, ohne zu wissen, wie spät es war und ob ich jetzt von einem Frühstück oder von einem Mittagessen träumen sollte und wie weit ich noch von dem Zeitpunkt entfernt war, an dem alle gehen würden, ich glaubte, es sei üblich, den Trauernden zwischen zwei und vier Uhr Ruhe zu gönnen, aber vielleicht würde die Trauerfamilie, wenn die anderen gegangen waren, es vorziehen, hier auszuruhen statt ins Hotel zu gehen, man mußte Mitleid mit der verwaisten, hellblaulockigen Mutter haben. Ich fragte mich, ob sie zu einem Frisör ging oder ob sie alles allein machte, mit ihren dünnen Händen, und ich erinnerte mich an den dünnen Körper Joséphines, mit welcher Leichtigkeit sie in die Grube gerutscht war, wie sie fast jauchzend die Arme hochzuwerfen schien, und ich überlegte, wie sie wohl als Kind gewesen war, bestimmt saß ihre Mutter jetzt draußen und erzählte jedem, der es hören wollte, was für ein Kind sie gewesen war, wie begabt und wie wohlerzogen, sie spielte Klavier und sagte mit Betonung Gedichte von Baudelaire oder Molière auf, egal von wem, aus ihrem blühenden Mund hörte sich alles gleich süß an, und tatsächlich war sie auch gestorben wie eine Blume, sie verdorrte, verwelkte, ließ ihre Blätter fallen, und das war's, ab in den Mülleimer.

Schon immer hatten mich welkende Blumen deprimiert, wenn sie ihre trockenen Blüten über den Krug sinken ließen, der einen abstoßenden Geruch nach fauligem Wasser verströmte, wenn sie einem das Gefühl von Vernachlässigung gaben, ein leerer Krug war wirklich schöner anzuschauen als einer mit einem welken Blumenstrauß. Wenn Joni mir manchmal einen Blumenstrauß brachte, hatte ich immer gesagt, es sei schade um seine Schönheit, denn er würde in spätestens einer Woche verwelkt sein, und bis ich daran dachte, ihn wegzuwerfen, würde noch eine Woche vergehen, und bis dahin würde ich nicht verstehen, woher dieser Gestank kam und warum ich das Gefühl hatte, die Wohnung sei vernachlässigt und ekelhaft, und auf dem Weg zum Mülleimer würden die welken Blätter abfallen und sich in der ganzen Wohnung verstreuen und mein Leben beherrschen, und es würde mich sehr viel Zeit kosten, bis ich mich davon gelöst hätte, von dem Trauma, einen Blumenstrauß in der Wohnung gehabt zu haben.

Ich dachte, daß ich vielleicht am besten die Zeit herumbrachte, indem ich lauschte, was sie drüben sprachen, nicht gerade über Joséphine, in Wahrheit interessierte sie mich jetzt viel weniger, ich war schließlich auf der Seite des Bräutigams und nicht der Braut, warum sollte ich das leugnen, etwas an ihrem Sterben begeisterte mich, aber als sie tot war, kam sie mir im nachhinein wie eine ganz normale Frau vor, die ein paar Jahre gelebt hatte und dann gestorben war und ein anonymes Schlafzimmer mit herzförmigen, ziemlich eng stehenden Gitterstäben hinterlassen hatte, und ich hatte das Gefühl, ihr Sterben sei eindrucksvoller gewesen als ihr Leben, vermutlich war das ihre Chance gewesen, seelische Größe zu demonstrieren, und sie hatte gewußt, daß dies ihre letzte Chance war, und hatte sie genutzt, mit einer gewissen Berechtigung, aber Gott weiß, was ich damit zu tun hatte, und warum sollte ausgerechnet ich päpstlicher als der Papst sein, das heißt als ihr Mann.

Ich nahm einen Stuhl, der in der Ecke stand, und setzte mich dicht an die Tür. Erst hörte ich gedämpfte Stimmen, die aber langsam deutlicher wurden, gerade kam eine Frau herein, die überschwenglich begrüßt wurde, sie hatte eine laute Stimme, zu meiner Freude keine junge, ich konnte sie ziemlich gut verstehen, sie erzählte, sie sei gerade vom Tierarzt gekommen, und fragt mich nicht, was passiert ist. Jemand erkundigte sich, ob ihr Hund krank sei, und sie sagte, frag mich nicht, ich ging hin, um den Hund kastrieren zu lassen, denn er hat angefangen, Schwierigkeiten zu machen, und ich hatte keine Kraft, mich mit ihm zu beschäftigen, und alle Leute haben gesagt, laß ihn kastrieren, das ist nur zu seinem Besten, und dann, als er schon in Narkose auf dem Operationstisch lag, sagte der Tierarzt, sind Sie blind oder was, das ist kein Hund, das ist eine Hündin, und ich war so geschockt, als hätte er das über meinen Mann gesagt, ich war so sicher gewesen, daß es ein Hund war, und ich sagte, und was machen wir jetzt, und er sagte, für den geplanten Zweck spielt es keine besondere Rolle, es ist im Gegenteil noch wichtiger, eine Hündin zu sterilisieren, denn ihre Läufigkeit macht mehr Ärger, also sagte ich, dann los, sterilisieren Sie sie, und ich setzte mich ins Wartezimmer, und nach ein paar Minuten kam er und zeigte mir ihre Gebärmutter, und es stellte sich heraus, daß sie darin schon vier Junge hatte, klein und rund wie Walnüsse, und ich schrie ihn an, tun Sie alles zurück in den Bauch, Sie Mörder, und er sagte, was wollen Sie, wir hatten eine Sterilisation ausgemacht, es war ihm gar nicht eingefallen, sie zu untersuchen, und jetzt ist alles bei ihm im Mülleimer, ihre Gebärmutter mit den Jungen, und er sagte, die Hündin wird wieder gesund, und sie wird nichts wissen, aber ich weiß es, und es macht mich verrückt.

Ich hörte, wie sie anfing zu jammern, und um die Wahrheit zu sagen, auch ich kratzte schon fast an der Tür vor Erschütterung, und draußen fingen alle an, die Frau zu trösten, als sei sie die Leidtragende, und niemand dachte mehr an Joséphine, und jemand, vielleicht war es Arie, sagte, versuch, zu vergessen, was passiert ist, denk einfach, es ist doch ein Hund und keine Hündin, und ohne Gebärmutter ist das auch fast richtig, und es ist ziemlich natürlich für einen männlichen Hund, keine Jungen zu werfen, wo ist da eigentlich die Tragödie?

Und sie sagte mit ihrer lauten Stimme, schön, wirklich, tröstest du dich selbst auch auf so eine Art? Ich hörte ihn nicht antworten, eine andere Frau, mit einer jungen Stimme, fragte, möchtest du Kaffee, Tami, und sofort geriet ich in Panik, wer konnte die Frau sein, die dort auf eine so selbstverständliche Art Kaffee servierte, wenn nicht die Nichte mit der Zigarettenspitze oder eine andere Freundin von ihm, die völlig frei in seinem Leben herumspazierte.

Ich hörte das Klappern von Löffelchen, die in Kaffeetassen rührten, und Tami hatte sich offenbar beruhigt, denn ich hörte sie nicht mehr, erst ein paar Minuten später erhob sie wieder die Stimme und sagte, stellt euch das mal vor, als hätte man mir gesagt, daß mein Mann eigentlich eine Frau ist. Mir wurde plötzlich schwarz vor den Augen, das ganze große leere Zimmer drehte sich um mich, ich versuchte, ins Bett zurückzukommen, und stieß auf dem Weg gegen meinen Koffer und fiel fast zu Boden, und dann stürzte ich mich aufgeregt über ihn, als wäre er Joni, eine Erinnerung aus meinem früheren Leben, als ich noch frei war und nach Belieben kommen und gehen konnte, und ich wühlte liebevoll in den Sachen, roch den Duft meines Zuhauses, der mir jetzt wie der Duft der Freiheit vorkam, und zwischen der Reizwäsche stieß ich auf einen harten Gegenstand, den ich gedankenlos hineingestopft hatte, das einzigartige Buch, das mir der Dekan aus seiner Privatbibliothek geliehen hatte, mit den Geschichten von der Zerstörung des Tempels.

Ich umarmte es innig und begann darin zu blättern, entdeckte glücklich meine alten Freunde, so wie man in einem fremden Haus plötzlich ein bekanntes Bild entdeckt, die Ehebrecherin, die aus der Hand ihres Sohnes, des Hohepriesters, den Becher empfing und ihn austrank, während er vor ihr stand, schreiend und weinend, nicht weil er an ihre Unschuld glaubte, sondern an ihre Schuld, und ich traf die Tochter des Priesters, deren Vater vor ihren Augen abgeschlachtet wurde, durch ihre Schuld, und als sie schrie, tötete man auch sie und mischte ihr Blut mit seinem, und so verschwand vor meinen Augen eine ganze Familie, auch Marta, die Tochter des Bitus, traf ich wieder und die anderen Töchter Zions, die vergeblich im Straßenschmutz nach Essen suchten und Säulen umarmten und tot zusammenbrachen, und zwischen ihnen krochen Säuglinge herum, jeder kannte seine Mutter und kletterte auf sie und versuchte vergeblich, Milch zu saugen, bis er im Schoß seiner Mutter starb, und ich stellte mir die Nachbarin mit ihrem Säugling vor, wie sie tot vor ihrer Wohnungstür liegt, und ihr Sohn kriecht um sie herum, das Schafsgesicht blaß und dünn, und über ihnen der Schatten des Propheten Jeremia, der von

Anathot nach Jerusalem hinaufsteigt und über die abgeschlagenen Gliedmaßen weint und auf seinem Weg eine schwarzgekleidete Frau trifft, die schreit und weint und um Trost bittet, und er schreit, wer ihn denn tröste, genau wie wir es in dieser Nacht getan hatten, wir hatten um Trost geschrien, er in meine Ohren und ich in seine.

Und am meisten freute ich mich, die Frau des Zimmermanns zu treffen, die den Gehilfen geheiratet hatte, wieder und wieder las ich die Geschichte, versuchte zwischen den wenigen Worten herauszufinden, was sie wirklich empfunden hatte, als ihr Mann sie bediente und seine Tränen in die Gläser fielen, in dieser Stunde, in der das Urteil unterschrieben wurde. Ich drückte das Buch an mich und öffnete es weit, damit es mir eine papierene Umarmung zurückgeben könnte, und ich zog die Decke über uns beide und versuchte zu schlafen, um die Zeit herumzubringen, wie man es an Jom Kippur macht, und wahrscheinlich dämmerte ich ein, bis ich das Quietschen eines Schlüssels hörte und mich schnell aufrichtete, damit er ja nicht glaubte, ich schliefe und deshalb wieder verschwand, und er stand vor mir und legte den Finger auf den Mund, zum Zeichen, daß ich leise sein sollte, dann setzte er sich, mit einem wilden Blick, auf den Bettrand.

Ich blickte mich um, um zu sehen, ob er mir etwas zu essen gebracht hatte, aber seine Hände waren leer und kalt auf meinen Brüsten, und sein Gesicht verzerrte sich in einer Art konzentrierten Betrachtens, es kam näher und näher, bis ich ihn vor lauter Nähe schon nicht mehr sehen konnte, er knöpfte schnell mein Nachthemd auf, fuhr mir mit den Händen grob über den Körper und legte meine Hand auf den Schlitz seiner schwarzen Trauerhose und flüsterte, wie sehr willst du ihn, Süße, und ich flüsterte, sehr, und er sagte, zeig mir, wie sehr, und ich verstand nicht genau, was er meinte, wie konnte man so etwas zeigen, aber ich wollte ihn zufriedenstellen und rieb seine Hose mit gleichmäßigen Bewegungen, und er stand auf und sagte, du hast mich nicht überzeugt. Was soll ich tun, fragte ich und weinte fast, und er sagte, ich will gar nichts, was willst du, und wie eine gute Schülerin sagte ich, dich, und er sagte, dann überlege dir, wie du mich überzeugen kannst, du hast heute nacht noch eine Möglichkeit, und er machte ein paar Schritte auf die Tür zu, und ich rannte ihm nach, nackt, und sagte, du kannst mich nicht einfach hierlassen, ich will raus, und er sagte, aber die ganze Familie ist im anderen Zimmer. Dann bring mir wenigstens etwas zu essen, bat ich, und er sagte, erst zeig mir, wie sehr du mich willst, und mit plötzlicher Wut kniete ich mich auf den Boden und stürzte mich auf ihn, wie ein ausgehungertes Tier, das beißt und kratzt und alles verschlingt, was ihm in die Nähe kommt, und ich konnte fast nicht mehr erkennen, wo er war und wo ich war, und ich zog ihn zu Boden und sagte, komm schon, ich kann nicht mehr warten, aber er bückte sich zu mir und zog seine Hose hoch und lachte sein Fuchslachen und sagte, es ist gut, dich ein bißchen hungern zu lassen, dann kämpfst du, und ich drehte mich auf dem Boden um, ich wollte sein Gesicht nicht mehr sehen, und er lachte, heute nacht wirst du ihn bekommen, Süße, da auf dem Boden wirst du ihn bekommen, du hast mich überzeugt, daß du ihn wirklich willst.

Ich hörte ihn weggehen und die Tür abschließen, und ich hatte keine Kraft, vom Boden aufzustehen, mein ganzer Körper tat weh vor Hunger nach ihm, vermutlich war es mir auch gelungen, mich selbst zu überzeugen, seine Abwesenheit weckte tief in mir ein viel stärkeres Gefühl als seine Anwesenheit, und zugleich begann ich mich vor ihm zu fürchten, vor seinen seltsamen Spielen, warum brauchte er sie, vielleicht war ich an einen jener Typen geraten, von denen man sich nicht abhängig machen sollte, das heißt, in deren Schlafzimmer man nicht eingeschlossen sein sollte, was wußte ich eigentlich über ihn, und trotzdem war mir klar, daß ich noch nicht weggehen würde, selbst wenn ich einen Schlüssel hätte, nicht vor der Nacht.

Ich ging langsam ins Bett, schwer und erregt in Erwartung der Nacht, einer ganzen Nacht mit ihm, und da hörte ich ihn zurückkommen, auf den Fingerspitzen ein rundes Tablett balancierend wie ein professioneller Kellner. Auf dem Tablett befanden sich eine große Tasse Kaffee, ein Glas Orangensaft, zwei belegte Brote und ein Teller Salat, eine Schüssel mit Obst, und ich wunderte mich, wie er es geschafft hatte, das alles in zwei Minuten herzurichten, vermutlich hatte er alles schon vorher vorbereitet und wollte mich nur ein wenig verblüffen, was bezweckte er eigentlich mit seinen Spielchen, und ich mußte mich auch noch bedanken. Er stellte das Tablett auf das Bett und sagte, Room Service, und sein Gesicht hatte sich völlig geändert, plötzlich zeigte es den ruhigen und gelassenen Ausdruck eines freundlichen Onkels.

Ich stürzte mich auf den Kaffee und das Essen, ich fühlte, wie mich beim bloßen Anblick dieses wahrhaft künstlerisch gestalteten Tabletts das Glück überschwemmte, und er nahm sich ein Stück Karotte und kaute gelangweilt darauf herum, und ich fragte, sind wir allein, und er sagte, nicht wirklich, ihre Mutter schläft im anderen Zimmer. Wieviel Uhr ist es, fragte ich, und er sagte, drei, und mir fiel ein, daß dies immer die schwerste Stunde an Jom Kippur war, um diese Zeit war die Sehnsucht nach Essen besonders groß, aber wenn man sie überwunden hatte, kam es einem vor, als könne man ewig weiterfasten, und ich bat um noch einen Kaffee, und er kam sofort mit einer roten glänzenden Thermoskanne zurück, stellte sie auf das Tablett und sagte, am

Anfang habe ich Joséphine Kaffee von zu Hause in die Klinik gebracht, in dieser Thermoskanne, später ekelte sie sich davor. Ich betrachtete die Kanne und dachte, wie überflüssig diese Bemerkung war, sie zeugt von schlechtem Geschmack, was interessiert mich der Lebenslauf dieser Thermoskanne, und auch er schwieg, als sei er in traurige Gedanken versunken, und dann sagte er, damals habe ich noch geglaubt, es würde gut ausgehen, und ich fragte mit vollem Mund, wie kann so etwas gut ausgehen? Und er sagte, man hat lange nichts bei ihr gefunden, wir haben geglaubt, es wäre psychisch, sie hat über Schmerzen in den Haaren geklagt, verstehst du, hast du etwa je von einer Krankheit gehört, bei der einem die Haare weh tun?

Nie, sagte ich und hielt es sogar für richtig, ihr zu Ehren einen Moment lang mit dem Schlingen aufzuhören, und er lachte bitter, sie hatte blonde schöne Haare, auch als sie alt wurde, blieben ihre Haare jung, ohne jedes Grau, alle waren überzeugt, daß sie die Haare färbte, und dann taten sie ihr teuflisch weh, sie weinte beim Kämmen, stell dir das vor, ich war sicher, es wäre eine seelische Erkrankung, eine, die mit Liebe zu heilen sei, weißt du, wie schwer die Erkenntnis ist, daß es Schmerzen gibt, die nicht durch Liebe zu heilen sind? Die ganzen Jahre hatte sie gedacht, ich würde sie nicht genug lieben, und wir beide hatten die Illusion, wenn ich ihr nur genug Liebe gäbe, würde alles gut werden, und plötzlich stellte sich heraus, daß diese Liebe nichts wert war, gar nichts, jede Aspirintablette war mehr wert.

Er sprach, als wäre er persönlich gekränkt, wie ein wütender Kain, der sich beklagt, daß seine Opfergabe von Gott nicht angenommen wird, und so saßen wir beide da und betrachteten nachdenklich die Thermoskanne, als wäre sie ihr Schädel, und er flüsterte, jetzt verstehe ich es, es war der Abschiedsschmerz ihrer Haare, sie wußten vor uns, daß sie ihre Aufgabe erfüllt hatten, daß sie nicht länger in Ruhe ihr liebes Gesicht schmücken durften. Ich berührte ängstlich meine Haare, sie waren so ansteckend, diese Geschichten, und er seufzte und betrachtete mich so ernst, als verstecke sich in dem, was er erzählt hatte, eine Moral und es sei jetzt an mir, sie herauszufinden, bevor es zu spät war, und ich lächelte ihn entschuldigend an und sagte, gibt es irgend etwas Süßes? Nicht, daß es mir so sehr gefehlt hätte, aber ich wollte das Thema wechseln, und er sagte, ja, wir haben ihren Nachttisch im Krankenhaus ausgeräumt, du hast keine Ahnung, wieviel Schokolade sich dort angesammelt hat. Er ging ruhig hinaus, sogar ohne abzuschließen, und kam mit etlichen Pralinenschachteln zurück und sagte, ich muß ein bißchen aufräumen, gleich kommen wieder Leute.

Kann ich dir helfen, fragte ich, und er sagte, ich möchte es lieber nicht, und ich sagte, warum sollte ich nicht dort mit dir sitzen, als wäre ich einfach eine Bekannte, du kannst doch Bekannte haben, und er sagte noch einmal, lieber nicht, ich habe das Gefühl, daß deine Eltern heute kommen. Ich wäre fast aus dem Bett gefallen vor Schreck, warum hatte ich nicht selbst daran gedacht, meine Mutter würde auf ein solches Ereignis doch nicht verzichten, es war erstaunlich, daß sie nicht bereits morgens aufgetaucht war, aber vielleicht hatte sie ja beschlossen, kein übermäßiges Interesse zu demonstrieren, und die Vorstellung, ich könnte da draußen von ihr erwischt werden, erschreckte mich so sehr, daß ich sofort die Decke hochzog und das Tablett wegschob, und er sagte, schlaf doch ein bißchen, es könnte sein, daß dich eine wilde Nacht erwartet.

Ich begehrte auf, warum könnte es nur sein? Warum ist es nicht sicher? Und er lachte und sagte, heute nacht hängt es nur von dir ab, und ich hatte die Nase voll von seiner chauvinistischen Überheblichkeit und sagte, hau doch ab und fick dich selbst, du mußt niemandem einen Gefallen tun. Zu meinem Erstaunen drehte er sich wütend zu mir um und zog mir die Decke vom Körper und zischte aggressiv, sag nichts zu mir, was du nicht auch meinst, hörst du, du willst doch nicht, daß ich abhaue und mich selbst ficke, also sag so etwas nicht, wenn du nicht willst, daß ich es dir heimzahle, und ich versuchte, die Decke wieder hochzuziehen, und murmelte, was hast du, warum bist du auf einmal so empfindlich, und er ließ die Decke los und sagte, ich hasse es, wenn man einfach daherredet.

Redest du nie einfach daher, fragte ich, und er sagte, prüfe es doch selbst, dann wirst du es schon merken, und er schaute mich enttäuscht an, wie ein Metzger, der ein mittelmäßiges Stück Fleisch erwischt hat, und ich zog mir die Decke über den Kopf und hoffte, er würde dableiben und mich ein wenig besänftigen, aber ich hörte, wie er hinausging und schnell die Tür abschloß, und wieder empfand ich Angst vor ihm, vor seinen scharfen, unerwarteten Bewegungen, vor seiner verhaltenen Gewalttätigkeit, vor seinen Spielchen mit der Ehre, die, auch wenn sie noch so kindisch sein mochten, bedrohlich waren, und das Gefühl beschlich mich, ich würde nicht mehr heil aus diesem Zimmer hinauskommen, falls ich überhaupt je hinauskam.

Vor lauter Anspannung schaffte ich es nicht, einzuschlafen, ich lag wach im Bett, betrachtete den Stapel Pralinenschachteln und dachte, daß Joséphine bestimmt auch stundenlang wach gelegen und die Pralinenschachteln betrachtet hatte, und ich lauschte auf die Geräusche draußen und beschloß, daß ich anfangen würde zu schreien, wenn ich meine Eltern hörte, und dann würden sie mich befreien, aber draußen war es ruhig, nur das Klappern von Geschirr war zu hören, das ins Spülbecken geräumt wurde, dann Wasserlaufen und lautes altes Husten. Wieder versuchte ich, Joni zu erreichen, ich hörte das Klingeln, das durch unsere kleine gelbe Wohnung wanderte, vom Wohnzimmer zur Küche und zu dem kleinen Schlafzimmer mit dem schiefen Schrank, bestimmt war es um diese Uhrzeit dort dämmrig, die Bäume verbargen die tiefer stehende Sonne, und bestimmt fingen die treuen Heizkörper an zu arbeiten, luden sich langsam und zögernd mit Wärme auf, und vielleicht wartete auf dem Tischchen im Eingang ein Brief auf mich, der traurigste Brief, den ich überhaupt bekommen konnte, es lohnte sich wirklich nicht, die Wohnung zu betreten, was konnte ich mit dem Brief machen, was konnte ich überhaupt machen, was konnte ich mit diesem Leben anfangen, aus dem heil herauszukommen ich keine Chance hatte, und ich dachte, es ist wie bei einer Krankheit, wenn man ein Medikament nimmt, um das Problem zu lösen, führt das Medikament zu einem neuen Problem.

Man nimmt eine Tablette gegen Kopfschmerzen, und die Kopfschmerzen gehen weg, doch dafür fängt ein Magengeschwür an, man nimmt ein Medikament gegen Magengeschwüre und bekommt Sodbrennen, man nimmt etwas gegen Sodbrennen, und es wird einem übel, man nimmt etwas gegen Übelkeit und bekommt Kopfschmerzen, und am Schluß kriecht die letzte Krankheit näher und findet die Tür weit offen, wie das goldene Tor im fernen Istanbul, und sie muß bloß noch die verschiedenen Enden miteinander verbinden, und es ist aus mit der Geschichte. Dir ist langweilig mit Joni, also gehst du zu Arie, und Arie ist wirklich nicht langweilig, aber er läßt dich nicht atmen neben sich, also suchst du dir jemanden, der nicht langweilig ist und der dir Platz zum Atmen läßt, und selbst wenn du so jemanden findest, stellt sich heraus, daß er Männer vorzieht, oder kleine Mädchen, und das ist noch die günstigste Möglichkeit für dich, hier herauszukommen.

Ich überlegte, wie andere Leute das wohl schafften, nicht alle, aber ein großer Teil, so unmöglich kam es mir aus der Tiefe dieses Bettes vor, so gegen die Gesetze der Natur, wie schafften sie es, zusammenzubleiben und Kinder zu machen, und als ich das dachte, hörte ich plötzlich ein lautes Weinen und verstand, daß das Baby der Nachbarin von gegenüber aus dem Mittagsschlaf erwacht war, und mir schoß ein Gedanke durch den Kopf, vielleicht ist Joni gar nicht in Istanbul, vielleicht ist er ganz in meiner Nähe, auf der anderen Seite der Wand, mit dem schafsgesichtigen Kind und seiner Mutter, und wir verbringen unsere Flitterwochen fast am selben Ort, und wenn die Wände durchsichtig wären, könnten wir uns sehen, jeder in seinem zweiten Leben, wir könnten uns sogar freundschaftlich zuwinken und uns alles Gute wünschen, schade, daß das nicht möglich war, am liebsten hätte ich mehrere Leben parallel gelebt, ohne daß irgend etwas auf Kosten eines anderen ging, das war die Lösung für all unsere Probleme, eine Kopfwehtablette nehmen, ohne daß es zu einem Magengeschwür kommt, eine Tablette gegen ein Magengeschwür, ohne Sodbrennen als Folge, und so erwärmte ich mich an dem Gefühl einer neuen Botschaft, an der vollkommenen Erlösung, und ich fing schon an zu überlegen, wie ich sie verbreiten würde, wenn ich hier hinauskam, so könnte man, statt nach dem Tod von einer Inkarnation zur nächsten zu wandern, alles im Lauf eines einzigen Lebens schaffen, und ich war so zufrieden mit der Lösung, die ich gefunden hatte, daß ich sofort einschlief.

Ich erwachte von einem gleichmäßigen Weinen, das mir in die Ohren drang, und ich dachte, schon wieder dieses nervige Kind, aber das Weinen war wirklich ganz nahe, und ich suchte Arie neben mir, doch er war nicht da, und erst da begriff ich, daß ich es war, daß mein Gesicht naß war und mein Mund offen stand und vom Weinen der Speichel herauslief, und aus meiner Nase lief Rotz, auch vom Weinen, kurz, mein ganzer Körper weinte. Das Zimmer war völlig dunkel, durch die Ritzen der Rolläden fiel kein Licht, nur unter der Tür zeigte sich ein blasser Streifen. Ich hörte ein Klingeln, vermutlich hatte jemand vergessen, daß es nicht üblich war, abends um diese Zeit zu klingeln, und dann hörte ich die aufgeregten Rufe von Menschen, die froh waren, einander zu treffen, und ich fühlte Haß aufsteigen, Haß gegen alle, die da draußen saßen, diese Söhne des Lichts, die, auch wenn sie hier und dort ein Problem oder irgendwelchen Ärger hatten, sich doch nicht das ganze Leben zerstörten, und ich sagte mir, dein Problem ist, daß du nicht zwischen deinem Leben und deinem Liebesleben trennen kannst, dabei teilt sie doch eine Mauer. Du glaubst, es ist egal, aber das Liebesleben ist nur ein Teil des Lebens, und nicht der wichtigste, es ist nur eine kleine Tasche im Anzug des Lebens, und alle da draußen wissen das. Deshalb sitzen sie dort und trinken Kaffee und essen Kuchen, und du liegst hier in der Dunkelheit, eingeschlossen wie eine Gefangene im Kittchen, wie eine Kranke in der Irrenanstalt, und man hat dich auch noch isoliert, als wäre deine Krankheit gefährlich, und nur einer darf dich versorgen, denn er ist vermutlich selbst krank genug, daß du ihm nicht mehr schaden kannst, aber sei dir nicht so sicher, daß er dir nicht schaden kann, Süße.

Und aus dem freundschaftlichen Lärm erhob sich plötzlich die Stimme meines Vaters, und um jeden Zweifel auszuschließen, hörte ich jemanden sagen, schon wieder Korman mit seinen Träumen, freundlich und nicht spöttisch, wie meine Mutter es gesagt hätte, deren Stimme hörte ich überhaupt nicht, und sofort spitzte ich die Ohren und stand auf und setzte mich neben die Tür, trank durstig seine angenehme, jugendliche, reine Stimme, er hatte eine reine Stimme, jahrelang hatte ich nach dem richtigen Wort gesucht, und erst jetzt hatte ich es gefunden. Wie ein Bach floß seine Stimme, ein Bach mit kleinen Holzschiffchen, ein Spielbach, wenn es so etwas überhaupt gab. Jahrelang hatte ich innerlich mit mir gekämpft, ob ich mich auf diese Stimme verlassen könnte, denn wie war das möglich, daß jemand alt war und sich jung anhörte, wem sollte man glauben, dem Aussehen oder der Stimme, oder wenn jemand krank war, sich aber gesund anhörte, oder wenn er traurig aussah, seine Stimme aber fröhlich klang, oder wenn er haßerfüllt aussah und sich liebevoll anhörte, wie sollte man da entscheiden. Jahrelang hatte ich mich gefragt, ob dieser alte, traurige Mann mit dieser jungen, fröhlichen Stimme nun fröhlich war oder traurig, alt oder jung, und ob ich Mitleid mit ihm haben oder ihn beneiden sollte, aber jetzt, hier in der Dunkelheit, empfand ich eine große Liebe zu ihm, wollte, daß er kam und sich neben mich aufs Bett setzte, wie er es früher getan hatte, wenn ich krank war, ich wollte, daß er mir eine Geschichte erzählte oder vorlas, sogar wenn ich sie schon auswendig kannte, die Geschichte eines Mannes, der sein Auge auf die Frau seines Herrn gerichtet hatte und welcher der Gehilfe eines Zimmermanns war:

Einmal benötigte sein Herr ein Darlehen. Der Gehilfe sagte zu ihm: Schicke deine Frau zu mir, ich werde ihr das Geld geben. Der Zimmermann schickte seine Frau zu ihm, sie blieb drei Tage bei ihm. Dann ging er zu dem Gehilfen. Er sagte: Meine Frau, die ich zu dir geschickt habe, wo ist sie? Da sagte der Gehilfe: Ich habe sie sofort entlassen, aber ich habe gehört, daß die Knaben unterwegs ihren Mutwillen mit ihr getrieben haben. Und der Zimmermann sagte: Was soll ich tun? Der Gehilfe sagte: Wenn du auf meinen Rat hören willst, schicke sie weg. Der Zimmermann sagte: Der Ehevertrag verlangt viel. Der Gehilfe sagte: Ich werde dir das Geld leihen, und er gab ihm den Preis für den Ehevertrag. Der Zimmermann verstieß seine Frau auf der Stelle. Der Gehilfe ging hin und heiratete sie. Als die Zeit kam und der Zimmermann seine Schuld nicht bezahlen konnte, sagte der Gehilfe zu ihm: Komm und arbeite für deine Schuld. Und der Gehilfe und die Frau saßen beim Mahl und aßen und tranken – und der Zimmermann stand und goß ihnen ein. Und die Tränen flossen aus seinen Augen in ihre Gläser – und in dieser Stunde wurde das Urteil unterschrieben.

Vielleicht würde sich durch die Kraft seiner Stimme die Geschichte ändern, und wenn er zu den Worten kam, das Urteil wurde unterschrieben, würden daraus Worte des Trostes und der Besänftigung.

Neben seiner Stimme hörte ich die laute Stimme der Frau vom Vormittag, der Besitzerin des Hundes, oder besser gesagt, der Hündin, vermutlich eine nahe Freundin der Familie, wenn sie sich die Mühe machte, zweimal am Tag zu kommen, oder vielleicht war es ihr jetzt, da sich die Hündin von der Operation erholte, einfach langweilig, ich hörte sie begeistert sagen, Istanbul! Toll! Und ich dachte, vielleicht will sie mit ihrer Hündin, um sie zu trösten, nach Istanbul fahren, bis ich plötzlich kapierte, daß mein Vater da draußen stolz von seiner Tochter erzählte, seiner einzigen, wohlgelungenen Tochter, die mit ihrem Mann nach Istanbul gefahren war, und vor lauter Scham hätte ich am liebsten mit der Stirn an die Tür geschlagen, aber ich hatte Angst, Lärm zu machen, und ich betete nur, daß er nicht sagen würde, es sind ihre verspäteten Flitterwochen, und daß Arie nicht zuhörte, vielleicht war er in der Küche, aber ausgerechnet ihn hörte ich, laut, als wolle er, daß ich es mitbekam, sprach er über Istanbul. Ich war schon fast in der ganzen Welt, sagte er, und wenn es eine Stadt gibt, in die ich zurückkehren möchte, dann ist es Istanbul, und mein Vater erwähnte Prag, und Arie sagte, ach, Prag ist viel zu vollkommen, eine derartige Vollkommenheit ist letzten Endes langweilig, Istanbul ist voller Fehler, voller Widersprüche, gleichzeitig sehr anziehend und abstoßend, warm und grausam, ich weiß zwar nicht, ob diese Stadt zu einem jungen Paar in den Flitterwochen paßt, er lachte, aber wer seine Lebensmitte hinter sich hat und weiß, was er sucht, für den ist es der richtige Ort.

Und ich dachte, genau so würde ich ihn beschreiben, voller Fehler, voller Widersprüche, vermutlich war er mein Istanbul, während Joni mein Prag war, und vielleicht war ich in einem bestimmten Sinn doch nach Istanbul gefahren, und das ermutigte mich ein bißchen, denn mein Aufenthalt bei ihm kam mir jetzt weniger zermürbend vor, weniger beängstigend, schließlich war er trotz allem der Freund meines Vaters, er würde mich nicht wirklich verletzen, aber dann sagte ich mir, Süße, laß deine Eltern aus dem Spiel, man kann seine Eltern nicht überallhin mitnehmen, und ich erinnerte mich an ihren ersten Besuch bei mir, als ich beim Militär war, wie sie sich in der Hitze durch das Tor des Militärlagers schleppten, wie alle anderen Eltern beladen mit Körben, und wie bei allen waren in den Körben Töpfe, und trotzdem sahen sie anders aus, verloren, in ihre Streitereien verstrickt. Ich hatte so sehr auf sie gewartet, ich hatte mit meinen neuen Freundinnen am Tor gesessen, wir trugen unsere neuen Uniformen und warteten aufgeregt, bis ich sie von weitem sah, bevor sie mich entdeckt hatten, tastend wie Blinde, blaß, verschreckt, wie Fische, die auf dem Land zappeln, und meine erste Reaktion war, daß ich weglaufen wollte, mich vor ihnen verstecken. Ich war unfähig, ihre Last zu ertragen, die Last ihrer Körbe, das Gift in den Töpfen, und spöttisch sagte ich zu mir, und du hast geglaubt, sie könnten dich retten, sie würden dich von diesem bedrückenden Ort wegholen, und so ging ich rückwärts, den

Blick wie hypnotisiert auf sie geheftet, voller Angst, ihnen den Rücken zuzukehren, als würden sie mich dann erkennen, sie kamen näher, und ich zog mich zurück, bis ich ihre Blicke fühlte und sie zu winken begannen und ich langsam, besiegt, in ihre trockenen Arme zurückkehrte. Wir gingen mit den Töpfen zu irgendeinem abgelegenen Platz, setzten uns auf die Erde, und meine Mutter breitete eine Tischdecke über das neue Gras, es war Winteranfang, eine Decke, die aussah wie die Wachstuchunterlage von Babys, die noch nicht sauber sind, verteilte darauf Plastikteller und Plastiktassen, und dann stellte sie fest, daß sie vergessen hatte, Papierservietten mitzubringen, und ihr Gesicht wurde traurig, und sie sagte, Schlomo, warum hast du mich nicht daran erinnert, und er sagte, ich habe dich daran erinnert, ich bin mit dir die Liste durchgegangen, und er begann in seinen Hosentaschen zu wühlen und zog eine zerknitterte Liste hervor und zeigte sie ihr, und sie sagte, aber bevor wir aus dem Haus gegangen sind, hast du mich nicht daran erinnert, und sie begannen zu streiten.

Nichts tust du so, wie es sein soll, schimpfte er, und sie schrie, sie hätte schon seit zwei Wochen diesen Besuch vorbereitet, damit alles tipptopp wäre, und sie hätte ihn nur darum gebeten, die Liste nachzuprüfen, und ich riß ihm die Liste aus der Hand und las sie traurig, wie man einen Liebesbrief liest, der zu spät kommt, wenn das Herz schon gebrochen oder verschlossen ist, und da stand, Sandwiche mit Avocado, Erdbeeren mit Sahne, Orangensaft, Salzkekse, Schokolade, Eiersalat und Thunfischsalat, Käsekuchen, Papierservietten, Plastikteller und -tassen, Plastikbesteck, und ich las die Liste wieder und wieder, während sie stritten, und meine Freundinnen gingen vorbei, Arm in Arm mit ihren Freunden, und ich dachte, wenn ich einen Freund hätte, wäre alles anders, und da beschloß ich, den ersten, der versprechen würde, mich immer zu lieben, zu heiraten, nur um mich aus ihrer Umklammerung zu lösen, und mir war gar nicht aufgefallen, daß sie schwiegen und mich anstarrten, und meine Mutter sagte, warum weinst du, und ich sagte, ihr habt nur kaltes Essen mitgebracht, dabei wollte ich etwas Warmes. Ich sagte das einfach so daher, denn genau neben uns saß eine Familie, die aßen Tscholent aus riesigen Tellern, und der Geruch beruhigte mich, und meine Mutter sagte, nichts mache ich richtig, nichts mache ich richtig, und ich wartete darauf, daß der Besuch bald vorbei sein würde, und insgeheim sagte ich mir, da siehst du, was passiert, wenn du dich nach etwas sehnst, jetzt weißt du, daß sie nie fähig sein werden, im richtigen Leben zu helfen, aber als ich mich am Tor der Militärbasis von ihnen verabschiedete, empfand ich plötzlich Mitleid bei der Vorstellung, wohin sie jetzt gingen und was sie zu Hause erwartete.

Da hörte ich wieder meinen Vater sprechen, ich drückte das Ohr an die Tür, um alles mitzubekommen, und er sagte, vermutlich zu Tami, aber ich hatte das Gefühl, als spreche er zu mir, als wisse er, daß ich da war, und würde deshalb auf meine Frage antworten, ich weiß, daß du mich für einen armseligen Mann hältst, sagte er, daß du glaubst, ich hätte mein Leben vergeudet, aber merke dir, ich selbst betrachte mich als glücklichen Menschen. Ja, ja, fügte er hinzu, vermutlich sah Tami nicht überzeugt aus, ich bin vollkommen im reinen mit mir, und als ich das hörte, freute ich mich im ersten Moment über die gute Nachricht, die durch die Hintertür zu mir gelangte, aber dann fing ich vor Wut auf ihn an zu kochen, ich fühlte mich betrogen, als hätte ich mein ganzes Leben darauf vergeudet, mit jemandem Mitleid zu haben, der sich nur verstellt hatte und gar nicht so bedauernswert war, oder noch schlimmer, vielleicht hatte er sich gar nicht verstellt, sondern ich in meiner Dummheit hatte ihn nicht richtig erkannt, und dann hörte ich Tami mit weicher Stimme antworten, so wie man mit einem Zurückgebliebenen spricht, ja, Korman, wir wissen es, wir wissen alle, wie glücklich du bist, immer wenn ich an Glück denke, sehe ich dein Bild vor mir.

Ich wußte, daß sie sich über ihn lustig machte, aber ich wußte nicht, was das bedeuten sollte, war seine alberne Verkündigung wirklich so lächerlich, war er wirklich das Sinnbild der Armseligkeit, noch deutlicher, als ich es befürchtet hatte? Eine bedrückende Stille war eingetreten, bis zu mir drang die quälende Last aus dem Wohnzimmer, bis plötzlich ein füchsisches Lachen zu hören war und Arie etwas über Istanbul sagte, über den Friedhof, und Tami fragte, ein Café neben dem Friedhof? Und Arie sagte, ja, auf dem Hügel über dem Goldenen Horn, da haben sie sich immer getroffen, am schönsten Platz von ganz Istanbul. Ich erinnere mich an diese Geschichte, sagte mein Vater begeistert, der französische Schriftsteller mit der Türkin, sie war eine verheiratete Frau, und als man sie erwischte, wurde er nach Frankreich ausgewiesen und sie zum Tode verurteilt, und Tami fragte ängstlich, wie hat man sie getötet? Und mein Vater sagte, einfach gesteinigt, wie man es früher bei uns mit Ehebrecherinnen auch gemacht hat, und Tami schrie auf, davor schütze uns Gott, ich glaube es nicht, und Arie sagte, es gibt dort Bilder von ihnen, in diesem Café, sie war eine schöne Frau.

Ich habe zu Joni gesagt, sie müßten unbedingt dort hingehen, erzählte mein Vater, es ist der schönste Platz von Istanbul, und Arie fragte, wer ist Joni, und ich quetschte die Türklinke, Papa, Papa, du kennst doch die Geschichte von dem Mann, der einen einzigen Sohn hatte und ihm eine Hochzeit ausrichtete, und wie dann der Sohn unter dem Baldachin starb? Hast du von dieser Geschichte schon mal gehört? So hat sich Gott nach der Zerstörung des Tempels gefühlt, und das ist nicht die einzige Geschichte, die ich dir erzählen möchte, als Last, oder besser gesagt, als Gegenwert für die Geschichte, die du mir gerade erzählt hast. Und dann erschienen offenbar Familienmitglieder von seiten Joséphines, denn die Wohnung füllte sich mit französischem Gemurmel, und ich ging zurück in mein dunkles Bett und murmelte die ganze Zeit, Papa, geh nicht weg, bleib bei mir, paß auf mich auf, aber schon bald hörte ich, wie er sich verabschiedete, und Tami rief ihm mit ihrer scharfen Stimme nach, sag Rachel gute Besserung von mir, und ich wunderte mich, gestern war sie doch noch so gesund wie ein Ochse, was hatte sie, und ich fühlte mich verlassen wie ein Kind, das man mit einer neuen Kindergärtnerin allein gelassen hat, die das Kind noch nicht kennt, und wieder dachte ich, wieso hat sie auf den vorschriftsmäßigen Kondolenzbesuch verzichtet, vielleicht ist sie wirklich krank, oder sie hat einen anderen Grund, einen wirklich guten, denn solche Ereignisse ließ sie sich sonst nie entgehen.

Ich beschloß, sie anzurufen und gleich aufzulegen, nur um ihre Stimme zu hören und mich zu versichern, daß sie noch sprechen konnte, ich hob den Hörer, und zu meiner Überraschung drangen daraus Geräusche, warme, weiche Geräusche wie aus einer alten Muschel, die den Klang der Wellen aufgesogen hat. Ich drückte den Hörer ans Ohr, bis ich plötzlich merkte, daß ich einem Gespräch lauschte, es war eine weiche weibliche Stimme, bezaubernd und tief, singend vor Lust, ohne daß ich ein Wort von dem verstand, was vielleicht Sprechen, vielleicht auch Singen war, ich versuchte gar nicht, etwas zu verstehen, so sehr genoß ich das Zuhören, es war wie Musik, und erst als ich seine Stimme aus dem Hörer kommen hörte, warm und weich und süß und trotzdem seine Stimme, erst da versuchte ich, das schnelle Französisch zu verstehen, vor allem herauszufinden, ob zwischen ihnen die einzigen Worte fielen, die ich kannte, je t'aime, voulez-vous coucher avec moi, aber es gelang mir nicht, sie sprachen zu schnell, und alle Worte schienen gleich. Wütend hörte ich zu und verfluchte den Moment, als ich mich im Gymnasium dafür entschieden hatte, Arabisch zu lernen statt Französisch, was hatte ich mir damals gedacht, etwa daß er eine arabische Geliebte haben würde, eine Geliebte mußte Französin sein, das war doch klar, und ich merkte, daß sich ein kleiner Streit unter Liebenden entwickelte, nichts Ernstes, eine jener Streitereien, nach denen man sich mit Vergnügen versöhnt. Sie sprach mit erstickter Stimme, atmete schnell und hastig, die Worte rollten ihr aus dem Mund, und er redete langsamer, gelassener, versuchte sie zu besänftigen, was versprach er ihr bloß, und am Schluß beruhigte sie sich tatsächlich, wie ein verwöhntes Kind, das die Nase hochzieht und seine Puppe umarmt, und mit einer verführerischen Häschenstimme sagte sie, alors, aber nicht mon amour, nur alors. Auch er sagte alors, und fast hätte auch ich alors gesagt, um mich zu beteiligen, und sie sagte, je t'embrasse, was meiner Meinung nach etwas mit Küssen zu tun hatte, und legte auf, und ich blieb mit dem Hörer in der Hand sitzen, überrascht von der Eile, diese Frau machte alles so schnell, und auch er war offenbar überrascht, denn ich hörte seine schweren Atemzüge, und so waren wir miteinander verbunden, jeder mit seiner Verblüffung, als führten wir ein Gespräch, und ich empfand eine plötzliche Gemeinsamkeit des Schicksals zwischen uns, ihr Verschwinden aus unserem Leben war so übereilt, man konnte noch ihr kurzes schnelles Atmen hören, anziehend und kindlich, und dann seufzte und hustete er, und plötzlich packte mich Angst, vielleicht behielt er den Hörer meinetwegen in der Hand, um zu hören, ob ich am anderen Ende war, wie er vielleicht vermutete, ich wollte den Hörer auflegen, aber ich konnte nicht, ich mußte ihn täuschen, und erst nach einer Welle von Husten hörte ich das Knacken, und dann legte ich ebenfalls auf.

Ich zog mir die Decke über den Kopf und lag bewegungslos da, fast ohne zu atmen, für den Fall, daß er hereinkommen und nachschauen würde, und ich fing an, mir Zeichen auszudenken, wenn er sofort kam, würde das bedeuten, daß er ein sehr schlechtes Gewissen hatte, wenn er etwas später kam, dann war sein Gewissen mittelmäßig schlecht und so weiter, aber er kam überhaupt nicht, und das war vermutlich ein Zeichen dafür, daß ich ihm egal war, und ich hatte schon vergessen, warum ich den Telefonhörer abgenommen hatte, ich dachte nur, daß sich seit dem Tag, als ich ihn im Laden mit der Zigarettenspitze getroffen hatte, nichts geändert hatte, gar nichts, ich war nur der dummen Illusion aufgesessen, daß er mich wirklich wollte, während ich doch bloß eine Stellvertreterin war, eine Ersatzgeliebte, die wie ihre Schwester, die Ersatzlehrerin, immer nur zweitrangig ist.

Aber statt Bedauern empfand ich Erleichterung, weil ich nicht mehr das Feuer seiner Liebe bewachen mußte, ich brauchte überhaupt nichts mehr zu bewachen, weil ich nichts hatte, ich brauchte in den Nächten kein Spagat mehr zu machen, nur um ihn nicht zu enttäuschen, und nicht im Handstand zu ficken und ähnliches, und mir wurde klar, wie mich die Möglichkeit bedrückt hatte, daß er mich doch endlich wollte, wie groß meine Freude und meine Angst gewesen waren, eine Angst, die sich über die Freude gelegt hatte, die mich erstickt hatte, als wäre ich verpflichtet, einen Sack Gold zu bewachen, und wäre von Räubern umgeben und wüßte nicht, wie ich es schaffen könnte, denn es stimmte zwar, der Schatz würde, wenn ich Erfolg hatte, mir gehören, aber die Aufgabe war so schwer, daß ich es vorzog, von vornherein zu verzichten, ihn einfach stehenzulassen und wegzulaufen, vielleicht nur zu versuchen, eine oder zwei Münzen in die Tasche zu stecken, als Erinnerung, und genau das war es, was ich jetzt hier tat, ich stahl eine kleine Münze, um sie zur Erinnerung in der Tasche zu haben, wenn ich nach Hause zurückkehrte, falls es überhaupt einen Ort gab, an den ich zurückkehren konnte.

Wieder packte mich die Angst, und ich stellte mir die dämmrigen Räume vor, vielleicht waren sie ebenfalls in die Türkei gefahren, und von dort werden sie auf dem Euphrat und dem Tigris bis Babylon schwimmen, mit allen den abgenutzten Möbeln und dem Geschirr, das wir zur Hochzeit bekommen haben, und mit dem weißen Mülleimer, und die Könige von Babylon werden sie rauben und bei ihren Gastmählern verwenden, vor unseren Augen, so wie der Hohepriester vor den Augen seiner Tochter getötet wurde, und mir war klar, daß die Wohnung nicht mehr an ihrem Platz war, wie sollte sie, nachdem wir uns in verschiedene Richtungen zerstreut hatten, und wieder wollte ich dort anrufen, aber ich hatte die Nummer vergessen, sie fiel mir ums Verrecken nicht ein, als hätte ich sie nie gewußt, und so erwischte er mich, als er eintrat, im Bett liegend und mit dem Telefonhörer in der Hand, als hätte ich gerade erst aufgehört, seine Liebesgespräche zu belauschen.

Mit einem Mal, ohne mich vorher zu warnen, machte er das große Licht an, und ich blinzelte dumm wie ein Maulwurf und sagte, mach aus, sonst merken sie, daß hier jemand ist, aber er kicherte, ich bin doch hier, oder? Von mir erwartet keiner, daß ich im Dunkeln sitze, auch nicht, wenn ich Schiwa sitze, und dann blickte er das Telefon an und fragte übertrieben höflich, störe ich dich mitten in einem Gespräch? Und ich sagte, nein, das Gespräch hat noch nicht angefangen, und er fragte, ist es etwas, das einen Aufschub verträgt? Und ich sagte, ja, ja, und er nahm mir mit einer herrischen Bewegung den Hörer aus der Hand und legte ihn auf den Apparat, und er streckte sich neben mir aus, spannte seinen ganzen Körper, der mir nicht gehören würde, diesen glatten, dunklen Körper mit dem erregenden Reiz des Alters, mit der kräftigen Essenz der Reife, die ich, sosehr ich mich auch bemühte, nie verstehen würde, in ihrer so exakten und schmerzlichen Mischung aus Zartheit und herrischem Verhalten, Verschlossenheit und Tiefe, Grobheit und Sensibilität, als habe ein großer Koch alles nach einem unwiederholbaren Rezept zusammengerührt, einzigartige Zutaten, die sich nicht rekonstruieren ließen, vor allem weil sie längst vernichtet waren, der Koch genau wie das Rezept, und er drehte mir sein Gesicht zu, betrachtete mich mit einer fast liebevollen Trauer und sagte, Istanbul, was?

Ich zuckte mit den Schultern, verwirrt und stolz, als hätte ich gerade die Tapferkeitsmedaille erhalten und wüßte, daß sie mir zustand, aber nicht, ob es sich für mich lohnte, und ich schämte mich auch ein bißchen, weil er nun wußte, was ich geopfert hatte, um hier neben seinem prachtvollen Körper zu liegen, ich wußte noch nicht einmal, ob er mich verspottete oder tatsächlich Mitleid empfand, und er sagte, eine große Stadt, Istanbul, eine wundervolle Stadt, sie wirbelt alle Gefühle durcheinander, und er zündete sich seufzend eine Zigarette an, ich habe in der letzten Zeit viel an Istanbul gedacht, denn dort ist Joséphine krank geworden, jahrelang wollten wir zusammen hinfahren, und nie hat es geklappt, und dann war es endlich soweit, und wir mußten mittendrin nach Hause zurückfliegen, sie war ohnmächtig geworden, und mit einem Schlag hatte sich die Situation verändert, du weißt, wie dort die medizinischen Verhältnisse sind, es lohnte sich nicht, ein Risiko einzugehen, also flogen wir sofort nach Hause, und sie hatte solche Schuldgefühle, weil sie mir die Reise verdorben hatte.

Und warst du wütend auf sie, fragte ich, und er sagte, es ist nicht angenehm, das zuzugeben, aber ich war ein bißchen sauer, ich dachte, warum konnte sie nicht noch eine Woche damit warten, und sie sagte immer wieder, wenn ich gesund bin, fliegen wir nach Istanbul, und gegen Ende sagte sie, wenn ich tot bin, fliegst du nach Istanbul, und ich umarmte ihn und sagte, komm, fliegen wir zusammen, nimm mich mit, dort werden wir uns trösten, und er lachte und sagte, vielleicht, vielleicht, und ich wußte, daß ich mich mit ihm nicht fürchten würde, sogar mitten auf dem Markt würde ich mich nicht fürchten, denn meine Angst vor ihm verdrängte meine Angst vor der Welt, und ich drückte mich fest an ihn, und er umarmte mich geistesabwesend, er war mit den Gedanken woanders, und dann sagte er, ich bin müde, so viele Gesichter. Dann bleib doch hier bei mir, sagte ich, geh nicht mehr hinaus, und er sagte, ich kann sie nicht allein lassen, und schaute auf seine Uhr, schon fast neun, ich glaube, wir machen den Laden bald dicht, und seine Augen fielen zu, seine Lippen öffneten sich leicht, seine Hand lag auf meinem Bauch, über der Stelle, wo Kinder wachsen.

Ich hielt seine Hand und dachte an die Schwangerschaft meiner Mutter, die mir damals so lang vorgekommen war, wirklich unendlich lang, und tatsächlich war sie dreimal so lang gewesen wie das Leben des Babys, das man aus ihr herauszog, doch das wußte ich damals natürlich nicht, als ich ihren riesigen harten Bauch anschaute und mir vorstellte, ich wäre da drin, es war verwirrend, mich in ihr zu sehen, und ich dachte, bald werde ich geboren werden, in einer guten vielversprechenden Stunde, und mein Leben wird zu Ende gehen, mein erstes Leben, und etwas anderes wird beginnen, und immer wieder sagte ich zu meiner Mutter, wenn es ein Mädchen wird, müßt ihr sie Ja'ara nennen. Ich war so daran gewöhnt, das einzige Kind zu sein, daß ich mir gar nicht vorstellen konnte, daß noch Kinder dazukommen könnten, ich glaubte, sie würden ausgetauscht, wie bei Königen, denn man sagte schließlich nie, hier kommt noch ein König, jetzt haben wir zwei, sondern man sagte, der König ist tot, es lebe der König, und tatsächlich war ich ziemlich überrascht, als ich nach der Geburt meines kleinen Bruders weiterlebte, er bekam einen eigenen Namen und ein eigenes Bett, und er war nicht ich, weil er ein Junge war, und der Bauch meiner Mutter verschwand immer mehr, und der Kleine wurde dicker und dicker, und es sah aus, als wäre auf der Welt Platz für uns beide, bis sich herausstellte, daß es nicht so war. Ich wußte, wenn sie sich zwischen uns beiden hätten entscheiden müssen, hätten sie ihn gewählt, das wunderte mich noch nicht einmal, ich gab ihnen recht, ich war keine Rettung mehr, ich war eine Option, die zu nichts geführt hatte, aber das Baby war ganz neu, ein Spalt, um die Tore weit aufzumachen, auf seine kleinen, runden, wohlriechenden Schultern konnte man all seine Hoffnungen laden, und ich glaube, ich nahm Anteil an ihrem Schmerz über diese Gleichgültigkeit des Schicksals, auch an der geheimen Wut gegen mich, die langsam in ihnen wuchs und ihre Liebe zum Erlöschen brachte.

Seine Hand ruhte auf meinem Bauch, schön und dunkel, und wenn dort ein Baby gewesen wäre, hätte ich zu ihm gesagt, fühle, wie es sich bewegt, und ich hätte seine Hand festgehalten, aber so, was hatte ich ihm da schon zu sagen, er schlief einfach neben mir ein, als wäre ich schon seit ewigen Zeiten seine Frau, eine angetraute Frau, neben der man sich nach einem stürmischen Telefongespräch mit der Geliebten beruhigt, und ich dachte, wie wenig Rollen es doch auf dieser Bühne gibt, wie wenig Möglichkeiten. Früher hat

Joséphine hier gelegen, heute bin ich es, morgen wird es das Häschen sein, gestern hat Joni neben mir geschlafen, heute ist es Arie, morgen wird es ein anderer sein, so viele Anstrengungen, um mehr oder weniger das gleiche zu bekommen, und ein Staunen erfüllte mich, das die Trauer überstieg, ein gleichgültiges, bitteres Staunen über all die Metamorphosen, die mich noch erwarteten, ich fühlte sie im Bauch wie das Strampeln eines Kindes, so viele Metamorphosen, um am Schluß doch nur mehr oder weniger ich selbst zu sein.

10 Und dann hörte ich ein Klopfen, so zart, als käme es aus mir selbst, und eine leise Stimme flüsterte, Ja'ari, und fast hätte ich geantwortet, fast hätte ich gesagt, ich bin hier, und dann kam die Stimme wieder und sagte, Ari, und wieder war sie kaum zu hören, und er sprang mit einem Satz aus dem Bett, als würde es brennen, ohne ein Wort zu mir zu sagen, und an der Tür machte er das Licht aus und ging hinaus, schloß leise hinter sich ab, er hatte mich vollkommen ignoriert, und ich dachte, noch nie im Leben war ich so wenig existent. Ich war nicht böse auf ihn, denn es gab offenbar besondere Umstände und gute Gründe für sein Verhalten, und ich mußte ihm dankbar sein, daß er es mit einer solchen Natürlichkeit tat, und auch mir, ich kämpfte nicht besonders dagegen an, hier stundenlang eingesperrt zu sein, ich versuchte, Informationen durch die Wände zu bekommen, niemand von allen, die mir nahestanden, wußte, wo ich war, und der einzige, der es wußte, versteckte mich, wie man ein zurückgebliebenes Kind versteckt, oder eine verrückt gewordene Frau.

Und ich dachte, alors, wer nennt ihn Ari, ist es seine blaulockige Schwiegermutter oder seine Schwägerin, oder seine Geliebte, die gekommen ist, um ihm Trost zuzusprechen, nach ihrem kleinen Streit unter Liebenden, sie wird bestimmt zum Schlafen hierbleiben wollen, wie will er ihr erklären, daß das Schlafzimmer besetzt ist, daß er ihr heute nacht nicht gehören kann, aber vielleicht ändert ein besetztes Schlafzimmer die Pläne nicht, schließlich gibt es noch andere Zimmer in der Wohnung, und nachdem alle gegangen sind, kann er ihn ihr reinstecken, genau auf der anderen Seite der Wand, während ich hier eingesperrt bin, und vielleicht schließt er sie dort ebenfalls ein, um so zwischen uns beiden zu lavieren, schließlich hat er den Schlüssel, und plötzlich empfand ich das ganze Ausmaß meiner neuen Existenz als nichtexistierende Frau, die unfähig ist, ihre Situation zu ändern oder auch nur zu verstehen, die sich an alle möglichen Andeutungen klammert und keine Ahnung hat, ob ihre Ängste nutzlos sind, oder ihre Hoffnungen, die von einem Mann abhängen, der das Gesicht wechselt, einmal wird sie begehrt, dann stört sie, und ich sagte mir, wenn du dich von ihm abhängig machst, kommst du nicht weit, oder im Gegenteil, dann kommst du zu weit, so weit, daß du nie mehr in dein früheres Leben zurückkehren kannst.

Ich versuchte, an mein früheres Leben zu denken, an Joni und alle anderen, als ob sie Steine wären, die mir an den Beinen hingen, damit ich nicht völlig verschwinden konnte, und ich stellte mir einen Stein vor, der wie Joni geformt war, eigentlich ein Standbild Jonis, schwer und hart, und ich zog ihm Jonis karierte Hemden an, und ich schickte ihn in die Basare Istanbuls, als wäre er ein richtiger Mensch, bis ich überhaupt vergaß, daß es nur eine Statue war, und ich war gespannt, ihn selbständig zu sehen, getrennt von mir, wie er dort mit allem, was er hatte, herumlief, mit der kindlichen Stupsnase und seinem faltigen Hodensack, woran dachte er, dieser Mann, allein in seinem weichen Hotelbett, allein im Café über dem Friedhof, was ging in seinem Kopf vor, wofür lebte er eigentlich, was hatte er von seinem Leben, was hatten alle von ihrem Leben, das schien mir ein immer größeres Geheimnis zu sein. Meine Mutter zum Beispiel hatte diese Gier nach Katastrophen, das war es, was sie aufrechterhielt, zuzusehen, was wem passierte und wie schlimm es war, und ich war besessen von der wahnsinnigen Idee, Arie zu bekommen, herauszufinden, ob es möglich war, Liebe in ihm zu wecken, aber was hatte mich gehalten, bevor ich ihn traf, plötzlich wußte ich das nicht mehr, die Tage kamen mir im nachhinein leer und langweilig vor, wie unbeschriebene Blätter, von denen eines aussah wie das andere, noch viel beängstigender als meine Tage jetzt, vielleicht ging es mir nicht darum, ihn zu bekommen, sondern ihn loszuwerden, ihn und durch ihn auch mich, uns alle, nicht, daß mir klar gewesen wäre, wen ich damit meinte, aber ich hatte angefangen, im Plural zu denken, als wäre ich dann nicht mehr so allein mit meinem überflüssigen Auftrag, sondern die autorisierte Vertreterin einer ständig wachsenden Anzahl von Personen, eine Vertreterin, die ihr Leben im Bett des Verdächtigen aufs Spiel setzte, um Wissen zu sammeln, das Licht auf etwas werfen konnte, von dem ich nicht wußte, was es war, aber wenn man es das Geheimnis des Lebens nannte, mußte das nicht falsch sein.

Das Geheimnis des Lebens war bei ihm, und ich mußte es aus ihm herauslocken, das war der Auftrag, den ich bekommen hatte, und das würde ich Joni erklären, wenn er mit seiner Stupsnase und seinem Hodensack zurückkam, seltsam, daß sie ihn überallhin begleiteten, das werde ich ihm erklären, dachte ich, und er wird mir verzeihen und mich zurücknehmen müssen, und mir kam es vor, als hätte ich etwas Ähnliches schon einmal erlebt, solch ein zwanghaftes Bedürfnis, ein Geheimnis aufzudecken, und mir fiel der Wächter ein, der mit seinem Hund in einer der Baracken neben unserem Haus lebte. Ich verstand damals nicht, was er eigentlich genau bewachte, und das beschäftigte mich immer mehr, nie sah ich ihn um unsere Siedlung patrouillieren oder sonst Dinge tun, die man von Wächtern erwartete, die meiste Zeit trieb er sich vor seiner Baracke herum, in der einen Hand rohe Fleischbrocken für seinen Hund, in der anderen ein Messer, das er Tag für Tag schliff, um das Fleisch damit zu schneiden. Er legte einen Stein auf den Holzklotz, der neben dem Eingang zu seiner Baracke stand, und neben den Stein stellte er seinen großen Fuß und begann zu schleifen, und dann zog er das Fleisch hervor, als schneide er es aus seinem dicken Bein, und schnitt es in Scheiben, und der Hund tanzte wie wild herum und fing die Stücke auf, die ihm zugeworfen wurden, eines nach dem anderen, in einem fast sadistischen Überfluß, er hatte das eine Stück noch nicht gefressen, da kam schon das nächste, und statt sich auf das Fressen zu konzentrieren, schnappte er das nächste Stück, mit einer wachsenden Verzweiflung. Ich stand da und schaute zu, und einmal konnte ich mich nicht beherrschen und fragte, warum geben Sie es ihm nicht in seinem Rhythmus, und der Mann warf mir einen unangenehmen Blick zu und sagte grob, das ist mein Hund, dabei schaute er mich weiterhin forschend an, und dann verringerte er das Tempo ein wenig. Sein Gesicht war jung, aber sein Atem ging schwer und pfeifend, und zwischen seinem zu kurzen Hemd und der abgetragenen Hose war ein breiter Streifen Fleisch zu sehen, erstaunlich ähnlich dem Fleisch, das er dem Hund zuwarf, es war rosafarben, und darunter klopfte es, als habe er dort ein zweites Herz.

Er war nicht der erste Wächter, der in jener Baracke wohnte, sie wurde sogar Wächterbaracke genannt, und die meisten waren alt und krank und liefen nachts durch die Siedlung, aber er war der erste, der in mir die Frage weckte, die auch ungeweckt hätte bleiben können, die mich aber von dem Moment an, als sie aufgetaucht war, nicht mehr losließ, die Frage, was bewacht er eigentlich? Fast immer konnte man ihn das Messer auf dem niedrigen Holzklotz schleifen sehen, mit einer herunterhängenden Hose, so daß ein Stück seiner Poritze zu sehen war, mit blauen unverschämten Augen in einem runden Gesicht, unrasiert, mit rötlichen Stoppeln auf Wangen und Kinn, und ich gewöhnte mir an, jeden Morgen dort vorbeizugehen, auf meinem Weg zur Schule, und einen Blick auf ihn zu werfen, auch mittags auf dem Heimweg, und abends ging ich immer ein bißchen spazieren, ich umrundete unsere kleine Siedlung und näherte mich vorsichtig der letzten Baracke, direkt vor den Orangenplantagen, dort, wo die Straße aufhörte, und dort sah ich ihn dann im Licht seiner Taschenlampe das Messer schärfen, und eine süße Angst ließ mich erschauern, gleich würde er mir das Messer an die Kehle setzen, aber das schien ihm überhaupt nicht einzufallen, so versunken war er in seine Angelegenheiten. Langsam kam ich zu der Überzeugung, er müsse etwas verstecken, ich wußte nicht, was, nur daß es wichtiger war als alles andere, und ich dachte, wenn ich es herausfand, wäre das unser aller Rettung, meine, die meiner Mutter und die meines Vaters und sogar eines noch größeren Kreises von Leuten, ich trieb mich also in seiner Nähe herum, der Hund kannte mich schon und bellte nicht, aber er schwieg immer nur und warf mir manchmal einen blauen spöttischen Blick zu.

Einmal ging ich an der Baracke vorbei, und er war nicht draußen, die Tür stand offen, und ich konnte mich nicht beherrschen und ging hinein, erstaunt über die völlige Leere, noch nicht mal einen Stuhl gab es, keinen Schrank, keinen Stuhl, nur ein großes weinrotes Wasserbett bedeckte den Boden und bewegte sich wie ein großer Fisch, als ich es anstieß, und als ich mich umdrehte, um wieder hinauszugehen, sah ich ihn hinter mir stehen, sein Atem ging schwer und stank, er fragte, wen suchst du hier, mir fiel auf, daß er einen fremden Akzent hatte, und ich sagte, Sie, und er fragte, warum, was willst du von mir, und ich sagte, ich möchte wissen, was Sie bewachen, und er lächelte, und sein Gesicht wurde noch runder, ich bewache gar nichts, ich wohne hier. Aber Sie wohnen doch in der Wächterbaracke, beharrte ich, und er sagte, na und, es interessiert mich nicht, wer vorher hier gewohnt hat, wenn ein Mann in einer Hundehütte wohnt, macht ihn das zu einem Hund? Oder wenn er in einem Stall wohnt, macht ihn das zu einer Ziege? Und ich fragte, warum haben Sie keine Möbel, und er sagte, ich habe alles, was ich brauche, ich mache alles auf dem Bett, er lächelte mich mit seinen gelben Zähnen an. Aber was machen Sie, fragte ich, und er sagte, ich benutze das Leben, und ich wußte nicht, ob es sich um einen Fehler handelte, schließlich war Hebräisch nicht seine Muttersprache, oder ob er es absichtlich so gesagt hatte und das die Botschaft war, und ich sah, wie er das Messer an seiner Hose abwischte, direkt in der Leistengegend, und es erschien dort ein rosafarbener Fleck, und mir war klar, daß er etwas verbarg, etwas Ekliges, das um so ekliger wurde, je mehr es sich zeigte, und ich konnte mich nicht losreißen, und aus den Augenwinkeln sah ich eine dünne helle Gestalt näher kommen, und mein Vater rief, Ja'ara, komm sofort nach Hause, und er stieß mich vorwärts, weil ich so langsam ging. Erst als wir daheim waren, sah ich, wie rot sein Gesicht vor Wut war, und in der Wohnung roch es nach Insektengift, das meine Mutter gegen Kakerlaken versprühte, sie ging die Wände entlang und sprühte, und er brüllte, wenn ich dich noch einmal in der Nähe des Wächters erwische, sperre ich dich zu Hause ein, und ich sagte, er ist überhaupt kein Wächter, daß er in der Wächterbaracke wohnt, macht ihn noch nicht zum Wächter, ebenso wie jemand, der in einem Stall wohnt, nicht zu einer Ziege wird, und er brüllte meine Mutter an, hörst du sie, sie benimmt sich wie Tirza, genau wie Tirza, und meine Mutter sprühte schweigend weiter, bis man fast nicht mehr atmen konnte in der Wohnung, und er sagte, wenn du uns umbringen willst, dann erledige es auf einmal und nicht so langsam, und ich wußte nicht, ob er zu mir sprach oder zu ihr, und ich schloß mich in meinem Zimmer ein, umarmte das weiche Lamm und dachte, wenn er überhaupt kein Wächter ist, warum habe ich dann trotzdem immer das Gefühl, daß er mich die ganze Zeit bewacht?

Als er ein paar Tage später von dort verschwand, weil mein Vater sich beschwert hatte, fühlte ich mich viel weniger beschützt, ganze Nächte lang konnte ich vor Angst nicht einschlafen, und als ich mich nun an ihn erinnerte, dachte ich, wenn Arie nachher kommt und sich neben mich legt, werde ich ihm von jenem Wächter erzählen, sogar ohne die Moral von der Geschichte. Das ist vermutlich die Wurzel der Liebe, allen möglichen Blödsinn zu erzählen, der einem passiert ist, in der Hoffnung, daß auf dem gewundenen Weg vom Mund des einen zum Ohr des anderen die Geschichte ihre Bedeutung bekommen wird, ihre Berechtigung, als habe sich das damals nur ereignet, dachte ich, damit ich es Arie heute nacht erzählen kann, und nicht nur das, alles, was geschah, was geschieht und was geschehen wird, hat keinen anderen Sinn, als es Arie zu erzählen, auch wenn er überhaupt kein Interesse hat, es sich anzuhören.

Draußen hörte ich Stimmen, die sich verabschiedeten, in verschiedenen Sprachen wurde eine gute Nacht gewünscht, und die Wohnungstür fiel zu und wurde sogar abgeschlossen, und ich setzte mich im Bett auf und wartete, daß er kam und mich befreite, aber er hatte es nicht eilig, ich hörte seine Stimme, nur seine, mit sich selbst diskutieren, bis ich kapierte, daß er telefonierte, und ich stellte das Telefon neben mich, wagte aber nicht abzuheben, ich legte den Kopf darauf, wie auf ein Kissen, vielleicht würde etwas von dem Gespräch zu mir dringen, und ich hörte, wie er zornig die Stimme erhob, dann knallte er den Hörer auf und stieß ei-

nen Fluch aus, wenigstens hörte es sich so an, Geschirr klap-
perte, und erst dann, ich wußte gar nicht, wieviel Zeit vergangen war, weil es auf meiner Uhr immer noch neun war,
erst dann ging meine Tür auf, und das Licht wurde angemacht, und das Leben trat ein.

Ich versuchte ihm zuzulächeln, aber es wurde ein schiefes
Lächeln, wie das von Frauen, deren Ehemänner spät nach
Hause kommen, und sie wollen Selbstachtung demonstrieren, ohne daß es ihnen wirklich gelingt, und er sagte, hallo,
und ich sah, daß er mit den Gedanken noch bei seinem Telefongespräch war, und es rührte mich, daß er sich Mühe
gab, aber der Fluch saß ihm noch in den Augen, und als er
mich anschaute, wandte er sich gegen mich, und ich fühlte
die Last seiner schlechten Laune mit meinem ganzen Körper, als wäre ich schuld an dem Mißgeschick, das hinter
dem Fluch steckte, und ich wußte nicht, was ich tun sollte,
wie ich seinen Zorn besänftigen konnte. Ich versuchte ruhig
zu sein, mich nicht aufzuregen, aber in meinen Ohren hörte
ich das Pfeifen der Angst, wie das Pfeifen einer Lokomo-
tive, die immer näher kommt, während man weiß, daß die
Schranke nicht funktioniert und ein Unfall nicht mehr zu
vermeiden ist und nur noch die Frage bleibt, wie groß die
Katastrophe sein wird.

Komm ein bißchen raus, sagte er, du wirst ja noch ganz
klaustrophobisch, und ich trat vorsichtig über die Schwelle
wie über eine gefährliche Grenze und bewegte mich tastend
vorwärts, schaute nach rechts und links, vielleicht war irgendein Gast in einem der Zimmer vergessen worden, und
im Wohnzimmer eroberte ich mir einen Platz auf dem Sofa,
starr vor Kälte in meinem dünnen Nachthemd, und er fragte
nicht, er sagte, du hast Hunger, und ich antwortete, ja, übertrieben dankbar, und er nahm einige Sachen aus dem Kühlschrank, wärmte sie und rief mich in die Küche. Ich setzte

mich gehorsam an den runden Tisch, vor den großen Teller mit Truthahnschnitzel, Kartoffeln und Gemüsesalat, ein Standardessen von der Art, wie meine Mutter es mir nach der Schule oft machte, und ich versuchte, wohlerzogen zu essen, damit er mein Kauen nicht hörte, denn plötzlich war ich zu einer unerwünschten Person geworden, jede seiner Bewegungen zeigte mir das, und wer unerwünscht ist, muß leise atmen, denn eigentlich hat er keine Existenzberechtigung.

Er holte das Geschirr aus dem Wohnzimmer und leerte die Aschenbecher, und das alles erledigte er demonstrativ laut, wütend, und ich dachte, seltsam, nichts hängt von mir ab, und wie schwer war es, sich daran zu gewöhnen, denn im allgemeinen gab es doch eine gewisse Beziehung zwischen dem, was man tat, und dem, wie man behandelt wurde, aber in diesem Haus herrschten andere Gesetze, ich war erwünscht oder unerwünscht aus Gründen, die nicht von mir abhingen, ich war so etwas wie ein blasser Mond, der kein eigenes Licht hat und von der Gnade der Sonne abhängt. Wer weiß, welcher Streit unter Liebenden mich hierhergebracht hat, dachte ich, und was für eine Versöhnung mich wieder entfernen wird, oder andersherum, diese Gesetzmäßigkeiten waren mir nicht klar, und vermutlich war ich schon so allein mit meinem Kummer, daß ich, ohne es zu merken, anfing, in den Teller zu weinen, und er blieb überrascht vor mir stehen, was ist los, und ich sagte, nichts, und dann heulte ich, du willst mich nicht hier haben, und er sagte, warum sagst du das, und ich wimmerte, weil ich das fühle, und er sagte, manchmal vergesse ich, daß du da bist, und dann, wenn es mir wieder einfällt, freue ich mich. Fast widerwillig sagte er das, als presse er die letzte Feuchtigkeit aus sich heraus, und ich verstand, daß dies das Maximum war, mehr konnte ich im Moment nicht erwarten, und ich fühlte mich ein bißchen besser, denn wenigstens glaubte ich ihm, und dann fügte er hinzu, ich halte dich nicht mit Gewalt hier fest, das weißt du, du kannst gehen, wann immer du willst, und ich dachte, sehr schön, aber wohin, Istanbul habe ich deinetwegen schon verpaßt, und ich begann ihn zu hassen, weil er mir auf eine so höfliche Art meine Freiheit wiedergegeben hatte, denn was konnte ich jetzt mit ihr anfangen?

Er brachte zwei Dosen Bier und zwei riesige Gläser, goß für uns beide ein und setzte sich neben mich, und es sah so aus, als bessere sich seine Laune langsam, und ich betrachtete seine Bewegungen, die so geschmeidig waren, als hätte man seine Gelenke mit Olivenöl geschmiert, und versuchte, mich stark zu machen, ich durfte jetzt nicht nachgeben, ich war schon kurz vor dem Ende, auch wenn mir nicht klar war, um was für ein Ende es sich handelte, ich trank einen Schluck Bier und erholte mich allmählich, und ich dachte an den Koffer mit der Reizwäsche und daran, wie lang die Nächte waren und wie kurz das Leben, jede Nacht kam mir ungefähr so lang vor wie ein halbes Leben und mindestens genau so viel wert. Ich legte meine Hand auf seine und fragte, also wie geht es dir, und er war ein bißchen überrascht und sagte, ganz gut, dann fing er sich sofort und fügte hinzu, in Anbetracht der Umstände, selbstverständlich, und ich sagte, selbstverständlich, und fragte, wer ist alles gekommen, durch die Wand hat es sich angehört wie der reinste Karneval, und er lächelte, ja, die Leute freuen sich, wenn sie sich treffen, du weißt ja, wie das ist, und meine Finger sahen so weiß auf seiner Hand aus, fast strahlend.

Schau mal, sagte ich, und er blickte unsere Hände an und sagte, Joséphine war auch weiß, wir waren wie Tag und Nacht, und er stand auf und suchte etwas in den Schubladen und holte eine alte Schuhschachtel heraus, die mit Gummis verschlossen war, nahm die Gummis ab und wühlte in der Schachtel herum, lachte überrascht, und dann zeigte er mir ein Foto, als Beweis für seine Worte, und beide waren zu sehen, ineinander verflochten wie Kletterpflanzen, oder besser, er war der Stamm, und sie wickelte sich um ihn, und beide waren nackt, obwohl sie es fast schafften, daß einer die Nacktheit des anderen verbarg, und der Unterschied in ihren Farben war wirklich beeindruckend, fast wie die Karos auf einem Schachbrett, und sie lachten in die Kamera, stolz auf ihre Nacktheit, jung und schön, seine Brust verbarg ihre Brüste, die Geschlechtsteile hatten sie aneinandergedrückt.

Ich war so begeistert, ich hätte das Foto stundenlang betrachten können, es enthielt so viel Material für mich, ein Überfluß, der mir in den Schoß fiel, sein nackter Körper, seine Jugend, ihr Körper, ihre Liebe. Ich wußte gar nicht, womit ich anfangen sollte, mit den dunklen Haaren, die seinen großen Kopf bedeckten, mit dem offenen Lächeln, den weißen Zähnen, mit dem fröhlichen Lachen in den Augen. Er sah jung aus, jünger, als ich heute war, schön, aber lange nicht so anziehend wie heute, ein bißchen dümmlich mit seinem glücklichen Lächeln, und ich dachte, wenn ich ihn damals getroffen hätte, hätte ich mich nicht in ihn verliebt, aber sie, sie sah so liebenswert aus, daß ich richtig erschrak, mit einer Fülle blonder Haare und strahlenden Augen, mit einer kleinen geraden Nase und blühenden Lippen, und auch ihre Nacktheit, die sich zart von seiner abhob, war so schön, daß es weh tat, wie kurz war die Zeit ihrer Blüte gewesen.

Ich spürte, wie er, hinter mir stehend, das Bild betrachtete, und ich fragte still, war sie wirklich so schön, und hoffte zu hören, nein, das Foto übertreibt, denn ihre Schönheit bedrückte mich, und er sagte, sogar noch schöner, sie war wunderbar, und er wollte mir das Bild aus der Hand nehmen, doch ich hielt es fest, und beide gaben wir nicht nach, fast wäre es zerrissen, und schließlich sagte ich, warte, laß es mich noch ein bißchen betrachten, und ich sah ihre Beine, die ineinander verflochten waren, stark und trotzdem weich, und ich sagte, wie konntest du sie betrügen, sie sieht so großartig aus, und noch bevor ich den Satz zu Ende gesprochen hatte, wußte ich, daß ich einen Fehler gemacht hatte.

Mit einem Ruck riß er mir das Foto aus der Hand und legte es in die Schachtel zurück und band sie wieder mit allen Gummis zu, mit rabiaten Bewegungen, dann nahm er mir grob den Teller und das Bierglas weg, das ich noch nicht ausgetrunken hatte, und sagte mit schwerer Stimme, ich habe sie nicht betrogen, ich habe sie nie betrogen, hörst du, und ich erschrak, konnte aber den Mund nicht halten und sagte, mir kannst du nichts vormachen, schließlich hast du sie auch mit mir betrogen, hast du das vergessen? Er wurde über und über rot und schwenkte wütend das Bierglas in meine Richtung und schrie, was redest du für einen Blödsinn, was weißt du überhaupt, ich habe sie nie betrogen, ich war ihr bis zur letzten Sekunde treu, und sie wußte das! Mit welchem Recht wagst du es, mich zu beschuldigen, wer bist du überhaupt, daß du mir so etwas vorwerfen darfst? Und mit aller Gewalt knallte er das große Glas auf die Marmorplatte neben der Spüle, und es zersprang in winzige Scherben, wie konnte ein so riesiges Glas in so kleine Scherben zerspringen, ein riesiges Glas wie aus einem Bierkeller ergab sich mit einer solchen Leichtigkeit.

Ich sah, wie er erstaunt seine Hände anstarrte, sie bewegte, als blättere er in einem Buch, ich sah es mit einem Blick über die Schulter, denn ich war schon nicht mehr dort, wie gehetzt lief ich zum Schlafzimmer und schloß die Tür hinter mir, zitternd vor Angst, verzweifelt, enttäuscht, und ich begann im Koffer herumzuwühlen, und vor lauter Anspannung fand ich nichts, ich wußte kaum, was ich suchte, einfach etwas zum Anziehen, aber alles war nur Unterwäsche, mit der man unmöglich auf die Straße gehen konnte, und mir wurde schwarz vor den Augen, ich begann zu fluchen, was hast du dir bloß gedacht, daß du nie mehr das Bett verlassen wirst, nur Strumpfbänder und Stiefel, das ist es, was du im Kopf hattest, und dann fiel mir ein, daß ich trotzdem etwas angehabt hatte, als ich gestern gekommen war, kaum zu glauben, daß das erst gestern gewesen war, mir kam es mindestens so lang vor wie ein Monat, ich hatte etwas angehabt, ich war nicht in Strumpfbändern und Stiefeln gekommen, ich begann unter den Bettdecken zu suchen, unter dem Bett, versuchte mich zu erinnern, wo ich mich ausgezogen hatte. Du mußt in deinem Kopf suchen, hatte meine Mutter immer gesagt, erst im Kopf, aber mein Kopf war so gelähmt wie meine Hände, gelähmt vor Angst, daß er gleich ins Zimmer stürzen und mich umbringen würde, und ich versuchte mich zu erinnern, was man in so einer Situation im Film tat, und mir fiel ein, daß ich schon einmal gesehen hatte, wie jemand die Tür mit einem Stuhl verbarrikadiert hatte, also nahm ich den Stuhl und zerrte ihn zur Tür, und da sah ich, daß meine zusammengelegten Kleider ganz ruhig auf ihm lagen, und als ich angezogen war, machte ich schnell den Koffer zu und ging, ohne mich an der Küche aufzuhalten, zur Tür hinaus.

Die Nacht war angenehm und frühlingshaft, als hätten an dem einen Tag, den ich eingeschlossen verbracht hatte, die Jahreszeiten gewechselt, und ich schwitzte in meinen warmen Sachen und fühlte mich schwer und verlassen, und obwohl ich am Anfang gerannt war, begann ich doch bald, langsam zu gehen, so langsam, daß es fast ein Stehen war, denn ich merkte, daß mich niemand verfolgte, und ich hatte es ja nicht wirklich eilig, man konnte kaum sagen, daß mich irgend jemand irgendwo erwartete, und ich stellte den Koffer auf dem Gehweg ab und setzte mich darauf, wie eine überflüssige Touristin in dieser neuen nächtlichen Welt, in der schreckliche und unerwartete Dinge geschahen. Ich hatte das Gefühl zu versinken, und die ganze Zeit sagte ich mir, laß dich nicht fallen, geh nach Hause zurück, nimm dein Leben wieder auf, das Glas ist zerplatzt, na und, es gibt noch etwas, an dem du dich festhalten kannst, geh nach Hause, und morgen fährst du zur Universität und setzt dich in die Bibliothek, zwischen all die Bücher, und läßt diesen Mann ohne dich wahnsinnig werden.

Ich sah mich in einem Zimmer voller Bücher, glücklich aufatmend, sah mich zwischen den Büchern herumflattern wie ein Schmetterling zwischen Blumen, mal hier nippend, mal da, und dann wurde mir schwindlig, denn mir fiel das einzigartige Buch aus der Privatbibliothek des Dekans ein, die Geschichten von der Zerstörung des Tempels, und ich machte den Koffer auf und begann fieberhaft zu suchen, aber es war nicht da, schließlich hatte ich es nicht eingepackt, ich hatte es auf dem breiten Bett zurückgelassen wie einen Verwundeten auf dem Schlachtfeld, und wer wußte, was sein Schicksal sein würde, ob es nicht das nächste Opfer seiner Wut würde, ob er es nicht in Fetzen zerreißen würde, so wie er das Bierglas in Scherben zerschlagen hatte, und alle Helden des Buches, die so viel Leid ertragen hatten, wie zum Beispiel der Hohepriester und seine Tochter und all die edlen Töchter Zions und der Zimmermann, dem die Frau geraubt wurde, sie alle würden eine weitere Zerstörung erleben, und ich wußte, daß ich sie aus seinen Händen retten mußte, und selbst wenn es eine Ausrede war, war es nicht nur eine Ausrede, und ich beschloß, ich würde einfach hineingehen und wortlos das Buch aus dem Schlafzimmer holen, sogar ohne ihn anzuschauen, aber als ich im dunklen Treppenhaus stand, spürte ich, daß meine Augen weh taten vor lauter Sehnsucht, ihn zu sehen, und als er die Tür aufmachte, tat mir der Körper weh vor lauter Liebe zu ihm, vor lauter Liebe und Mitleid und Kummer und Sehnsucht, aber ich sagte nichts, ich lief zum Schlafzimmer und zog das Buch zwischen den Decken hervor, umarmte es und wiegte es in meinen Armen.

Er kam mir nach, langsam und düster, und blieb in der Schlafzimmertür stehen. Und als ich versuchte, an ihm vorbeizugehen, streckte er die Hand aus, so langsam, daß ich sah, wie sich die Bewegung auf mich zu entwickelte, und streichelte mein Gesicht, er zog mich zum Bett, und ich sah, daß seine Hand verbunden war, und ich sagte, ich liebe dich, ich weiß, daß das nicht in Ordnung ist, aber ich liebe dich, und er begann mich zärtlich auszuziehen, und er sagte, es ist in Ordnung, es ist in Ordnung, und er verkniff sich sogar seine übliche Frage, warum, und ich sagte, ich wollte dich nicht verletzen, und er sagte, es ist in Ordnung, ich weiß, und dann fühlte ich gleich, wie er mich umfing, innen und außen, warm und voll, und ich fühlte dieses Wort, dieses Glück, es war Glück, wie ein Wiedersehen mit jemandem, von dem ich schon geglaubt hatte, ich würde ihn nie mehr sehen, von dem ich geglaubt hatte, er sei tot, es war Glück, wie wenn man es geschafft hatte, die Vergangenheit zu reparieren, wie wenn man nach einer schweren Krankheit gesund wird, wie wenn man Eltern, die sich getrennt hatten, wieder zusammenführt, so glücklich war das und so unmöglich, und deshalb wußte ich, daß alles nicht wirklich war, und deshalb konnte ich mich nicht wehren gegen das süße Gefühl, und die ganze Zeit sagte ich mir, die Welt stirbt und ich bin glücklich, die Welt stirbt, und ich bin glücklich, und es gab Momente, wo sich die Worte in meinem Mund verwandelten, und ich sagte, ich sterbe, und die Welt ist glücklich, ich sterbe, und die Welt ist glücklich, und es schien mir eigentlich das gleiche zu sein, und auch ich verwandelte mich unter seinen Händen, und die ganze Zeit dachte ich, was für ein Glück, ich hätte mein ganzes Leben verbringen können, ohne das zu fühlen, ohne das zu tun, das sind meine wirklichen Flitterwochen, andere wird es nicht geben, nie wird es andere geben, und auch wenn sie nur ein paar Stunden dauern, lohnt es sich, und dann hörte ich ihn einen langen lustvollen Seufzer ausstoßen, der zu einem Weinen wurde, und ich umarmte ihn fest und flüsterte, nicht weinen, ich liebe dich, und er wimmerte wie ein kleines Kind, ich habe sie nicht betrogen, ich habe sie nie betrogen, sie hat das gewußt, sie hat es selbst zu mir gesagt, bevor sie starb, daß sie weiß, daß ich ihr treu gewesen bin, daß sie nicht daran zweifelt, und ich sagte, ja, ich weiß, und ich spürte, wie sein Körper abkühlte und zusammenschrumpfte, sogar die Schultern, die Hüften, die Knie, wie ein Kuchen, der aufgegangen aus dem Ofen kommt und anfängt zusammenzusinken, und er drehte sich auf die andere Seite, und sein Wimmern ging in Schnarchen über, und ich, die ich den ganzen Tag auf diese Nacht gewartet hatte, lag enttäuscht neben ihm, zählte seine lauten Schnarcher und streichelte seinen Rücken und hoffte, es sei nur ein kurzer Schlummer, aus dem er bald erwachen würde, um mich bis zum Morgen zu lieben, denn ich war wirklich nicht müde, ich hatte ja die meiste Zeit des Tages schlafend verbracht, aber ich hatte nicht den Eindruck, daß er bald aufwachen würde, also stieg ich aus dem Bett und ging ins Wohnzimmer. Neben der Tür stand mein treuer Koffer, und ich nahm wieder das Nachthemd heraus und zog es an, dann setzte ich mich in die Küche, vor die alte Schuhschachtel, die dort stehengeblieben war, mit Gummis umwickelt, und ich machte sie auf und begann ziemlich gleichgültig darin zu wühlen, doch aus der Gleichgültigkeit wurde schnell Leidenschaft, bis es mir schien, als kämen mir alle Gefühle, die ich in dieser Nacht erwartet hatte, aus dieser alten Schachtel entgegen, in einer Fülle, die kaum zu ertragen war.

Mir ging es wie dem Hund des Wächters, dem man mehr und mehr Fleischbrocken seiner Träume hingeworfen hatte, so viele und so schnell, bis er es nicht mehr fassen konnte und sein Traum zu einem Alptraum wurde, genauso wurden die Glieder von den Fotos über mich gegossen, lebendige Glieder, nackt oder verführerischer als entblößt bekleidet, mit allen möglichen Wäschestücken, wogegen die Sachen aus meinem Koffer wie die Arbeitskleidung einer Pionierin der zweiten Einwanderung aussahen. Es gab so viele Augen in so vielen Farben und Formen, grün und blau und schwarz, rund und schräg geschnitten, es gab so viele Brüste und Brustwarzen und Mösen und Ärsche und Haare, eine menschliche Metzgerei, bis zum Überdruß gefüllt, wie weh es tat, zu dieser Metzgerei zu gehören, und wie weh es tat, nicht dazuzugehören, denn mich hatte er nie fotografiert, mir kam es vor, als wäre ich die einzige auf der Welt, die nie fotografiert worden war, die es nicht wert war, fotografiert zu werden. Ich versuchte, ein bekanntes Gesicht zu entdecken, aber alle Gesichter kamen mir fremd und fern vor, als seien sie in einem anderen Land oder in einer anderen Epoche fotografiert worden, und dann sah ich wieder das Bild von ihm und ihr, fast das unschuldigste Foto in der Schachtel, und daneben noch andere Fotos von beiden, die etwa zur gleichen Zeit aufgenommen worden waren, wenn nicht gar am selben Tag, auf einem saß sie auf seinen Knien, beide völlig nackt, und seine dunklen Hände bedeckten ihre weißen Brüste, auf einem anderen lag sie mit gespreizten Beinen da, und ihre Scham sah aus wie eine zarte rötliche

Knospe, und ihr Gesicht leuchtete vor Erregung, davor gab es auch einige andere Fotos von ihnen, aufgenommen in verschiedenen Pariser Cafés, vielleicht aus der ersten Zeit ihrer Bekanntschaft, und langsam wurde mir klar, daß die Fotos mehr oder weniger in chronologischer Reihe sortiert waren, und so betrachtete ich sie mir auch, ich versuchte sie auf dem Tisch zu ordnen, unscharfe Kinderfotos, Gruppen von mageren Kindern neben dunklen Frauen mit Kopftüchern und alternden Männern, dann kam langsam mehr Licht in die Bilder, hellere Kleidungsstücke, lächelnde Münder, und ein Foto, auf das ich mich sofort stürzte, zeigte zwei junge Männer, sie umarmten einander, und ich war mir fast sicher, daß das Arie und mein Vater waren, und daß es genau das Bild war, das mein Vater so enttäuscht gesucht hatte und für das er sich die Schublade auf die Füße hatte fallen lassen.

Arie erkannte ich leicht, groß und schwarz, mit einem breiten Lachen, das seine weißen Zähne zeigte, ein Lachen, das mir nicht gefiel, es war zu selbstsicher, zu hochmütig, ein bißchen böse in seiner Arroganz, neben ihm ein junger Mann, klein und hell, mit einem blassen, fast geisterhaften Gesicht, um nicht zu sagen gequält, und das war zweifellos mein Vater, am Tor zum Leben, mit einem zögernden, mißtrauischen Lächeln, so ganz anders als das Lachen seines Freundes, und trotzdem lag Hoffnung in seinem Gesicht, Hoffnung auf Glück, Bereitschaft zum Glück, und je länger ich ihn betrachtete, um so schwerer fiel es mir, mich von ihm zu trennen, und ich fragte mich, für was ich mich entschieden hätte, hätte ich damals gelebt, wäre ich meine Mutter gewesen, für das selbstsichere Lachen oder für das zögernde Lächeln, wie schwer war es doch, einen Partner zu wählen, oder auch nur ein Lächeln, denn manchmal war die Selbstsicherheit vorzuziehen, manchmal das Zögern, wie konnte man sich sein ganzes Leben lang auf ein einziges Lächeln beschränken.

Es fiel mir so schwer, von diesem Foto Abschied zu nehmen, daß ich es schnell in meinen Koffer legte, dann setzte ich meine Nachforschungen fort und ordnete die Fotos der Reihe nach, und ich sah, wie Joséphine allmählich von der Bildfläche verschwand, manchmal tauchte sie, bekleidet und fast ein wenig tantenhaft, zwischen allen möglichen Nackten auf, aber es war klar, daß die vielen jungen Frauen mit ihren dreisten Gliedern sie zur Seite gedrängt hatten, und das Licht in ihren Augen erlosch, ich konnte richtig sehen, wie es passierte, den Moment, in dem das Licht ausging, und ich betrachtete haßerfüllt die neuen Frauen, die natürlich heute auch nicht mehr jung waren und vielleicht auch nicht gesund, vielleicht lagen ihre Glieder sogar schon begraben unter der Erde.

Eine war dabei, die aussah wie eine Zigeunerin, dunkel und voller Zauber, sie hatte ein schwarzes Tuch um die Brüste und eines um die Hüften geschlungen, Tücher, die nur sehr locker gebunden waren, und tatsächlich fehlten sie bereits auf dem nächsten Foto, und sie war völlig nackt, nur von ihren langen schwarzen Locken bedeckt, lag sie auf einem roten Teppich, und er beugte sich über sie, er war es, ohne Zweifel, ich erkannte seinen schmalen, gut geformten Hintern, und es war nicht klar, ob das Foto davor oder danach gemacht worden war, und gleich danach sah ich sie in Aktion, sie ritt auf ihm, und er war in ihr, das zeigte der Ausdruck konzentrierter Lust in ihrem Gesicht, und das vierte Bild, vom selben Tag, warf ein wenig Licht auf die vorherigen, wenigstens auf die Identität des Fotografen, denn ich entdeckte neben dem Bett Joséphine, klein und blaß, in einem hellen Unterrock, ihre Schönheit war schon verblaßt, und die Zigeunerin hatte die Hand nach ihr ausgestreckt, zwischen ihre Schenkel, und ich konnte nicht sehen, wie dieser Griff empfangen wurde, widerwillig oder mit Vergnügen, ich konnte es nur erraten. Auf dem nächsten Foto war er schon mit einer anderen Frau zu sehen, einer langen, dünnen, kurzhaarigen Frau mit winzigen Brüsten, und von Foto zu Foto sah ich ihn altern, seine schwarzen Haare wurden grauer, die glatte Haut faltiger, die Zähne gelblicher, die Augen stumpfer und schmaler, und vor allem sein Lächeln, dieses gesunde Lächeln, wurde distanzierter, weniger eindeutig.

Als die Fotos geordnet vor mir auf dem Tisch lagen, konnte ich die Blicke rasch darübergleiten lassen und sie wie einen erotischen Kurzfilm betrachten, einen Film von zwei, drei Minuten, über das Liebesleben eines gewissen Arie Even, ein randvolles Leben, zweifellos, wie hatte er währenddessen noch andere Dinge tun können, und wer weiß, ob ihm noch Kraft geblieben war, aber er hatte noch Kraft, das konnte ich bezeugen, ich, die versuchte, die letzten in dieser Reihe zu verdrängen. Kein Wunder, daß es so schwer war, ihn zu begeistern, vermutlich hatte er seinen Vorrat an Leidenschaft schon längst verbraucht, außer einem Selbstmord beim Ficken hatte er alles ausprobiert, und vielleicht selbst das, wer konnte das schon wissen, und eigentlich müßte ich meinen Hunger einpacken und abhauen, denn er würde ihn nicht stillen, Hunger und Sattsein können sich nicht zur gleichen Mahlzeit setzen, und plötzlich packte mich Ekel vor diesen Fotos, ich konnte sie nicht mehr ertragen, ich begann sie schnell in die Schachtel zurückzulegen, vom Ende zum Anfang, begrub erst sein Alter und dann seine Jugend, und als ich fast fertig war, entdeckte ich plötzlich noch ein Foto, das mir vorhin entgangen war, das Bild einer hübschen jungen, zur Abwechslung mal angezogenen Frau vor einem leeren Teller, Gabel und Messer in den Händen, die Haare zu einem Zopf geflochten, mit einem zarten Gesicht, und an ihrem Ringfinger prangte ein schmaler Ehering, und sie sah zufrieden auf den Teller.

Angespannt betrachtete ich das Foto, obwohl ich es sehr gut kannte, Dutzende Male hatte ich es gesehen, doch nie hatte ich mich so sehr für sie interessiert wie jetzt, für meine junge hübsche Mutter mit dem ernsten Gesicht, als ginge ihr gerade ein wichtiger Gedanke durch den Kopf, wichtig und spannend, aber nicht schicksalhaft, vielleicht hatte der Gedanke etwas mit dem leeren Teller zu tun, und sofort warf ich auch dieses Foto in meinen Koffer, wo es wie ein Blatt zwischen die schwarzen Wäschestücke sank, ich tat es, obwohl ich einen Abzug in meinem Album hatte, aber es war das Bild von ihr, das ich am meisten liebte, und ich wollte es nicht da lassen, in seiner ekelhaften Schachtel, zwischen seinen Huren, was hatte sie mit ihnen zu tun, wirklich, was hatte sie mit ihnen zu tun, wie konnte ich das erfahren, die Vergangenheit war zugedeckt, eine große Plane war über sie gebreitet, vielleicht wußte sie es ja selbst nicht, wie sollte ich es dann wissen?

Ich dachte an meine Tochter, die Tochter, die ich einmal haben würde, was würde sie schon über mich wissen, und mir war klar, daß auch sie in dieser Schachtel wühlen und nach Fotos von mir suchen würde, denn er würde uns auf ewig umkreisen, charmant und verflucht, und wie ein Magnet die Herzen an sich ziehen, und ich wollte gerne einen Zettel für sie in seine Schachtel legen, meine Tochter, wollte ich ihr schreiben, auch wenn du dein Gewicht auf meines lädst, bleibt doch die Luft stickig, scharf wie ein Krummschwert, aber statt dessen zog ich sorgfältig alle Gummis über die Schachtel und machte das Licht aus. Ich ging durch die dunkle Wohnung, von einem Zimmer zum anderen, zog da und dort eine Schublade auf, doch nichts interessierte mich, weder seine Bankauszüge noch die Beileidstelegramme, nicht seine Papiere und die Dokumente auf französisch, das alles war unbedeutend im Vergleich zu dem, was ich bereits gesehen hatte, und wieder setzte ich mich auf den Koffer, der mir bequemer war als alle Sessel, und dachte, das ist der richtige Zeitpunkt zum Weggehen, dieser Mann ist zu verdorben für dich, so wie es nicht ratsam war, in einer Mülltonne zu leben, war es auch nicht ratsam, in seinem Bett zu liegen, und ich ging ins Schlafzimmer und blickte auf das breite Bett, aber er war nicht drin, das Bett war leer wie der Teller meiner Mutter auf dem Foto.

Erst glaubte ich nicht richtig zu sehen, denn er und die Dunkelheit hatten fast die gleiche Farbe, aber als ich näher trat und mit der Hand über die weichen Decken strich, fühlte ich keinen Körper, und ich dachte, vielleicht hat er sich in Luft aufgelöst, vielleicht ist er zusammengeschrumpft, vielleicht ist sein ganzer Körper vergangen, wie eine Erektion, die vergeht, und hat nur eine Schachtel mit Bildern zurückgelassen statt Kinder, und all seine fotografierten Frauen, jene, die noch am Leben sind, werden an seinem offenen Grab den Kaddisch sagen, und ich empfand Erleichterung, als ich das dachte, sogar Hoffnung, denn das schien mir die einfachste Art, ihn loszuwerden, ohne jeden Konflikt, ohne Bitterkeit, ich hatte getan, was ich konnte, nichts hing mehr von mir ab, und ich empfand wirklich Enttäuschung, als ich einen dumpfen Furz hörte, dann wurde der Wasserhahn auf- und wieder zugedreht, er achtete auch mitten in der Nacht darauf, sich die Hände zu waschen, aber was half ihm das, wo er innerlich so voller Schmutz war, und schwere Schritte kamen näher, und sein Körper fiel auf das Bett, und im Licht seines Feuerzeugs sah ich sein Gesicht, konzentriert auf die Zigarette, die er anzündete, und ich hörte ihn sagen, du bist noch da, in einer Mischung aus Spott und Erstaunen, vermutlich hatte auch er gehofft, daß ich mich auflöste, daß ich ohne Szenen aus seinem Leben verschwand, ohne Abschied, ohne Beschuldigungen, und da war auf einmal die gemeinsame Enttäuschung, vielleicht verband sie uns für einen Moment, die Enttäuschung jedes einzelnen, daß der andere nicht aus seinem Leben verschwunden war.

Möchtest du, daß ich gehe, fragte ich, und er seufzte, ich habe keine Kraft dafür, warum kümmerst du dich um das, was ich will, tu doch, was du willst, und ich sagte, aber ich bin nicht alleine hier, wir sind zwei, und er sagte, hast du es noch nicht gelernt, zwei, das sind zwei Menschen allein, und ich bin bereit, dir ein Geheimnis zu verraten, drei, das sind drei Menschen allein, und so weiter, und sogar in der Dunkelheit konnte ich die Befriedigung auf seinem Gesicht ahnen, und ich versuchte zu überlegen, ob das, was er gesagt hatte, klug oder dumm war, originell oder banal, und ich konnte mich nicht entscheiden, und ich zischte böse, bei Dreiern scheinst du dich ja auszukennen, und er fuhr mich an, was meinst du damit? Nichts Besonderes, stammelte ich, und er kicherte, du hast ein bißchen geschnüffelt, ich verstehe, und ich schwieg, bereit, wieder einen Wutanfall über mich ergehen zu lassen, diesmal vielleicht sogar zu Recht, aber statt zu toben, kicherte er weiter, als habe er beschlossen, um jeden Preis unberechenbar zu sein, und sagte, ich hoffe, es hat dir Spaß gemacht.

Weniger als dir, sagte ich, und er lachte, ja, es hat mir wirklich Spaß gemacht, warum sollte ich das leugnen, jetzt, wo die meisten Vergnügungen des Lebens schon hinter mir liegen, und ich war gekränkt, du läßt mir keine Chance. Nimm es nicht persönlich, sagte er, ich spreche von dem großen Korb voller Vergnügungen, voller Abenteuer und voller Geschenke, ich habe sie fast alle schon ausgepackt, der Korb ist beinahe leer, und bei dir ist er noch voll, Ja'ara, mach dir keine Sorgen. Ich bin mit einem leeren Korb geboren worden, sagte ich, es ist überhaupt keine Frage des Alters, ich hatte nie das Gefühl, einen solchen Korb zu besitzen.

Man fühlt es nicht immer, nur wenn man rückwärts schaut, wenn man die Mitte des Lebens überschritten hat, erhellt sich das Bild, sagte er, und um mir sein Bild zu erhellen, machte er das kleine Licht an und begann nach seinem Gras zu suchen, um sich noch ein wenig Trost zu verschaffen, und ich beobachtete fasziniert die Bewegungen seines nackten braunen Körpers, und während ich noch versunken war in dieses Bild, kam es mir auf einmal vor, als sei sein ganzer Körper übersät mit Fingerabdrücken, wie ein Leopard sah er aus, geschmeidig und über und über mit runden Flecken bedeckt, den Abdrücken der Finger und der Münder aller Frauen, die es in all den Jahren mit ihm getrieben hatten, und trotzdem sah er nicht abgenutzt aus, so wie Leoparden nicht abgenutzt aussehen, und er streckte sich genüßlich, zog an der Zigarette und hielt sie mir dann hin, während er fortfuhr, ja, es hat mir Spaß gemacht, aber ich war nicht abhängig davon, fast drohend sagte er das, eine ernste Warnung, und mir wurde klar, daß es sich nicht lohnte, darüber zu diskutieren, also sagte ich nur, wie hast du noch Zeit für andere Dinge gefunden, und er lachte, du vergißt, wie alt ich bin, alles verteilt sich auf so viele Jahre. Aber der Körper ist derselbe Körper, sagte ich, es ist dein einziger, und er ist übersät von Flecken, und er betrachtete besorgt seine braune glatte Haut, drehte seine Arme von einer Seite zur anderen, und dann seufzte er erleichtert, als habe er wirklich Angst gehabt, aus dir spricht der Neid, mein Mädchen, sagte er, und ich widersprach noch nicht mal, und er sagte, dein Leben ist noch offen, Ja'ara, warum hast du es so eilig, alles zuzumachen, auch wenn du etwas aufmachst, beeilst du dich, es bei der ersten Enttäuschung schnell wieder zu schließen, und das war fast das erste Mal, daß er etwas sagte, was mit mir zu tun hatte, nicht mit seiner Welt, und es verwirrte mich ein wenig, wieso mischte er sich in meine Angelegenheiten, und ich fragte zornig, was meinst du damit, ich weiß es selbst nicht, sagte er, es ist nicht eine bestimmte Einzelheit, es sieht insgesamt so aus, statt dich auf das Leben zu stürzen wie eine Pariserin, versteckst du dich, kommst von Zeit zu Zeit aus deiner Höhle und kehrst sofort wieder zurück. Das ist natürlich dein gutes Recht, jeder Mensch ist verantwortlich für seinen Weg, aber dich frustriert es, man sieht es dir an, es reicht dir nicht, dich in einer Höhle zu verkriechen, du willst mehr, aber dafür muß man Gefahren eingehen, und du wagst nichts.

Ich gehe Gefahren ein, sonst wäre ich nicht hier, versuchte ich mich zu verteidigen, und er tat meinen Einwand geringschätzig ab, du redest schon wieder von Details, es kommt nicht darauf an, wo du eine oder zwei Nächte deines Lebens verbringst, sondern darauf, wie du dein ganzes Leben organisierst, ob du es beherrschst oder von ihm beherrscht wirst, und ich zog mich geschlagen zusammen, so gerne wollte ich die beherrschende Frau sein, die er beschrieb, die von keinem Mann abhängig ist, die keine Gewinn- und Verlustrechnungen aufstellt, die keinen Preis für Sicherheit bezahlt, die ihren eigenen Weg geht, ich stellte mir eine starke Zukunft vor, ohne Joni, der mich schwächte mit seiner ständigen Aufpasserei, ohne Arie, in einer kleinen Dachwohnung, denn unsere Wohnung war wirklich wie eine dämmrige Höhle, ich mußte aus ihr raus in eine andere, die mir alles von oben zeigte, das ganze Bild, und nicht nur die kleinen Details, von denen ich mich immer so ablenken lasse, und ich werde schlafen, mit wem ich will, und nicht mit dem, der verspricht, mich immer zu lieben, und von Zeit zu Zeit auch mit Arie, und mein Körper, dieser Körper, von dem ich noch nicht wußte, was mit ihm war, was er für mich bedeutete, würde ein eigenes Leben führen, ein wildes, geheimnisvolles Leben, er wird mein Pferd sein und ich werde auf ihm reiten, und ich werde keine Angst haben.

Einen Moment lang war ich erschlagen von dem Bild, das scharf und klar vor mir stand, aber sofort versank ich wieder, wie jedesmal, wenn ich versucht hatte, etwas zu malen, immer hatte ich ein wunderbares, vollkommenes Bild im Kopf, doch auf dem Weg zum Papier löste es sich auf, und es kam nur jämmerliches Kritzeln heraus, es war einfach die Diskrepanz zwischen dem Zauber der Vision und der Realität. Ich sah mich selbst, allein in einer kalten Dachwohnung, mit einem Telefon, das nie läutet, außer wenn meine Mutter anruft, und manchmal kommt Joni mit seiner neuen Frau zu Besuch, und sie bringen mir die Reste von ihrem Tscholent mit, und ich esse ihn, ohne ihn aufzuwärmen, und meine Tränen fallen in den Teller. Und eine Welle von Selbstmitleid ergriff mich, dann Zorn auf ihn, wer war er überhaupt, daß er mein Leben ändern wollte, und leise sagte ich, auch du warst die ganzen Jahre verheiratet, auch du warst eingeschlossen, und er sagte in demselben gönnerhaften Ton, du hast mich nicht verstanden, was hat das mit Ehe zu tun, es geht um deine Auffassung von dir selbst, die Ehe ist zweitrangig, man kann allein sein und sich verschließen, und man kann verheiratet sein und offen, die Frage ist, welche Bedürfnisse du hast, was du wählst, wie du dein Leben führst, die Frage, ob du auf ewig wie eine Schülerin sein willst, die sich vor ihrem Lehrer fürchtet, da und dort mal den Unterricht schwänzt, aber immer aufpaßt, ein unschuldiges Gesicht zu machen, damit man ja ihren Eltern nichts sagt, oder ob du selbst die oberste Autorität für dein Leben bist, im Guten wie im Schlechten, in jeder Hinsicht. Mir scheint, du versuchst die ganze Zeit, eine imaginäre krumme

Linie gerade zu machen, um nicht zu sehr aus dem Rahmen zu fallen, um keinen zu hohen Preis zu bezahlen, vielleicht klappt es ja mit ein paar Reparaturen, aber sein ganzes Leben so zu verbringen ist schade. Glaub mir, fügte er hinzu, ich stehe hier nicht zur Debatte, ich versuche nicht, dich dazu zu überreden, irgendeine Unterrichtsstunde zu schwänzen, ich sehe dich einfach, obwohl du meinst, daß ich nur mich sehe, und du tust mir leid.

Zusammengesunken saß ich neben ihm, mit schmerzendem Rücken, eine kalte Hand packte mich an allen Muskeln, und ich konnte mich nicht bewegen, denn ich wußte, daß er recht hatte, aber was sollte ich damit anfangen, ich stand vor einem großen Durcheinander und ich wußte nicht, wo ich mit dem Aufräumen beginnen sollte und ob mein Leben überhaupt dafür reichen würde oder ob es besser wäre, es gar nicht erst zu probieren, ich haßte ihn, weil er sich so grob in meine Angelegenheiten gemischt hatte, als hätte er mich ohne mein Wissen fotografiert, als ich im Badezimmer auf dem Klo saß und mir in der Nase bohrte, und würde mir jetzt das Bild hinhalten und sagen, das bist du, sag selbst, ob man dich lieben kann oder nicht. Wer war er überhaupt, wie konnte er es wagen, was wollte er erreichen, und er sagte, weißt du, ich habe mir deinen Vater heute genau angeschaut, als er erzählte, du wärst in Istanbul, in den Flitterwochen, und ich hatte große Lust, ihn an der Hand zu nehmen, mit ihm zum Schlafzimmer zu gehen und die Tür aufzumachen und zu sagen, schau, Schlomo, sie ist hier, aber das geht dich nichts an, und ihn dann ins Wohnzimmer zurückzuführen und das Gespräch fortzusetzen, als wäre nichts passiert, und ich bin sicher, er hätte es geschluckt, du kannst mir glauben, das wäre nicht der erste Frosch, den er geschluckt hatte, du wirst dich noch wundern, was für ein Schluckvermögen die Menschen besitzen.

Aber dann hätte er nicht hier sitzen und verkünden können, er sei ein glücklicher Mensch, sagte ich, und Arie machte eine geringschätzige Bewegung mit der Hand, Blödsinn, er hätte es genauso verkündet, auch wenn du gestorben wärst, kapierst du das nicht? Er ist glücklich, weil er beschlossen hat, glücklich zu sein, nicht weil ihm das Leben einen besonderen Rabatt eingeräumt hätte, du weißt doch, daß das nicht so ist. Sein Glück hat nichts mit dir zu tun, es hat nichts damit zu tun, ob du gut verheiratet bist und deinen Urlaub in Istanbul verbringst, es hat überhaupt nichts mit dir zu tun, und es ist nicht deine Aufgabe, vor ihm Sachen zu verbergen, um ihn glücklich zu machen, und dasselbe gilt für deine Mutter und erst recht für deinen Mann. Die Wahrheit ist der Frosch, den die Menschen im allgemeinen relativ leicht schlucken, halte ihn nicht davon fern, und ich sagte, es ist nicht nur so, daß ich mich verantwortlich fühle für ihr Glück, ich habe auch Angst, die Folgen zu tragen, und er sagte, ja, das ist ein bekanntes Dilemma, aber nur scheinbar, denn wenn jemand nicht bereit ist, dich so zu akzeptieren, wie du bist, wird er ohnehin auf die eine oder andere Art verschwinden, schließlich kann man sich nicht ewig verstellen.

Aber ich weiß gar nicht, wie ich bin, sagte ich, morgens bin ich mutig und abends ein Angsthase, morgens will ich die Welt auf den Kopf stellen und abends möchte ich einen Mann, der auf mich aufpaßt, und er sagte, dann such dir einen Mann, der bereit ist, abends auf dich aufzupassen und dich morgens freiläßt, vergiß nicht, daß alles möglich ist, die Welt ist offener, als du es dir vorstellst, sie ist ein einziges großes Tor, glaub mir, und ich reagierte gereizt, er sprach wie ein Renovierungsfachmann, so nachdrücklich und selbstsicher, reißen Sie diese Wand hier ein, verlegen Sie das Badezimmer dorthin, als ob es um Steine ginge und nicht

um ein dermaßen kompliziertes, schwieriges und schweben-
des Material wie die Seele. Wie konnte er so sprechen, oder
war ich wirklich diejenige, die sich irrte, und man mußte
wirklich leben, als sei man aus Stein, das Leben nach den
wechselnden Bedürfnissen einrichten und nicht zulassen,
daß uns irgend jemand dabei stört, und mir fiel ein, wie sie
über mich gelacht hatten, als ich in der dritten oder vierten
Klasse war und die Lehrerin fragte, welche inneren Organe
ein Mensch habe, und ich sagte, die Seele.

Ich betrachtete sein breites, von der kleinen Lampe nur
schwach erhelltes Gesicht mit den halb geschlossenen Augen, die Lippen, die gierig an dem Trost saugten, und alles
kam mir gleichermaßen unmöglich und unerträglich vor, ich
trank und trank das Leid aus einem großen Glas, ich trank
und trank, denn mir war völlig klar, daß er sich nicht als Teil
meines Lebens sah, sondern als Innenarchitekt, der kam,
um eine Wohnung zu renovieren, in der er nicht sein eigenes
Zuhause sah und auch keinesfalls wohnen wollte, und natürlich sah auch Joni im fernen Istanbul sich selbst nicht
mehr als Teil meines Lebens, und es stellte sich heraus, daß
niemand mehr an meinem Leben teilnahm, mit einer gewissen Berechtigung, auch ich wäre froh gewesen, mich aus
ihm entfernen zu können, aber ich hätte nicht gewußt, wohin, dieses Leben gehörte nur mir, es kam noch vor einem
eigenen Zimmer, dieses eigene Leben. Und je mehr er versuchte, mir mein Leben zu öffnen, um so mehr spürte ich,
wie verschlossen es war, voller Achtung vor den verlorenen
Dingen, und das Atmen fiel mir schwer, und er sagte, wir
müssen schlafen, Ja'ara, es ist schon fast Morgen, und tatsächlich drang aus den Ritzen der Rolläden ein stumpfes
violettes Licht ins Zimmer, kalt und hochmütig, und ich
streckte mich neben ihm aus, meine Schulter unter seiner
Achsel, an dem verbrannten Schweiß reibend, und er über-

raschte mich mit einer angenehmen Umarmung, und sein ganzer Körper war weich und süß wie ein warmer Grießbrei an einem Wintermorgen.

Bald ist es Sommer, sagte ich, und er sagte, stimmt, und ich sagte, ich hasse den Sommer, und er sagte, ja, ich auch, ich hasse auch den Winter, sagte ich, wenn man sich die Zukunft in der Terminologie verschiedener Jahreszeiten vorstellt, scheint sie mir hoffnungslos zu sein, und er seufzte, ja, auch in anderen Terminologien, und das Licht in den Ritzen im Rolladen wurde heller und heller, und ich dachte, daß wir für immer hier bleiben müßten, im Bett, vor dem heruntergelassenen Rolladen, hilflose Flüchtlinge vor dem wechselnden Wetter, und ich versuchte einzuschlafen, aber es gelang mir nicht, sein Atmen machte mich nervös, sogar wenn er wach war, schnarchte er, und ich war sauer auf ihn, weil auch er den Sommer haßte, und den Winter auch, diese neue schicksalhafte Gemeinsamkeit zwischen uns bedrückte mich, als würde sie die Jämmerlichkeit verdoppeln, als würden wir beide belagert und um uns herum tobten Wüstenwinde und Regenfälle, von denen wir nur durch herzförmige Gitterstäbe getrennt waren.

Ich sah, wie er sich erhob und zur anderen Bettseite beugte, zu meiner, sozusagen, zum Telefon, und ich stellte mich schlafend und hoffte, ihn auf frischer Tat zu erwischen, bei einem Liebesgespräch, doch statt dessen nahm er eine der Pralinenschachteln, ich hörte, wie er das Zellophanpapier abriß und die Schachtel öffnete, und dann war nervtötendes Saugen und Schmatzen zu hören, ein lächerliches Geräusch, da machte er sich zu jemandes geistigem Hirten, und am Schluß saugte er seine Schlüsse aus der alten Schokolade, die seine Frau vor ihrem Tod nicht aufgegessen hatte, und dann tat er mir leid, weil er nicht einschlafen konnte, vermutlich trauerte er wirklich, und man sah es nachts mehr als am Tag, und wieder hatte ich das Gefühl, Leid zu trinken, ich hielt das zerbrochene Bierglas in der Hand und trank, und dann hörte ich ein Knacken, ein zartes, aber scharfes Geräusch, und ich sah, wie er fluchend zum Waschbecken rannte und spuckte, und sofort rannte ich ihm nach, wir standen vor dem braunen Matsch im Becken, und er suchte nervös darin herum und fluchte und spuckte weiter, diese Idioten, zu faul, die Kerne aus den Kirschen zu nehmen, ich werde sie zur Verantwortung ziehen, ich werde ihnen zeigen, was das heißt, bis er aus dem Brei das Stück eines gelblichen, nikotinfleckigen Zahns zog, dann sperrte er vor dem Spiegel den Mund auf, und im Licht des Morgens sah es aus, als wäre die Verzerrung seiner dicken, verwirrend dunklen Lippen mit dem abgebrochenen Schneidezahn die tragische Umkehr des jugendlichen, selbstsicheren Lächelns, das mir von seinen Fotos entgegengeblickt hatte.

Er wusch sich das Gesicht und den Mund, spritzte mit Wasser um sich und hörte nicht auf zu fluchen, seine dunkle Zunge tastete wieder und wieder über das Loch, das plötzlich in seinem Mund entstanden war, versuchte, es zu verstecken, und deshalb klangen alle Flüche und Drohungen lächerlich, wie bei einem siebenjährigen Jungen, dem die Milchzähne ausfallen, und er drohte mit einer Schadensersatzklage, du wirst schon sehen, um acht Uhr rufe ich meinen Rechtsanwalt an, das lasse ich mir nicht gefallen, das sage ich dir, als hätte ich irgendeinen Zweifel geäußert, dann lief er zum Schlafzimmer zurück und betrachtete die Schachtel und machte das Licht an, vermutlich um besser lesen zu können, daß da tatsächlich ein Hinweis auf der Packung stand, daß bei diesen Pralinen Kirschen mit Steinen verwendet wurden, voller Abscheu warf er die Schachtel von sich, und die kleinen runden Pralinen verstreuten sich auf dem Bett und dem Boden. Ich lag auf dem Bett, und eine Praline rollte unter meinen Arm, als suche sie Schutz, und ich hielt sie fest, als wäre sie ein neugeborenes Kätzchen, und ich wärmte sie mit meinen Händen, und als sie weich wurde, legte ich sie auf meinen Bauch und begann ihn zu bestreichen, wie man eine Scheibe Brot mit Schokocreme bestreicht, und das beruhigte mich ein bißchen, denn ich wußte nicht, was ich mit seiner Wut anfangen sollte, und wieder hatte ich das Gefühl, eigentlich schuld zu sein, denn meinetwegen waren die Pralinenschachteln hier im Zimmer gelandet, und ich dachte, wie schnell geht alles kaputt, eigentlich hätten wir uns wild lieben sollen, und wenn wir das getan hätten, wäre ihm der Zahn nicht abgebrochen, und mir fiel meine Mutter ein, die so oft verzweifelt gesagt hatte, nichts mache ich richtig, nichts mache ich richtig, und das reizte mich noch mehr, deshalb sagte ich nicht zu ihm, nichts mache ich richtig, sondern fuhr fort, mir die Schokolade über den Bauch zu streichen, bis ich den harten Kern in der Hand spürte und ihn in der Vertiefung meines Nabels versteckte und sagte, schau mal, wie süß mein Bauch ist, und er unterbrach seine Fluchtiraden, gerade war er bei dem Idioten angelangt, der ihr das Zeug ins Krankenhaus gebracht hatte, was hatte er vorgehabt, ihr die Zähne zu zerbrechen? Ich werde jeden einzelnen fragen, der reinkommt, bis ich den Verantwortlichen gefunden habe, das sage ich dir, und er fuchtelte mit der Hand, und ich nahm seine Hand und legte sie auf meinen klebrigen Bauch, und er wich zurück, war aber trotzdem neugierig, sein Mund kam näher, er schnupperte, und dann schob er seine dicke Zunge heraus und begann zu lecken, und ich nahm noch ein paar Schokoladenkätzchen und verrieb sie auf meinen Schenkeln.

Ich war überrascht, daß er mitmachte, und bewegte mich voller Freude, trotz allem war er für Abenteuer bereit, obwohl seine Frau gestorben und ihm ein Zahn abgebrochen war, und ich versuchte mich zu winden, wie es sich gehörte, und dennoch bedrückte mich die ganze Zeit die Diskrepanz zwischen dem, was ich mir vorgestellt hatte, und meinen tatsächlichen Wahrnehmungen, denn alles in allem fühlte ich mich nur wie ein Mensch, dem man aus irgendeinem Grund den Bauch ableckt, nicht wie eine Frau, die ein wildes erotisches Abenteuer erlebt, und ich wußte nicht, wer schuld daran war, er oder ich.

Ich war überrascht, daß er diesen Mangel offenbar nicht spürte, er leckte und leckte, bis es mich schon kitzelte, als wüßte er nichts Besseres mit seiner Zeit anzufangen, in seinem Alter, und ich hörte ihn sagen, du magst das, du willst, daß man dich leckt wie eine Katze, und ich brummte, ja, denn es war mir nicht angenehm, ihm auch das Wort abzubrechen, und dann sagte er, du bist verrückt danach, wie eine Katze gebumst zu werden, und wieder brummte ich, ja, in Wahrheit hatte ich nicht daran gedacht, aber aus welchem Grund waren wir denn hier zusammen, und ziemlich bald kniete ich auf allen vieren, und er steckte in mir, und insgeheim fragte ich mich, ob das nun eine Tortur oder ein Vergnügen war. Ich spürte, wie er mich mit aller Gewalt an den Haaren zog, als rufe er meinen Kopf zur Ordnung, und dann wurde ich tatsächlich von seiner Erregung angesteckt, genau in dem Moment, als alles vorbei war und er mit einem lauten Schrei kam, einem Schrei, der sich anhörte wie die Fortsetzung seiner Fluchtiraden von vorhin, und er zog ihn erschöpft aus mir heraus, tropfend wie ein nasser Strumpf, wie einer der Strümpfe, die meine Mutter immer in eine Waschschüssel packte und mir mit dem Auftrag übergab, sie draußen aufzuhängen, an die Leinen, die zwischen zwei Pfosten gespannt waren, vor den Bergen, und ich betrachtete mißtrauisch die Leinen, immer hatte ich Angst, es wäre ein Stromkabel, und wenn ich sie mit den nassen Wäschestücken berührte, würde ich einen tödlichen Schlag bekommen, als wäre alles eine gut vorbereitete Falle und sie würde mir durch das Fenster einen letzten Blick zuwerfen, und dann dachte ich immer, Tod oder Leben, und begann einen Strumpf nach dem anderen aufzuhängen, und dabei betrachtete ich die Berge, die nicht besonders groß und prächtig waren, aber etwas Traumhaftes an sich hatten, besonders morgens, wenn die Sonne hinter ihnen aufging, und abends, wenn sie von einem violetten Himmel verschluckt wurden, und mich und sie trennten Orangenplantagen und Felder mit Karotten, manchmal sogar mit Erdbeeren, und jedesmal entdeckte ich etwas Neues, und da sprang er plötzlich auf und brüllte, wo ist es, und ich fragte, wo ist was, und er sagte, der Zahn, das Stück von meinem Zahn, wo habe ich es hingelegt, ich muß es zum Zahnarzt mitnehmen, und wir machten Licht an und begannen fieberhaft zu suchen, wir drehten die Kissen und die Decken um, und ich stand auf, um im Waschbecken nachzuschauen, und er schrie plötzlich, beweg dich nicht, und kam mit den vorsichtigen Schritten eines Leoparden, der einen Hasen schlägt, auf mich zu, streckte die Hand nach meiner Poritze aus und nahm das verlorene Stück Zahn heraus. Wie Benjamin, in dessen Sack der Becher gefunden worden war, stand ich vor ihm, schuldlos, aber beschuldigt, kein Wort würde helfen, der Finger deutete auf mich, und ich drehte ihm den Rücken zu, und weil ich schon auf dem Weg zum Waschbecken war, lief ich weiter und stellte mich unter die Dusche und wusch mir die dumme Schokolade vom Körper, aber unter dem heißen Wasser wurde ich wütend auf mich, warum mußte ich immer alles kaputtmachen, ausgerechnet wenn er sich erwärmte, blieb ich kalt, und als ich an sein gründliches Lecken dachte, wurde ich plötzlich erregt, die Erinnerung erhitzte mich weit mehr, als die tatsächliche Handlung es getan hatte, aber vielleicht war das ja immer so, vielleicht war es viel erregender, sich Sachen vorzustellen oder sie im Gedächtnis wiederaufleben zu lassen, als sie tatsächlich zu erleben, denn so hatte man die vollkommene Herrschaft über die Situation, und ich genoß die Erinnerung, bis es kein warmes Wasser mehr gab, da verließ ich die Dusche und trocknete mich mit seinem Handtuch ab, und als ich ins Schlafzimmer kam, sah ich, daß er tief schlief, mit offenem Mund, die Zunge über den unteren Schneidezähnen, und in seiner offenen Hand blinkte das abgebrochene Stück Zahn.

Ohne darüber nachzudenken, mit dieser plötzlichen Freude, die nur aus einer großen Enttäuschung hervorgehen kann, nahm ich mit zitternden Fingern das kostbare einmalige Stück Zahn, für das es keinen Ersatz gab und nie geben würde, und warf es in die Kloschüssel, betrachtete das Wasser, das es sofort bedeckte, und dann sah ich es nicht mehr, denn ich hatte die Wasserspülung gedrückt, und auch er würde es nicht mehr sehen, und das war, so könnte man sagen, noch ein schmutziges und geheimes Schicksalsband zwischen uns.

11 Wann wußte ich, daß alles verloren war? In dem Moment, als ich spürte, wie ich vom Regen naß wurde, als hätte ich kein Dach über dem Kopf, da verstand ich, daß das nicht mein Platz war, daß ich keinen Platz hatte. Ich versuchte von dort zu fliehen, das Bett zu verlassen, das sich in eine Wasserfalle verwandelt hatte, mit dem Kissen, schwer von Wasser, und den Decken, in denen man versank wie in einem Moor, ich konnte die Hand nicht rühren, nicht das Bein, nicht den Hals, wie ein Sack voller Knochen hing ich da, der Regen fiel auf mich, und ich hörte Stimmen um mich herum, Leute, die fragten, ist das ein früher oder ein später Regen? Und eine Mutter sagte zu ihrem Sohn, schau nach, ob die Meerzwiebel blüht und ob die Bachstelze zu sehen ist und ob die Felder voller blauer Lupinen sind, und nach ein paar Jahren kam der Sohn zurück und sagte, Mutter, es war vermutlich ein Spätregen, denn die Felder waren blau wie das Wasser, und der Wind machte Wellen in ihnen, und die Mutter sagte, gut, daß es dir eingefallen ist, zurückzukommen, ich habe inzwischen eine neue Familie gegründet, und er weinte, dann nimm mich in deine neue Familie auf, und sie sagte, aber du hast braune Augen, und wir haben alle blaue, wie wirst du beweisen, daß du zu uns gehörst, und er weinte, ich werde meine Augen ausreißen und mir statt dessen blaue Lupinen einsetzen, und ich versuchte zu schreien, Udi, reiße dir nicht die wundervollen braunen Augen aus, ich liebe sie, aber ich konnte meinen Mund nicht bewegen, ich bin deine richtige Mutter, Udi, du erinnerst dich nicht an mich, ich lag stundenlang auf der Terrasse, ohne mich zu rühren, und er betrachtete mich mit den glänzenden Augen von Udi Schejnfeld, dem Bruder von Orit, meiner Schulfreundin, und sagte, du bist nicht meine Mutter, du wirst ihr nur von Minute zu Minute ähnlicher, und ich sah Masal Schejnfeld vor mir, seine und Orits Mutter, die auf der Terrasse ihres Hauses langsam starb.

Ich hatte mich immer über ihren Namen gewundert, diese auffallende Verknüpfung zwischen Sephardischem und Aschkenasischem, und fest geglaubt, daß diese Verknüpfung ihr Schicksal bestimmt hatte, wenn sie einen anderen Mann mit einem anderen Namen geheiratet hätte, wäre sie nicht auf der Terrasse vor aller Augen gestorben, noch so jung, auf einem Liegestuhl, der zum Bett geworden war. Von weitem sah es aus, als würde sie sich nur ausruhen, aber wenn wir näher kamen, ich und Orit Schejnfeld, erkannten wir an der Bewegungslosigkeit des weißen Lakens den Ernst ihres Zustands. Nichts rührte sich unter dem Laken, und auch das jemenitische Gesicht, dessen Braun sich zu einem hellen Grau verfärbt hatte, war unbeweglich, nur ein leichtes Schnarchen aus dem eingefallenen Mund deutete darauf hin, daß noch ein Rest Leben in ihr war. Wir gingen an ihr vorbei, mit unseren schweren Schulranzen, in denen die Stifte aneinanderstießen, wenn unsere jungen Rücken sich bewegten, wenn wir die Tür mit dem Fliegengitter aufmachten und ins Haus gingen, geradewegs zur Küche.

Orit mochte frisches Brot, jeden Morgen schickten sie den sechsjährigen Udi zum Lebensmittelgeschäft, um Brot zu holen, dann rannte er an seiner Mutter vorbei, die auch nachts auf der Terrasse schlief und die er noch nie herumlaufen gesehen hatte, denn gleich nach seiner Geburt war die Krankheit ausgebrochen, und auch auf dem Rückweg rannte er, und Orit schmierte dann für sich und für ihren

Bruder Brote, und auch für mich, wenn ich bei ihr schlief, und sie bewegte sich mit einem leichten Hinken durch die Küche, einem anmutigen Hinken, von dem ich schon nicht mehr weiß, welche Ursache es hatte, aber sie hatte eine große Narbe am Bein. Auch mittags aßen wir immer Brot, und dann spielten wir mit dem kleinen Udi, und wenn Gideon Schejnfeld, ihr Vater, von der Arbeit nach Hause kam, setzte er sich zu uns, und wenn er sich zurücklehnte, rutschten aus seiner weißen kurzen Khakihose manchmal seine dünnen langen Eier, und dann platzten Orit und ich fast vor Lachen.

Während der sieben Trauertage war ich jeden Tag dort, bei Orit und Udi, ich betrachtete die Fotos der jungen wunderschönen Masal Schejnfeld, und ich dachte an die Eier, die zwischen Gideons Beinen hingen, als er im Haus herumlief und den Trauergästen eine Erfrischung anbot, und versuchte die Verbindung zwischen diesen beiden Eindrücken zu finden, ich stellte mir vor, wie sie seine hellen Hoden in ihre braunen Hände nahm, aber die Bewegung hatte etwas von Abwiegen, nichts von Zärtlichkeit. Was hatte sie zu ihm hingezogen? Er hatte schmale, fast grausame Lippen und dünnes Haar, und nur sein schweres Schicksal verlieh ihm eine gewisse Aura, und ich dachte, wenn ich erst ein bißchen älter bin, vielleicht fünfzehn oder sechzehn, wird er sich in mich verlieben, und ich werde ganz zu ihnen ziehen, aber dann werde ich in seinem Zimmer schlafen und nicht bei Orit, und nach ein paar Jahren werden meine Bewegungen schwer, und ich kann seine Hoden kaum mehr berühren, und dann bringt man mich auf die Terrasse, obwohl ich noch kaum zwanzig bin. Aber am Schluß wurde nichts aus der Sache, denn nach der Trauerwoche hörte ich auf, die Freundin von Orit Schejnfeld zu sein, plötzlich kam mir ihr Haus, ohne das Bett auf der Terrasse, weniger interessant vor, und Orit wurde langweilig mit ihrem frischen Brot, wie oft kann man schon Brot essen, und ich ging nicht mehr hin, ich fühlte mich sehr schlecht deswegen, und eigentlich fühlte ich mich mein ganzes Leben lang schlecht deswegen, und jedesmal wenn ich auf der Straße eine junge Frau mit einem anmutigen Hinken sah, senkte ich beschämt den Blick, obwohl man mir schon vor langer Zeit erzählt hatte, sie habe sich operieren lassen und hinke nicht mehr, und immer hatte ich gewußt, daß die Strafe noch kommen würde, wie hatte ich die Blicke ignorieren können, die sie mir zuwarfen, vor allem Udi, in den Pausen kam er immer und rieb sich an mir wie eine Katze und sagte, komm zu uns, wir spielen dann, du wärst meine Mutter und Orit der Vater, und ich erfand Ausreden, sagte, ich hätte zuviel zu tun, und streichelte noch nicht mal seine kurzen braunen Haare, aus Angst, mich anzustecken.

In der ganzen Zeit, in der die Kranke im Haus gewesen war, hatte ich mich nicht gefürchtet, erst als sie nicht mehr da war, kam die Angst, Masal Schejnfeld war zwar tot, aber die Krankheit suchte einen neuen Körper, den sie lähmen konnte, und ausgerechnet jetzt hatte sie einen gefunden, schließlich hatte ich jahrelang nicht an sie gedacht, an Orit Schejnfeld und ihre Familie, und ausgerechnet heute morgen, gefangen in diesem Trauerhaus, hatte ich Udi mit seinen braunen Augen gesehen, und deswegen bewegten sich meine Arme und Beine nicht mehr, und ich weinte, obwohl niemand es hörte, ich schluchzte vor Reue wegen Udi und Orit, meinen besten Freunden, meiner Familie, ich hatte gewußt, daß die Strafe kommen würde, nun würde ich nie mehr im Leben gehen können. Auf der Trage wird man mich ins Haus meiner Eltern zurückbringen, und sie werden meine Wünsche erraten müssen, aber als ich noch sprechen konnte, ist ihnen das kaum gelungen, wie sollten sie es dann können, wenn ich stumm sein werde, und sie werden an meinem Bett sitzen und mir Geschichten vorlesen, genau wie die Geschichte, die ich gerade hörte, eine bekannte Geschichte, eine bekannte Stimme, und hinter dem ruhigen Ton meiner Mutter verbarg sich eine schlimme Rüge: Du hast heute schamrot gemacht alle deine Knechte, die dir heute das Leben gerettet haben und deinen Söhnen, deinen Töchtern, deinen Frauen und Nebenfrauen, weil du liebhast, die dich hassen, und hassest, die dich liebhaben. Denn du läßt heute merken, daß dir nichts gelegen ist an den Obersten und Kriegsleuten. Ja, ich merke heute wohl: wenn nur Absalom lebte und wir heute alle tot wären, das wäre dir recht. So mache dich nun auf und komm heraus und rede mit deinen Knechten freundlich. Denn ich schwöre dir bei dem HERRN: Wirst du nicht herauskommen, so wird kein Mann bei dir bleiben diese Nacht. Das wird für dich ärger sein als alles Übel, das über dich gekommen ist von deiner Jugend auf bis hierher. Und ich wußte, diese Rüge galt mir, wie hatte ich Orit und Udi gehaßt, die mich doch liebhatten, und Joni, mich selbst und mein Fleisch, aber gleich kam der König zu mir heraus und setzte sich ans Tor, und Friede ergoß sich über das zerrissene Land, und dann hörte ich Aries Stimme, erstickt und aufgeregt, und er sagte, du warst mein Radio, und dann zu jemand anderem, sie war mein Radio während des Kriegs, zehn Tage hat sie an meinem Bett gesessen, nach meiner Verwundung, und mir aus der Heiligen Schrift vorgelesen, dort im Krankenhaus gab es kein anderes Buch.

Und meine Mutter sagte, er hat kein Wort gesprochen, am Anfang habe ich nicht gewußt, ob er mich überhaupt hört, der Arzt sagte zu mir, wechsle ihm den Druckverband jede halbe Stunde und bleib bei ihm sitzen. Und wie merkte ich, daß er mich hörte? Manchmal habe ich ein oder zwei Wörter übersprungen, und da hat er den Mund verzogen, und Arie lachte, nun, ich war ja direkt von einer Jeschiwa gekommen, ich hatte das Feuer der Religion mit dem syrischen Feuer vertauscht, und einen Tag später lag ich mehr tot als lebendig da und hörte einen Abschnitt nach dem anderen, ich dachte, die Tora verfolgt mich, ich kann ihr nicht entkommen.

Nach zehn Tagen ließ ich die letzten Worte eines jeden Abschnitts aus, und er hat sie ergänzt, sagte meine Mutter, das war das erste Mal, daß ich ihn sprechen hörte, und ein paar Jahre später meinte ich ihn in der Universität zu sehen, der Terra Santa, und ich ging zu ihm und sagte, als wäre es ein Losungswort, das wird für dich ärger sein als alles Übel, das über dich gekommen ist, und er antwortete, von deiner Jugend auf bis hierher, und da wußte ich, daß er es war. Wir hatten uns beide sehr verändert, er war ein Kind, als er im Krieg zu uns kam, und auch ich war kaum sechzehn, als meine Schulkameraden schon wie die Fliegen gefallen sind, und nach einer Woche war alles fertig, und man sagte zu uns, geht und baut ein neues Leben auf, studiert, gründet Familien, zieht Kinder auf, wie war das möglich, das Leben war eng geworden vor Trauer, man konnte kaum atmen, plötzlich hatte man eine Vergangenheit, und sie war schwer und zog einen zurück.

Als es mir wieder besser ging, sagte meine Mutter, bin ich aus dem Emek geflohen, es war ein kurzer und mörderischer Besuch, ich habe das Emek nicht in ruhigen Zeiten kennengelernt, ich kam, wurde verwundet, und zwei Monate später war ich wieder in Jerusalem, halb invalide, und manchmal war ich sicher, dieser ganze Krieg wäre nichts als die Frucht meiner Einbildung.

Und ich setzte mich im Bett auf und rieb mir die Augen und dachte, vielleicht ist dieses ganze Gespräch überhaupt nur die Frucht meiner Einbildung, so deutlich hörte ich sie, deutlich und nah, nicht kaum verständlich, durch Wände und Türen, wie ich es schon gewöhnt war, und zugleich kamen verschwommene Geräusche aus der Richtung des Wohnzimmers, ich verstand nicht, was los war, und erst als ich meine Mutter sagen hörte, es ist wirklich angenehm, auf dem Balkon zu sitzen, und er sagte, ja, Joséphine hat hier viel gelegen, bevor sie ins Krankenhaus gekommen ist, und eine andere Frau sagte, so ein schöner Tag ist das heute, der erste Frühlingstag, wurde mir klar, daß ihre Stimmen von einem Balkon kamen, der das Schlafzimmer mit dem Wohnzimmer verband, einem Balkon, von dessen Existenz ich bis dahin nichts gewußt hatte. Durch den heruntergelassenen Rolladen konnte ich sie sogar sitzen sehen, gemütlich um einen runden Rattantisch, vermutlich hatten sie sich erlaubt, vor dem französischen Lärm im Wohnzimmer zu fliehen und auf dem Balkon eine stolze Eingeborenenenklave zu gründen, die von ihren Heldentaten sprach.

Mir kam es vor, als sähe ich eine Theateraufführung, nur gab es hier statt einem Stück mit einem Schauspieler ein Stück mit nur einem Zuschauer, dafür aber mehrere Schauspieler, ich glaubte die dritte Person durch den Rolladen erkannt zu haben, und ich fragte mich, ob das alles für mich bestimmt war, ob sie sich mir zu Ehren auf den Balkon gesetzt hatten, damit ich sie besser hören konnte, oder ob sie trotz meiner geheimen Anwesenheit hier saßen, und im ersten Moment war ich gar nicht so sehr beeindruckt von dem, was ich hörte, die klaren Stimmen selbst waren mir wichtiger als die Neuigkeiten. Daß ich nicht die Ohren anstrengen mußte, um das Gemurmel hinter den Wänden zu verstehen, daß mir alles zum Bett gebracht wurde wie von einem Room Service, kam mir wie ein Traum vor, über den man sich wundert, der aber in Wirklichkeit nur Bekanntes,

Selbstverständliches enthält, und erst allmählich verstand ich, daß hier das Geheimnis meines Lebens gelöst wurde, doch ich wollte nicht hören, ich konnte nichts hören, ich war gelähmt, sogar meine Augen waren gelähmt, und Tirza sagte, was ist mit Schlomo, und meine Mutter sagte, er war gestern hier, stimmt's, Ari? Sie nannte ihn bei seinem Kosenamen.

Nein, was war damals mit Schlomo, beharrte Tirza, als ihr euch wiedergetroffen habt, und Arie sagte, wir standen dort auf der Terra Santa, und plötzlich kam ein schönes Mädchen mit einem Zopf auf uns zu und sagte, das wird für dich ärger sein als alles Übel, das über dich gekommen ist, und ich sagte, ohne zu verstehen, was los war, ganz automatisch, von deiner Jugend auf bis hierher, und erst dann verstand ich, daß das die Stimme aus dem Emek war, und Schlomo hat sich sofort in sie verliebt, ich habe es in seinen Augen gesehen, und Tirza stieß ein unangenehmes Lachen aus und sagte zu meiner Mutter, erinnerst du dich noch an den Tag, als Elik begraben wurde, euer ganzer Ort war leer, und als wir von der Beerdigung zurückkamen, fand ein Mann seine Frau mit einem anderen. Alle haben sie als Hure betrachtet, und eine Woche später ging sie ins Wasser, und meine Mutter sagte, ja, sie war eine großartige Frau, ich glaube, man war nicht deshalb so böse auf sie, weil sie ihren Mann betrogen hatte, der wirklich nur ein Maulesel war, sondern weil sie es an dem Tag tat, als Elik begraben wurde, an einem Tag, an dem der ganze Ort trauerte, daß sie ausgerechnet diese Gelegenheit ausgenützt hat, und das konnte auch sie sich nicht verzeihen.

Ich zog mir die Decke über die Ohren, die anfingen, weh zu tun, ich fühlte mich wie ein Mann, der auf keinen Fall seine Frau ertappen will, weil er sie dann verliert, und ich wollte die Fortsetzung der Geschichte nicht hören, um meine Mutter nicht zu verlieren, die mir plötzlich so liebenswert vorkam, und ich dachte daran, wie sie mir vor dem Einschlafen oft aus der Heiligen Schrift vorgelesen hatte, und mein Vater sagte dann, erkläre ihr wenigstens die schweren Wörter, sie versteht doch nichts, und sie antwortete, das muß man nicht verstehen, und ich lauschte einfach ihrer weichen, ausdrucksvoll vorlesenden Stimme, und bei schlimmen Stellen weinten wir zusammen. Ich brauchte nur zu hören, wie sie anfing zu weinen, da stimmte ich schon ein, nur um sie zu trösten, auch wenn ich nicht verstand, was eigentlich so traurig war, ich glaubte einfach, daß sie einen Grund dafür hatte, und am meisten weinten wir über David und Absalom, denn das war eine Geschichte, die nicht gut ausgehen konnte, nur wenn sie gar nicht erst angefangen hätte, wäre sie gut ausgegangen, doch nachdem sie zum Anfangen verdammt worden war, konnte niemand mehr vor dem Leid fliehen, denn der Sieger war zugleich der größte Verlierer.

Bei Davids Klagelied hatten wir immer aufs neue geschluchzt, und als dann das Baby geboren wurde, war mir klar, daß es Absalom heißen würde, aber mein Vater war dagegen, ich weiß noch, daß sie die ganze Woche bis zur Beschneidung stritten, und als der Mohel dann fragte, wie der Kleine heißen sollte, schwieg mein Vater, und meine Mutter sagte mit einem fragenden Unterton, Avschalom, als bäte sie den Mohel um Erlaubnis, doch nie in seinem kurzen Leben schafften wir es, ihn bei seinem langen Namen zu nennen, nur an seinem Grab, und als mein Vater laut jenes furchtbare Klagelied vorlas, wußte ich, daß er sich wegen ihrer Wahl an ihr rächte, und danach habe ich ihn nie wieder den Tanach aufschlagen sehen. Manchmal bat ich ihn, mir vor dem Einschlafen etwas vorzulesen, vor allem wenn ich krank war, aber er lehnte es grob ab und sagte, ich bin doch kein Radio, und auch ihre Stimme verlor den weichen Klang und wurde heiser vor lauter Streiten und wegen der Zigaretten, und in diesem Moment, hier, hatte sie wieder die alte Weichheit, als sie sagte, kaum zu glauben, manchmal begleitet einen irgend etwas, das man ohne groß nachzudenken getan hat, durch das ganze Leben. Diese Geschichte, die ich Arie als Sechzehnjährige vorgelesen hatte, hat mich mein Leben lang verfolgt, mit meinen beiden Kindern, aber bei mir hat sie sich in zwei Teile gespalten, gegen Ja'ara habe ich gekämpft, und Avschalom habe ich verloren, und Tirza sagte, was heißt, du hast gegen sie gekämpft, sie hat gegen dich gekämpft, und meine Mutter sagte, es ist doch egal, wer angefangen hat, die Frage ist doch nur, ob man in einen Kampf gerät oder nicht, auch David hat nicht angefangen, aber er hat den Krieg auch nicht verhindert, schließlich hätte er auf alles verzichten und Absalom das Königreich kampflos überlassen können, und das hat er nicht getan. So ist es, sie seufzte, wenn man mit seinem Kind kämpft, kann man nicht als Sieger aus dem Kampf hervorgehen, auch wenn man gewinnt, hat man verloren.

Ich hörte ihr erstaunt zu, ich wußte nicht, wovon sie sprach, aber ich verstand, daß es sich um eine Art Nachruf handelte, auf mich oder auf sie oder die Beziehung zwischen uns beiden, und mehr noch als über das, was die drei da draußen sprachen, wunderte ich mich über den Tonfall ihrer Stimmen, sie unterhielten sich wie Freunde, die einander sehr nahestehen, nachdem ihn die beiden Frauen noch vorgestern, auf dem Friedhof, verleumdet hatten, und ich verstand nicht, was geschah, wie es möglich war, schließlich hatte meine Mutter immer so haßerfüllt über ihn gesprochen, fast mit Abscheu, und ich dachte darüber nach, daß sich Rätsel nie wirklich lösen, sondern nur verwickelter werden, kaum glaubt man, der Lösung nahe zu sein, wird man ausgelacht. Und trotzdem mußte ich zugeben, daß ich diesen Ton ihrer Gespräche mochte, ihre Freundschaft, ihre Offenherzigkeit, nie hatte ich sie mit meinem Vater so offenherzig reden hören, immer nur vorsichtig, damit er nicht die geringste Information oder das geringste Bedauern oder Zögern gegen sie verwenden konnte, die ganze Zeit gab es diese verdammte Rivalität zwischen ihnen, und da hörte ich Tirza fragen, also waren Schlomo und Arie Rivalen um deine Gunst? Und meine Mutter seufzte und sagte, nein, nicht wirklich, die Sache war von vornherein entschieden, und Arie sagte, es ist zu lange her, um noch herauszufinden, was wirklich passiert ist.

Was für ein Vergnügen ist es doch, alt zu werden, meine Mutter lachte, man müßte zu jedem, der leidet, sagen, daß ihn die Sache dreißig Jahre später zum Lachen bringen wird, man muß alles aus einem Abstand von dreißig Jahren betrachten, erst dann weiß man es einzuschätzen, und mir fiel auf, daß sie das fast schrie, und plötzlich kam mir der Verdacht, daß das alles vielleicht geplant war, vielleicht wußte sie, daß ich da war, und spielte mir Theater vor, nur der Zweck war mir unklar, wollte sie mir eine genaue Beschreibung der Vorfälle geben oder die Moral der Geschichte in konzentrierter Form, eine geheime Botschaft, und ich setzte mich auf und stopfte mir das Kissen hinter den Rükken, um es bequemer zu haben, und ich dachte, vielleicht wartet die Lähmung ja noch ein paar Jahre, und so betrachtete ich sie wie im Theater, einem Bett-Theater, so ein supermodernes Stück, in dem man die Schauspieler nur durch die Ritzen eines Rolladens sieht und es Aufgabe des Publikums ist, die Handlung mehr oder weniger zu erraten und Details selbst einzufügen. Mit Leichtigkeit erkannte ich das Kleid meiner Mutter, ein braunes Kleid, das ihr schon immer gut gestanden hatte, und ihr Profil hinter dem Rolladen war hübsch, die Scheidewand schmeichelte ihr, aber Tante Tirza nicht, die saß schwer und klumpig auf dem Stuhl, und er, der König der Kater, sah in einem Moment ganz zahm aus, im nächsten wie ein ungebändigter Wildkater, sogar durch den Rolladen fühlte ich seine ungeheure Anziehungskraft, und die Stuhllehne, auf die er sich stützte, sah wie ein langer erhobener Schwanz aus.

Es war mir angenehm, sie so ohne Spannung und Bitterkeit miteinander reden zu hören, ich fühlte mich wie ein Mädchen, deren Eltern sich wieder versöhnt haben und die deshalb ruhig schlafen kann, in dem Bewußtsein, daß sie am nächsten Morgen beide gut gelaunt zu Hause vorfinden wird, und tatsächlich schlief ich ein, ohne es zu wollen, schließlich hatte ich unbedingt die Aufführung verfolgen wollen, die meinetwegen stattfand, wieso schlief ich dann plötzlich ein, und als ich aufwachte, war ich wütend, weil ich das Ende verpaßt hatte und nie erfahren würde, was genau ich verpaßt hatte, es gab niemanden, den ich fragen konnte, keine anderen Zuschauer, und die Terrasse war leer, sogar die Sonne war nicht mehr zu sehen, auch den runden Tisch konnte ich nicht entdecken, und ich fing schon an zu zweifeln, ob alles, was ich gesehen und gehört hatte, wirklich passiert war, nur die Kissen hinter meinem Rücken bewiesen, daß ich versucht hatte, etwas zu betrachten, und ich konnte mir nicht verzeihen, daß ich eingeschlafen war, einen Moment bevor die Wahrheit ans Licht gekommen war, vor meinen geschlossenen Augen.

Neben dem Bett, auf der kleinen Kommode, sah ich das runde Tablett mit der roten Thermoskanne, einem Glas Orangensaft und einem frischen Brötchen, ich wollte mir Kaffee eingießen, aber er hatte vergessen, eine Tasse mitzubringen, immer fehlte etwas, und diesen Mangel auszugleichen wurde zur Hauptaufgabe. Ich versuchte, direkt aus der

Thermoskanne zu trinken, aber ich bemerkte in der runden Öffnung den kühlen Geschmack von Parfüm oder von einem Lippenstift, und mir fiel ein, wie Joséphine am letzten Morgen ihres Lebens ihre Lippen glänzendrot angemalt hatte und wie ihre Lippen aus dem verzerrten Gesicht geleuchtet hatten, als gehörten sie nicht dazu, als wollten sie sich vor dem Schicksal dieses Gesichts retten, und vielleicht war ihnen das am Schluß auch gelungen, vielleicht hatten sie sich hierhergerettet, in diese kleine glänzende Thermoskanne, zwei zarte Lippen, fast ohne Sinnlichkeit, so zart waren sie, Alpenveilchenlippen, die jetzt in einem Meer von Kaffee schwammen, wie Teigtäschchen in der Suppe, und wenn ich die Thermoskanne ansetzte, würden sie sich mit meinen Lippen treffen, würden in meinen Mund rutschen und nie wieder herauskommen.

Erschüttert starrte ich in die Thermoskanne, der heiße Dampf brannte in meinem Gesicht und verbarg die kleine Öffnung, da lief ich ins Badezimmer und goß den Kaffee langsam ins Waschbecken, um zu sehen, ob sich etwas darin befand, der braune duftende Kaffee floß durch das weiße Becken und verschwand in dem durstigen Abfluß, bis der Strahl zu einem Tröpfeln wurde, das schließlich auch aufhörte. Ich bückte mich und betrachtete prüfend die umgedrehte Kanne, versuchte, in ihr glänzendes Inneres zu spähen, aber ich konnte nichts sehen, ich füllte sie mit Wasser und kippte es ebenfalls aus, sah zu, wie es mir zuliebe bräunlich wurde, als es die letzten Reste des trüben Kaffees wegspülte, danach ging ich wieder ins Bett, trank verzweifelt den Orangensaft und dachte daran, daß ich fast Kaffee hätte trinken können, und wie weit war ich jetzt von dieser Situation entfernt, so wie ich die Wahrheit fast erfahren hätte.

Sie hätten mir fast ihre Jugend gezeigt, ihre Vergangenheit, diese Vergangenheit, die einen Moment lang aussah wie eine zahme Katze, im nächsten wie ein wildes furchtbares Tier, genau wie er, diese Vergangenheit, die mir in den Nächten zujammerte und nach Änderung schrie, und ich, ausgerechnet ich, sollte sie ändern, wo ich doch selbst in der Gegenwart kaum etwas bewegen konnte, ganz zu schweigen von der Zukunft, ausgerechnet ich sollte die Vergangenheit reparieren, denn weil sie kaputt war, war ich kaputt, und nur wenn sie heil gemacht wurde, konnte auch ich heil werden, und wenn es für sie keine Hilfe gab, gab es auch für mich keine. Diese ruhigen Sätze, die vom Balkon an mein Ohr gedrungen waren, hatten mir bewiesen, wie richtig alles sein könnte, denn nie hatte ich so gelassene Sätze bei uns zu Hause gehört, und hier, durch den Rolladen, waren Bruchstücke an mein Ohr gedrungen, die zusammenpaßten wie die beiden Teile des Bibelverses, die sich vereinten, das wird für dich ärger sein als alles Übel, das über dich gekommen ist, von deiner Jugend auf bis hierher.

Aber wie konnte man eine Vergangenheit reparieren, ohne sie zu kennen, man fand sich doch schon schwer genug damit ab, daß man nicht in die Zukunft schauen konnte, was sollte man da mit einer unbekannten Vergangenheit anfangen, und ich nahm den Kamm und stellte mich vor den Spiegel, als sei in ihm die Lösung zu finden, und kämmte mich zum ersten Mal, seit ich hergekommen war, bis meine Haare schön und glänzend aussahen, und dann flocht ich mir einen langen dicken Zopf, wie der Zopf meiner Mutter, den sie im Schrank versteckt hatte, nachlässig in Zeitungspapier gewickelt, als wäre er ein Hering vom Markt, der Zopf, der blitzschnell seinen angestammten Platz an ihrem Kopf verlassen hatte und in die Schrankschublade gewandert war.

In jener Nacht, als die Schatten an der Wand getanzt hatten und die Kerzen in den Fenstern geflackert und meine

Eltern aus dem Krankenhaus gekommen waren, ohne meinen kleinen Bruder, hatte ich den Zopf das letzte Mal über ihre Schulter hängen sehen, am Morgen danach stand sie ohne ihn auf, nackt und kahl sah sie aus, so männlich und häßlich auf einmal, und ich fragte sie, Mama, was hast du gemacht, und sie sagte, ich habe einen Entschluß gefaßt, nichts Schönes wird mehr an mich kommen, und ich fragte, wo ist der Zopf, und sie sagte, im Müll, und erst ein paar Monate später, als ich im Schrank nach etwas suchte, stieß ich auf das Zeitungspapier, aus dem glatt und glänzend ihr dicker Zopf glitt, dicker als meiner, länger, und trotzdem gab es eine gewisse Ähnlichkeit, damals hatte ich versucht, ihn an meinen Haaren zu befestigen, mit Bändern und Gummis, aber immer wieder war er mir von der Schulter gerutscht, als hätte er einen eigenen Willen, doch mein Zopf jetzt hing fest, er brachte mich dazu, aufrechter zu gehen, meine Liebe zu ihm zu tragen, als wäre es die Liebe meiner Mutter, und ich stellte mir die junge Frau in den engen Fluren der Universität vor, in Schwarzweiß sah ich das Bild, das blasse Gesicht und den dunklen Zopf, wie sie die beiden jungen Männer traf, einer schwarz und einer weiß, und so, wie sich die beiden Hälften des Bibelverses zusammenfügten, fügten sich ihrer beider Erinnerungen zusammen und wurden zu einem Ereignis, das einige Tage lang gedauert hatte, während des Kriegs, der ihre Jugend zerstört hatte.

Ich kannte diese Geschichte von dem kindlichen Soldaten, sie hatte sie mir ein paarmal erzählt, ohne einen Namen zu erwähnen, von diesem schwer verwundeten Jungen, an dessen Bett sie zehn Tage lang gesessen hatte, aber wenn er es wirklich war, wieso hatte er dann keine einzige Narbe, da er doch so schwer verwundet war, es stimmte, man sah an ihm auch nicht all die Küsse, die er empfangen hatte, aber wieso sah man nichts von seinen schweren Verwundungen, und dann dachte ich, vielleicht ging es um seine Unfruchtbarkeit, vielleicht war das die Invalidität, die er erwähnt hatte. Voller Angst und Mitleid sah ich seinen großen schönen Körper vor mir, samenlos und für immer voller Trauer, und eine heilige Angst packte mich, wie ein Prophet, dem seine Sendung klar wird, ausgerechnet mir war aufgetragen, die Leere in seinem Körper zu füllen, die geliebte glatte braune Haut zu durchdringen und in der Leere zu verschwinden wie in einer alten Höhle und nie wieder die Sonne zu sehen.

Ich wühlte in meinem Koffer und zog ihr Bild heraus, das ich darin versteckt hatte, und ich betrachtete sie im Spiegel, wir sahen uns ziemlich ähnlich mit unseren Zöpfen und den ernsten Gesichtern, und ich sagte zu ihr, warum hast du das gemacht, Mutter, warum hast du ihn nicht getröstet, du hast ihn doch geliebt, plötzlich war mir ihre Liebe klargeworden, durch meinen Zopf, und ich hegte keinen Groll gegen sie, daß sie ihr Leben lang einen anderen Mann geliebt hatte und nicht meinen Vater, im Gegenteil, es war besser, sie hatte jemanden vergeblich geliebt als einen, der nicht wußte, was Liebe ist, und ich überlegte, wie man wohl sein Leben verbringt, wenn man einen anderen Mann liebt und weiß, daß es hoffnungslos ist, nicht wie ich, die hinter ihm herlief und ihm auflauerte, sondern wie sie, ohne etwas zu tun, von einem Tag zum anderen lebend, ohne jede Spur von Hoffnung, an der man sich festhalten konnte, und ich sah die schreckliche Leere ihres Lebens, schließlich kommt immer ein Moment, wo man weiß, daß sich nichts ändern wird, ich konnte spüren, wie dieser Moment näher rückte, auf mich zu, der Moment, in dem ich nicht mehr sagen könnte, einmal wird es einen Mann geben, den ich lieben werde, einmal werde ich voller Liebe sein, der Moment, in dem man weiß, daß es in dieser Inkarnation keine Wandlung zum Guten geben wird, in dem man sich sagt, das ist alles, mehr oder weniger, und dann wird alles blaß und verschwommen, verliert mit einem Mal seinen Geschmack und seine Farbe, und das Leben ist nackt, schämt sich seiner Nacktheit, und eigentlich möchte man gleich sterben, dann will man weinen, und schließlich sagt man, wenn es nur nicht schlimmer wird.

Durch den schweren Zopf konnte ich die Bitterkeit ihrer Seele spüren, ich saß auf dem Bett und streichelte ihn, wie man eine Katze streichelt, dann hörte ich, wie die Tür aufging und er in der Öffnung stand, umglänzt vom Licht der Liebe, in der Hand eine große blaue Tasse, blau wie das Hemd, das er anhatte, ein kurzärmliges Sommerhemd mit offenen Knöpfen, so daß es die breite braune Brust entblößte, einige graue Haare lugten hervor, wie um die tiefe Bräune zu betonen, wie an dem Tag, als ich ihn zum ersten Mal sah, nur ging damals der Sommer zu Ende, und nun begann er erneut. Er lächelte mit geschlossenem Mund, verbarg den abgebrochenen Zahn, hielt mir die Tasse hin und sagte, die habe ich vergessen, und stellte sie neben die leere Thermoskanne und wollte sie vollgießen, doch als nichts herauskam, kicherte er und fragte, du hast alles schon getrunken, als hätte ich etwas besonders Witziges vollbracht, und ich sagte, ja, und dann sagte ich, nein, denn ich wollte noch immer Kaffee, und dann sagte er, was hast du mit dir angestellt, und betrachtete mich mit einem vernichtenden Ausdruck im Gesicht, und ich hatte plötzlich nichts mehr, wohinter ich mich verstecken konnte, der Vorhang meiner Haare war zusammengeflochten und mein Gesicht preisgegeben, mit allen Fältchen und Sommersprossen, und sein Gesicht wurde unangenehm, er packte mich am Zopf, zog mit Gewalt an dem Gummi, riß ihn samt ein paar Haaren ab und wühlte grob die drei Haarstränge durcheinander, löschte die Erinnerung an meinen prachtvollen Zopf, und das alles dauerte kaum eine Sekunde, doch mir kam es wie

Stunden vor, langsam und erschreckend wie eine mythologische Zeremonie der Teufelsaustreibung, und ich merkte, wie ich zu zittern begann, und dann sah ich, daß er es war, der zitterte, ich wußte schon nicht mehr, wer von uns zitterte, und er setzte sich auf den Stuhl mir gegenüber und begann zu schreien, geh weg von hier, ich habe genug von deinen Provokationen, und ich fühlte, daß ich keine Luft bekam, daß ich unfähig war, mich zu bewegen, gelähmt wie Masal Schejnfeld, und er stand auf und trat gegen meinen Koffer, stieß ihn in meine Richtung und schrie, genug, diesmal bist du wirklich zu weit gegangen.

Ich stand mühsam auf und zog mich an und begann meine Sachen einzusammeln, ich vergaß auch nicht das Buch und warf alles in meinen Koffer und machte ihn zu, und alles geschah langsam, langsam, ich versuchte, meine Bewegungen zu beschleunigen, aber es gelang mir nicht, als kämpfte ich gegen die Anziehungskraft, und als ich in der Zimmertür stand, setzte er sich auf das Bett, bedeckte das Gesicht mit den Händen und sagte mit einer weicheren Stimme, warum provozierst du mich, was willst du erreichen, und ich sagte, nichts, ich weiß nichts, ich verstehe nichts, und er sagte, dieser Zopf, ich hasse ihn, und ich fragte, warum, und er sagte, wie man eine Schlange haßt, die versucht hat, einen zu beißen, und ich sagte, warum, ich verstehe nichts, und er sah mich von unten bis oben an, wie ein kleines Kind sah er plötzlich aus, und er sagte, weißt du es wirklich nicht? Und ich sagte, ich schwör's, bei der Heiligen Schrift, bei meinem Leben, und er sagte, so ist sie immer herumgelaufen, deine Mutter, die Prinzessin des Emek, sie hat ihren prachtvollen Zopf gedreht und unsere Gefühle verwirrt mit ihrem Stolz.

Ich erschrak bei dieser Beschreibung und sagte, wie ist das möglich, sie hat dich doch so sehr geliebt, und er lachte bitter und sagte, mich geliebt? Nur sich selbst hat sie geliebt, ich war für sie ein Stück Nostalgie, eine Erinnerung an den Krieg, ein gemeinsamer Abschnitt, aber mit mir wirklich eine Beziehung einzugehen, das fiel ihr nicht ein. Ich war dunkel, aus einem Armenviertel, mit einer zweifelhaften Vergangenheit und einer unklaren Zukunft, nicht wie dein Vater, mit seinen Eltern aus Deutschland, den Ärzten, mit seiner ordentlichen Erziehung, und was hat sie zu mir gesagt? Er sprach, als wäre alles erst gestern passiert, sie hat gesagt, sie liebe mich, aber sie wolle Kinder, Kinder wollte sie, das war ihr wichtig, und ich war ja verwundet gewesen, das wußte sie besser als ich, sie war doch die einzige, die damals neben mir gesessen hatte, und die Ärzte hatten sich die Mühe gemacht, sie über meine Verletzung aufzuklären.

Verstehst du, was sie mir sagte, ich paßte nicht zu der Zukunft, die sie für sich im Kopf hatte, unter diesem Zopf, sie wollte einen gesunden Mann heiraten, in geordneten Verhältnissen, sie wollte viele Kinder bekommen, eine normale Familie wollte sie, und ich sagte, ich flehte sie an, Rachel, du darfst der Liebe nicht den Rücken kehren, dafür bezahlt man sein Leben lang, aber sie wußte es besser als alle anderen, und ohne mir auch nur Bescheid zu sagen, heiratete sie meinen besten Freund, und ich brach mein Studium ab und verließ das Land und ließ nur einen Fluch zurück, ich verfluchte sie, sie sollten nie Kinder bekommen.

Von Zeit zu Zeit erfuhr ich, wie es ihnen ging, ich hörte, daß dein Vater krank wurde und das Studium abbrach, und ehrlich gesagt, er tat mir leid, aber ich dachte nur, das geschieht ihr recht, das geschieht ihr recht, da hatte sie geglaubt, sie hätte das Leben in ihrer kleinen Tasche, so als ob man alles planen könnte. Jedesmal fragte ich Bekannte, die aus Israel kamen, ob sie Kinder bekommen hätten, und ich stellte fest, daß mein Fluch wirkte, aber an dem Tag, als du geboren wurdest, hat sie mich besiegt, sie bekam ihre Rechtfertigung, und ich hörte deinen Vater am Telefon, sie hatte ihn als erstes losgeschickt, er solle in Paris anrufen und es mir mitteilen, und er verstand gar nichts in seiner Naivität, er war sicher, daß ich mich für sie freute.

Das war der Tag, an dem du Joséphine kennengelernt hast, sagte ich, und er sagte, stimmt, woher weißt du das? Aber er wartete nicht auf eine Antwort. Joséphine wollte mich unter jeder Bedingung, das war ihre Größe, sie konnte lieben, ohne einen Gegenwert zu erwarten, sie war bereit, auf viel zu verzichten, um mit mir zu leben, sie verzichtete für mich auf das Baby, das sie schon im Bauch hatte, verstehst du das? Und deshalb bin ich auch bis zum Schluß bei ihr geblieben. Glaubst du, deine Mutter hat nicht versucht, mich wiederzubekommen? Natürlich hat sie es probiert, dein Vater hatte ihr eine Tochter gemacht, sie brauchte ihn schon nicht mehr so dringend, und dann entdeckte sie plötzlich, daß sie ohne mich nicht sein konnte, daß ich ihre wahre Liebe war, du hast im Kinderwagen geschlafen, als sie zu mir kam und mir vorschlug, mit euch beiden zu leben, dich zusammen mit ihr aufzuziehen, als wärst du meine Tochter, aber ich konnte ihr die Zurückweisung nicht verzeihen.

Und als Avschalom starb, wußte ich, daß das ihre Strafe war, und auch sie wußte es, und danach war sie viele Jahre lang nicht bereit, mich zu sehen, ich weiß, daß ich dir das nicht hätte erzählen dürfen, aber als ich dich so gesehen habe, mit dem Zopf, ist es über mich gekommen, und ich konnte mich nicht beherrschen.

Ich war so verblüfft, seine Geschichte war so anders als die, die ich im Kopf gehabt hatte, daß ich ihn überhaupt nicht richtig verstand, die Einzelheiten begriff ich kaum, nur den harten Ton seiner Stimme, nicht verzeihend, nicht vergessend, ohne Mitleid, und die ganze Zeit dachte ich, da ist irgendwo ein Fehler, so kann es nicht gewesen sein, sogar

Joséphine hat eine andere Version erzählt, sie hat gesagt, daß er sich gefreut hat, als ich geboren wurde, das war das einzige, was mir plötzlich wichtig war, ob das ein glücklicher oder ein schlimmer Tag für ihn gewesen war, ich konnte die Vorstellung nicht ertragen, er habe meine Geburt bedauert, und erst dann dachte ich an sie.

Er lag auf dem Bett, rauchte mit geschlossenen Augen, mit verzerrtem Gesicht, und meine Mutter erschien vor mir, mit all ihrem Haß, denn wenn zwei Menschen, die für einander bestimmt waren, ihre Bestimmung nicht akzeptieren, verurteilen sie sich zu einem Leben voller Haß und Schuld, und alle waren schuld an diesem Leid, sie war schuld, weil sie der Liebe den Rücken gekehrt hatte, mein Vater war schuld, weil er ihr weismachte, sie könne mit ihm glücklich werden, und ich war schuld, weil sie meinetwegen auf die Liebe verzichten mußte und ich ihr nie etwas zurückgegeben hatte, und er war schuld, weil er sich weigerte, zu ihr zurückzukehren, als sie das wollte, und Joséphine war schuld, weil sie ihm bewies, daß man auf Liebe hoffen konnte, ein immer größer werdender Kreis von Schuld, der fast die ganze Welt umfaßte, wie konnte ich mir nur einbilden, es wäre mir möglich, diesem Kreis zu entkommen, wie ein kleines Kind, das versucht, mit Erbsen zu schießen.

Ich trat näher und legte mich neben ihn auf das Bett, denn ich wollte ihn nicht sehen, ich ekelte mich plötzlich vor ihm, all diese Scheibchen Wissen, auf die ich so viele Jahre lang gewartet hatte, kamen mir plötzlich vergiftet vor, ungenießbar, und er stand auf und sagte, verzeih mir, ich hätte das nicht tun dürfen, aber du hast mich immer aufs neue dazu gebracht, daß ich die Beherrschung verloren habe, ich glaube, daß wir nicht mehr zusammensein dürfen, alles zwischen uns ist zu beladen, am Abend, wenn alle weg sind, bringe ich dich nach Hause.

Er zog sich langsam aus und ging ins Badezimmer, und ich hörte die Dusche und dachte an den Schneemann aus der Geschichte, die mir meine Mutter oft vorgelesen hatte, ein geliebter Schneemann, der sich mit Schlamm beschmutzte, und als sie versuchten, ihn von dem Schmutz zu reinigen, taute ihn das Wasser auf, und es blieb nichts von ihm zurück. Immer hatte ich gegen die eiserne Logik dieser Geschichte protestiert, ich hatte gesagt, warum waschen sie ihn denn, und meine Mutter antwortete, weil er sich mit Schlamm beschmutzt hatte, und ich fing an zu schreien, versuchte, das verhängnisvolle Urteil abzuwenden, ich zog es vor, daß er schmutzig war, statt überhaupt nicht mehr zu existieren, und sie sagte, sie wollten ihn sauber haben. Aber das ist unmöglich, hatte ich böse gesagt, sie wollten etwas Unmögliches, wer etwas Unmögliches will, verliert alles.

Ich blickte zur Kommode mit den gefährlichen Pralinenschachteln und dachte an meine Mutter, deren Leben einen Moment lang offen gewesen war und sich dann geschlossen hatte, und ich sah, wie sie sich gegen das Tor warf und flehte, es möge sich öffnen, aber es war zu spät, ein Fehler zieht den anderen nach sich, und am Schluß hat man ein verfehltes Leben. Sie hatte auf ihn verzichtet, um mich und Avschalom auf die Welt zu bringen, und sie haßte uns deshalb so sehr, daß Avschalom sterben mußte und ich es nicht schaffe, mein Leben zu meistern, wenn sie sich für ihn entschieden hätte, wäre ich nicht geboren worden, was für eine wunderbare Möglichkeit, ich wäre wie eine verschlossene Schachtel geblieben, ein Versprechen, das nicht erfüllt wird, und bestimmt hatte sie jedesmal, wenn ich sie nachts weckte oder wenn ich sie enttäuschte, an den Preis gedacht, den sie bezahlt hatte, auch jedesmal, wenn ich meine Hausaufgaben nicht gemacht hatte, und jedesmal, wenn ich frech geworden war, und das alles wegen zwei Hälften eines Bibelverses, die nicht zusammengefügt wurden, sondern wie amputierte Glieder getrennt blieben, und deshalb war auch Joséphine krank geworden, denn die Dankbarkeit, die er ihr entgegengebracht hatte, hatte ihr nicht gereicht, sie wollte Liebe, und seine Liebe war trübe geworden wie ein Teich, der nie Sonne oder Wind ausgesetzt ist. Was hatte er ihr zu geben, und was hatte er mir zu geben, Scherben von altem Zorn, ein stinkendes Gefühl des Sieges, eines Sieges über Schwache, der einer Niederlage gleichkommt, ich habe hier nichts mehr verloren, dachte ich, in der Nacht werde ich die Wohnung verlassen und hingehen, wohin mein Koffer mich führt, er soll mich führen wie ein Blindenhund, denn je mehr mir die Augen geöffnet wurden, um so weniger sah ich.

Ich hörte ihn unter der Dusche singen, er sang mit einer sehr gefühlvollen Stimme von den Flüssen von Babylon, wo wir gesessen und geweint hatten, als wir an Zion dachten, seine Stimme klang traurig, aber jung und frei, und ich dachte, auch wenn ich ihr die Augen aussteche, er bleibt für sie jung, während sie alt geworden ist, er erinnert sie stets aufs neue an die Vergangenheit, und deswegen stirbt ihr Traum nicht, sondern wird nur immer unmöglicher, und ich hörte diese Stimme nach mir rufen, Ja'ara, sagte er, ohne auf eine Antwort zu warten, so sicher war er, daß ich noch nicht weggegangen war, Ja'ara, bring mir ein Handtuch, und ich öffnete den Schrank und suchte Handtücher, und alles war so ordentlich, die Handtücher so genau gefaltet, als wären es Bretter, und ich nahm das oberste, ein schwarzes, und ohne Absicht stieß ich das nächste an, und es fiel herunter, und ich versuchte es wieder so zusammenzulegen, wie es gewesen war, aber es gelang mir nicht, also brachte ich ihm beide, und er lächelte spöttisch und sagte, für wen ist das zweite? Hast du hier noch einen anderen Mann, der auf ein Handtuch wartet? Das war eine Anspielung auf jenen Tag in

Jaffo, aber ich sagte, ja, und dachte an Joni, den lieben, der auf sein Handtuch wartete und noch immer dort stand, in der kleinen Dusche, und vor Kälte zitterte, denn als ich ihn verlassen hatte, war Winter, und er stand noch immer dort und wartete darauf, daß ich kam, um ihn abzutrocknen.

Ich wickelte mich in das große Handtuch, obwohl ich angezogen war, und ging zurück zum Bett, und er folgte mir schnell, stand nackt vor dem Schrank, und ich versuchte, eine verborgene Narbe an seinem Körper zu entdecken, sah aber nichts, und ich fragte, hast du mit ihr geschlafen? Er antwortete nicht, aber ich sah, daß er die Frage gehört hatte, sein Körper hatte sich bewegt, als wäre er von einem Windzug getroffen worden, und er drehte sich zu mir um und sagte mit Nachdruck, warum bist du so in die Vergangenheit versunken, Ja'ara, warum fragst du zum Beispiel nicht, ob ich mit dir schlafen werde, und er kam näher und näher, und vielleicht war es auch nur sein Schwanz, der anschwoll und näher kam, und er selbst blieb weit weg, und er sagte, man kann nicht alles anzweifeln, wenn du dich mit der Vergangenheit beschäftigst, versäumst du die Gegenwart, was mußt du jetzt dringender wissen, ob ich vor dreißig Jahren mit ihr geschlafen habe oder ob ich jetzt mit dir schlafen werde? Ich lachte verwirrt und fragte, was soll ich jetzt sagen, und er sagte, die Wahrheit, und ich sagte, ob du mit ihr geschlafen hast, und er ging zurück zum Schrank und begann widerwillig, sich anzuziehen, und ich protestierte, du hast doch gesagt, ich soll die Wahrheit sagen, und er sagte, ja, aber die Wahrheit hat ihren Preis, hast du das nicht gewußt?

Und je angezogener er war, um so mehr wollte ich ihn ganz und gar, als hätte ich stundenlang in der Sonne gesessen, so brannte meine Haut, und ich dachte, wie sehr ich mich die ganze Zeit irre, ihr Leben ist nicht mehr zu retten, und inzwischen verpasse ich meins, und ich sagte, komm, ich will dich, und er blickte mich hochmütig an, von oben bis unten, und sagte, aber jetzt will ich nicht mehr, ich kann gar nicht mehr, schau, und trat zu mir und deutete auf seinen Schritt und sagte, siehst du, da ist alles tot für dich, es gibt nichts, wenn ich einen Schlitz hätte, würdest du mich für eine Frau halten, und tatsächlich ging eine seltsame Ruhe von der Stelle aus, die Leere eines leblosen Gegenstands.

So schnell stirbt alles, sagte ich gekränkt, und er sagte, ja, so ist das, und mich packte plötzlich die Wut, und ich schrie ihn an, noch vor einer Minute warst du so wild drauf und plötzlich nicht mehr, du bist einfach nur gekränkt wegen dem, was ich gesagt habe, warum fragst du solche Sachen, wenn du die Antwort nicht aushalten kannst? Er wurde sofort wütend, ich kann sie nicht aushalten? Du bist es doch, die nicht aushält, daß er mir bei dir nicht steht, und ich schrie, du bist ein Lügner, meine Mutter hat Verstand gezeigt, als sie dich nicht geheiratet hat, und er lachte laut und abstoßend, und ich griff nach meinem Hals, der vor lauter Schreien anfing weh zu tun, und ich schaute auf das orangefarbene Nachmittagslicht, das durch den Rolladen drang, und dachte, noch ein paar Stunden, dann ist auch das Vergangenheit, und ich werde nicht mehr hiersein, ich hatte keine Ahnung, wo ich sein würde, aber ich wußte genau, wo ich nicht sein würde, nämlich hier, hier war alles krank, krank, und ich traute meinen Ohren nicht, denn genau diese meine Gedanken schleuderte er mir entgegen. Alles hier ist krank wegen dir, schrie er, du verstreust Krankheiten um dich herum, Joséphine war gesund im Vergleich zu dir, du bringst mich dazu, mich so zu benehmen, wie ich es hasse, ich bin nicht bereit, das länger zu ertragen, und fast tat es mir leid, daß außer uns kein anderer da war, zum Beispiel mein Vater oder meine Mutter, jemand, der zwischen uns richten konnte, aber was spielte es schon für eine Rolle, wer recht hatte, es war klar, daß in diesem Zimmer nicht genug Raum für uns beide war, und ich mußte fortgehen, bevor die nächsten Kondolenzbesucher kamen und ich bis spätabends hier festsaß, und trotzdem durfte ich ihm nichts schuldig bleiben und schrie ihn an, du Lügner, du dreckiger Lügner, und unter Lachen hörte ich ihn sagen, ich weiß nicht, was du überhaupt hier tust, wenn ich so furchtbar bin, warum brauchst du mich dann, und ich schrie, ich brauche dich nicht, ich wünschte, ich hätte dich nie getroffen, und er sagte, dann hör auf, mich weiter zu treffen, niemand braucht dich hier.

Und warum hast du dann angerufen, daß ich kommen soll, schrie ich, mein ganzes Leben hast du mit diesem Anruf kaputtgemacht, und er sagte, ich soll angerufen haben? Du hast mich angerufen und gefragt, ob du kommen kannst, glaubst du etwa, ich hätte dich angerufen, noch dazu an dem Tag, an dem meine Frau beerdigt worden ist? Und ich fiel über ihn her, vor Wut wußte ich nicht, was ich tat, ich fiel über seine Lippen her, die diese fürchterlichen verlogenen Worte gesagt hatten, ich versuchte sie herauszureißen, sie ihm aus dem Gesicht zu reißen, und er warf mich auf das Bett und ließ mich nicht aufstehen und wiederholte wieder und wieder die Worte, die ich nicht ertragen konnte, ich soll angerufen haben? Nie im Leben habe ich dich angerufen, ich kenne deine Telefonnummer gar nicht, nie im Leben habe ich dich angerufen, und dann klingelte es an der Tür, und die zweite Hälfte des dritten Tages der sieben Trauertage für Joséphine Even begann.

12 Hätte mich jemand gefragt, was leichter wäre, sich zu prügeln oder Liebe zu machen, hätte ich selbstverständlich das zweite gesagt, aber als ich nun in seinem Bett lag und vor Haß keuchte, spürte ich, um wieviel körperlicher doch der Haß war als die Liebe, weniger kompliziert, weniger ausweglos. All meine Kräfte sammelten sich dem Haß zuliebe, als ich mich mit seiner Daunendecke zudeckte, wütend die weichen Kissen zerquetschte, als wären es seine Lippen, die diese Worte ausgespuckt hatten, und ich kniff die Augen zu, bis mich alles anekelte, was ich sah, jedes Möbelstück, jede Zimmerecke, sogar die weißen Wände, das Bild, das an der Wand hing, ein riesiges Bild von einem schwarzen Kran, der eine Mauer bedrohte, und der Schrank, der offen geblieben war, und die Rolläden, die sich nicht rührten und seit zwei Tagen den ganzen Ekel aufsaugten, denn sie hatten die Worte gehört, jeder, der die Worte gehört hatte, der sein verrücktes Lächeln gesehen hatte, das die Worte einfaßte wie ein Bilderrahmen, ein so breites Lächeln, daß es die Lippen aufriß, bis zwei Tropfen Blut in den Mundwinkeln aufblitzten, jeder, der Zeuge gewesen war, Mensch oder Gegenstand, war für immer unrein. Ich versuchte, mich in Bewegung zu bringen. Daß du keinen Ort hast, wohin du gehen kannst, bedeutet noch lange nicht, daß du hierbleiben mußt, und daß du einen Fehler gemacht hast, bedeutet nicht, daß du ihn in alle Ewigkeit ausdehnen mußt, doch diese Erkenntnis erschreckte mich so sehr, daß ich mich nicht bewegen konnte, die endgültige Erkenntnis, das sichere Wissen, ich, Ja'ara

Korman, geboren dann und dann, in dem und dem Ort, mit der und der Augenfarbe und all den anderen Details, die nicht mehr veränderbar waren, mit denen ich einfach leben mußte, hatte etwas getan, was zu dieser Herde von Tatsachen eine neue hinzufügte, die anderen mußten zusammenrücken, um ihr Platz zu machen, sich mit ihr anfreunden, und diese neue Tatsache war, daß ich in dem und dem Monat in dem und dem Jahr einen Fehler gemacht hatte, einen schweren Fehler, der mein ganzes Leben veränderte, der die Vergangenheit zu einer verwunschenen Zeit gemacht hatte und die Gegenwart zu einem Alptraum und die Zukunft zu einem wilden Tier, und jetzt mußte ich lernen, damit zu leben, wie man lernt, mit einer Behinderung zu leben, aber es war nicht einfach eine Behinderung, die ich mir selbst zugefügt hatte, so wie jemand, der sich eine Kugel ins Bein schießt und lernen muß, sowohl mit sich selbst als auch mit dem verletzten Bein weiterzuleben, sondern ich war wie jemand, der ins Auto steigt und sich selbst überfährt, ich war sowohl die Fahrerin als auch die unter den Rädern, die Schuldige und die Anklägerin, und ich dachte an Joni, den ich für immer verloren hatte, und an seine Liebe, die von mir weggezogen war, plötzlich, wie wenn man eine Decke von einem Tisch zieht, daß der Tisch nackt und armselig aussieht, beschädigt und voller Flecken.

Ich sah sein Gesicht vor mir, sah, wie sich zu den weichen Zügen eine gewisse Härte gesellte, die erstaunlich gut zu ihnen paßte, als wäre sie immer da gewesen und hätte nur auf den passenden Moment gewartet, herauszukommen, und seine weiche Stimme hatte einen nachdrücklichen Klang bekommen, und er erklärte mir höflich, in ihm sei etwas zerbrochen und wir könnten nie mehr in unser voriges Leben zurückkehren, denn diese Flitterwochen in Istanbul seien für ihn ein Schlußstrich unter unsere Ehe gewesen, und dann sagte er, weißt du eigentlich, daß die Türken einmal fast die ganze Welt beherrscht haben? Und ich sagte, vielleicht probieren wir es noch einmal, trennen können wir uns immer noch, und er fuhr fort, Reste dieser Pracht sind jetzt ihr ganzer Stolz, mehr ist ihnen nicht geblieben, und ich flehte, bitte, Joni, ich mache alles wieder gut, aber er sagte nur, ihre Herrschaft war grausam, und jetzt gibt es dort, in Istanbul, nur noch Grausamkeit ohne Herrschaft, und damit war unser Gespräch zu Ende, und ich packte meinen schimmeligen Stolz zusammen, meine Kleider und meine Bücher, und er packte seine Sachen, denn keiner wollte in der Wohnung bleiben, und auf der einen Hälfte der Kartons stand sein Name und auf der anderen meiner, und an der Tür drückte er mir die Hand, wie beim Abschluß eines Geschäfts, ein fester, ernsthafter Händedruck, und in seinen Augen war ein Leuchten des Glücks, nicht provozierend, nicht aggressiv, sondern das bescheidene, nachdenkliche Glück eines Menschen, der früher als erwartet seine Freiheit bekommen hat, und danach sah ich ihn nicht mehr.

Nichts würde von den Jahren unseres gemeinsamen Lebens zurückbleiben, nicht einmal ein Kind, das zwischen uns hin und her gerissen wird, kein Besitz, um den man streiten könnte, sondern wirklich nichts, jeder würde mit fast ebenso leeren Händen gehen, wie er gekommen ist, und vielleicht würden wir uns einmal zufällig auf der Straße treffen und uns in ein kleines Café setzen, und erst dann würde er es wagen mir zu erzählen, wie schlimm es eigentlich war, morgens aufzustehen, aufgeregt wegen der Reise, sich blitzschnell zu überlegen, was man noch alles zu erledigen hatte, diese Kleinigkeiten, die immer bis zum letzten Moment liegenbleiben, und erst dann das leere Bett zu bemerken, das leere Badezimmer, die leere Küche, und trotzdem den Koffer zu nehmen und wegzufahren, denn so ist

Joni, er ändert nicht gerne seine Pläne, er bleibt nicht im Bett und weint, er weint im Flugzeug, er weint im Hotel, er weint, wenn er sich bewegt, nicht wie ich, ich weine bewegungslos, und wer weint, wenn er sich bewegt, rettet sich am Schluß, und wer weint, ohne sich zu bewegen, bleibt verloren, so wie ich, und ich hatte solche Angst vor der Zukunft, die mir noch unausweichlicher zu sein schien als die Vergangenheit, und ich wußte, daß ich es nicht aushalten würde, ich mußte sie aufhalten, ich mußte einen Weg finden, den riesigen Stein abzufangen, der auf mich zurollte. Als erstes mußte ich aufstehen, selbst auf der Toilette zu sitzen war besser, als im Bett zu liegen, und am besten war es, am Fenster zu stehen, und ich schaffte es wirklich, zum Fenster zu gelangen und es aufzumachen, die Luft traf mich, eine scharfe, nach Frühling riechende Luft, und die Zitrusbäume im Garten blühten und schickten mir einen Gruß aus den Plantagen, die unsere Siedlung umgeben und in mir zum ersten Mal den Gedanken an Liebe erweckt hatten, ein Gedanke, der immer viel großartiger ist als die Liebe selbst, damals lief ich unter den Bäumen herum und war glücklich nur mit diesem Gedanken, ich stieg auf den kleinen Hügel und schaute hinunter, und die ganze Welt war ein einziger riesiger Orangenhain ohne Ende, und ich stellte mir vor, wie ich den Mann, den ich lieben würde, hierherführen und ihm dieses Wunder zeigen würde, und das wäre dann die Antwort auf die große Frage, die nicht gestellt wurde und nie gestellt werden würde.

Vielleicht bringe ich Joni dorthin, dachte ich, ich werde ihn am Flughafen erwarten und sofort mit ihm dort hinfahren, von den Moscheen Istanbuls direkt zu den Orangenplantagen im Scharon, und dort, auf dem kleinen Hügel, werde ich es schaffen, sein Herz wieder zu mir zu wenden, und dann ging ich zu meinem Koffer und wühlte und prüfte nach, ob alles drin war, und ich sah mich um und begann meine Flucht zu planen, die, wie sich herausstellte, verhältnismäßig einfach sein würde, denn vor lauter Eile hatte er vergessen, die Tür abzuschließen, vielleicht hatte er es auch absichtlich getan, ich konnte also versuchen, mich durch den Flur davonzuschleichen, vorbei am Wohnzimmer, oder sogar kurz hineingehen und ihm ernst die Hand drücken, als wäre ich aus der Gästetoilette gekommen, aber was sollte ich mit meinem riesigen Koffer machen, das durfte doch nicht sein, daß ausgerechnet er mich am Schluß hier festhielt, ein Koffer. Ich beschloß, den Rolladen des Balkons, den ich erst heute entdeckt hatte, ein wenig hochzuziehen, ganz vorsichtig, und da sah ich, daß der Schlüssel zur Balkontür am Griff hing, fröhlich schaukelnd hatte er schon ein paar Tage lang auf mich gewartet, und ich schloß die Tür auf, schob den Koffer mit kleinen Tritten hinaus auf den Balkon und ließ den Rolladen wieder herunter, und dann, bevor ich es mir anders überlegen konnte, betrat ich den Flur.

Aus dem Wohnzimmer drang rhythmisches Gemurmel, eine Art ruhiger, zurückhaltender Singsang vieler Stimmen zusammen, du, der allerhöchste Gott, sangen sie, der in Güte und Milde waltet, und Herr und Meister ist von Allem; der den Vätern ihre Frömmigkeit gedenket und ihren Kindeskindern sendet den Erlöser um seines Namens willen, und ich schlich mich vorsichtig weiter, bis ich die Toilette erreicht hatte, und schlüpfte schnell hinein und setzte mich auf den heruntergeklappten Klodeckel. Wie eine Insel mitten im gefährlichen Meer kam mir dieser kleine enge Raum vor, und ich sah mich um und stellte fest, wie sehr hier die Hand einer Frau fehlte, um was kümmerte sich der Hausherr, wenn ihm nicht auffiel, daß kein Toilettenpapier da war, und aus der Kloschüssel kam ein Gestank wie bei einer öffentlichen Toilette. Ich hörte Schritte näher kommen und streckte schnell den Fuß aus, um die Tür zuzuhalten, falls jemand sie öffnen wollte, denn es gab keinen Schlüssel, aber sogar mein relativ langes Bein reichte nicht bis zur Tür, und obwohl die Schritte sich wieder entfernten, probierte ich es weiter, streckte meine Beine und überlegte, was wohl Leute taten, die mittendrin erwischt wurden, mit herunter-gelassener Hose, sie hatten zwei Möglichkeiten, entweder machten sie einen Satz zur Tür und tropften auf ihre Klei-dung, oder sie preßten ihren Hintern auf den Klodeckel und riskierten eine nicht gerade angenehme Entdeckung, und ich wunderte mich über die Gastgeber, die ihren Gästen ein so schweres Dilemma zumuteten, vor allem über Joséphine wunderte ich mich, von ihr hätte ich erwartet, daß ihr das Wohl ihrer Gäste am Herzen gelegen hatte, und ich dachte, vielleicht ist sie deshalb krank geworden und gestorben, denn wegen weniger wurde der Tempel zerstört.

Und dann fiel mir mein kostbares Buch ein, das der Gnade eines jeden Menschen ausgesetzt war, der an dem verlasse-nen Koffer vorbeiging, ich drückte die Wasserspülung und verließ die Toilette, setzte das Gesicht einer besonders trau-rigen Kondolenzbesucherin auf und ging zum Eingang, blieb einen Moment in der Wohnzimmertür stehen, um ihn dort sitzen zu sehen, umgeben von Männern, die sich im Ge-bet bewegten, und jemand kam aus der Küche, wo ein paar Frauen um den runden Tisch saßen, und eine der Frauen machte mir ein Zeichen zu warten und sagte, gleich sind sie mit dem Beten fertig, du kannst hier warten, also betrat ich die Küche und setzte mich auf den einzigen Stuhl, der noch frei war. Willst du etwas trinken, fragte die Frau, und ich sagte glücklich, Kaffee, und plötzlich war es so leicht, Kaf-fee zu bekommen, außerhalb jenes Zimmers, und sie goß mir schnell eine große Tasse voll und schob mir Zucker und

Milch zu, und dabei lächelte sie mich an und sagte, ich bin Ajala, Aries Schwester.

Eure Eltern hatten eine Vorliebe für Tiere*, sagte ich und erschrak sofort, vielleicht hatte ich sie gekränkt, doch sie lachte warm, ja, das stimmt, ich habe immer zu ihnen gesagt, schade, daß ihr euch nicht so um eure Kinder kümmert, wie ihr es mit jeder streunenden Katze tut. Ich lächelte sie dankbar an, und sie fragte, Kuchen? Und ohne zu warten, schob sie mir ein Stück hellen duftenden Käsekuchen auf einem verzierten Teller zu und bot in fließendem Französisch auch der Mutter der Verstorbenen etwas an, und sie bewegte sich anmutig und geschmeidig in der engen Küche. Sie war klein und dick, mit großen, weichen Brüsten, die sich unter ihrem engen Pulli wölbten, und aus ihrem braunen Gesicht leuchteten blaue Augen. Sie sah ihm überhaupt nicht ähnlich, nur vielleicht die vollen Lippen, aber seine waren grau und ihre rot, und als sie lächelte, es sah wirklich so aus, als sei sie die ganze Zeit kurz vor oder nach einem Lächeln, zogen sich Falten von den strahlenden Augen zu den Lippen, aber sie waren so anmutig wie Grübchen. Ich fand sie so großartig, daß ich nur ganz ruhig meinen Kaffee trank und sie betrachtete, überrascht und erstaunt, wie angenehm es in der Küche war, wie heiter und gelassen sie sich um alle kümmerte, woher war sie plötzlich aufgetaucht, diese wunderbare Frau, wieso hatte ich nichts von ihrer Existenz gewußt, als ob ich mich, hätte ich von ihr gewußt, anders verhalten und meine Weltsicht sich geändert hätte.

Vor lauter Betrachten merkte ich erst gar nicht, daß sie mit mir sprach, du bist die Tochter von Korman, fragte sie, und ich war fasziniert von ihren Lippen und antwortete nicht, was sie offenbar als Zustimmung interpretierte, denn sie

* Hebr. Arie – Löwe, Ajala – Reh

sagte, du siehst deiner Mutter sehr ähnlich, wirklich erstaunlich, ich weiß noch, wie sie ausgesehen hat, als sie ungefähr so alt war wie du, unglaublich, wie sehr ihr euch gleicht, nur der Zopf fehlt dir noch, und ich lächelte schief und sagte, ja, die Frage ist nur, ob das so empfehlenswert wäre, von allen Menschen ausgerechnet meiner Mutter so ähnlich zu sehen, und ich konnte mich nicht beherrschen und fügte hinzu, ich würde lieber dir ähnlich sehen.

Sie blickte mich mitleidig an und sagte, das hängt nur von dir ab, ich bin mir auch erst nach vielen Wandlungen ähnlich geworden, und ich dachte, wenn mir heute noch ein Mensch sagt, es hänge nur von mir ab, fange ich an zu schreien, aber von ihr war ich bereit, alles zu akzeptieren, so weich und voller Anteilnahme sprach sie, und ich hätte sie gerne gefragt, wo sie diese Tage gewesen war, warum sie mich nicht in meinem Gefängnis auf der anderen Seite der Wand besucht hatte, aber plötzlich fiel ein Schatten in die Küche, sie füllte sich mit Männern. Ich erkannte den französischen Schwager und Schaul, der mir einen distanzierten Blick zuwarf, er hatte wohl Angst, daß meine Anwesenheit sein Geheimnis verraten würde, jedenfalls verließ er sofort die Küche, die anderen Männer kannte ich nicht, und Arie kam als letzter herein, ich sah, wie seine Schwester ihn prüfend betrachtete und sagte, Ari, die Tochter von Korman ist hier, und er blickte mich schnell an, ich hätte eigentlich erwartet, er würde zornig reagieren, weil ich die Grenze überschritten hatte, aber er sah amüsiert aus und sagte spöttisch, mit absichtlicher Übertreibung, so, so, die Tochter von Korman, was für eine Überraschung, und lächelte, ich liebe Überraschungen, und seine Schwester umarmte ihn, und ich sah, wie ähnlich sie sich doch waren, sie sah aus wie seine helle Seite, aber neben ihr sah auch er hell aus, gelassen und ruhig, und er sagte, du bist nicht in Istanbul? Ich habe gehört, du wärst in Istanbul, und ich spürte, wie ich rot wurde, und sagte, wir sind schon zurück, absichtlich benutzte ich den Plural, als wäre ich noch Teil eines Paares.

Wie war's, fragte er, und ich sagte, enttäuschend, Istanbul ist enttäuschend, ich hatte mir viel mehr erhofft, und er sagte, man muß seine Erwartungen immer herunterschrauben, und Ajala sagte, das stimmt, das Bild, das du im Kopf hast, ist immer vollkommener als das, was du mit deinen Augen siehst, das trifft für alles zu, und ich sagte, dann wäre es vielleicht besser, es sollte im Kopf bleiben und man sollte sich nichts wirklich anschauen und keine Menschen treffen. Aber dann wird man nie erwachsen, sagte er, denn der Unterschied zwischen dem, was du mit deinen geistigen Augen siehst, und dem, was du mit deinen körperlichen Augen siehst, das ist Erwachsenwerden.

Warum muß man überhaupt erwachsen werden, sagte ich und merkte, daß Ajala uns neugierig beobachtete, ihre feinen Nasenflügel zitterten wie bei einem Tier, das etwas Verdächtiges bemerkte, und er sagte müde, weil das Leben so ist, Kormans Tochter, auf das Erwachsenwerden verzichten heißt auf das Leben verzichten, und sie fing an zu klatschen und lachte, und ich weiß nicht, warum, aber mir kam es plötzlich vor, als sei ich in einem Theater, und da kam Schaul wieder in die Küche, leicht gebückt, und zog etwas hinter sich her, und zu meinem Schrecken erkannte ich meinen Koffer, und er schrie, schaut mal, was ich auf dem Balkon gefunden habe, wie kannst du nur einen vollen Koffer auf dem Balkon lassen, Arie, und Arie warf einen gleichgültigen Blick auf den Koffer und sagte, er gehört mir nicht, ich habe keine Ahnung, wie er auf meinen Balkon kommt, und Schaul wich sofort mißtrauisch zurück, und mit ihm wichen alle zurück, und ich wurde ebenfalls zur Seite geschoben und sah, wie alle den Koffer argwöhnisch betrachteten, als enthalte er eine Bombe, die jeden Augenblick losgehen könnte. Man muß die Polizei rufen, sagte Schaul, und jemand erklärte auf französisch der alten Mutter, um was es ging, und sie stieß einen leisen Schrei aus und schlug sich sofort die Hand vor den Mund, und so standen wir um den Koffer, wie wir vor drei Tagen um Joséphines frisch ausgehobenes Grab gestanden hatten, und ich hatte das Gefühl, gleich ohnmächtig zu werden, und wußte nicht, wie ich aus der Situation herauskommen sollte, und während der ganzen Zeit spürte ich seine amüsierten Blicke auf meinem Gesicht, als wolle er sagen, du hast mir eine Überraschung bereitet, und ich revanchiere mich mit einer eigenen Überraschung, und dann spürte ich, daß mich noch jemand anschaute, es waren ihre strahlenden Augen, und ihr Blick wanderte von mir zu ihm, und sie legte die Hand auf Schauls Arm, der schon auf dem Weg zum Telefon war, und rief mit gespielter Aufregung, ach, ich habe es ganz vergessen, das ist mein Koffer, und dann trat sie in den Kreis, nahm den Koffer und stellte ihn an die Wand, und Arie sagte, ich weiß nicht, warum, aber ich habe plötzlich das Gefühl, als wäre ich im Theater, und er klatschte auf seine vornehme, überhebliche Art, und der Kreis löste sich langsam auf, der größte Teil des Publikums wanderte zum Wohnzimmer, und in der Küche blieben nur er und ich und sie und die blaue Frau, die herzzerreißend zurechtgemacht aussah, und obwohl sich das ordinär anhört, zu ihr paßte es.

Wieder tat es mir leid, daß ich kein Französisch konnte, ich hätte sie gerne einige Dinge gefragt, zum Beispiel ob es sie tröstete, schon am Ende ihres Lebens angelangt zu sein, schließlich war es viel schwerer, einen solchen Schlag einzustecken, wenn man noch mittendrin war und wußte, daß man das Leid noch eine ziemlich lange Zeit ertragen mußte, mich zum Beispiel bedrückte der Gedanke an all die Jahre, die noch vor mir lagen, wie Ungeheuer warteten sie auf mich, eines häßlicher als das andere, und ich war dazu bestimmt, auf einem nach dem anderen zu reiten, auf Wegen, die sie bestimmten, begeistert zu traben und Lebensfreude zu zeigen, die haarigen Hälse zu umarmen, vor denen ich mich ekelte, mit geschlossenen Augen alles zu sehen.

Ich schloß die Augen, das Gesicht noch glühend vor Scham, und spürte eine kühle Hand auf meinem Arm, und sie sagte, Kormans Tochter, geh nach Hause und komm nicht hierher zurück, hörst du, auch wenn er dich ruft, komm nicht zurück, und ich machte die Augen auf und sagte traurig, er wird mich nicht rufen, denn als ich ihn zwischen den anderen gesehen hatte, hatte ich wieder seine bedrückende und deprimierende Anziehungskraft gespürt, und sie nahm meinen Koffer und verließ mit ihm die Wohnung, und ich folgte ihr, und an der Tür sagte ich zu ihr, Ajala, das Leben ekelt mich, und sie flüsterte, das darf man nicht sagen, wer so etwas sagt, verabscheut das Leben, und sie umarmte mich mütterlich. Hast du Kinder, fragte ich, und sie sagte, ich habe Kinder, aber meine Kinder haben keine Mutter, und das klang seltsam, denn sie sah wie eine glückliche Frau aus, eine, der alles gelingt, und ich verstand nicht, was für ein Mißgeschick sich hinter ihren Worten verbarg, aber sie hatte offenbar nicht vor, es mir zu erklären, aufrecht und anmutig drehte sie mir den Rücken zu und betrat wieder die Wohnung.

Es war die schrecklichste Stunde des Tages, die Stunde, in der das Licht gefährlicher ist als die Dunkelheit, weil es kostbarer wird, einzigartiger, und zu dieser Stunde hatte ich immer Angst, draußen herumzulaufen. Als ich klein war, hatte ich mich immer fest an die Hand meiner Mutter geklammert, hatte nicht geglaubt, daß wir es schaffen würden, nach Hause zu kommen, und auch wenn wir ankamen, wußte ich nicht, ob es wirklich unser Haus war oder vielleicht eine raffinierte Falle, die genauso aussah wie unser Haus. Ich untersuchte dann mein Zimmer, schaute unter das Bett und in den Schrank, und wenn sie versuchte, mich zu beruhigen, prüfte ich auch sie, denn vielleicht war ja auch sie eine raffinierte Falle, die aussah wie meine Mutter, und nun, als ich aus dem dämmrigen Treppenhaus hinaussah, dachte ich, daß mein ganzes Leben zu einer raffinierten Falle geworden war, die nur aussah, als wäre sie mein Leben, und ich mußte versuchen, mich zu befreien, obwohl ich spürte, daß mein Hals schon drinsteckte, daß sie bereits zugeschnappt war, wie eiserne Hände fühlte ich sie, die versuchten, mich zu erwürgen, und das Atmen fiel mir schwer, das Gehen, und ich setzte mich auf den Gehweg.

In den Fenstern der gegenüberliegenden Häuser leuchtete gelbliches familiäres Licht, und bei mir zu Hause herrschte schon seit drei Tagen vollkommene Dunkelheit, wie konnte ich jetzt dorthin zurückkehren, wie konnte ich Licht machen, wenn Jonis Kummer wie eine riesige Leiche auf den Fliesen lag und das verschlossene Haus mit Gestank erfüllte, die Nachbarn hatten schon etwas bemerkt und diskutierten untereinander, ob man die Tür aufbrechen sollte, ich würde sagen, das ist er nicht, das ist sein großer Kummer, das, was er für mich zurückgelassen hat, denn er selbst kommt nicht mehr heim. Ich hörte um mich herum die Geräusche des beginnenden Abends, wie das Rauschen eines großen Wasserfalls, alles hätte ich dafür gegeben, jetzt an einem zu sitzen, Kinder wurden nach Hause gerufen, Omelettes in der Pfanne gewendet, Badewasser eingelassen, und das alles wurde plötzlich von lautem Geschrei überdeckt, genau neben mir, als gelte es mir, hau schon ab hier, ich halte es nicht mehr aus, und ich stand auf, sah zu seiner Tür hinauf, aber da wurde die Tür gegenüber aufgemacht und ein großes Paket herausgeschoben, ein Paket mit Armen und sogar mit Beinen, aber ohne Willenskraft und Bewegungsfähigkeit, die Frau klappte sofort schwer atmend auf der Treppe zusammen, ich trat zu ihr, legte ihr die Hand auf die Schulter, und sie hob den Kopf, und als sie mich erkannte, ließ sie ihn mit einem verzweifelten Ausdruck wieder auf die Knie sinken, und ich fragte, was ist passiert, und sie stand auf, ich kann nicht mehr, ich kann nicht mehr, und plötzlich richtete sie sich auf und schrie, mein Kind ist da drinnen, jetzt nimmt er mir mein Kind weg, und sie ging zurück zu der Tür und begann mit den Fäusten dagegen zu schlagen und zu schreien, gib mir Nuri, gib mir Nuri, aber die Tür bewegte sich nicht, und sie zitterte, und ihr Gesicht verzerrte sich zum Weinen.

Ich umarmte sie und flüsterte, mach dir keine Sorgen, ich hole dir dein Kind dort raus, ich wußte nicht, warum ich das sagte, aber in dem Moment, als die Worte ausgesprochen waren, wurden sie zu einer Tatsache, und sie sah mich dankbar an und weinte, ich will meinen Kleinen, ich kann nicht ohne ihn leben und er nicht ohne mich, und ich sagte, erzähl mir, was passiert ist, ich helfe dir, und sie sagte, ich war mit dem Kleinen beim Orthopäden, er hat ein Problem mit den Beinen, und als ich zurückkam, hat mein Mann einen Tobsuchtsanfall bekommen, er ist überzeugt, ich wäre in den Orthopäden verliebt, der Kleine hätte nicht das geringste mit den Beinen, ich würde mir das nur ausdenken, um meinen Geliebten zu treffen und vor den Augen des Kindes mit ihm zu bumsen. Stell dir vor, er ist gerade mal ein halbes Jahr alt, und mein Mann versucht, ihm das Sprechen beizubringen, damit er mich verraten kann, und dann wurde in ihrer Wohnung ein Fenster aufgerissen, und jemand schrie, nimm deine Fetzen mit, du dreckige Hure, und in den kleinen Garten segelten zusammengeknüllte Kleidungsstücke,

Blusen und Büstenhalter und Slips, und blieben an den blühenden Zitrusbäumen hängen, und ich fragte, stimmt es, daß du in den Orthopäden verliebt bist, und hoffte, sie würde ja sagen, aber sie sagte, wieso denn, was habe ich mit ihm zu tun?

Mich überzeugte das, und ich verstand nicht, warum es ihren Mann nicht überzeugt hatte, und sie sagte, sie hätte ihn vor vielen Jahren einmal wegen eines anderen Mannes verlassen, und seither würde er immer wieder unter verrückten Eifersuchtsanfällen leiden, und manchmal würde er sich einbilden, der Kleine sei nicht von ihm, und als sie der Kleine sagte, krümmte sie sich wieder, blickte mich flehend an und streckte die Hände aus, meine Hände sind leer ohne meinen Kleinen, bring ihn mir. Aber du hast vor ein paar Tagen gesagt, daß der Kleine ihm ähnlich sieht, erinnerte ich sie, und sie sagte, ja, aber er behauptet, daß ich an einen anderen Mann gedacht hätte, als ich mit ihm im Bett war, und das würde schon bedeuten, daß der Kleine von einem anderen wäre, und wie soll ich beweisen, daß ich nicht an einen anderen gedacht habe, und ihr Weinen wurde stärker, und aus der Wohnung drang nun auch, wie ein Echo, das Weinen des Kindes, und ich sagte, mach dir keine Sorgen, wir holen ihn dort heraus, und ihr kommt mit mir, meine Wohnung ist gerade leer, ihr könnt ein paar Tage dort bleiben, bis sich alles geregelt hat, aber ich hatte keine Ahnung, wie man den Kleinen dort herausholte, und ich sagte zu ihr, und jetzt sei ganz ruhig und versteck dich in der Nähe, damit er denkt, du wärst schon fort, und ich werde versuchen, etwas zu unternehmen.

Als sie verschwunden war, sie versteckte sich wirklich so gründlich, daß es mir vorkam, als wäre sie tatsächlich weggegangen, klingelte ich an der Tür und sah jemanden durch das Guckloch schauen und drückte noch einmal fest auf die

Klingel, und er öffnete die Tür einen Spaltbreit und fragte, was ich wolle. Ich lächelte die Tür herzlich an, man hatte mir immer gesagt, mein Lächeln sei vertrauenerweckend, und sagte, ich komme aus der Wohnung gegenüber, Sie wissen, daß man bei uns Schiwa sitzt, und er sagte, ja, ich habe die Ankündigung gesehen, und er machte die Tür auf, ein kleiner Mann mit einem angespannten Gesicht, das mir bekannt vorkam, und deutete auf die Ankündigung, die an der Tür befestigt war, und ich betrachtete sie erstaunt, denn sie war nicht da gewesen, als ich vorgestern nacht hier angekommen war, und plötzlich hing sie vor mir wie der Beweis, daß alles wirklich passiert war.

Uns fehlt für das Abendgebet ein zehnter Mann, sagte ich mit ernster Stimme, die Trauernden bitten Sie, sich ihnen anzuschließen, und er deutete auf das Zimmer hinter sich, in dem es wieder still war, und sagte, das Baby ist gerade eingeschlafen, und ich sagte, ich bleibe ein paar Minuten bei ihm, wie lange wird es schon dauern, und er betrachtete mich zweifelnd und sagte, ich weiß nicht, wo meine Kipa ist, und ich hatte nicht übel Lust zu sagen, vielleicht hängt sie am Baum, doch ich lächelte und sagte, machen Sie sich keine Sorgen, man wird Ihnen eine geben, es gibt genug Kipot, und schließlich seufzte er und sagte, gut, an mir soll es nicht liegen, und verließ die Wohnung, die Tür blieb offen, und ich ging zum Zimmer des Kleinen, und sobald die Wohnungstür der Familie Even hinter ihm ins Schloß gefallen war, nahm ich den Kleinen auf den Arm und lief, die Tür offen lassend, hinaus, und sie kam aus dem Garten, nahm mir den Kleinen ab, und wir rannten gemeinsam weiter, sie mit dem Baby und ich mit dem Koffer, bis wir die Hauptstraße erreicht hatten.

Dort gab es ein volles Café, in das ich sie schob, der Ort schien mir sehr geeignet, um sich zu verstecken, außerdem wollte ich meine Rückkehr nach Hause ein wenig hinausschieben, denn ich hatte plötzlich Angst, daß sie, wenn sie sich erst bei mir niedergelassen hatte, nie mehr weggehen würde, und schwer atmend saßen wir zwischen ganzen Haufen von Genießern, alle sahen glücklich und sorglos aus, nur mein Leben und ihres waren auseinandergefallen, aber auch sie hatte vor ein paar Tagen noch einen sorglosen Eindruck auf mich gemacht, wie die Königin des Viertels hatte sie ausgesehen, in einer Hand den Schlüssel, auf dem anderen Arm das Kind, und jetzt war alles anders.

Sie wickelte den Kleinen aus der Decke, und ich betrachtete ihn gespannt, diesmal sah er ganz anders aus, als wäre er ein anderes Kind, seine Augen waren heller, fast blau, seine Haare blond und nicht braun wie Jonis, nein, er sah Joni überhaupt nicht ähnlich, aber er hatte auch nichts von seinem Vater, und einen Moment lang konnte ich den besorgten Mann, der mir die Tür geöffnet hatte, verstehen, denn wem sollte man trauen, und wenn man erst einmal anfing, mißtrauisch zu werden, konnte man schwer damit aufhören, das bewies ja schon meine eigene Verwunderung. Man sagte zwar, daß Babys sich verändern, aber eine solche Veränderung in so kurzer Zeit war kaum zu glauben, vielleicht handelte sie überhaupt mit Babys und hatte mich reingelegt, und ich würde wegen Beteiligung am Kinderhandel ins Gefängnis kommen, wer weiß, was mit dem vorigen Baby, dem mit diesem süßen Schafsgesicht, geschehen war, wie glücklich wäre ich, wenn ich jetzt so eines als Andenken an Joni hätte.

Du kannst dir nicht vorstellen, wie dankbar ich dir bin, sagte sie, und ich lächelte bitter, weil ich nicht wußte, was ich antworten sollte, und dann stand eine Kellnerin vor uns, in einem superkurzen Mini und langen Beinen, und ich dachte traurig, nie war ich wirklich jung, immer gab es jüngere als mich, und allmählich wurde das immer schlimmer, es sah aus, als gäbe es immer mehr Leute auf der Welt, die jünger waren als ich und immer weniger, die älter waren, jedenfalls hier in diesem Café, mir wurde übel, und ich bestellte Tee mit Zitrone, und sie auch, und es machte mich nervös, daß sie keinen eigenen Willen hatte, und ich dachte, wie hat sie doch an Größe verloren ohne ein sicheres Zuhause und einen ergebenen Ehemann, und wie verloren das Baby doch außerhalb seines Bettchens aussah, genau wie Fotos, die ihren Glanz verlieren, wenn man sie aus dem Rahmen nimmt, und auch mir ging es so, mit meinem armseligen Koffer, der plötzlich alt geworden war, ich mußte nach Hause und mich in den Rahmen meines Lebens zurückstecken.

Der Kleine fing an zu weinen, und ich versuchte, ihn zum Lachen zu bringen, ich nahm seine Hand, und mir fiel eine Geschichte ein, die meine Mutter meinem kleinen Bruder erzählt hatte, er hatte natürlich nichts verstanden, wurde aber immer sofort ruhig, deshalb fing ich nun an, dem Kleinen die Geschichte zu erzählen, von der ich gar nicht gewußt hatte, daß ich mich noch an sie erinnerte, von dem kleinen Avschalom und seiner großen schwarzen Katze, die Arie hieß, Löwe, und alle fragten, wieso heißt eine Katze Löwe, das ist, als würde man eine Schlange Maus nennen oder einen Hund Fuchs, aber Avschalom wollte es nicht verraten. Er wußte, daß Löwe der König aller Katzen war und deshalb einen königlichen Namen verdient hatte, aber ihm war klar, daß alle ihn auslachen würden, wenn er das sagte. Beweise doch, daß er der König der Katzen ist, würden sie sagen, und es ließ sich nicht beweisen, nur fühlen. Er fühlte, daß Löwe weniger seine Katze war als er der Junge von Löwe, und Avschalom gefiel es sehr gut, der Sohn einer Katze zu sein.

Der Kleine lächelte mich an, kaum zu glauben, wie diese Geschichte funktionierte, und strampelte mit den Beinchen, und ich sah, daß ein Bein länger war als das andere, und sagte, hat er nicht ein Problem mit den Beinen, und sie sagte, doch, hat er, ich war gerade mit ihm beim Orthopäden. Was hat der Orthopäde denn gesagt, fragte ich, und sie sagte, es wird in Ordnung kommen, doch es fiel mir schwer, ihr zu glauben, denn wie konnte so etwas in Ordnung kommen, wie konnte überhaupt etwas in Ordnung kommen, und ich sagte, ich glaube, dieser Orthopäde verstellt sich, und sie sagte, du hörst dich wirklich an wie mein Mann, und mir wurde schlecht, als ich an den kleinen Mann dachte, der eine religiöse Pflicht erfüllte und dessen Sohn inzwischen verschwunden war.

Was hast du vor, fragte ich, und sie spürte offenbar meinen Groll, denn sie sagte, mach dir keine Sorgen um mich, wenn ich mich ein bißchen beruhigt habe, gehe ich nach Hause zurück, auch er wird sich beruhigen, und bis zum nächsten Mal wird Frieden herrschen, und ich atmete erleichtert auf und konnte wieder Zuneigung zu ihr spüren und fragte, und kann man nichts daran ändern? Und sie sagte, nein, ich hätte ihn nicht verlassen dürfen, das hat alles kaputtgemacht. Oder du hättest nicht zu ihm zurückgehen dürfen, nachdem du ihn schon verlassen hattest, sagte ich, warum hast du das eigentlich getan? Und sie sagte, das habe ich schon vergessen, und sie vergrub ihr Gesicht in der Schulter ihres Kleinen, genau wie meine Mutter ihr Gesicht immer in Avschaloms Schulter vergraben hatte, und ich schaute aus dem Fenster, so abstoßend war mir der Gedanke, um nicht zu sagen grausam, daß eine derart kleine Schulter ihre Fehler ungeschehen machen sollte.

Auf einmal sah ich draußen ihren Mann herumirren wie einen Käfer, und mir fiel ein, an wen er mich erinnert hatte, an meinen kleinen Onkel Alex, der ein spätes Liebesglück erlebt hatte, und ich wollte bei dem unabänderlich stattfindenden Zusammentreffen der beiden nicht dabeisein und sagte, er ist im Anmarsch, und als er näher kam, sah ich, daß er eine Kipa auf dem Kopf trug, vermutlich hatte er eine Weile gebetet, bis er kapierte, was geschehen war, eine weiße Kipa, die strahlte wie eine kleine Sonne, und sie nahm den Kleinen fester in die Arme, aber in ihren Augen lag Stolz darauf, daß sie gesucht wurde, im Gegensatz zu mir, die von niemandem gesucht wurde, und ich stand auf und ging durch die zweite Tür hinaus, gerade als er das Café betrat und hoffnungsvoll und wütend herumschaute, und die Kipa auf seinem Kopf strahlte.

Rasch verließ ich die Hauptstraße und betrat die kleine Seitenstraße, ich hatte Angst, auf bekannte Gesichter zu treffen und die üblichen Fragen zu hören, und die verhaßte Gasse sah auf einmal ganz anders aus, länger und dunkler zwischen den umliegenden ruhigen Straßen, die sich schaukelnd auf und ab bewegten, und die ganze Zeit versuchte ich mich zu trösten, daß es das letzte Mal sei, ich würde diese Straße nicht mehr sehen, die mich aufregte mit ihrem Wohlstand, ich würde keinen Grund mehr haben, hier entlangzugehen, sie würde mich nicht mehr zu ihm hin- oder von ihm wegführen, und selbst wenn sie vom Erdboden verschwände, würde ich den Verlust nicht bemerken.

Dieser ganze Stadtteil war auf einmal überflüssig und sogar feindlich geworden, diese prachtvollen reichen Häuser mit den gepflegten Gärten und den großen Fenstern zur Straße hin, als gäbe es nichts zu verbergen und jeder könne sehen, was sich in den Zimmern befand, und ich blieb vor einem dieser Fenster stehen und sah ein Regal voller Bücher, sogar ihr Geruch drang durch das Fenster, der Geruch nach jahrealtem Staub und vergilbtem Papier, vermutlich war es gerade die Jahreszeit, in der die Bücher blühten, zusammen mit den Zitrusbäumen, und vielleicht waren ihre Blüten weniger auffallend, dafür aber beruhigender, und ich atmete den bekannten Geruch ein, es war der gleiche Duft, der von dem Buch aufstieg, das mir der Dekan gegeben hatte, und plötzlich war ich sicher, daß dieses Haus voller Bücher das Haus des Dekans war, hier spielte sich sein ruhiges Leben ab, hier spazierte er von Buch zu Buch, und mich packte die Lust, durch das große Fenster einzusteigen und mich zwischen die Regale zu setzen, einen Stapel Bücher auf den Tisch zu legen und darauf meinen müden, kranken Kopf, und da ging das Licht in dem großen Fenster aus, als sei die Vorstellung zu Ende und der Vorhang gefallen und es gelte aufzustehen und nach Hause zu gehen, und ich ging langsam weiter, versuchte den Zauber festzuhalten, wie früher, wenn ich in unserer Siedlung einen Film gesehen hatte, einmal in der Woche wurde ein Film vorgeführt, und je länger ich an die Filme dachte, um so deutlicher erinnerte ich mich daran, wie ich danach immer mit einem Schwindelgefühl nach Hause gelaufen war, wie meine Füße gegen Steine stießen, ohne daß ich einen Schmerz spürte, denn das süße Gefühl des Films hielt an, begleitete mich wie eine königliche Schleppe, warf weiche Farben auf den Weg, jeder Film war ein Blick in die Zukunft, ich brauchte nur zu wählen, brauchte nur durch das breite Tor zu gehen, doch jetzt war es vor mir verschlossen, bestenfalls war ein schmaler Spalt geblieben, durch den kein Licht drang, nur ein Duft, der immer schwächer wurde, und wenn ich mich nicht beeilte, würde sich auch dieser Spalt schließen, so wie diese Straßen immer enger und enger wurden, die Fenster kleiner und kleiner, und da war der Hang, der mir so vertraut war, aber auf einmal sah alles fremd aus, als wäre ich aus dem Ausland zurückgekommen und meine Augen wären an andere

Ausmaße gewöhnt, alles war kleiner, schmutziger, und ich stolperte den Hang hinunter zu unserer Wohnung, im Erdgeschoß des Gebäudes, und meine Beine zitterten vor Anspannung, denn was würde ich tun, wenn er da wäre, und was würde ich tun, wenn er nicht da wäre?

Die Wohnung war verschlossen und dunkel, und die alte Tür öffnete sich gehorsam, und einen Moment lang erinnerte ich mich nicht, wo man das Licht anmachte, und stand im Dunkeln, lauschte auf die Geräusche des Hauses, und von den versehentlich gelb gestrichenen Wänden ging eine dumpfe Traurigkeit aus, ich fuhr wie eine Blinde mit der Hand über die Wände, als wären die Unebenheiten Schriftzeichen und ich könnte lesen, was die Wände gesehen hatten, und so alles erfahren, was Joni an jenem Morgen getan hatte, ob er laut meinen Namen gerufen hatte, ob er mich erst in der Küche oder im Badezimmer gesucht und auf welcher Fliese er gestanden hatte, als er meinen Zettel sah, und was er getan hatte, nachdem er ihn gelesen hatte. Meine Hand fand den Lichtschalter, und ich drückte darauf und sah direkt vor mir einen weißen Zettel, ich griff nach ihm und las ihn, ich wünschte, ich könnte mit dir in die Flitterwochen fahren, stand da, und ich wich vor diesem Zettel zurück, der nun natürlich als Nachricht von ihm an mich gemeint war, er hatte ihn nicht zufällig hiergelassen, er hatte ihn nicht mitgenommen und nicht in den Mülleimer geworfen, sondern an seinem Platz gelassen und ihm einen anderen Auftrag gegeben, und ich zerknüllte diese bösen Worte, die doppelt böse zu mir zurückgekommen waren, und ging ins Schlafzimmer, versuchte, Zeugen seines Kummers zu finden, Anzeichen seiner Schwermut, Spuren seines armseligen Zustands.

Unsere Decken lagen aufgeschüttelt auf dem Bett, als lägen unsere leblosen Körper noch darunter, und ich schaute zur Sicherheit nach, aber nein, wir waren nicht da, ich bemerkte nur einen warmen fleischigen Geruch, gemischt mit dem Duft blasser Körper, ich sah den offenen Schrank und sein halbleeres Fach, seine Umhängetasche fehlte, kein Zweifel, er war ohne mich in unsere Flitterwochen nach Istanbul gefahren, und wie lächerlich das auch klang, ich war ein wenig beleidigt, warum war er nicht hiergeblieben, um zu trauern, wie konnte er ohne mich fahren, nicht einmal nach mir gesucht hatte er, wie der Mann der Nachbarin, er hatte keinerlei Anstrengung unternommen, mich zu finden, schließlich war ich nicht so weit entfernt gewesen, kaum eine Viertelstunde zu Fuß. In der Küche sah ich die Tasse, aus der er vor seiner Abreise Kaffee getrunken hatte, sie war leer, er hatte nicht einen Schluck als Erinnerung für kommende Generationen zurückgelassen, im Kühlschrank war so gut wie nichts, Brot gab es natürlich auch nicht, ich fand keine Anzeichen von Trauer oder von besonders heftigen Gefühlen, es war einfach eine Wohnung, die man für einige Tage verlassen hat, in der das Leben aufgehört hat und nie mehr weitergeführt werden kann.

Weil mir alles so vorübergehend vorkam, hatte ich noch nicht mal Lust, meine Sachen in den Schrank zu räumen, ich kippte den Inhalt des Koffers aufs Bett, füllte damit Jonis Seite ein bißchen aus, legte die dicke Decke über meine Reizwäsche, ich hatte sogar Angst, mich zu setzen, als sei es mir verboten, Platz zu nehmen, es ist nicht meine Wohnung, dachte ich, ich bin nur gekommen, um einen Blick auf mein früheres Leben zu werfen, um ein bißchen darin herumzulaufen, und bald wird es aus sein mit der Höflichkeit, und man wird mich hinauswerfen. Ich hatte das Gefühl, für alles eine Erlaubnis zu benötigen, nur daß ich nicht wußte, von wem, eine Erlaubnis, die Toilette zu benutzen, das Telefon, und ich schmeichelte mich bei den gelben Wänden ein und nahm das Telefon, aber ich hatte seine Nummer nicht, deshalb suchte ich im Telefonbuch, überrascht, daß ich mich überhaupt noch an das Alphabet erinnerte, mir war, als käme ich von einem Ort, wo es überhaupt kein Alphabet gab, und tatsächlich war ich einen Moment lang durcheinander und wußte nicht, was zuerst kam, r oder s, Ross hieß der Dekan, doch dann hörte ich seine Stimme mit dem starken englischen Akzent, autoritär, aber sehr menschlich, und ich entschuldigte mich für die Störung, und dann entschuldigte ich mich dafür, daß ich nicht zu der Verabredung gekommen war, meine Mutter sei gestorben, sagte ich plötzlich und fing an zu weinen, überrascht über mich selbst, und ich mußte die Beerdigung vorbereiten, und er drückte mir sofort sein Beileid aus, und ich wußte nicht mehr, wie ich aus dieser Sache rauskommen sollte, und sagte, es war nicht meine richtige Mutter, sie war meine Stiefmutter, die Frau meines Vaters, genauer gesagt. Er schwieg einen Moment lang, doch dann fuhr er fort, mir sein Verständnis zu zeigen, aber trotzdem fügte er hinzu, ich möchte Sie in einer so schweren Zeit nicht bedrängen, und wir werden selbstverständlich die Situation in Betracht ziehen, aber Sie müssen wirklich bald Ihren Vorschlag vorlegen, sonst ist die Stelle besetzt, und ich sagte, ich möchte Sie treffen, ich werde die Schiwa unterbrechen, um Sie zu treffen, und er sagte, um Gottes willen, nein, so viel Zeit hat die Sache noch, und ich beharrte, doch, doch, sie ist nur meine halbe Mutter, deshalb reicht eine halbe Schiwa, und dann verabredete ich mich mit ihm für den folgenden Morgen um halb zehn, und erst als ich wußte, was ich am nächsten Tag tun würde, konnte ich anfangen, an Arie zu denken.

Ganz langsam näherte ich mich diesem Gedanken, vorsichtig, wie man sich einem Ort nähert, an dem ein Unfall passiert ist, weil man nicht weiß, was einen erwartet, ob einem, wenn man verkrampft die Tür des ausgebrannten oder zerquetschten Autos aufmacht, nicht eine verkohlte Leiche entgegenfällt, und ich dachte voller Trauer an ihn, ohne den Haß, den ich vorher empfunden hatte, wie man an jemanden denkt, der schwer erkrankt ist, und ich sagte mir, er ist verloren, er ist verloren, er ist verloren, woher hätte ich wissen sollen, daß er verloren ist, ich lief im Zimmer herum und murmelte laut, alles ist verloren, alles ist verloren, wie hätte ich wissen sollen, daß alles verloren ist, daß jede neue Sache schlimmer als die alte ist, jedes Nichtwissen besser als das Wissen, und dann dachte ich an meine Mutter und ihr doppeltes Leid und wie ich es zweimal geschafft hatte, mich zwischen sie und ihre Liebe zu stellen, einmal vor meiner Geburt und einmal danach, denn mit einem Baby im Kinderwagen wollte er sie nicht mehr, das war klar, obwohl er nicht gewagt hatte, es zu mir zu sagen, und bis zu ihrem Lebensende würde sie mir das nicht verzeihen, und ich konnte noch nicht einmal böse auf sie sein, denn sie hatte recht, sie hatte vollkommen recht, und ich beschloß, auch sie anzurufen und mich zu entschuldigen, so wie ich mich bei dem Dekan entschuldigt hatte, und ich wählte die Nummer und sprach mit leiser Stimme, und sie schrie meinem Vater zu, Schlomo, es ist Ja'ara, und dann schrie sie ins Telefon, wie geht es euch, wie sind eure Flitterwochen, und ich flüsterte, wunderbar, wirklich wunderbar.

Und wie ist Istanbul, fragte sie, und ich sagte, wunderbar, und sie fragte, wie ist das Hotel, sieht man wirklich auf das Goldene Horn? Macht doch Fotos, ich will es sehen, und fotografiert auch den Blick aus dem Hotel, und ich fragte, wie geht es euch, was macht ihr? Nichts Besonderes, sagte sie, alles in Ordnung, und ich fragte, wie geht es Tante Tirza? Sie hält sich gut, sagte meine Mutter, und ich flüsterte, Mama, weißt du noch, was Joav zu David gesagt hat, nach dem Tod

Avschaloms, und sie antwortete schnell, ja, warum? Und ich sagte, ich habe heute geträumt, daß ich in einem großen Bett liege und du mir aus der Heiligen Schrift vorliest, davon, daß man seine Feinde liebhat und die haßt, die einen liebhaben, ich hörte sie laut atmen und meinen Vater im Hintergrund fragen, vermutlich war er beeindruckt davon, daß sie konzentriert zuhörte, was erzählen sie, sag schon, was erzählen sie, und ich sagte, sag ihm, daß ich nicht sie bin, ich bin ich, und dann fragte ich, warum hast du aufgehört, mir aus dem Tanach vorzulesen, genug, Ja'ara, du weißt, warum, wir sollten das jetzt nicht diskutieren, bei einem Ferngespräch, und ich flüsterte, sag es Papa nicht, aber das ist kein Ferngespräch, und sie erschrak, was soll das heißen, und ich sagte, ich fühlte mich dir sehr nahe, ich wollte dich um Entschuldigung bitten, daß ich dein Leben zerstört habe.

Schade um das Geld, sagte sie schnell, und ich sagte, schade um das Leben, und sie sagte, laßt es euch gutgehen, schön, daß du angerufen hast, und ich legte auf, und sofort danach läutete das Telefon, aber ich nahm nicht ab, ich war sicher, daß sie es war, plötzlich war ihr klargeworden, was ich gesagt hatte, und jetzt versuchte sie ängstlich und besorgt herauszufinden, wo ich war. Ich wartete zehnmal Klingeln ab, dann unterbrach ich den Anruf, und in der Stille, die nun eintrat, legte ich mich auf das Sofa im Wohnzimmer und überlegte, bei wem ich mich noch entschuldigen mußte, vielleicht bei Schira, weil ich den Tod ihres Katers verursacht hatte, ich hatte ihn in seinen Tod geführt und auf diese Art ihr kleines, ohnehin leeres Leben noch leerer gemacht, was habe ich getan, wimmerte ich, ein leeres Leben leerer gemacht, einen beschämten Menschen beschämt, einen verbrannten Tempel angezündet.

Ich holte mir eine Decke, denn es wurde kühl, wegen des Frühlingswetters hatte man die Heizung nicht angestellt, und deckte mich über den Kleidern zu, sogar die Schuhe hatte ich nicht ausgezogen, so provisorisch fühlte ich mich, und ich betrachtete den vertrauten Anblick wie ein Kranker, der weiß, daß seine Tage gezählt sind und daß alles ohne ihn weitergehen wird. Hier würde bald eine neue Familie einziehen, ein junges Paar am Beginn seines Weges, wie wir es gewesen waren, aber die Frau würde nicht wie ich von einem Fenster zum anderen rennen und sich versichern, daß wirklich kein Geruch nach frischem Brot hereindrang, und der Makler würde nicht sagen, daß es hier in der Gegend keine Bäckerei gab, höchstens ein Lebensmittelgeschäft, und sie würde ihrem Mann keinen entschuldigenden Blick zuwerfen und sagen, ich bin allergisch gegen den Geruch von frischem Brot, er deprimiert mich, und da hörte ich ein leises Klopfen an der Tür, nicht das laute, fordernde Klopfen meiner Mutter, und trotzdem wagte ich nicht, mich zu bewegen, und vor lauter Angst, ertappt zu werden, zog ich mir die Decke über den Kopf und hielt mir die Ohren zu, und durch die Hindernisse hindurch hörte ich eine verrauchte Stimme meinen Namen rufen, und ich sprang auf, machte die Tür einen Spaltbreit auf und sah ihn im Treppenhaus stehen und rauchen, ein Stück von der Tür entfernt, schon dabei zu gehen, in einem jugendlichen Matrosenhemd, schmale Streifen in Blau und Weiß, das Gesicht heller durch die Bartstoppeln, und als er mich sah, warf er die Zigarette auf den Boden, zertrat sie und kickte die Kippe nach draußen, in den vernachlässigten Vorgarten des Hauses, und ich stand da, an die Tür gelehnt, und bewachte den schmalen Spalt, der es ihm kaum ermöglichen würde, sich hereinzudrängen, ohne mit dieser Beule, die er in seiner Hose versteckt hatte, über meine Hüfte zu streichen.

So oft hatte ich mir vorgestellt, wie wunderbar es wäre, wie tröstend, ihn vor meiner Tür stehen zu sehen, wie er anklopfte, mich mit seiner ganzen breiten Anwesenheit zu sich rief, mit seinen glänzenden Fingern, mit den wohlgeformten Händen, mit seiner Oberbekleidung und den Unterhosen, mit seinen schmalen Augen, die sich weiter voneinander entfernten, wenn er lächelte, und wieder zusammenrückten, wenn er ernst wurde, und jetzt rückten sie zusammen, denn sein Lächeln verschwand, sein Begrüßungslächeln, und er sagte, ich wollte nur nachschauen, ob alles in Ordnung ist und ob du heil angekommen bist, und ich antwortete nicht, ich klammerte mich mit aller Kraft an meinen Siegespokal, er war schön, aber schwer, ich konnte ihn kaum halten, und dann sagte ich, ich bin angekommen, ich bin hier, als ob er das nicht selbst sehen konnte, und ging langsam in die Wohnung, ohne ihm den Rücken zuzukehren, und er folgte mir, noch nie war er hier gewesen, mir kam es seltsam vor, ihn hier zu sehen, er gehörte nicht hierher.

Wie kann ich ihn hier empfangen, wo ich doch selbst nur zu Gast bin, dachte ich, diese Wohnung gehört zu meinem früheren Leben, aber ein neues habe ich nicht, also habe ich keinen Ort, zu dem ich ihn bringen könnte, ich habe zur Zeit kein Leben, und schon wurde ich wütend, was drängte er sich plötzlich herein, und dann, ein süßes Glück, er will mich, will mich, aber in einer Stunde wird er es leugnen, überhaupt hier gewesen zu sein, und ich dachte daran, was seine Schwester zu mir gesagt hatte, und diese Worte nagten an meinem Säckchen voll Glück, und es lief aus, klebrig und zäh, so wie Ameisen es mögen, und er sagte, meine Schwester schickt mich her, wie ein kleiner Junge sagte er das.

Was war an dieser Wohnung, daß jeder, der über die Schwelle trat, sofort wie ein kleines Kind zu sprechen begann, gleich wird er mich Wühlmäuschen nennen, und ich ihn Biber, und ich fragte, warum, und er sagte, sie glaubt, etwas sei nicht in Ordnung mit dir, du würdest dich nicht wohl fühlen, und ich wunderte mich, warum hatte sie ihn geschickt, wo sie mich doch davor gewarnt hatte, zu ihm zurückzukehren, vielleicht war das eine Falle, und sie wartete hinter der Tür, stellte mich auf die Probe, ob ich auch wirklich mit kalter Stimme antwortete und ihn nach Hause schickte, aber seine Anwesenheit hier war mir so überraschend, daß ich nicht auf sie verzichten konnte, wie ein gerade erst ausgepacktes Spielzeug stand er vor mir, aufrecht, gut riechend und unbenutzt, mit diesem albernen gestreiften Hemd, einem abgebrochenen Zahn und diesen Bartstoppeln, wieso bemerkte ich die eigentlich erst jetzt, und ich brannte darauf, das Spielzeug anzufassen, herauszufinden, wie es funktionierte, so lange hatte ich darauf gewartet, und wir standen an der Tür, ich hatte keine Lust, ihn ins Wohnzimmer zu führen, und auch er drängte nicht, er stand nur aufrecht an der Tür und lächelte, fast war es das Lächeln, das ich von seinen Jugendbildern kannte, und wir sahen uns an, als wären wir taubstumm, jeder behielt seine Eindrücke für sich, und dann sagte er, du wirst bestimmt gerne etwas essen, nachdem ich dich drei Tage habe hungern lassen, und ich wunderte mich, wieso, du sitzt doch Schiwa?

Und er lachte abfällig, und ich sagte, aber wenn Leute zu dir kommen, was werden sie denken, und er fuhr sich mit der Zunge über den Zahn und sagte, sie werden denken, ich wäre zum Zahnarzt gegangen, außerdem ist Ajala dort, und meine Schwiegermutter und all die anderen. Und was ist mit dem Zahnarzt, fragte ich, und er sagte, mach dir keine Sorgen, ich war schon bei ihm, er kann das in Ordnung bringen. Mach dir keine Sorgen, hatte er gesagt, als wäre ich seine Frau, es kam ihm gar nicht in den Sinn, daß ich mit eigenen Händen das abgebrochene Teil in die Toilette geworfen hatte, und dann betrachtete er mich prüfend, kommst du?

Ich sagte, einen Moment, ich ziehe mich schnell um, und im Schlafzimmer stürzte ich mich voller Freude auf den Schrank und zog das weinrote Samtkleid heraus, das endlich zum Wetter paßte, und schminkte mich und tupfte mir Parfüm auf, aber in dem Moment, als ich das Schlafzimmer verlassen wollte, ekelte ich mich plötzlich vor dieser Anstrengung, und ich dachte, was für eine Freude, was für ein Fest, nur weil er dich plötzlich anlächelt, und zog das Kleid wieder aus und schlüpfte in einen alten Jeansoverall und ging schnell hinaus, bevor es mir wieder leid tun konnte. Ich sah ihn am Fenster stehen und leise das Lied vor sich hin pfeifen, das er unter der Dusche gesungen hatte, von den Flüssen von Babylon, und einen Moment lang glaubte ich, es wäre Joni, denn Joni liebte es, an diesem Fenster zu stehen, und ich fühlte einen leichten Schwindel, als ich Joni so sah, gestern noch war er ein Stein unter den anderen Steinen der Wand, und plötzlich sah er herzergreifend aus, da am Fenster, diesem armseligen Fenster zu den Mülltonnen, man sah jeden, der seinen Mülleimer ausleerte, und wir hatten uns ein Spiel daraus gemacht, einer dem anderen von den Müllbewegungen im Haus zu berichten, wer in den einzelnen Wohnungen dafür verantwortlich war, und wenn besonders viel Verkehr war, versuchten wir zu erraten, woran das lag, das war unser Spiel, für andere hörte sich das bestimmt albern an, genau wie die Kosenamen, die Paare füreinander erfinden, und niemand konnte verstehen, am wenigsten derjenige, der da zu den Mülltonnen hinausschaute, wie hübsch dieses Spiel war, wie beruhigend es war, wenn Joni sagte, du wirst es nicht glauben, heute bringt der Mann den Müll runter, worauf ich sagte, bestimmt hat sie ihn heute nacht rangelassen, und Joni machte ein Gesicht wie eine fromme Jungfrau und lachte, ausgerechnet solche ordinären Gespräche hatten eine gewisse Nähe zwischen uns entstehen lassen.

Also, was willst du essen, fragte er und drehte sich höflich zu mir um, und ich sagte, dein Lied macht mich traurig, und er war überrascht, was für ein Lied? Das Lied, das du schon den ganzen Tag singst, sagte ich, von den Flüssen von Babylon, und er zuckte mit den Schultern und sagte, ich kenne das gar nicht, ich habe nur etwas gepfiffen, magst du französisch, italienisch, thailändisch, chinesisch oder orientalisch essen? Und ich hätte am liebsten den Salat gegessen, den Joni immer machte, deshalb sagte ich chinesisch, denn das schien mir am leichtesten auszusprechen. Es gibt einen tollen neuen Chinesen, sagte er, letzte Woche habe ich sogar Joséphine hingeführt, vom Krankenhaus aus, und es ekelte mich, sie mir beim Essen vorzustellen, was, konnte sie überhaupt essen? Und er sagte, kaum, sie konnte nichts mehr richtig schmecken, aber sie trank Tee, sie mochte Tee sehr. Das brauchst du mir nicht zu erzählen, dachte ich stolz, schließlich hat sie ihre letzte Tasse Tee aus meinen Händen bekommen, auch wenn niemand etwas davon weiß, es ist geschehen, auch wenn es eigentlich nicht hätte geschehen sollen, geschah es doch. Und ich wich ein wenig zurück und sagte, vielleicht gehen wir dann lieber nicht hin, und er sagte, warum, mach dir meinetwegen keine Sorgen, mir macht das nichts aus. Ich hatte wirklich keine Lust, an einem Ort zu sitzen, wo sie gesessen hatte, und Tee zu trinken, wie sie Tee getrunken hatte, obwohl es mich nicht gestört hatte, in ihrem Bett zu liegen, aber er hatte sich schon entschieden, er machte mir die Tür auf, kurz darauf die Autotür, und mit quietschenden Reifen ordnete er sich in die Reihen der Scheinwerferpaare ein, die die Nacht mit kleinen gelben Lichtkreisen durchlöcherten.

Wie hat sie es geschafft, diese Stufen hinaufzukommen, fragte ich ihn, als wir in einem alten Haus im Stadtzentrum die schmale gewundene Treppe zum Restaurant hinaufstiegen. Es fiel ihr schwer, aber ich habe ihr geholfen, prahlte er und schob mich an der Hüfte weiter, um zu betonen, auf welche Art er ihr geholfen hatte, und mir tat die kranke Frau leid, die vermutlich, um ihm einen Gefallen zu tun, die Zähne zusammengebissen hatte. Sie hatte einen starken Willen, sagte er, wenn sie etwas wollte, erlaubte sie sich nicht aufzugeben, und ich sagte, aber warum hast du ihr diese Anstrengung zugemutet, es gibt auch chinesische Restaurants, in die man leicht hineinkommt, und ich hatte schon Angst vor seiner Reaktion, aber er sagte überrascht, du hast recht, ich habe nicht daran gedacht, ich wollte sie ins beste Restaurant der Stadt führen.

Aber sie hat doch kaum noch was geschmeckt, sagte ich, und er begann zu lachen, ein schreckliches, unangenehmes Lachen, genau als wir das Restaurant betraten, als wären wir direkt von der Unterwelt auf die Erde gekommen, und ein kleiner Kellner trat mit einem schmeichelnden Lächeln auf uns zu und führte uns zu einem kleinen Tisch am Fenster, und in stotterndem Englisch sagte er, Sie waren vor ein paar Tagen bei uns, stimmt das, und Arie bestätigte das, noch immer einen Rest des Lachens um den Mund, und er fragte, erinnern Sie sich an die Frau, die mit mir war? Der Kellner nickte begeistert, vermutlich hatte sie ihn sehr beeindruckt, und Arie sagte, sie ist gestorben, und der Kellner blickte mich an, als wäre ich ihre Mörderin, und entfernte sich rückwärtsgehend und mit kleinen Verbeugungen, und sofort kam eine Kellnerin mit riesigen Speisekarten, und ich versteckte mich hinter der Speisekarte und dachte, dieser Ort hat sie umgebracht, die Anstrengung, die Treppe heraufzukommen, gesund auszusehen, ihn zu befriedigen, nur für ihn hat sie das getan, ich war sicher, daß sie in jeder Sekunde gelitten hatte, für eine Kranke war es bestimmt eine Folter, das Bett verlassen zu müssen, noch dazu für so ein vornehmes Restaurant, sogar für mich war die Anstrengung zu groß, selbst mich brachte es fast um, ihm gegenüberzusitzen und anständig zu essen und ein kultiviertes Gespräch zu führen, als wäre nichts, als hätte ich nicht sein Leben zerstört, noch bevor ich geboren wurde, und als habe er mir dafür nicht meines zerstört. Auch er hatte sich hinter der Speisekarte versteckt, nur seine schönen Finger waren zu sehen, und ich konnte diese Anspannung nicht länger ertragen und floh zur Toilette, um Kraft zu schöpfen, Zeit zu gewinnen, ich flüsterte mir zu, jetzt wartet er auf mich, er will mich, aber ich konnte mich kaum dazu bringen, wieder zu ihm hinauszugehen, denn auch seine plötzliche Werbung erschreckte mich, nicht weniger als seine plötzliche Wut es getan hatte.

Ich habe für dich bestellt, sagte er, als ich zurückkam, ich habe schon herausbekommen, was die Spezialität hier ist, du kannst dich auf mich verlassen, und ich sagte, schön, danke, denn ich war zu faul, eine Diskussion anzufangen, und trotzdem ärgerte es mich, wieso entschied er für mich, für wen hielt er sich, und er fragte plötzlich, wann kommt dein Mann zurück, es war das erste Mal, daß er Interesse an ihm zeigte, und ich sagte, übermorgen, glaube ich, und er sagte, ihr trennt euch, sogar ohne Fragezeichen sagte er das, und ich erschrak, als ich das laut ausgesprochen hörte, und wieder ärgerte ich mich, wieso entschied er für mich, aber ich wollte trotzdem zeigen, daß ich gelassen war, und sagte, vermutlich. Solche Dinge sollte man nicht in die Länge ziehen, sagte er, und ich fragte, was bei ihm solche Dinge waren, und er zuckte mit den Schultern und sagte, schlechte Beziehungen, und ich versuchte zu protestieren, aber unsere Beziehung ist gut, und er sagte, dann ist es um so schlimmer, und fuhr sich mit den langen Fingern über seine Trauerstoppeln, und ich dachte, er hat eigentlich recht, eine gute

Beziehung ist wirklich schlimmer als eine schlechte, denn man wird abhängig davon und kann ohne sie nicht mehr leben, und er sagte, Ajala, meine kleine Schwester, zog ihre Beziehung zu einem Mann, der nicht zu ihr paßte, über zehn Jahre hin, und als sie ihn verließ, hatte sie schon vier Kinder, und ihr Mann, ein wunderbarer Mensch, stimmte der Scheidung nur unter der Bedingung zu, daß die Kinder bei ihm blieben, und jetzt ist er in Amerika, verheiratet mit irgendeiner Frau, die Ajalas Kinder aufzieht, und sie ist alleine hier.

Ich fing an zu zittern, als ich das hörte, als handelte es sich um mich, und mit leiser Stimme fragte ich, bereut sie es, und er sagte, das ist überhaupt nicht relevant, man darf Dinge nicht nach ihrem Ergebnis beurteilen, ihr Schritt an sich war richtig, aber jetzt hat sie natürlich Probleme. Man tauscht eine Schwierigkeit, mit der man leben kann, gegen eine, mit der man nicht leben kann, sagte ich, und er trat den Rückzug an und sagte nachdenklich, ich weiß nicht, man kann mit jeder Schwierigkeit leben, solange es Hoffnung gibt, und ich sagte, Hoffnung auf was, und er sagte, in meinem Alter betrachtet man die Dinge nicht mehr ständig durch ein Vergrößerungsglas, man weiß, daß sie sich ändern, die Umstände ändern sich, die Kinder sind irgendwann erwachsen und werden zu ihr zurückkommen, alles ist noch offen, und ich, um mich dem Schicksal zu entziehen, das mir drohte wie ein Sturm, der immer näher kam, sagte, und was ist, wenn mein Mann doch zu mir paßt.

Wenn er zu dir passen würde, wärst du jetzt nicht hier, er grinste, und ich dachte, das stimmt, ich bin wie die Frau in der Geschichte, nur meine Handlungen können etwas über mich aussagen, denn alles andere ist unklar und verschwommen, und trotzdem versuchte ich es weiter, vielleicht paßt er zu mir, und ich habe es nicht gewußt, und er entblößte seinen abgebrochenen Zahn und sagte, vielleicht. Ich möchte so sehr, daß er zu mir paßt, sagte ich, und er unterbrach mich kühl, ich verstehe, und wies mich darauf hin, daß ich bei der Demonstration meiner Gefühle übertrieben hatte, und sofort wollte ich diesen Eindruck verwischen und legte meine Hand auf seine, warum konnten wir nie über uns selbst reden, zum Beispiel fragen, was mit uns sein würde, immer sprach er über mein Leben, als habe es nichts mit seinem zu tun, und er sagte, hab keine Angst, und wirklich hatte ich erst einmal keine Angst, ich entspannte mich, trank einen Schluck Wein und versuchte, nicht daran zu denken, was sein würde, und statt dessen die Gerichte zu genießen, die er für mich bestellt hatte, Reis mit allen möglichen Nüssen und knusprige süße Nudeln, und ich dachte, was für ein Glück, daß ich noch etwas schmecke, das ist das wichtigste im Leben, schmecken zu können.

Er rührte das Essen kaum an, er trank nur und rauchte, erzählte eine verwirrende Geschichte über alle möglichen rituellen Feste der Pariser Boheme, an denen er vor vielen Jahren teilgenommen hatte, auch dort fiel ich auf, sagte er, aber hier im Land aufzufallen ist ein Fluch, und dort ist es ein Segen, innerhalb kürzester Zeit war ich mittendrin, und ich hatte das Gefühl, daß er das nicht mir erzählte, sondern meiner hochmütigen Mutter, die ihn nicht gewollt hatte, und seine Worte begannen eines am anderen zu kleben, vermutlich hatte er schon zu Hause etwas getrunken, und jetzt bestellte er noch eine Flasche, und die Kellnerin brachte den Wein und machte ihm schöne Augen, sie waren teuer, ihre Augen, und sehr schön, und ich fragte mich, ob es überhaupt einen Unterschied zwischen mir und ihr gab, aus seiner Sicht, bei ihm war immer alles unpersönlich, nichts berührte ihn wirklich. Einen Moment lang hatte ich gedacht, er habe mir seinetwegen den Hinweis gegeben, Joni zu verlassen, aber dann war er sofort wieder auf Distanz gegangen, und nun streckte er die Hand aus und streichelte meine Haare, vor den Augen der Kellnerin, und ich warf ihr einen siegessicheren Blick zu, er will mich, und dann sah ich, daß auch er ihr einen Blick zuwarf, keinen siegessicheren, eher einen herausfordernden, und das Essen blieb mir im Hals stecken, und ich begann zu husten, genau wie Joséphine am letzten Tag ihres Lebens gehustet und den Tee, den ich ihr gemacht hatte, auf das Krankenhauslaken verschüttet hatte. Die Kellnerin rannte los und brachte mir ein Glas Wasser, ohne daß ich darum gebeten hatte, und ich trank verzweifelt, er wollte mich nicht, aber mir kam es vor, als hätte ich vor lauter Versuchen, herauszufinden, ob er mich wollte, ganz vergessen zu prüfen, ob ich ihn wollte, das war schon zu einer Art Axiom geworden, zu etwas Selbstverständlichem, das nicht mehr bewiesen werden mußte, aber vielleicht war es an der Zeit, es trotzdem zu probieren, aber wie tat man das, es stellte sich heraus, daß es leichter war, seinen Nächsten kritisch zu betrachten.

Vermutlich war der Nächste eine geschlossene Einheit, wenn man ihn betrachtete, und man selbst war für sich offen, aber eigentlich war es doch umgekehrt, denn in diesem Moment war ich voller Liebe zu ihm, voll wie der Teller, der vor ihm stand, und ich dachte, daß wir bald miteinander schlafen würden, und wie wir am Morgen aufwachen würden, und alles begeisterte mich, und nach der Schiwa würden wir zusammen nach Istanbul fahren, und ich würde ein neues Leben anfangen, und meine Mutter und mein Vater würden nicht mehr mit mir reden, und er wäre meine Familie, und seine Schwester würde mich adoptieren, und ich würde alles hinter mir lassen, Joni und die kleine Wohnung, noch nicht einmal meine Kleider würde ich holen, sondern mir alles neu kaufen, um nicht durcheinanderzugeraten, und vielleicht würden wir überhaupt in Istanbul wohnen, um auf der Straße keine bekannten Gesichter zu treffen, ich sah ja, wie schwer es war, ihn in mein Leben einzubauen, es würde viel leichter sein, ihm zuliebe ein neues Leben zu beginnen, statt zu versuchen, ihn in das bestehende zu integrieren.

Und dann taten mir meine Eltern leid, vor allem meine Mutter, die uns beide verlieren würde, mich und ihn, und Joni, der allein mit einem schiefen Schrank voller Kleider zurückbleiben würde, was wird er mit ihnen machen, und ich fing an, mich von ihm zurückzuziehen, ich sah alle seine Fehler, seine dünnen Haare, seine tiefen Falten, seine gelben Zähne, sein nahendes Alter, sein kürzer werdendes Leben, und dahinter seine schwankende Persönlichkeit, seine Aggressivität, und ich dachte, was habe ich überhaupt mit ihm zu tun, ich will nach Hause, zu meinem kleinen Leben, und vielleicht war es daher doch besser, das zu tun, was er wollte, denn wie konnte man sich auf mich verlassen, und dann dachte ich, aber wie kann man sich auf ihn verlassen, in diesem Moment lächelt er mich an, im nächsten die Kellnerin, und mir fiel auf, daß ihre Haare in einem modernen Rundschnitt geschnitten waren, und plötzlich war ich sicher, daß sie die berühmte Zigarettenspitze war, seine wirkliche Geliebte, die damals mit ihm in jenem Laden gewesen war. Vielleicht hatte er mich absichtlich hierhergebracht, um sie zu provozieren, oder um sie zu sehen, vielleicht ist das ein perverses Spiel zwischen ihnen, und mir blieb das ganze Essen in der Kehle stecken, und ich fragte ihn mit zitternder Stimme, warum sind wir ausgerechnet hierhergekommen, und er sagte, du hast doch chinesisch essen wollen, und ich beruhigte mich ein bißchen, es stimmte, ich hatte das entschieden, aber vielleicht war ich dazu gebracht worden, ich erinnerte mich schon nicht mehr.

Er studierte wieder die Speisekarte und schlug mir eine gebackene Banane mit Eis vor, aber ich konnte nicht länger hierbleiben, das Mißtrauen würgte mich, und ich sagte, ich fühle mich nicht wohl, komm, laß uns gehen, und ich stand schnell auf, fiel fast die Treppe hinunter, warum war ich mit ihm in dieses verfluchte Lokal gegangen, ich hätte ihn mit nach Hause nehmen müssen, zu meinem ersten Zuhause, um ihm die Welt der endlosen Orangenplantagen zu zeigen, und mittendrin die Ruine, und dort hätten wir besprochen, warum er sich jetzt noch so lange oben im Lokal aufhielt und warum sein Gesicht so hart war, als er endlich kam, ich wollte dich verwöhnen, sagte er wütend, aber du kannst das offensichtlich nicht ertragen.

Ich war sicher, daß du dich in die Kellnerin verliebt hast, jammerte ich, und er sagte, genau das habe ich gemeint, du kannst es nicht aushalten, wenn man dich verwöhnt, du kannst nicht glücklich sein, sofort versuchst du, dich selbst zu bestrafen, und Strafen findet man immer, nur schade, daß du immer alles auf die anderen schieben mußt. Dann schwöre, daß du nichts mit der Kellnerin hast, sagte ich mit Nachdruck, und er kochte vor Wut, die Tatsachen sind ohne Bedeutung, nichts, was ich sage, wird dich beruhigen, das weißt du. Ich weinte, nein, das stimmt nicht, alles, was du sagst, wird mich beruhigen, ich konnte nicht aufhören zu weinen, und er, statt es zu versuchen, pfiff auf dem ganzen Weg gekränkt vor sich hin, ignorierte mich, und vor seinem Haus sagte er, ich wollte dich bei dir zu Hause absetzen, aber du bist jetzt nicht in der Lage, allein zu sein, er sprach gönnerhaft, als würde er mir eine große Gnade erweisen, und ich sagte, du bist zu nichts verpflichtet, nur wenn du willst, und wieder stieg das vertraute Gefühl der Abhängigkeit in mir auf. Es war erst ein paar Stunden her, daß ich dieses Haus verlassen hatte, und wieder saß ich in seiner

Falle, wieder war ich von seiner Gnade abhängig, wieder dankbar, voller Liebe, armselig, und ich verstand nicht, wie es hatte geschehen können, denn schließlich war er es, der zu mir gekommen war, er hatte mich gerufen.

Als wir das Haus betraten, wußte ich, daß ich nie wieder hinauskommen würde, ich würde ihn nie bekommen und mich nie von ihm befreien, vor ein paar Stunden war ich fast wie durch ein Wunder entkommen, und Wunder passierten nicht zweimal, und mit bitterer Ergebenheit ging ich sofort zum Schlafzimmer, wie ein Pferd zum Stall, und dort zog ich mich aus und legte mich ins Bett. Er ließ sich Zeit, ich hörte das Telefon klingeln und den Kühlschrank auf- und wieder zugehen, die bekannten Geräusche meines Gefängnisses, dann kam er herein, eine Bierdose in der Hand, gelassen wie ein Tiger, der seiner Beute sicher ist, er zog mit einem erleichterten Seufzer das gestreifte Hemd und die blaue Hose aus und legte sich neben mich, und ich hatte das Gefühl, diesmal müsse ich ihn besänftigen, denn schließlich war ich es gewesen, die das Essen ruiniert hatte, und ich begann seinen Rücken zu streicheln, und er schnurrte vor Vergnügen wie ein großer Kater, und dann fühlte ich eine kleine Erhöhung, die aus der Nähe aussah wie eine Warze auf einem Apfel, geschwollen und länglich, und er sagte, ja, kratz mich dort, und mich ekelte ein wenig, aber ich erinnerte mich, daß man sich, wenn man wirklich liebt, vor nichts ekelt, deshalb fuhr ich fort zu kratzen, um diese Erhöhung herum, bis ich eine Feuchtigkeit unter den Fingern fühlte, die sich rötlich färbte, und ich sagte, dieses Ding blutet, und er sagte, aha, und ich sagte, du mußt zum Arzt gehen, du mußt das behandeln lassen, und er sagte, der einzige Arzt, den ich aufzusuchen bereit bin, ist der Zahnarzt, alle anderen müssen ohne mich auskommen.

Aber es ist gefährlich, es so zu lassen, sagte ich, und er

lachte, noch gefährlicher ist es, das Haus zu verlassen, weißt du überhaupt, wie schwer es ist, heil und gesund zu einem Arzt zu kommen? Und wofür? Ich verlasse mich auf keinen einzigen, jede Krankheit kommt aus einer Quelle, und die kann kein Arzt behandeln, alles kommt von der Seele.

Dann geh und laß deine Seele behandeln, sagte ich, und er sagte, ich soll meine Seele fremden Händen überlassen? Ich verlasse mich auf niemanden, und ich werde mich von niemandem abhängig machen, und er sprach mit einem solchen Haß, als wären alle Ärzte seine Feinde, und ich sagte, wie können sie dir dann helfen, und er sagte, ich brauche keine Hilfe, von niemandem, das hätte mir noch gefehlt, daß mir jemand hilft, und diese warzenartige Erhebung bewegte sich über seinen Rücken wie ein Käfer, und er sagte, streichle sie, vielleicht hilft das was. Ich fühlte mich abgestoßen, aber trotzdem fing ich an, sie zu streicheln, und allmählich schrumpfte die ganze Welt auf die Größe seiner Warze zusammen, es war eine klare und einfache Welt, ohne Anspannung und ohne Ohrfeigen, nur ein Auftrag, mit dem ich mich ein Leben lang beschäftigen konnte, ihm die Warze zu streicheln, denn wenn man ernsthaft darüber nachdachte, war das nicht erniedrigender als alles andere, ihm den Schwanz oder den Rücken zu streicheln, sogar weniger, denn das hier konnte vielleicht sogar etwas nützen.

Allmählich hörte das Bluten auf, und seine Atemzüge wurden schwer, und ich dachte, er sei schon eingeschlafen, und hielt einen Moment lang inne, und da hörte ich ihn lachen und sagen, das ist beruhigend, sich um die Warze von jemand anderem zu kümmern, nicht wahr? Wieder in seinem herablassenden Ton, als tue er mir einen Gefallen, auf den ich stolz sein könne, und ich setzte mich wütend im Bett auf, wieso war ich wieder auf ihn reingefallen, wie hatte er es geschafft, alles so zu drehen, als würde ich ihn dringend brauchen, und ich hörte ihn sagen, ich weiß, was du jetzt brauchst, und er zog mich mit Gewalt zurück und setzte mich auf sich, so daß ich mit dem Rücken zu seinem Gesicht saß und vor mir seine glatten, dunklen, bewegungslosen Füße sah, völlig abgetrennt von ihm, unschuldige, jugendliche Füße, die Zehen in einer hübschen Diagonale angeordnet, von den kleinen bis zu den großen, wie es sich gehörte, und als er mich auf sich bewegte, dachte ich, daß ich jedesmal, wenn ich einen Apfel sehen würde, an ihn denken würde, wegen dieser warzenartigen Erhebung, und das bedeutete, daß ich nie aufhören würde, mich an ihn zu erinnern, denn Äpfel sah man überall, so wie man überall Brot roch, und so wurde meine Welt immer verschlossener, und ich würde mit zugehaltener Nase und geschlossenen Augen herumlaufen müssen, und ich versuchte, mich an den Geschmack von Äpfeln zu erinnern, ob sie süß waren wie die Süße, die er mir jetzt im Körper verbreitete, so als hätte er an der Schwanzspitze einen Trichter, aus dem Honig tropfte, und gerade weil er bitter war, war sein Honig süß, denn die Gegensätze waren zu spüren, und das war wundervoll, er bedeckte mich mit Honig, wie Herodes den Säugling der Hasmonäerin bedeckt hatte, die sich weigerte, ihn zu heiraten, ihre ganze Familie brachte er um, und er bedeckte sie sieben Jahre mit Honig, damit man sagen sollte, er habe die Tochter des Königs geheiratet.

Zurück und vor schaukelte ich, mit rhythmischen Bewegungen, versuchte loszukommen und wurde zurückgeworfen gegen seinen Körper, und unter mir spürte ich seine Bewegung, nach unten und nach oben, und wir stießen immer fester zusammen, wie zwei verlassene Eisenbahnwaggons auf einem alten Gleis, und von der Wucht des Aufpralls wurde ich vorwärtsgeschleudert, bis ich fast aus dem breiten Bett fiel, und ich sah seine Füße schon nicht mehr, ich hatte ein

Gefühl, als wäre ich allein und dieses süße Gefühl steige aus mir selbst auf, das süße Gefühl, das ich am meisten liebte, das aus mir selbst aufstieg, wie damals, als ich mich an die Regale der Bücherei preßte, in unserer alten Siedlung, und durch das Fenster guckten die Loricera und die Wandelröschen in einer Flamme aus Farben und Düften, und aus dem Lesesaal drang beruhigendes Gemurmel, und ich war allein zwischen den Regalen mit den dicken Romanen, und alle hatte ich mindestens einmal gelesen, und trotzdem besuchte ich sie, denn sie bewahrten für mich die Zukunft auf, sie waren meine Wachhunde, und ich streichelte die staubigen Regale und nahm mir ein dickes Buch und fand sofort, was ich suchte, und aus den Regalen stieg dieses geliebte süße Gefühl, ich drehte mich zum Fenster, legte das Buch zwischen meine heißen Schenkel, und meine Blicke wanderten über die Orangenplantagen und die Paare, die von ihnen verschluckt wurden, und einmal sah ich Avschalom, groß und schön sah ich ihn aus der Erde steigen, als wäre er die ganzen Jahre in seinem Grab gewachsen und älter geworden und würde nun neu geboren, würde zu einer Zeit auf die Welt kommen, die ihm gefiel, in einem Alter, das ihm gefiel, und die Erde hatte ihn genährt, als wäre er ein Baum. Ich war so glücklich, ihn zu sehen, und dachte, wie froh meine Eltern sein würden, ich würde ihn nach Hause bringen wie ein Geschenk, ich würde ihn vor ihrer Tür zurücklassen und fliehen und nie mehr wiederkommen.

Und dann drehte er mich zu sich um, zu seinem Gesicht, das am anderen Ende des Bettes war, und ich war fast überrascht, ihn zu sehen, und sagte, ich hatte vergessen, daß du hier bist, und er sagte, ich weiß, es ist in Ordnung, und ich glaubte ihm, daß er es wußte, und das war gut so, auf einmal war alles gut, denn wenn ich ihn vergessen konnte, war das ein Zeichen, daß er mich von innen kannte. Ich küßte seinen

Mund, der trocken und fleischig war, und ich drückte mich an ihn und sagte, ich will immer mit dir hier zusammensein, und er sagte, bist du sicher, und ich sagte, ja, und er stellte diese abstoßende Frage, was liebst du an mir, und ich sagte, daß man deine Schritte zwischen den Regalen nicht hört, und er fragte, was noch, und ich sagte, alles andere hasse ich, aber das ist vermutlich nicht entscheidend.

13 Auf meiner Uhr war es neun, aber auf Aries Uhr, die mir schwarz und drohend von seinem linken Handgelenk entgegenblickte, war es schon fast zehn, und ich sprang mit einem Satz aus dem Bett und zog mich an. Er lag in der Mitte des Bettes, mit geschlossenen Augen, und sein linker Unterarm, der mit der Uhr, bedeckte seine Stirn, und über seinem Körper lag, bis zu den Schultern gezogen, ein geblümtes Laken, was ihm das Aussehen einer alten, in ihren Sari gewickelten Inderin verlieh. Als ich die Tür aufmachte und mißtrauisch in den Flur schaute, hörte ich ihn fragen, wohin gehst du?

Seine Augen waren noch geschlossen, aber sein Mund war jetzt offen, der abgebrochene Zahn blitzte heraus, und ich sagte, zu einem Termin an der Universität, und ich verstand nicht, warum meine Stimme entschuldigend klang, als hätte ich etwas zu verbergen, und er öffnete die Augen und fragte, ist er so wichtig, daß du heimlich weggehst, während ich schlafe? Seine Stimme wurde aggressiv und meine noch entschuldigender, und ich sagte, was heißt da heimlich, ich wollte dich nicht wecken, und er trat das Laken von sich und sagte, warum hast du nicht gewartet, bis ich aufstehe?

Weil ich mich für halb elf verabredet habe, sagte ich, ich darf nicht zu spät kommen, und er sagte, alle an der Universität kommen zu spät, glaubst du, daß ich die Universität nicht kenne, und ich wurde gereizt, warum redest du solchen Blödsinn, und er richtete sich plötzlich auf und zischte, wage es nicht, so mit mir zu sprechen, hörst du? Und ich stotterte, ich weiß nicht, was du von mir willst, und er sagte, die Frage ist, ob du weißt, was du von dir selbst willst, erst gestern hast du gesagt, daß du für immer hier mit mir zusammensein willst. Stimmt, gab ich zu, aber das heißt doch nicht, daß ich nicht für ein paar Stunden weggehe, ich hatte vor, wegzugehen und zurückzukommen, und er schrie, du brauchst gar nicht zurückzukommen, hast du das verstanden, wenn du jetzt gehst, brauchst du nicht zurückzukommen, und ich blickte verzweifelt auf die Uhr, auf meiner war es neun, und ich wagte nicht, näherzutreten und auf seiner nachzuschauen, wie spät es jetzt war, und vor lauter Druck fing ich fast an zu weinen, was willst du, was willst du von mir, und er sagte, ich will gar nichts von dir, ich will nur, daß du konsequent bist, wenn du sagst, daß du für immer hier mit mir zusammensein willst, wie kannst du jetzt sagen, daß dir ein Termin an der Universität wichtiger ist als ich, und ich schrie, du verdrehst alles, schau doch, wie du alles verdrehst, warum ist das überhaupt ein Widerspruch, warum muß ich wählen, reicht es nicht, daß ich in den großen Dingen wählen muß, und jetzt noch bei Kleinigkeiten? Und wenn ich es eilig habe, um zu einem Termin zu kommen, warum heißt das gleich, daß ich dich nicht liebe, und er sagte, weil ich es so sehe, und du mußt auf mich Rücksicht nehmen, und dann sagte er sofort in seinem herablassenden Ton, nicht, daß ich dich hier unbedingt brauche, ich wollte nur deine Worte auf die Probe stellen, und ich sehe, was ich immer gewußt habe, du bist ein ungedeckter Scheck, du redest einfach nur dahin, du hast keine Ahnung, was es heißt, zu lieben, wie sich eine wirkliche Frau verhält, wenn sie liebt.

Ich glaube es nicht, schrie ich, ich kann einfach nicht glauben, daß ich das wirklich höre, und er fuhr fort, und ich kann einfach nicht glauben, daß ich dir erlaubt habe, in Joséphines Bett zu schlafen, sie war eine wirkliche Frau, sie wußte, was es heißt, zu lieben, nicht wie du, und ich brüllte, in meinem ganzen Leben hatte ich nicht so gebrüllt, aber sie ist tot, du Ehebrecher, deswegen ist sie gestorben, du hast sie umgebracht mit deinen verrückten Prüfungen, die du die ganze Zeit mit ihr angestellt hast, und er brüllte sofort zurück, wie kannst du es wagen, mich zu beschuldigen, hau schon ab.

Das ist es ja, was ich zu tun versuche, schrie ich, und er verkündete mit einem siegesbewußten Schnauben, siehst du, du gibst es selbst zu, deine Verabredung ist nur eine Ausrede, und ich verließ das Zimmer und knallte die Tür so fest zu, wie ich nur konnte, und ich hörte seine finstere Stimme hinter meinem Rücken, ich warne dich, Ja'ara, wenn du jetzt gehst, hast du keinen Ort mehr, wohin du zurückkommen kannst, und ich sagte, ich habe wirklich keinen Ort mehr, an den ich zurückkommen kann, aber ich vergaß, diese Worte zu schreien, und so blieben sie nur für mich. Ich rannte hinaus, und als ich aus dem Treppenhaus trat, sah ich ein Taxi vor dem Haus halten, aus dem feierlich die Trauerfamilie stieg, die Mutter und die Schwester und ihr Mann, die Mutter nickte mir grüßend zu, offenbar erinnerte sie sich an mich von gestern, und ich sagte, bon jour, und achtete auf meine Aussprache, aber meine Stimme flatterte vor Weinen, das immer schlimmer wurde, je weiter ich mich von dort entfernte, und auf dem ganzen Weg bis zur Haltestelle verfluchte ich erst ihn und dann mich, wie hatte ich mich so irren können, wie hatte ich ihn nicht so sehen können, wie er war, warum hatte ich nicht kapiert, daß er von meiner Abhängigkeit von ihm abhängig war, daß dies das einzige war, was er von mir wollte.

Ich saß in dem leeren Autobus am Fenster, betrachtete durch die Tränen die Straßen der Stadt und den Schornstein des Krankenhauses, aus dem weißer Rauch aufstieg, und dachte an Tirza, die dort lag und vor der Wüstenlandschaft in ihrem kleinen Spiegel las, und in dem schmalen Bett neben ihr lag eine neue Kranke, mit Ehemann oder ohne, mit Kindern oder ohne, was spielte das in diesem Stadium schon für eine Rolle, und dann stieg ich aus und ging durch die kühlen Korridore der Universität, neue, erstickende Keller, ab und zu von einem großen Fenster aufgerissen, durch das die Welt sehr viel verlockender aussah, als sie wirklich war, eine Welt in einem Schaufenster, zum Verkauf ausgestellt, und ich hatte Lust, die eiligen Leute um mich herum anzuhalten und zu sagen, warum rennt ihr so, glaubt mir, es ist nicht nötig, an einen bestimmten Ort zu eilen, ich komme von dort, von dieser wirklichen, glänzenden, kostbaren Welt, und nichts ist dort so, wie es aussieht, alles ist verfault, glaubt mir, auf dem Friedhof gibt es nicht so viele Würmer wie in den schönsten Straßen dieser Welt, aber ich hielt den Mund und ging zur Toilette, um mir das Gesicht zu waschen, und als ich mich im Spiegel sah, wurde mein Weinen nur stärker, so traurig sah ich aus, sogar trauriger, als ich mich fühlte, mit roten Augen und geschwollenen Lidern und einem bitteren Mund, und ich dachte, wie komme ich da nur wieder heraus, wie komme ich da nur wieder heraus?

Gerade trat eine Frau aus einer der Kabinen und stellte sich neben mich, um sich die Hände zu waschen, und sie sah so richtig aus, keine Schönheit, aber in Ordnung, alles an ihr sah in Ordnung aus, sie hatte keine offene Wunde mitten im Gesicht, so wie ich, sie sah aus, wie ich ausgesehen hatte, bevor das alles anfing, und vor dem Spiegel murmelte ich, wer wird mich in den letzten Tagen ölen, wer wird mich in den letzten Tagen ölen, bis ich den Raum verließ und die Treppe hinaufging, zum Büro des Dekans, ich kam an unserem Zimmer vorbei, dem der Assistenten, und wandte den

Kopf ab, konnte aber die heiteren Stimmen, die herausdrangen, nicht überhören, ich war wie von einer anderen Welt, ein Flüchtling, eine Errettete aus einem fernen Krieg, die erschrocken ihr früheres Ich trifft und sich davor versteckt, als wäre das der Feind.

Seine Tür stand offen, ich klopfte und trat ein, ohne auf eine Antwort zu warten, und ich sah, daß auf dem Tisch vor seinem leeren Stuhl ein aufgeschlagenes Buch lag, und setzte mich auf den Stuhl gegenüber, legte den Kopf auf die kühle Holzplatte und versuchte meine Tränen einzudämmen, doch sie tobten wie verrückt in meinen Augen, und je mehr ich mich bemühte, um so weniger gehorchten sie mir, sie machten meine Knie naß, wie früher, wenn ich vor dem kleinen Fenster Geschirr spülte und das Wasser von der Schürze auf meine Knie tropfte, während Joni herumlief und mir alles mögliche erzählte und ich kleine Spiele spielte, damit es für mich interessanter war, ich horchte zum Beispiel nur auf jedes dritte Wort, und wenn er dann sagte, was meinst du dazu, fing ich an zu stottern, ich hab's nicht richtig gehört, sag's noch mal, und dann achtete ich nur auf jedes zweite Wort, und vor lauter Anstrengung tat mir der Kopf weh, und beim dritten Mal war seine Stimme dann schon leise und ausdruckslos, und ich reagierte gereizt, sprich doch lauter, man hört dich kaum, warum flüsterst du, wenn du willst, daß ich dich verstehe, und das Wasser spritzte aus dem Becken und hinterließ nasse Flecken auf meiner Kleidung, bis auf die Socken, und auch jetzt juckte die Feuchtigkeit auf meiner Haut, als krabbele ein Insekt über mich, und dann spürte ich etwas Warmes auf meiner Schulter, und seine angenehme Stimme mit dem englischen Akzent sagte, ich wünsche Ihnen wirklich, daß es Ihnen bald besser geht.

Ich hob mein rotes verschwollenes Gesicht zu ihm, und er

betrachtete mich sanft und sagte, ist es überraschend passiert? Und ich fragte erschrocken, was ist überraschend passiert, denn alles, was mir an diesem Morgen passiert war, hatte mich überrascht und erschreckt, aber ich konnte mir schlecht vorstellen, daß er das meinte, und er sagte, der Tod der Mutter, der Mutter, sagte er, als wäre sie auch seine Mutter, und ich dachte, man darf wirklich nicht lügen, wie komme ich aus dieser Situation wieder heraus, und ich murmelte, sie war nur meine Stiefmutter, und er nickte höflich und sagte, Ihre wirkliche Mutter ist also nicht mehr am Leben, und ich wollte schon, daß er aufhörte zu reden, und sagte mit gesenktem Kopf, nein, sie ist bei der Geburt gestorben, wie im Tanach, und er fragte, bei Ihrer Geburt, und ich sagte, nein, bei der Geburt meines Bruders, und er fragte, wie alt ist Ihr Bruder? Und ich flüsterte, er ist auch gestorben, ein paar Monate nach meiner Mutter, und er wich zurück und setzte sich auf seinen Stuhl, beeindruckt von meiner morbiden Familie, und auf einmal sah er aus wie ein rosafarbenes weiches Schweinchen, und ich fing vor lauter Verzweiflung an zu lachen, denn dieses ganze Treffen, das ich erwartet hatte wie eine Erlösung, kam mir jetzt so hoffnungslos vor wie alles, was vorher geschehen war, nicht mehr, aber auch nicht weniger.

Um das Lachen zu verbergen, senkte ich wieder den Kopf, um ihn glauben zu machen, es handle sich um einen neuen Tränenausbruch, und das klappte offenbar auch, denn er drückte mir ein Papiertaschentuch in die Hand, und ich trocknete damit meine Tränen, und mein Kopf tat weh, als ich ihn nun zu den blauen Augen des Dekans hob, und ich sagte fast flehend, Sie werden es nicht glauben, Professor Ross, was mich schon seit ein paar Tagen bedrückt, es ist das Schicksal jenes Zimmermanns, dem die Frau durch Betrug geraubt wurde, und am Schluß mußte er auch noch sie und ihren neuen Ehemann bedienen, und die Tränen seines Kummers flossen in ihre Gläser. Schon seit einigen Tagen, wie soll ich es sagen, habe ich an seinem Schmerz teilgenommen, habe den Gehilfen verflucht, der ihm die Frau stahl, und die Frau selbst, die ihm dabei geholfen hat, aber heute morgen, auf dem Weg zu Ihnen, habe ich etwas verstanden.

Was haben Sie verstanden? Er betrachtete mich zweifelnd, auf seinen vollen Lippen lag noch jenes Schnauben, bereit, wieder hervorzuspringen, und ich versuchte es mit einer Frage zurückzuhalten, worüber hat er, Ihrer Meinung nach, geweint, über was genau hat er geweint, als er die beiden bediente?

Der Dekan richtete sich auf, was soll das heißen, das ist doch selbstverständlich, er weinte über sich selbst und über seine Frau, die nun einem anderen gehörte, über das schreckliche Unrecht, das man ihm angetan hatte! Und ich betrachtete seine vollen Lippen, die sich trafen und wieder trennten, voller Sicherheit, und sagte, ja, das habe ich bis heute morgen auch geglaubt, aber jetzt weiß ich, daß er nicht über das Unrecht weinte, das ihm geschehen war, sondern über das Unrecht, das er seiner Frau angetan hatte, denn er ist der Böse in dieser Geschichte, böser sogar als sein Gehilfe und bestimmt böser als seine Frau.

Und worauf gründet sich Ihre Behauptung, fragte er kühl, fast verächtlich, und ich fürchtete, daß sich gerade sein letztes bißchen Glauben an mich in Luft auflöste, jetzt würde auch er gegen mich sein, aber ich durfte nicht aufgeben, ich zog das Buch aus der Tasche und schlug es auf, meine Behauptung gründet sich auf das, was hier geschrieben steht, sagte ich, warum hatte er sie zu dem Gehilfen geschickt, um das Darlehen zu holen? Er brachte sie ausdrücklich in Gefahr, nur um das Geld zu bekommen, und wie kam es, daß er sich drei volle Tage lang nicht die Mühe machte, sie zu suchen, drei Abende ging er ohne sie schlafen und stand ohne sie auf, erst am dritten Tag ging er zu dem Gehilfen, um zu fragen, was mit ihr geschehen sei, und als er hörte, daß die Knaben unterwegs ihren Mutwillen mit ihr getrieben hatten, stimmte er, statt sie mit nach Hause zu nehmen, sich um sie zu kümmern und sie zu trösten, sofort zu, sie zu verstoßen, als der Gehilfe sich bereit erklärte, ihm das Geld für die Erfüllung des Scheidebriefs zu geben. Warum fragte er nicht nach, warum forderte er nichts, warum wollte er nicht mit ihr sprechen, schließlich hatte er sie selbst in dieses Abenteuer geschickt. Sehen Sie das nicht? Eine ganze Kette von Sünden und Versäumnissen verbergen sich dahinter, genau vor unseren Augen, eine ganze Kette von Sünden, deretwegen das Urteil unterschrieben wurde!

Der Dekan blickte mich verwirrt an und blinzelte, einen Moment lang dachte ich, er zwinkere mir zu, bis er mit ernster Stimme sagte, aber auch seine Frau kommt mir nicht wie die große Gerechte vor, Ja'ara, ich habe diese Geschichte zwar nie wirklich analysiert, aber ich habe den Eindruck, daß sie die Komplizin des Gehilfen war.

Wie kommen Sie denn darauf, fuhr ich ihn an, man kann sie schließlich nicht aufgrund ihrer Gefühle oder ihrer Worte beurteilen, denn diese werden nicht erwähnt, aber auch aufgrund ihrer Handlungen geht das nicht, denn sie war vollkommen passiv. Sie wurde, als sie mit dem Gehilfen beim Mahl saß, von ihrem Mann bedient, man kann unmöglich wissen, ob sie die drei Tage freiwillig dort verbracht hatte oder ob sie gefangengehalten wurde, vielleicht hatte er ja selbst seinen Mutwillen mit ihr getrieben, so wie er es von den Knaben behauptet hatte, und dann trennte sich ihr Mann von ihr, und der Gehilfe heiratete sie, war es da ein Wunder, daß sie ihn heiratete, nachdem sie auf so beschämende Weise im Stich gelassen worden war, sehen Sie nicht, daß diese Geschichte sie nicht beschuldigt?

Er nahm mir das Buch aus der Hand und las, seine Augen glitten besorgt über die Wörter. Ja, gab er zu, es sieht so aus, als sprächen ihre Handlungen nicht gegen sie, und daher kann man sie nicht beschuldigen, auch wenn sie schuldig ist, kann man sie nicht beschuldigen.

Ja, bestätigte ich, aber wissen Sie, wen diese Geschichte außer dem Zimmermann und seinem Gehilfen noch beschuldigt?

Wen, fragte er angeregt, und ich sagte, Sie, mich, alle Hörer und Leser aller Generationen, die sich zu dieser vereinfachten, zu Tränen rührenden Auffassung verführen ließen und die wirkliche Handlung der Geschichte ignorierten. Es ist das leichteste, Mitleid mit dem betrogenen, erniedrigten und weinenden Ehemann zu haben, aber wie ist es möglich, die grausamen, schicksalhaften Details zu ignorieren? Diese Geschichte führt ihre Leser in die Irre, stellt sie auf die Probe, und sogar wir haben sie nicht bestanden.

Er seufzte, Sie haben recht, und breitete seine Arme wie zur Entschuldigung aus, sein geliebtes Buch barg einen großen Schatz in sich, und ich wußte, daß er es nicht mehr aus der Hand geben würde, aber warum, glauben Sie, führt diese Geschichte uns in die Irre?

Warum, glauben Sie, führt uns das Leben in die Irre, fragte ich, und er hob die Augen zu mir, und ich sah den Kampf zwischen ihnen, das eine Auge war für mich, das andere gegen mich.

Erinnern Sie sich, was Gott Moses geantwortet hat, sagte ich dem mich bestätigenden Auge, Moses schrieb die Tora und beschwerte sich über einen Abschnitt, der alle möglichen Ausreden zuließ, und Gott sagte, Ben Amram, es steht geschrieben, wer irren möchte, der irre! Glauben Sie, daß man einen Fehler verhindern kann? Wer einen Fehler machen möchte, wird es tun, und wir beide wollten uns offenbar irren, als wir diese Geschichte lasen, jeder aus seinen eigenen Gründen, und das ist nicht schlimm, weil alle drei bereits tot sind und ihr Urteil unterschrieben, aber wenn man sich irrt, wenn man die Geschichte seines eigenen Lebens entschlüsseln will, bezahlt man einen wirklichen Preis. Das ist es, was ich bei meiner Abschlußarbeit untersuchen möchte, ich werde versuchen, noch andere Geschichten von der Zerstörung des Tempels zu finden, die den Leser absichtlich in die Irre führen, die ihn dazu bringen, sich selbst in die Irre zu leiten, denn der Fehler ist vor allem geistiger Art, deshalb muß seine Korrektur auch geistiger Art sein, sehen Sie das nicht auch so? Der Himmel ist voller anstehender Urteile, die noch nicht gesprochen sind!

Er blickte erstaunt zu dem Streifen Himmel, der im Fenster zu sehen war, und lächelte fein. Ich werde mich freuen, wenn Sie weiteres Material finden, sagte er, ich kann mir allerdings keine weiteren Geschichten vorstellen, die zu Ihrer These passen, aber versuchen Sie es, falls es Ihnen gelingt, könnte das sehr interessant sein, wenn nicht, ist es schade um die Zeit.

Das könnte man für alles im Leben sagen, sagte ich, wenn es nicht gelingt, ist es schade um die Zeit, es ist schade, geboren zu werden, wenn einem nichts gelingt, schade zu heiraten, wenn es nicht gelingt, und er sagte, ja, aber hier ist es leichter nachzuprüfen, die Kriterien sind klarer, und ich sagte, sie sind in jedem Bereich ziemlich klar, nur fällt es einem schwer, das anzuerkennen.

Vielleicht haben Sie recht, sagte er, ging aber nicht weiter darauf ein, ich möchte von Ihnen innerhalb einer Woche ein Exposé Ihrer Abschlußarbeit, sonst können Sie im nächsten Jahr nicht weitermachen, und ich erschrak, nur eine Woche?

Schließlich mußte ich in dieser Woche versuchen, mein ganzes Leben zu retten, wie sollte ich es da schaffen, aber er blieb hart, das ist Ihre letzte Chance, Ja'ara, man hat mich gedrängt, auch darauf zu verzichten, aber wegen Ihres Trauerfalls bin ich bereit, Ihnen diese Chance zu geben, aber wenn Sie nicht bald etwas vorweisen können, kann ich nichts mehr für Sie tun.

Und wenn ich es in einer Woche nicht schaffe, versuchte ich es trotzdem, und er sagte mit Nachdruck, dann wird jemand anderes die Stelle bekommen, es tut mir leid, und ich sagte, gut, ich werde es versuchen, und erhob mich schwerfällig, und er lächelte, versuchen reicht nicht, es muß gelingen, und ich flüsterte, Professor Ross, wenn Sie wüßten, was ich für die Einhaltung dieses Termins geopfert habe, und er fragte, Entschuldigung, was haben Sie gesagt?

Nichts, murmelte ich, es gibt einen Moment, da ist nichts mehr einfach, und er sagte mit autoritärer Stimme, ja, das ist der Moment, in dem wir geboren werden, vermutlich haben Sie das zu spät verstanden, und ich lachte, oder ich bin jetzt erst geboren worden, ich bin einfach mit Verspätung geboren worden, und mit gesenkten Augen wollte ich mich schon der Tür zuwenden, als mir plötzlich etwas einfiel, und ich sagte zu ihm, wissen Sie, es hat mir mal jemand gesagt, daß jeder, der einen Fehler macht, von vornherein weiß, daß er ihn machen wird, er kann sich einfach nicht beherrschen. Die Überraschung liegt vielleicht in der Größe des Fehlers, aber nicht in der Tatsache seines Auftretens. Und der Dekan lächelte und sagte, wie zu sich selbst, wer sich nicht irren will, wird nicht irren, und ich sah seine großen Füße in den abgetragenen Sandalen, in Strümpfen, mit der Seelenruhe eines Menschen ausgestreckt, in dessen Leben alles geordnet ist, und ich konnte mich nicht beherrschen und trat, wie aus Versehen, auf sie, und er zog sie sofort unter den Tisch zurück, und ich sagte, Verzeihung, ich habe nicht aufgepaßt, und ich schämte mich so sehr, daß ich zu ihm trat und ihn umarmte und fragte, tut es weh? Und er sagte, nein, ist schon gut, und ich fühlte, wie seine Brille vor Überraschung zitterte.

Die Tür zum Zimmer der Assistenten stand offen, niemand war da, ich ging schnell hinein und machte die Tür zu. Ein schmaler langer Schrank zog sich die ganze Wand entlang, und daneben befand sich ein kleines Fenster, das den Blick auf ein beeindruckendes Panorama freigab, ein schmales Seitenfenster, der ganze Tempelberg mit der von düsteren Bäumen umgebenen goldenen Kuppel, die versunkene Stadt Davids, und drum herum schmale Straßen, auf der Autos langsam entlangzufahren schienen wie bei einer Beerdigung, und die neue Stadt verschluckte das Gold mit langen scharfen Goldzähnen, Türme und Hochhäuser, und dazwischen sahen rote verblichene Dächer hervor wie Anemonen auf einer Wiese am letzten Tag des Frühlings, und ich öffnete das Fenster und streckte den Kopf hinaus, um diesem strahlenden Bild näher zu sein und die weiche Frühlingsluft einzuatmen, eine duftende Luft mit einem leichten Geruch nach Rauch, und ich sah die Flammen, die sich an diesen Berg drängten, die langsam und hartnäckig näher krochen und den Tempel umzüngelten, der hinten schmal und vorn breit war, einem Löwen ähnlich, und Tränen des Zimmermanns flossen in die leeren Gläser, als der große Hunger begann, und dann auf seine Hände, die vor Kummer abfielen, und als sie sich später gegenüberstanden, zwei leblose Gerippe, und das große Feuer ihre Knochen beleuchtete, senkten sie vor Schwäche die Köpfe, wie zwei Alpenveilchen, und er bat sie um Verzeihung, und sie sagte, ich habe verziehen, aber der Himmel nicht.

Hinter mir ging die Tür auf, ich drehte mich um und sah

Neta, die, eine Tasse Kaffee in der Hand, mit ihren federnden Schritten den Raum betrat, ihre schwarzen Locken bewegten sich wie vielbeinige Insekten auf ihrem Kopf, und in der anderen Hand hielt sie einen Stapel Papiere, und sie sagte, was für ein seltener Besuch, spöttisch und ohne Freude, schon seit zwei Monaten mache ich deine Arbeit, und ich sagte, du hast es doch nicht für mich getan, du willst beweisen, daß man auch ohne mich auskommen kann, und Neta lächelte vergnügt und sagte, ja, und es ist sogar leichter, als ich gedacht hatte, und ich lachte, denn ich mochte ihre gerade Art, und sagte, ich bedrohe dich nicht, du wirst erreichen, was du erreichen willst, mach dir keine Sorgen, du würdest dich wegen der Liebe nie in Schwierigkeiten bringen.

Liebe? Sie erschrak, Gott behüte, das da ist meine Liebe, und sie deutete auf den Stapel Papiere, teilte ihn in zwei Häufchen und sagte, ich bin bereit, meine Liebe mit dir zu teilen, komm, sehen wir die Arbeiten gemeinsam durch, wie zu Jahresbeginn, und ich dachte daran, wie wir in diesem Raum gesessen hatten, neben dem schmalen Fenster, und mit Bleistift Anmerkungen an die Texte der Studienanfänger geschrieben hatten, und abends war Joni oft gekommen, hatte sich auf den Tisch gesetzt und ein paar Blätter unter sich zerknittert, und ich hatte meine Sachen zusammengesucht und war mit ihm weggegangen, damals hatte ich eine Aura um mich, die mich beschützte, die Aura der häuslichen Sicherheit, und nun hatte ich sie nicht mehr, und Neta sah mich prüfend an und sagte, du hast dich verändert, und ich fragte, wie, und sie sagte, das weiß ich nicht, und schob mir den einen Stapel zu, und ich wich zurück und sagte, noch nicht, ich habe einen Haufen Sachen zu erledigen, ich komme später wieder.

Sie zuckte mit den Schultern und stürzte sich hungrig auf

den Stapel, und ich ging hinaus, schwebte wie ein Geist durch die Korridore meines früheren Lebens, die Rolltreppe hinunter, die zum Bus führte, und er setzte sich auch gleich in Bewegung, ich wußte nicht, wohin ich so dringend wollte, schließlich erwartete mich zu Hause nichts, außer einem kleinen Zettel, den ich an der Tür fand, hastig zusammengefaltet, und darauf stand in der schönen Schrift meiner Mutter, Joni kommt heute nachmittag um halb vier an, hol ihn ab! mit einem dicken Ausrufezeichen, und ich betrat die dämmrige Wohnung und las den Zettel wieder und wieder, wieviel Drohung und Angst verband sich hinter diesen wenigen Worten und dem Ausrufezeichen, und ich sagte, arme Mama, arme Mama, vielleicht hundertmal sagte ich das, und dann armer Papa, und dann armer Joni, armer, armer, armer Joni.

Ich schaute auf die große Uhr an der Wand, und es war schon fast zwölf Uhr, und ich rief am Flughafen an, man erwartete tatsächlich ein Flugzeug aus Istanbul, um fünfzehn Uhr dreißig, und ich dachte, woher weiß sie, daß Joni in diesem Flugzeug ist, was hat sie getan, um das herauszufinden, um mein Leben zu retten. Die Anstrengung, die sich hinter den wenigen Worten verbarg, brach mir das Herz, und ich bestellte schnell einen Platz in einem Sammeltaxi, erst dann schaute ich mich um und wußte nicht, womit ich anfangen sollte, und ich lief zum Lebensmittelgeschäft und kaufte Brot und Wein und verschiedene Käsesorten und Gemüse und Obst, vor allem grüne Äpfel, die er am liebsten hatte, und im Laden daneben kaufte ich Blumen, einen Strauß weißer Blumen, wie es sich für jemanden gehört, der aus den Flitterwochen zurückkommt, und immer aufgeregter rannte ich nach Hause und räumte alles in den Kühlschrank und warf das alte Essen weg, ich zog die Rolläden hoch und öffnete die Fenster, um den schüchternen Frühling einzulassen, er zögerte, kam aber schließlich doch herein und verteilte sich mit leichten tänzelnden Schritten in den Zimmern.

Mit einem Schlag war ich tüchtig und energisch geworden, geradezu glücklich, und ich beschloß, ihm zu Ehren einen Kuchen zu backen, Schokoladenkuchen, den mochte er am liebsten, und auch ohne Kochbuch erinnerte ich mich an das Rezept, obwohl ich den Kuchen seit Jahren nicht mehr gemacht hatte, und während er im Herd war, fing ich an, die Wohnung zu putzen, wischte begeistert den Kummer und die Vernachlässigung weg, und ich beschloß, daß es gelingen müsse, denn wenn er sah, welche Mühe ich mir gegeben hatte, würde er mir verzeihen, der Kuchen würde ihm den Rest geben, wenn alles andere es nicht schaffte, und ich wechselte die Bettwäsche, bereitete das Bett für unsere verspätete Liebe und dachte fast nicht an Arie, und auch wenn ich an ihn dachte, dachte ich nicht wirklich an ihn, denn ich hatte es zu eilig, meine Hände hatten es zu eilig, meine Füße hatten es zu eilig, und sogar mein Herz klopfte schnell, als würde ich eine Hochzeit vorbereiten, denn das soll der Tag sein, dachte ich, für mich und den lieben Joni, der mir verzeihen muß. Man muß hinabsteigen, um wieder aufsteigen zu können, werde ich zu ihm sagen, man muß Abschied nehmen, um sich wiederzusehen, und heute werden wir uns zum ersten Mal treffen, unser erstes wirkliches Treffen, und ich werde nicht zulassen, daß er sich mir verweigert, ich werde ihn mit Liebe füllen, wie man einen leeren Behälter füllt, er wird voller und voller werden, und vor lauter Liebe wird er sich nicht rühren können, und am Abend werden wir meine Eltern besuchen, Hand in Hand, vielleicht umarmt, und meine Mutter wird sehen, daß alles in Ordnung ist, daß sie sich keine Sorgen zu machen braucht, daß es jemanden gibt, der auf mich aufpaßt.

Ich wusch mich schnell und machte mich zurecht, nur leicht und nicht zuviel, wie er es gern hatte, und ich zog ein weißes Kleid an, obwohl es an einem normalen Tag ein bißchen albern aussah, in einem so festlichen Kleid herumzulaufen, aber heute war meine Hochzeit, in der Ankunftshalle des Flughafens würde meine wahre Hochzeit stattfinden, und alle Fluggäste und alle Abholer würden die Gäste sein, sie würden auf ihren Koffern sitzen und dem aufregenden Treffen von Braut und Bräutigam zusehen, und alle zusammen wären unsere Trauzeugen, und alle würden laut um uns herum singen, sie würden unsere Schultern berühren und singen, man wird in den Bergen Jehudas und in den Mauern Jerusalems die Stimme des Bräutigams und die Stimme der Braut hören, die Stimme der Freude und des Glücks, und wie die Pilger an den drei Wallfahrtsfesten werden wir alle in einem großen Zug zur heiligen Stadt hinaufsteigen.

Aufgeregt breitete ich den Teppich auf dem Boden aus und holte den dunklen Kuchen aus dem Herd und stellte ihn neben die Blumen, und diese Verbindung von Braun und Weiß erinnerte mich an ihn, an den Moment, als meine Hand auf seiner lag, und ich ordnete die Äpfel in der Schale, und fast auf jedem entdeckte ich eine braune warzenartige Erhebung, und ich ärgerte mich, daß ich ihn auf diese Art nie vergessen würde, und ich drehte die Äpfel so, daß einer die Warzen des anderen verbarg, und plötzlich wurde mir klar, warum es zwischen uns nicht gutgehen konnte, denn statt seine Warze zu verbergen, hatte ich sie betont, deshalb war es nicht gutgegangen, aber es wird mir nicht leid tun, denn heute werde ich heiraten, und in der Nacht, in diesem Bett, werde ich schwanger werden und all mein Leiden und all meine Freuden und all meine Ängste und all meine Erinnerungen und all meine Enttäuschungen und all mein

Staunen und all mein Erschrecken und all meine Begierden, alle zusammen werden zu einem neuen Geschöpf werden, weich und schön, fröhlich und wild, einer Tochter, die in zwanzig Jahren in der Schachtel mit den alten Fotos herumwühlen wird, und ab jetzt werde ich nur noch für sie leben, denn mein Liebesleben hörte heute auf, mit dieser Fahrt im Taxi, vorsichtig, um mein weißes Kleid nicht zu beschmutzen, mein Hochzeitskleid.

Ich drückte mich in dem vollen Taxi ans Fenster, und aus dem Augenwinkel sah ich die Flamme, einen Baum hinter einem der Häuser, über und über voller roter Blüten, eine nicht erloschene Fackel, und ich sah, daß ich damals nicht geträumt hatte, auf der Fahrt nach Jaffo, es war wirklich passiert, und dieser Wipfel erinnerte mich an eine große Gefahr, ich sollte ihn mir nicht aus der Nähe anschauen, so wie es verboten war, in die Sonne zu blicken, und ich wandte die Augen zu der Frau neben mir, jung, mit einer geblümten Kopfbedeckung, die einer älteren Frau, vielleicht ihrer Mutter, von einem Säugling erzählte, der in ihrem Haus geboren und nach zwei Tagen gestorben war, und man konnte ihn nicht begraben, weil es keine Beschneidung gegeben hatte, also beschnitt man ihn nach seinem Tod, und ich erschrak, was war mit der Vorhaut, begrub man ihn mit der Vorhaut, oder hatte die verwaiste Mutter sie in Zeitungspapier gewickelt und im Kleiderschrank versteckt, wie meine Mutter ihren schönen Zopf, der sogar in der Schublade lebensvoller war als sie.

Das Taxi blieb vor dem Eingang stehen, und ich betrat mit feierlichen Schritten die Halle meiner Hochzeit, betrachtete die Eingeladenen und fand es ein wenig seltsam, daß ich keinen kannte, schließlich waren sie meine Gäste, und niemand kam, um mich zu beglückwünschen, vermutlich war eine Braut ohne Bräutigam schwer zu erkennen, aber gleich, wenn Joni kommt, wird sich alles aufklären, er wird das Laufband entlangkommen, ernst und düster, bis er mich sieht, dann wird sein Gesicht vor Freude rot werden, wie jener Baumwipfel wird es glühen, ich werde auf ihn zulaufen, und gemeinsam werden wir unter den Glückwünschen des Publikums durch die Halle schreiten, damit er endlich versteht, um was es geht. Ich stand da, verborgen hinter dem breiten Rücken eines jungen Mannes, denn plötzlich hatte ich schreckliche Angst, er würde vielleicht nicht allein kommen, vielleicht würde sich jemand auf seinen gebräunten kräftigen Arm stützen, der vor dem Hintergrund seines nackten Körpers immer aussah wie eine Prothese, und vielleicht würde er nicht zu unserer geputzten Wohnung eilen, sondern zu ihrer, irgendeine Alleinreisende, die ihr Glück gar nicht fassen konnte, und ich wurde immer überzeugter, daß es genau so geschehen würde, aber trotzdem, so beschloß ich, würde ich auch dann nicht aufgeben, die Hochzeit würde stattfinden, auch wenn der Bräutigam nicht frei war, vor der Nase seiner neuen Geliebten. Die Passagiere strömten durch die Tür, eine laute und dichte Herde ohne Hirte, blickten sich voller Hoffnung auf eine erfreuliche Überraschung um, und um mich herum winkten alle möglichen Hände, liebende Hände, die sich nach einer Berührung sehnten, und dann sah ich ihn kommen, so langsam, daß er rückwärts zu gehen schien, so allein, daß es aussah, als würden alle vor ihm zurückweichen, als wäre er krank, und er beteiligte sich nicht an den fröhlichen Ausrufen und an der Aufregung, in sich versunken kam er, über der Schulter hing seine vertraute Tasche, sein Gesicht war blaß und besorgt.

Ich sah, wie er mit halbgesenkten Lidern seine Blicke wandern ließ, er suchte mich, insgeheim suchte er mich, voller Scham suchte er mich, und ich wollte schon zu ihm laufen,

ihn umarmen, aber etwas hielt mich zurück, eine Art Lähmung wie die Krankheit, an der die schöne Masal Schejnfeld gelitten hatte, und während seine Augen näher kamen,
kindlich und hoffnungslos, fast ein wenig hündisch, verwirrt auf etwas Gutes hoffend, trotz allem, sein weicher
schwerer Körper in seinem nachlässigen Gang, sah ich ihn
plötzlich vor mir, Joni, der sich von mir getrennt hatte, Joni,
der für sein eigenes Leben verantwortlich war, und ich
dachte, laß ihn, laß ihn gehen, steh ihm nicht im Weg, denn
an seiner Seite sah ich plötzlich eine durchsichtige Gestalt
gehen, leicht an ihn gelehnt, ich sah Joni, den Glücklichen,
mit strahlenden Augen und energischem Gang, und die
Diskrepanz zwischen beiden Erscheinungen war scharf und
stechend, und Joni, der Glückliche, blickte mich gleichgültig an, völlig unabhängig, und der armselige Joni schaute
sich verzweifelt um, und ich wußte, selbst wenn ich mich
jetzt voller Wärme auf ihn stürzen würde, dann wäre es
eher die Wärme, mit der sich ein Tier auf seine Beute stürzt,
und ich sah, wie hinter ihm eine junge Frau in einem lila-
farbenen Hosenanzug kam, mit schnellen Schritten, und aus
der Menge lief ein junger Mann mit hellen Locken auf sie
zu, und die beiden umarmten sich leidenschaftlich, und
Jonis Blick ruhte auf dem Paar, folgte neidisch ihrer Umarmung, und von meinem versteckten Platz aus betrachtete ich sie ebenfalls mit Neid, und ich verstand, daß dieser
Neid das einzige war, was uns nun verband, das einzige, was
wir gemeinsam hatten, der Neid auf ein schönes, verliebtes
Paar.

Er war schon an mir vorbeigegangen mit seiner kindlichen
Stupsnase, und ich sah seinen gekränkten Rücken, ich sah,
wie sich sein erstaunlich schmaler Nacken von einer Seite
zur anderen drehte, er suchte mich, trotz allem suchte er
mich, und ich war wütend wegen dieser Suche, die immer

jämmerlicher wurde, nie werde ich dir das verzeihen, sagte ich, diese Suche, nachdem du auf mich verzichtet hast, und ich verschwand in der Menge, beobachtete ihn von weitem, seinen Rücken in dem grünkarierten Hemd, seine leicht nach vorn geneigten Schultern, und nun verließ er die Halle, ging langsam auf den Taxistand zu, das Grün seines Hemdes wurde grau, auf einmal war es regnerisch geworden, und ich sah, wie sich der Himmel öffnete, die dünne Haut der Welt bekam einen Riß, und dahinter war ein großes elektrisches Strahlen zu sehen, und ich dachte, wenn das Blitze sind, wo ist dann der Donner, wie läßt sich das trennen, ein Blitz ohne Donner, das ist wie eine Braut ohne Bräutigam, und wieder riß der Himmel auf, und es schien, als teilten die Blitze die Erde in zwei Teile, eine Hälfte für mich, die andere für ihn. Er war in seiner Hälfte schon fast verschwunden, stand gehorsam in der Warteschlange für ein Sammeltaxi, und ich, in meiner Hälfte, beobachtete ihn hinter einem geparkten Auto hervor, mein weißes Kleid war fleckig von dem schmutzigen Regen, einem mit Sand vermischten Regen, kaum zu glauben, daß es einmal weiß gewesen war, ebenso schwer zu glauben, daß ich einmal voller Erwartung gewesen war, ja voller Hoffnung, daß ich geglaubt hatte, wir würden Arm in Arm nach Hause gehen und uns vor den Kuchen und die Blumen setzen, aber ich hatte vergessen, daran zu denken, was danach kommen würde, an den Augenblick, wenn wirklich ein Mensch vor einem anderen Menschen stehen mußte, und vor dem zerbrechlichen, zerbrochenen Leben, das rachsüchtig und nachtragend war, das sich durch keine Täuschung besänftigen ließ.

Ich setzte mich auf den nassen Gehweg und beobachtete, wie er in der langen Reihe schnell vorwärts kam, vor einem Augenblick war er noch der letzte gewesen, jetzt bereits unter den ersten, wer durchhielt, kam am Schluß doch an, wie

sich herausstellte, man brauchte nur an einer Stelle stehen-
zubleiben, und ich bewegte mich von einer Stelle zur nächsten und war immer die letzte und schaffte es nicht, im richtigen Moment wegzukommen, und ich sah, wie er in einem
letzten Versuch um sich blickte, und ich fragte mich, ob es
um die Länge der Schlange ging oder um mich, ob er jetzt
herausspringen und sich noch einmal auf die Suche machen
würde, aber das geschah nicht, und da kam auch schon ein
leeres Taxi, und er drängte seinen grauen Rücken hinein, sein
blasses Gesicht, seine tiefen Narben, seine Schafslocken,
seine Stupsnase, und schon war er drin und setzte sich seufzend auf die Bank seines neuen Lebens, und ich wußte,
daß dieser Anblick eines Joni, der seiner Wege geht, dieser
schmerzliche Anblick, mein Leben lang in meinen Augen
bleiben würde, wie ein grauer Star, nie würde er von dort
verschwinden, und alles, was mir in meinem Leben noch geschehen würde, egal, ob es fröhlich oder traurig war, würde
beschämt neben diesem Anblick stehen, einer Art Maßstab,
an dem alles gemessen werden würde.

Als das Taxi verschwunden war, trat ich ans Ende der
Schlange, trat in seine großen Fußstapfen und ging durch
den heftigen Frühlingsregen, der warm und schwärzlich war
und nach Sand schmeckte, und ich stieg in das Sammeltaxi,
das sich rasch füllte, und so würden wir zur Stadt hinauffahren, in einer seltsamen Reihenfolge, einer den anderen
deckend, einer den anderen stützend, zum letzten Mal, und
ich zitterte vor Nässe und vor Angst, denn Autos über-
holten uns pfeifend, eines nach dem anderen, wie aus einem
Bogen geschossen, pfiffen sie in meinen Ohren. Wenn ich
jetzt mit ihm im Taxi sitzen würde, in seinem Arm, würde
ich es gar nicht merken, aber weil ich allein war, verstärkten
sich alle Geräusche, es gab niemanden, der den Schlag ab-
fing, und ich spürte alle Löcher in der Straßendecke, jede

enge Kurve, und ich dachte, wie soll ich das nur aushalten, wie schaffe ich es, diesen Tag heil zu überstehen, diesen Abend, wohin werde ich gehen?

Wieder drückte ich mich ans Fenster, aber diesmal mit geschlossenen Augen, es gab draußen nichts zu sehen, es gab drinnen nichts zu sehen, ich sah nur Arie, der jetzt in seiner Wohnung zwischen den Kondolenzbesuchern herumlief wie ein Löwe in seinem Käfig, und ich fragte mich, wie lange es dauern würde, bis er unter einem Vorwand die Wohnung verlassen und zu mir kommen würde, mir war völlig klar, daß das passieren würde, er würde nicht einfach auf meine Abhängigkeit von ihm verzichten, auf unsere krankhaften Spielchen, doch an diesem Abend erwartet ihn eine Überraschung, denn Joni wird ihm die Tür aufmachen, enttäuscht, daß ich es nicht bin, und Arie wird vor ihm stehen, auch enttäuscht, daß ich es nicht bin, die beiden Männer meines Lebens, die mich allein zurückgelassen hatten, dem Pfeifen der Autos ausgeliefert.

Als wir die Stadt erreicht hatten, leerte sich das Taxi allmählich, jeder Fahrgast nahm sein Gepäck und stieg aus, und nur ich blieb zurück, und der Fahrer drehte sich um und fragte, wo er mich absetzen solle, und ich öffnete den Mund wie ein Fisch, ausgerechnet daran hatte ich nicht gedacht, und er lachte, Süße, wenn du keinen Ort hast, wo du hinwillst, kannst du mit zu mir kommen, und ich beschloß schon fast, bei meinen Eltern auszusteigen, aber es würde mir schwerfallen, ihre Fragerei auszuhalten, und da sagte ich, halten Sie an der Universität, bitte, und der Fahrer wunderte sich, um diese Uhrzeit? Denn es wurde langsam dunkel, und ich gab ihm keine Antwort, ich hatte keine Kraft zu sprechen, und wieder sah ich den Schornstein des Krankenhauses, aus dem Rauch aufstieg, das ist der Rauch des Opfers, der zum Rauch der Reue wurde, der Tirzas schweren Körper neben dem dunklen Fenster einhüllte und nur auf mich wartete.

Das Taxi hielt vor dem Eingang der Universität, und ich stieg schwerfällig aus. Der Fahrer fragte, was ist mit dem Koffer, und ich sagte, ich habe keinen Koffer, und er wunderte sich, so sind Sie ins Ausland geflogen, ohne alles, und ich sagte, ich bin nicht ins Ausland geflogen, ich wollte nur jemanden treffen, der zurückgekommen ist. Und wo ist er, warum sind Sie allein, fragte er verwundert, und ich sagte, das ist eine gute Frage, ein ganzes Buch könnte man über diese Frage schreiben, dann ließ ich mich von der Rolltreppe hinauffahren, gegen den Strom, denn alle fuhren jetzt hinunter, ein wilder Strom die Rolltreppe abwärts, und nur ich fuhr hinauf, rannte, um nicht zu spät zu kommen, als hinge mein ganzes Leben davon ab, und ich betrat die Bibliothek, der Duft der Bücher umfing mich, und ich bat die Bibliothekarin um das Buch, und sie sagte, aber das ist eine nicht ausleihbare Ausgabe, Sie dürfen es nicht mitnehmen, und ich sagte, ich nehme es nicht mit, ich lese es hier. In einer Viertelstunde machen wir zu, warnte sie mich, und ich sagte, in Ordnung, eine Viertelstunde reicht, und mit dem Buch in der Hand setzte ich mich an den Seitentisch und blätterte mit zitternden Fingern, ohne zu wissen, was ich eigentlich suchte, aber wenn ich es fand, würde ich es wissen.

Alle um mich herum begannen bereits zusammenzupacken, ich sah von weitem Neta, die ihre Insektenlocken schüttelte und einen Stapel Papiere in ihre große Tasche packte, und nur ich hielt noch das Buch wie Mutter ihr Kind, prüfte seine vollendeten Glieder, drehte es um und um, und ich wußte, daß keine grausame Vorschrift uns trennen würde, und als der Lautsprecher alle aufforderte, die Bibliothek zu verlassen, ging ich in die entfernteste Ecke und legte mich zwischen den Regalen auf den harten Teppich und lauschte den weichen Tritten, die von ihm aufstiegen, und ich hörte, wie die Chefbibliothekarin ihre Leute zur Eile trieb, ich muß heute zu einer Hochzeit, sagte sie, ich muß dringend zumachen, und einige Minuten später gingen die Lichter aus, nur das blasse Notlicht war noch an, und ich wußte, daß ich bis zum nächsten Morgen hier eingeschlossen war, ohne Essen, ohne Trinken und ohne jeden Menschen, nur ich und mein Buch.

Zum ersten Mal seit alles angefangen hatte, atmete ich erleichtert auf, ich kroch zu dem blassen Licht und setzte mich darunter, nur das Rascheln der Blätter war in der Stille der großen Säle zu hören, und ich suchte weiter, bis ich die Geschichte vor mir sah und sofort wußte, daß ich gefunden hatte, was ich brauchte, die Geschichte von der Tochter des Priesters, die sich kurz vor der Tempelzerstörung taufen ließ, und ihr Vater saß Schiwa für sie, und am dritten Tag kam sie, stellte sich vor ihn hin und sagte, mein Vater, ich tat es nur, um dein Leben zu retten, aber er weigerte sich, sich von seinem Trauerplatz zu erheben, und aus seinen Augen fielen Tränen, bis sie starb, und da stand er auf, wechselte seine Kleider und bat um ein warmes Essen, und ich war sicher, daß ich diese Geschichte schon einmal gehört hatte, vor vielen Jahren hatte meine Mutter sie mir einmal abends vorgelesen, bei einem Stromausfall, als wir zu dritt um eine Kerze saßen, und mein Vater sagte, was erzählst du ihr da, siehst du nicht, daß sie das traurig macht?